U0519060

那一方土地，
那祖祖辈辈讲给我们的故事，
我们不该忘记。

放缓脚步，
去故事里闻一闻乡土气息，
重拾遗失的美好记忆。

中国民间文艺家协会　组织编写

总主编/潘鲁生　邱运华　本卷主编/忻怡

浙江 舟山

普陀卷

知识产权出版社

全国百佳图书出版单位

↑ 白雀寺
→ 观音像

← 鸡冠礁

← 接待寺

↓ 莲花山五百罗汉

↑ 马鸣皇庙
→ 穿笼裤的菩萨

← 东海神珠

↓ 沈清院

↑ 桃花小白龙
↓ 鲁家峙天后宫

← 柴家走马楼
← 多宝塔
↓ 乌石塘

→ 妈祖神像
↓ 茅山庙

← 桃花会
← 古帆船船队
↓ 祭海

↑ 新娘坐花轿
→ 木龙

↖ 舞龙
← 三色旗
↓ 沈家门渔港

民间文学的时代意义（序一）

邱运华

中华民族的文化史由两个部分组成：有文字记载的和没有文字记载的，缺少后者，文化史最多就只有半部。最初认识到这一点的，是"五四"时期的思想家和文学家，他们把民间文学看作中国文化史重要的一部分，整个中华文明不可缺少的部分。收集和整理出版来自民间的文学资料，也是由他们发起、在延安鲁艺时期被列入"新文化建设""正典"的历史工程。

民间文学并非简单地对应于文人创作的文学，而是具有鲜明的政治思想取向。它是"五四"一代及其前辈思想家们"重铸民族魂""中华民族复兴"整体启蒙思想的一部分。"五四"时期关注来自民间的文学，乃是出于对"贵族文学"独白话语体系的反拨，是全社会民主运动的表征。"五四"之前，梅光迪回复胡适："文学革命自当从民间文学入手，自无待言。"至"五四"时期，北京大学校长蔡元培发表启事，成立"歌谣征集处"，向全国征集民间歌谣，同时发表"北京大学征集全国近世歌谣简章"，明确其宗旨"不仅是在表彰现在隐藏着的光辉，还在引起将来的民族的诗的发展"。从事中国民间文学研究的美国学者洪长泰认为，现当代中国的民间文学运动被称为"世纪运动"。鸦片战争以来，激进派学者们寻找中国文化之根的努力，导致了他们提倡以口语为基础的现代文学语言。"五四"运动时期，年轻的中国知识分子有意识地将他们的关注对象转向民间口头传承。"到民间去"成为一种政治运动。它对于新文学和新文化运动冲破封建思想、重视人民创作的倾向起到了推动作用，但却属于未能彻底完成的任务。延安鲁艺继承发扬了"五四"走向民间这一传统，赋予其"民族性"和"人民性"的重大思想意义。延安鲁艺把收集、整理民族民间文学，与抗战救亡、与创造新文学的职能紧密结合在一起，形成一个延伸到今天的新中国思想文化运动。1940年在《新民主主义的文化》一文里，毛主席鲜明提出："中国文化应有自己的形式，这就是民族形式。民族的形式，新民主主义的内容——这就是我们今天的新文化。"他特别强调的"民族的形式"实际上多半指的就是民间文化，特别是民间文艺。毛主席所提出的这一文化思想，在《在延安文艺座谈会上的讲话》里得到充分阐发，长期以来指导着我党的文化建设。毛主席是"五四"新文化运动一代人，他本人对民间文学的认识并非简单止于概念和观念，而是内心真正喜爱的，也确实做过指导学生收集民间歌谣的工作。他非常清晰地把"所有的封建统治阶级的糟粕产品"，与"民间文化的精华部分或者与那些天然的民主的和革命的因素"区分开来了。延安鲁艺以学习民间文艺作为方向，培养了一大批新中国文艺工作者，创作了大批优秀的文学艺术作品，奠定了新中国文艺事业的发展方向。例如，延安鲁艺正式成立了"中国民间音乐研究会"，确定了宗旨为：开展有计划、有组织对民间音乐的采集、介绍和研究工作；对大量优秀的传统民歌、小调、歌舞进行加工和改编，从而产生了不少优秀的"民歌改编曲"。民间文学传统形式经由赵树理《小二黑结婚》《李有才板话》、阮章竞《漳河水》、李季《王贵与李香香》等创作，为新文学树立了榜样。

新中国文学弘扬了延安时期重视民间文艺中的人民性传统。新中国成立之初，最重要的文艺话语乃是宣传延安文艺座谈会讲话精神，打破封建文艺观占领的报刊、舞台、银幕等阵地，普及民间文艺民主传统，建设

"人民的文学"观念。1949 年北平解放之际，新中国文艺工作者最主要的工作，乃是宣传民族文学形式和新民主主义思想内容之间不可分割的联系，这一系列文章见诸 1949—1950 年之间的《人民日报》。1949 年 3 月 25 日起，《人民日报》集中发表有关文艺的专题文章、综论，涉及"文艺为工农兵的方针""年画的装饰性与现实性、人民性"，以及"停演迷信淫乱旧剧"等问题，秦兆阳、蔡若虹、江丰、罗合如、刘念渠、梁思成、沙均和犁草以及张映雪等人分别就改革旧剧、国画、平剧、城市规划、秧歌舞和新洋片等方面的问题发表文章，直接影响了新中国文学以"人民的文学"作为基本方向和路线的确定。从 1950 年元旦刊发李伯钊"谈工人文艺创作"、王亚平"攻破封建文艺堡垒"开始，到随后刊载关于"东北戏曲改进会成立""电影制作贯彻工农兵方向""北京旧戏曲的改革"，到赵树理发表"谈群众创作"、王朝闻发表"旧剧演技里的现实主义"、周扬"关于地方戏曲的调查研究工作"、艾青"谈'鸿鸾禧'"和程砚秋"西北戏曲访问小记"等，辅之以展开的历史唯物主义方法论、高等教育制度、教科书、学术研究体制等话语讨论，昭示着延安时期来自民间文学的平民大众文学路线、服务人民大众的文学发展方向，真正在新首都、新中国确立起来。可以明显看出，延安时期强调的人民文学传统，在谈论文艺问题的过程中处于核心位置；以《在延安文艺座谈会上的讲话》为指导的新文艺路线，迅速成为北京文艺的主流，同时，来自延安的文艺工作者也成为新中国文艺话语的拥有者和叙述者。可以说，收集、整理、改造民间文学，对于"五四"新文学运动、延安鲁艺到新中国建立后的新文化新文学建设起到了核心作用，为新中国人民文学的健康发展奠定了坚实的基础。德国学者福玛瑞评价这一走向时说："他们……力图寻找民族的文学，并抱有以此为手段改变'民族性格'的雄心壮志。我们如果考虑历史悠久的民歌搜集传统，可以说，这类对口传文学的重视是中国的一贯传统。"这段话放在中国现代文学三十年，的确非常合适。

今天我们重新提起 20 世纪中国民间文学收集和整理工作，与

"五四"时期重铸民族魂的使命相比，实际上面临着性质相似、层次不同的任务。一是我们重新处于中华民族文化、思想和精神价值的再铸造进程中，重视当代民间文学进步思想传统，对于实现中华民族复兴使命具有重大思想价值。二是发掘和阐发民间文学优秀传统，对我们深刻理解"革命文化"和"社会主义先进文化"的历史渊源，对中华优秀传统文化的丰富性有新的认识，具有重要理论价值。三是民间文学的人民性传统，是我们繁荣和发展社会主义文艺的坚实基础，是建设新文学不可缺少的丰富资源。与"五四"时期和新中国成立以来的民间文学研究不同，当代民间文艺学家所处的思想层次和学术水平，不允许我们再仅仅做简单的收集、整理工作，而是要求学者在坚实的材料研究的基础上，充分发掘和阐释民间文学中的思想、文化和艺术资源，在马克思主义的指导下，参与到新世纪中国美学精神的构建和阐发工程之中。做到这一点，我们新中国的文学史，就将比以往更为坚实、更具有鲜明的中国话语特点。

2017 年 3 月

（作者系中国民间文艺家协会分党组书记、驻会副主席）

序二
张坚

　　舟山群岛，由于其星散于东海的特殊地域和明洪武朝、清顺治朝两次岛民迁徙的特殊历史，民间故事和民间传说也就显得悲壮雄浑，丰富多彩。

　　"观音菩萨收红蛇"的传说，为普陀山观音道场的开篇之作，"安期生泼墨成桃花"的传说，则为仙道来舟山群岛的最早传说，与舟山最高山峰黄杨尖有关的是"塌东京涨崇明"的传说。

　　传说"西周时代徐偃王的故事""南宋小康王逃难舟山的故事""侯继高抗击倭寇的故事"，清军攻克南明鲁王所坐镇的舟山城的"屠城羹饭"故事，均与古代的征战有关。

　　"青浜庙子湖，菩萨穿笼裤"的传说，嵊泗列岛"船官老爷"的传说，则与渔业捕捞的历史有关。

　　在岱山岛，有"岱山老民"夏族及族人夏斯凡的传说——他和普陀的"石匠三"，均为传说中的机智人物。

　　舟山群岛众多的岛礁和种类无法胜数的鱼类，流传有许多故事和传说……

　　对于民间文学的收集整理，20 世纪 80 年代的"三套集成"和始于 21 世纪的非物质文化遗产调查,为舟山群岛留下了"三套集成"市卷本、县卷本和名为《昌国遗风》的市级"非遗本"以及县(区)、乡镇"非遗本"——诸多版本,成为民间文学的集大成者。

舟山群岛的民间文学专家学者,先后有管文祖、周和星、方长生、李世庭、于海辰、姚定一、张坚、林海峰、忻怡、赵学敏、刘胜勇、潘瀚涛、张鹤程、鲍予定、金涛、金立高等,他们积年累月辛勤耕耘于诸多岛山,把流传的民间故事、民间歌谣、谚语、民俗风情,乃至木偶戏、"唱蓬蓬"、翁洲走书等民间艺术,一一收集整理,汇集成册,包括录音、录像及收集的实物——在此基础上,予以保护,予以研究。

但也不用讳言,在地名、鱼类等故事中,有一定数量的编造之作——"编造本"也是作品,只是不应混列于民间文学之中,不应损害民间文学的质量和信誉,说得严重一点,我们不应该把这些编造之作愚弄读者,愚弄下一代。在今后的民间文学工作中,逐渐减少乃至清理这些编造的作品,也是我们的任务之一。

戊戌年仲春
(作者系浙江省舟山市民间文艺家协会主席)

序三

李海雷

　　普陀，佛教《华严经》中"一朵美丽的小白花"，她位于浙江省东北部，舟山群岛东南部，因境内佛教圣地普陀山而得名。全区共有大小岛屿 455 个，有人居住的有 32 个；海岸线总长 831.43 千米，是海洋大区，陆地小区。普陀自然资源丰富，渔业发达，港口优良，风光秀丽，气候宜人，素有"东海明珠"之称。

　　追溯普陀历史，远在四千多年前新石器时代境内就有人类繁衍生息。相传秦汉时，徐福、安期生、梅福等方士曾先后到过东福山、桃花岛、普陀山等岛，历史上曾是东亚"海上丝绸之路"重要中转站之一。唐开元二十六年后，普陀历属翁山县、昌国县和定海县。1953 年析建普陀县，后又一度归辖舟山县，1987 年舟山市成立，2010 年舟山市被国务院列为群岛新区，普陀一直为舟山市辖区至今。现辖 5 镇 4 街道，户籍人口 32 万人，东港街道现为普陀区政府所在地。

　　普陀地处长江三角洲经济区、全国沿海要冲、舟山渔场中心，背靠沪、杭、甬等大中城市，面临辽阔海洋，与我国台湾基隆港、日本长崎港、韩国仁川港相对。普陀海水和海涂资源丰富，有海洋生物 1100 余种，渔业资源尤其丰富，种类繁多，其中鱼类 140 种。国内外著名的沈家门渔港则是舟山渔场的中心港口，也是全国最大的渔港，与挪威卑尔根港、秘鲁卡亚俄港合称世界三大群众性渔港，是理想的渔轮锚泊、避风港，也是全国最大的渔货集散地。鱼汛旺季，国内沿海各省市的近万艘渔船云集，避风、修理和补给生产、生活资料。这种跨地域的生产生活和文化的频繁交流，使普陀的民间民俗呈现出多元化的色彩，也使普陀的民间故事的蕴藏量多而丰富。普陀旅游业发达，以"海天佛国"普陀山、"沙雕故乡"朱家尖、"东方渔都"沈家门及"金庸笔下"桃花岛，构成独特的普陀"旅游金三角"。具有佛教文化、山海景观、渔村风情、海滨度假、海鲜美食等丰厚的旅游资源。

海洋文化是普陀文化的特质和底蕴，丰富深厚的海洋文化资源和悠久的历史积淀，是滋生民间文学最好的肥沃土壤。纵观《中国民间故事丛书·浙江舟山·普陀卷》，我们可以深切地感受到，千百年以来，繁衍生息在这块土地上的先辈们，日出而作，日落而息，在长期的同大自然的斗争和生产生活中，以他们特有的生活环境和劳动内容，在创造物质财富，创造历史的同时，也创造了别具一格、特色鲜明又绚丽多彩的普陀民间文学，他们从自己艰辛生活和亲身经历中口头创作，口耳相传，留下了无数充满智慧、闪烁着乐观精神的民间故事。

由于普陀山就在普陀境内，所以普陀历史上留下了大量的佛教故事，其中又以观音故事和普陀山传说为主，这些故事通过比较曲折的情节和形象塑造，反映了佛教在普陀历史上的变迁，以及佛教文化中和谐相处、服务众生、我为人人、人格独立等思想，这些观念和思想，对现在我们构建和谐社会，倡导为人民服务的理念，都起到了积极的作用。

在普陀还有大量的山、岛、礁、崖、洞、岩、石、涧、岗等，岛礁类型众多，沙滩资源得天独厚，形成千姿百态、风光秀丽的山石奇观和海礁景观，这些秀美的风景孕育了大量优美的口头文学，好多都流传着形形色色的故事和传说，有的曲折离奇，有的色彩浪漫，有的哲理浓厚，有的妙趣横生。"岛岛有故事"，"村村有传说"，在本书中记录的许多有关普陀海岛地名岛礁的故事只是其中的一部分。更是由于普陀先民们基本是以从事渔业生产为主，渔村、渔船、渔民，还有鱼虾、贝类等大量的海生动物，经过拟人化的塑造更是成为民间故事中的主人公而活灵活现，真情质朴。

这些口头文学作品，有的歌颂了人间的真善美，鞭挞了社会的假恶丑，有的展示了对家乡山山水水的挚爱与想象，有的充满着对老百姓做过好事的历史人物的怀念与崇敬。这都是通过生活考验而得到的知识的积累、经验的收获，这些故事和传说极大地丰富了普陀渔都民间文学的宝库，也充分显示了人民群众的智慧和文学艺术的创造力。长期以来，正是这些故事帮助我们的先人们度过了无数个漫漫长夜，在陶冶情操、传授知识、启迪智慧、明辨是非，特别是在消遣游戏、娱乐休闲等方面起到过重要的不可替代的作用。听故事、学故事、讲故事，也许是先人们不可或缺的最好的文化生活和精神享受。

在经济飞速发展，文化消费多样化，而本土文化又受到外来文化严重冲击的今天，抢救普陀珍贵的地域文化资源和民间文化遗产，收集整理、编撰和出版《中国民间故事丛书·浙江舟山·普陀卷》刻不容缓，十分必要，让这些先人们留给我们的宝贵的、无法再生的民间文学作品，在建设幸福普陀和实现中国梦的伟大征程中，成为普陀永恒的文化印记和精神家园，代代相传，生生不息，既为后人保存了一份全面、真实、有价值的口头文学遗产，也是进行热爱祖国、热爱家乡的一部难得的乡土教材。从中你更可以感受到浓郁的海洋气息，了解和窥探到家乡的历史风貌，乡风民俗，增加历史文化知识，获得健康有益的思想启迪和艺术享受。更希望这些民间文学资源，在普陀的传统文化建设、海岛旅游、休闲观光等活动中，增添一抹独特的色彩，发挥它应有的积极作用。

2019 年 1 月

（作者系浙江省舟山市普陀区委宣传部副部长、区文联主席）

神 话

传 说

观 音 传 说

普 陀 山 传 说

风 俗 传 说

海 岛 传 说

渔船传说

特产传说

故 事

龙的故事

生 活 故 事

机智人物故事

笑　话

中国民间故事丛书

浙江 舟山

普陀卷

神話

盘古开天地

讲述：张才德　普陀区人大干部
记录：管文祖　普陀区人大干部

早先，天地勿分，圆骨囵囵，黑咕隆咚，里面有只蛋——是鸡蛋、鸭蛋，还是石蛋，勿晓得。蛋里有个人，是啥人，也勿晓得。只听讲这个人盘手盘脚在蛋里面盘着。人慢慢大起来，蛋也慢慢大起来，等到十月怀胎足月了，人在蛋里蹬蹬脚，伸伸手，腰一直，头一顶，"喳——"站了起来，蛋壳"嚓——"裂开了。头上半爿壳变成天，脚下半爿壳变成地。从此，天地分开了！这个人就是盘古。

人的来由

讲述：王文兴　佛渡岛浦厂湾渔民
记录：管文祖

有一年，天上落油雨。油雨一落，落到各处统着火，人烧死了，房屋烧光了。

有个大姑娘，"扑通"一声跳进井潭里，有只黄狗跟在后头，也"扑通"跳进井潭里。井潭里有水，勿会着火，世上只留下这个大姑娘和这只黄狗了。后来，黄狗和大姑娘生出一个人。这个人，长相像人，就是在背脊骨下面、屁股节骨上生出根黄狗尾巴。这根尾巴是一节一节的，总共有十节，过几年，尾巴黄一节；过几年，尾巴黄一节。十节尾巴全黄了，人也就死了。这样一来，人的尾巴黄到第九节，就晓得快要死了，呒没多少辰光好活了，这叫作"十节尾巴九节黄"。到了这个日脚，人心冷了，横竖要死了，生活也懒得做了，整天眠①眠吃吃，吃吃眠眠，等死！然而，他下头还有小人，小人勿会做，就要饿煞！

天上晓得了，差观音菩萨下凡来，将人的尾巴统统斫掉。尾巴斫掉了，

---
① 眠：睡觉。

人啥辰光死勿晓得了，勿会偷懒了，一直做生活做到勿会做为止。从此，人的尾巴呒没了，成了现在这样的人了！

塌东京

讲述：钱阿顺　桃花镇吴家塘渔民
记录：叶焕然　普陀区文广局干部

古人讲："一娘生九子，连娘十条心。"盘古开天辟地，造出万物，捏出的人本来都是一家，没有你偷我盗，多占多吃。勿晓得大家日子一宽裕，人心反而变歪了。玉皇大帝晓得以后，交关生气，就派吕洞宾到凡间来试人心。

这辰光，浪岗、东福、中街山原本连在一起，是一座皇城，叫"东京"，双面街道，交关闹热。吕洞宾就在最闹热的街口，开了一爿店，柴米油盐，百货杂货样样有。介大一爿店，只有一个伙计。到这爿店里买东西，自己称，自己拿，随便自己付多少算多少，侬存心要赖账，一分钱勿付，也呒没人问侬讨。这桩事情一传开，好多人都到这爿大店里来，吃的吃，拿的拿，心凶的还用水桶、夹箩挑。

东京城里有个孝子叫杏仁，年纪十六七岁，靠上山斫柴养活阿娘①。有一日，杏仁从城里卖柴籴米回来，把这爿大店里的事告诉阿娘，心想屋里粮食接勿上，也像别人一样，多拿一点。勿晓得阿娘一听就生气，只许杏仁挑柴到老板店里去卖，有多少铜钿籴多少米，勿许吃别人一个铜钿白食。杏仁是个孝子，阿娘的话咋敢勿听。

天时勿由人，这一年七八月里雨水特别多，接连好几日勿见放晴。杏仁真急煞，心想山上斫倒的柴晒勿燥，屋里的米快吃完了，自己饿肚皮还且可，只怕饿煞阿娘要犯天打。杏仁娘看见儿子急成这副样子，忖忖也心痛，就对杏仁讲："天上雨勿断，地下的水总吃勿完，阿拉过去只晓得煨饭吃，今朝阿拉在饭罐里多倒几碗水，少放三合米，煮粥吃，照样吃得饱。"杏仁听了，心也放宽勿少。

雨落了半月有余，老天总算放晴了。等柴晒燥，杏仁便挑了一担柴到城里去卖。那个老板店里的伙计一见杏仁走进店堂，当即问他，为啥介长日子

① 阿娘：母亲。

勿来籴米。杏仁说："天落雨，柴勿燥，吭没铜钿籴米。"伙计说："侬屋里没米咋过日子，为啥勿到店里来拿。"杏仁是个老实人，便把自己咋想的，阿娘咋讲的，统统讲给伙计听。伙计听了点点头，叫杏仁到账房里厢坐落，笑眯眯地讲："杏仁兄弟，我看侬是个忠厚人，我告诉侬一样事体，侬千万勿可对别人讲。等到东京某财主坟头一对石狮子眼睛出血，东京就要塌掉了，到这辰光，侬同阿娘快点逃。"

杏仁心里有点勿相信，又担心东京真的塌了，救勿出阿娘咋结煞①。从这天开始，杏仁总要到坟头去看看石狮子。

有一日，杏仁在坟头用手捋捋石狮子的头，自说自话："石狮子，侬千万莫哭，侬一哭，东京就要塌掉，勿晓得要死多少人！"事也凑巧，让过路的杀猪屠看见了，他问杏仁："小囝，侬同石狮子介亲热做啥？"杏仁一听有人问他，便把石狮子眼睛出血东京要塌的事讲给他听。杀猪屠听了，不觉哈哈大笑，心忖：这个呆大儿子，让我同他寻寻开心。

第二日乌早②天亮，杀猪屠杀猪回来经过坟头，顺手拿出猪血抹在石狮子的眼睛里。过歇工夫，杏仁又来了，他一看石狮子眼睛果真出血了，拔脚奔到屋里，背起阿娘就逃。

杏仁背着阿娘前脚走，后头就"轰隆"一声塌到海里。他前脚走一步，后面塌一步，他背着阿娘在啥地方歇口气停一停，啥地方就留下一个山头，所以舟山留下介多山头小岛。杏仁背着阿娘逃了三日三夜，真背煞了，阿娘心疼儿子，一定要儿子停落来歇歇。这样吭日吭夜地逃，吭日吭夜地塌，横竖逃勿出去，勿用再逃了！杏仁也真的背勿动了，就听阿娘的话，在这块地方定下来了。这就是定海。

---

① 咋结煞：舟山方言，即怎么办。
② 乌早：舟山方言，天色微曦的早晨。

中国民间故事丛书

浙江 舟山

普陀卷

傳說

观 音 传 说

观音圣迹

讲述：杨永祥　朱家尖街道文化干部
记录：赵学敏　普陀区文化馆干部

朱家尖白山，风光秀丽，奇石嶙峋，传说观音菩萨曾在此讲道。

相传观音菩萨从西天来到南海（现在是东海，因古时皇帝京城在北方，京城以南的海均称南海），她先是到达洛迦山，这是海上仙境，终年紫烟缭绕，冬暖夏凉，但是岛屿地方太小。于是观音菩萨站在岛上最高处，隔海遥望，发现了朱家尖有五个海滩，金沙铺地，闪闪发光；又见白山云雾笼罩，奇石新颖，她觉得这是讲道说法的好地方，便离开洛迦山，驾起祥云，来到朱家尖探看。当她登上白山头，便见一块突兀直立、腾云凌空的金刚巨石，甚为喜爱，便用尘拂一挥，端坐石上，捧出一个大木鱼，轻轻敲起来。这一敲，立即引来一群正在修行的罗汉，他们纷纷来到白山，向观音朝拜，聆听菩萨讲道。

当时，还有各路神仙，也来谷底向观音朝拜。

观音菩萨在白山头金刚石上，一连讲了三天三夜佛道。各路神仙聆听后高兴而去，从此谷底便称朝圣谷。那群罗汉听了，顿时悟道，纷纷脱胎升天，修成正果，去向西方极乐世界。他们的凡胎散落在山巅，或站或躺，或蹲或跪，或倚或伏……化作石块，成为千姿百态的罗汉峰。

这时，菩萨正要休息，忽然从山下跳来一只青蛙，口中"哇哇"地叫道："菩萨，菩萨！对面好，对面好。"

观音一时听不懂说什么，但觉小青蛙很可爱，便问道："小青蛙，你说的对面好,好什么呀?"小青蛙手舞足蹈地指向对面相距不到三海里的小岛,说:"菩萨明鉴,对面那个小岛,名叫普陀山,不但名称好,风水也好,东有梵音洞,若隐若现,胜过天上仙境;南有紫竹林,地洁土净,利于养心修道;中镶百步沙、千步沙,日潮夜汐,涛声不绝;北有高山屏障,冬天能挡西北风寒冷,夏能受东南风凉爽,这是块宝地呀!"当然,普陀山是块好地方,不过比起朱家尖岛小得多,那么青蛙为什么竭力要观音菩萨去那里呢?原来,那时普陀山盘踞着一条凶残的大红蛇,平时缩在洞里喷云吐雾,每年到了六月,就要游过海来,吞吃这里的青蛙,因此,青蛙们深受其害,恨透了这条红蛇。可红蛇魔力大,青蛙又无可奈何它。

自从观音菩萨来到朱家尖,小青蛙知道菩萨佛法无比,能降伏蛇妖,消除祸害,故而把普陀山描绘一番,好让菩萨去普陀山降妖。

不过菩萨听了小青蛙这么一说,倒也动了心。她抬头遥望,见普陀山烟雾弥漫,便把尘拂一扬,顿时雾气四散,瑞云呈祥,那里果然风光秀丽,景色宜人,只是地方似乎小了一点。

那小青蛙看出菩萨嫌小,便跳上一步,又说:"菩萨,普陀山虽小了些,但是那里有宝。"观音回头慈祥地问道:"宝在哪里?"

小青蛙遥指普陀山西面山冈上一块紫烟缭绕的奇石,说道:"喏,菩萨你看,那里有块大石,名叫盘陀石,就是宝呀!"小青蛙说对了,这确实是一块修身讲道的稀世宝石。观音非常满意,连声说道:"好石,好石!"

观音说罢,一手拿着净瓶,一手提着尘拂,一脚跳向普陀山。因为用力过大,至今白山头和对面普陀山都留下了观音的脚印,都称观音跳。

小青蛙见观音菩萨去了普陀山,高兴极了,蹲在白山头上,仰首遥望,要看观音如何收服红蛇。

果然,观音一到普陀山,红蛇就窜了出来,不让观音来通经讲道,立即口吐毒雾,想把观音赶走。观音便随手将杨枝净瓶向空中抛去,只见一道金光,毒雾立即消散,红蛇顿时被收入瓶中。观音把它放入后山云雾洞中囚禁起来,不准再出来为害。从此,观音菩萨便在普陀山建立起道场。

小青蛙看到红蛇被收服,高兴得仰天大笑。它笑呀笑呀,再也停不下来,渐渐化为一块蛙石。

观音虽然没在朱家尖建立说法道场,但是她在白山讲过道,在山上留下了许多观音的圣迹,如说法台上金刚石、木鱼石、观音跳,还有朝圣谷和罗汉峰。曾有人赋道:"未上灵鹫说法台,先闻白山木鱼声。"

抽手观音

讲述：陈阿弯　普陀山居民
记录：李世庭　舟山市文化馆干部

古时候，有个妙庄王，他有三个女儿，大女儿爱打扮，二女儿喜玩耍，只有小女儿整天斯斯文文躲在房里读诗文。

妙庄王老了，想把王位让给聪明的三女儿，为她选了个驸马。谁知三公主摇摇头说："女儿甘愿侍奉父王一世，终身不嫁。"妙庄王一听说"终身不嫁"，气得眼睛弹出，脸色铁青："大胆逆女，你敢违抗父王旨意！老实告诉你，这桩婚事就这样定了，三日后完婚！"

第三天，王宫里张灯结彩，热闹非凡。到了要拜堂时，宫娥慌慌张张跑来禀报："大王，不好了，三公主失踪了！"妙庄王一听，慌了手脚，连忙吩咐宫娥四下寻找。妙庄王带人角角落落全找遍，不见三公主。妙庄王不肯罢休，便传下一道密诏，传令各州各县找寻三公主下落。找了大半年，才在桃花岛的白雀寺里找到了三公主。可是，她已出家当了尼姑，法名叫妙常。

妙庄王怒不可遏，暗中买通白雀寺当家师姑，叫她千方百计虐待三公主，逼她还俗回宫。那个师姑果然听从妙庄王的吩咐，用尽办法来折磨三公主。每天天不亮，三公主就要起来挑水烧饭，扫地抹桌；做完早课，不是上山砍柴，就是下地种菜，一歇也没空。直到三星出齐，方许回寺休息。可怜三公主哪里吃过这般苦，人瘦得像根枯柴。可是，她一声不响，咬咬牙，熬过来了。

这年寒冬腊月，大雪纷飞，三公主顶着寒风上山打柴，她在雪地上滚爬，冻得手脚麻木，一头栽倒在山沟里，昏了过去。不一会儿，一个白须白发的老渔民向她走来，掏出一颗锃锃亮的珍珠放到她的嘴唇上。"咕噜"一声，珍珠滑进肚里，三公主顿时浑身暖热，有了力气，迷迷茫茫跟着老渔民上了船，随潮漂到一座荒岛边上了岸。霎时，老渔民和船都不见了。三公主就在荒岛上结茅为篷，与鸟兽为伴，念经修行。这岛就是洛迦山。

几年后三公主又被妙庄王找到了。他亲自带领人马将这荒岛团团围住，下令上岛搜人。谁知山上的蚊虫百脚一齐出洞，见人就咬，咬得妙庄王的人马喊爹叫娘，连滚带爬逃了回来。妙庄王越发生气，叫人拿来硫黄硝石，满山点起火来，荒岛成了一片火海。突然，呼啦啦一声响，空中升起一团白光，三公主一身白衣白袍，站在莲台上，慢慢向东北方飘去。

妙庄王眼看三公主飘然而去，只好收兵回宫。过了一夜，忽然浑身长满了无头脓疮，访遍名医，用尽良药，不见好转。这天，他迷迷糊糊听到声音说道："妙庄王，若想活命，快快到南海普陀祈求菩萨去吧！"妙庄王猛地惊醒过来，为了活命，当即挣扎着渡海到了普陀山。

妙庄王来到梵音洞前，跪在地上求菩萨开恩，救他一命。突然，梵音洞里透出一道亮光，现出菩萨身形。妙庄王偷偷看去，只见菩萨白衣白袍，脚踏莲台，相貌神态与那天从火海中逃出来的三公主一模一样。原来三公主已修成正果，成了观世音菩萨。这时，菩萨开口道："为治父王身上疮毒，只有将女儿手臂拿去作药引。"说完，"咔嚓"一声，折断手臂抛在妙庄王面前。妙庄王眼看女儿为自己折断手臂，心中又愧又恨，正在为女儿担心失去手臂，日后如何生活，忽见洞中金光四射，三公主的双肋下突然长出无数条手臂。妙庄王又惊又喜，只见洞中光线暗了下去，菩萨不见了。当时在妙庄王身边的王公大臣，眼见观音菩萨替父治病，断臂再抽的奇景，从此就留下了"抽手观音"的美名。

ᆱ 附 记 ᆱ

该故事在桃花岛流传甚广，故事开头、结尾大致相同，中间细节说法不一。汪善根讲述：白雀寺香期，上千香客吃饭，寺内住持要三公主一人落厨烧饭，要是误了佛事，就逼她还俗回宫。四大金刚、十八罗汉为她不平，帮忙烧好饭菜。后来，妙庄王黑夜火烧白雀寺。火至后殿，三公主咬破手指，喷出血雨，灭火。陈昌德、赵银叶讲述：三公主抗婚，妙庄王怒斩女儿，押解途中，三公主被神虎叼到桃花岛，在清修庵落发为尼。清修庵与白雀寺靠近，两处有三千和尚，八百尼姑……妙庄王带兵来清修庵寻人，尼姑将三公主藏于白雀寺。妙庄王寻不到人，一怒之下，火烧庵堂寺院。三公主告诉僧尼，到白雀寺后院来与她一起双手合十，盘腿静坐，即可消灾。但有些僧尼不信，只顾逃命，慌乱中跳入三眼池淹死，而静坐后院者果然避火免灾。僧尼万分感激……赵银叶讲到故事结尾，还有段描述观音来历的歌谣："观音菩萨妙堂堂，父亲就是妙庄王，年纪虽小十八岁，胭脂花粉我勿爱，珍珠玛瑙我勿戴，一心记牢吃长斋……二月十九娘关露，六月十九摘蟠桃，九月十九上天堂……"共有二十句。

观音草

采录：徐国平　桃花岛居民

　　古时候，有一个妙庄王，生了三个女儿，大女儿叫妙清，二女儿叫妙音，三女儿叫妙善。妙善就是后来修炼成佛的观音菩萨。

　　妙善出生时，香气满室，霞光照地。她自小聪明过人，吃素念佛。她长到九岁，一天晚上做了一个梦，梦见佛祖。佛祖对她说，她与佛有缘，要她出家修行念佛，修成正果才可救世间一切苦难。当时，其父妙庄王要她嫁人。妙善一心要修行，自然不愿意嫁人，为了出家修行，她要逃婚。公主要出家，千古奇闻，父王执意不从，把她关在冷宫里派人看守。

　　有一天，妙善趁看守不备，偷偷逃出王宫，到白雀寺修行。这下，把妙庄王气得半死。妙庄王思女心切，又无法可想，只好暗中令白雀寺住持让三公主干苦活、累活，想让她吃不了苦，自动回宫。寺主不想让冰清玉洁、细皮嫩肉的妙善做粗活、重活、累活，可又不能违抗王命，只得将她安排在斋房烧饭、扫地、砍柴、种地。

　　妙善天不亮起来，挑水烧饭，扫地抹桌，做完早课，还要上山砍柴，尤其是大热天上山砍柴，她经常热得中暑晕倒。

　　有一次，她在一个山头叫龙角坑的地方砍柴，砍着砍着，她突然昏倒在地。恍惚间，一龙跪着给她送了一杯清凉的茶水，妙善一饮而下，激灵灵地醒了。原来是南柯一梦。她脑子还是昏沉沉的，身体难受极了，看见坑边有几株青叶子的草，摘来就吃，吃下以后，口生津液，非常解渴，脑子清爽了，身体也好了。她知道了这是一种草药，于是经常摘来带在身上，感到不舒服就吃，一吃就好。

　　后来，妙善用这种草给同寺的道友和地方百姓治病，治好了多种疾病，人们把这种草药叫作"观音草"。

火烧白雀寺

讲述：李玲娣　桃花镇居民
记录：徐国平

　　相传，古代有一国，国王姓妙名庄。因他杀性太重，玉帝不赐子，只赐女，一连生了三个囡，大囡妙清，二囡妙音，三囡妙善。妙善出生时显得奇怪，天上有隆隆的天车开过，仙女在天上撒花，室内异香飘飘，霞光闪闪。妙善从小聪明、伶俐，琴棋书画样样精通，跟佛有缘分，经常跟王后娘娘到京城的寺院烧香拜佛。可是，妙庄王在妙善很小时就要她嫁人，妙善当然不愿意，后来她做了一个梦，梦见佛祖，佛祖对她说："到桃花岛白雀寺去出家修道，可以避难。"

　　妙善趁妙庄王不在宫时逃了出来，到桃花岛白雀寺出家。当时，白雀寺有八百和尚和七百尼姑。这么大一个寺院，妙善混在里面妙庄王根本不晓得。后来不知怎么被他晓得了，派将军叫她，她不回去。妙庄王就抓她回去，她又趁机逃了出来，这样抓了三次，逃了三次。妙庄王忖忖这样也不是法子，忖来忖去，忖出一个叫她吃苦头的办法，叫白雀寺当家的去执行。王法大如天，当家的无办法规劝她还俗回宫，只好用让她吃苦头的办法：你一个公主细皮嫩肉从来没做个啥生活，肯定吃不消的，到时候就乖乖地回去了。

　　可是，忖不到的是，所有的苦头统统难不倒她。扫地、烧饭煮粥、种地，还要到山上砍柴火，白天做生活，晚上还要舂谷磉米。当家的见既然难不倒她，就让其在寺院安心修行了。过了好几年，消息传到妙庄王耳朵里，啥话呀，你们这些和尚尼姑不但劝不走她，反而让她修行的决心越发坚定了。妙庄王气得吹胡子瞪眼，这些事情统是你们白雀寺闯下来的祸，我要火烧白雀寺，这样妙善就修不成了。妙庄王派出许多官兵，涌到桃花岛来烧白雀寺。师父们以为是来抓妙善，把其藏在山脚下的茅棚里。妙善看见白雀寺浓烟滚滚，掐指算出这是父王来烧白雀寺，紧快跑到白雀寺，只见剩下来的一座殿亦要烧掉。她盘坐好，口念佛经，把手指咬破，血流出来变成了雨水，浇灭大火。烧掉了白雀寺，这么多和尚、尼姑住不下，只好遣散，大多数到外地去了，小部分和尚住在未被火烧尽的殿堂里，尼姑们和妙善到茅棚里就是后来的清修庵去修行。

火烧了白雀寺，妙善依旧不回宫。妙庄王又派兵将来抓妙善回去，人是抓来了，妙善还是不愿意还俗。妙庄王没法只好降低身份去劝妙善。妙善讲了许许多多佛教的道理给其听。妙庄王听不进去，反而认为她大逆不道，要将其斩头。土地菩萨晓得了，马上告诉玉帝。玉帝赐紫光罩身，妙善就刀枪不入了。妙庄王又要用红绫带将其绞死，忖不到，一只大老虎跳进法场，叼走了妙善。妙庄王以为她是被老虎吃掉了，所以蛮开心，哈哈大笑："不孝囡，这是报应！"

其实，老虎是玉帝派来救她的。后来，妙善去了地狱，见地狱很苦就毁灭了地狱。她从地狱回来，见到一个非常俊美的后生。后生用尽手段和花言巧语向她求婚，妙善就是不为所动，那后生不但不恼反而蛮开心，他说："你心坚呀！"原来那是如来佛变的，是来试妙善心坚不坚的。妙善见了如来佛，伏地就拜。佛祖对她说，按照她修的因缘，封她为大慈大悲救苦救难观世音菩萨，现在她还要继续到普陀去修行，九年后才能功德圆满。妙善就去普陀山了。

后来，妙庄王生病了，病得快死了，到处求药亦医不好。听说，妙善公主已修成观音菩萨了，只有她手骨做药引才能医得好他。妙庄王打好大船，驶到普陀山求观音，晓得自己对不起她，他只是抱着试试看的心来的，可是忖不到，观音满口答应。观音斩了一只手骨，又抽出了一只。后来人叫其为"抽手观音"。妙庄王吃了药，百病消散，从此亦行了善事，后来修成正果。

赤脚观音

讲述：周德生　舟山水产公司干部
记录：叶焕然

观音修炼成佛后，来到普陀山，斗败蛇王，赶走蛇子蛇孙，找到一个山洞，要在这里落脚。土地赶来帮忙，扒柴担土；百鸟飞来帮忙，叼走蜈蚣百脚，把山洞整得精光锃亮。这个洞，就是观音洞。

观世音忙了一整日，手脚沾上污泥，要寻个清静地方汏人①。她爬上龙头山，到了西天，站在盘陀石上看见一块天墩石，石下有只大石盆，一盆清

———————————

① 汏人：舟山方言，即洗澡。

水，飘出香气。据说这只石盆是织女星产子用过的，王母娘娘嫌弃，把它丢出天庭，落在这里。盆里这股清水，原来是伏在山背上的一条青蛇修炼千年，已成龙身，为了讨好观世音超度自己升天，喷出一股精华，灌满石盆，让观音汏人。

观世音寻到个好地方，眯着眼笑，一步跳了过去，解带宽衣，坐进石盆汏人。这事非同小可，惊得玉帝关天门，龙王闭龙宫，百鸟逃进树林，鱼虾沉落海底，日头提早落山，月亮不敢露面。就在这辰光，只听"扑"的一声，观音一惊，连忙转身一看，才晓得身后伏着青龙。她又急又气又惶恐，顺手撩起一只鞋刋，甩瞎了青龙一只眼睛呵道："孽畜，侬假装正经，我要把侬碎尸万段。"她话声刚落，从黄大洋方向传来一声："阿弥陀佛！"

观世音仰头一看，只见黄大洋海水发黄，浪涡旋转，慢慢露出一只头，两只眼珠比斗桶还大。一眨眼，这怪物变成一个雪白粉嫩的后生和尚，双手合十，眼睛盯着观世音，嘴里念着前世有缘，向普陀山飘来。观世音心里明白，有气装作呒气，口念阿弥陀佛，劝诫众生，勿可作孽。和尚见观世音动口勿动手，胆子越来越大，直朝观世音扑来。只见观世音把手一挥，一股云气隔断海面，和尚无法靠近观世音。

原来这个和尚是东海鳌鱼变的，它见观世音在西天石盆里汏人，美貌惊人，动了邪念。没料到观世音有介大法力，当即显示原形，变成鳌鱼，张开嘴巴，朝观世音扑了过来。观世音怒火烧心，辱^①了一声："孽障，叫侬永世勿得翻身！"她用脚一蹩，蹩碎石盆沿口，飞出一块石片，变成一座大山，把鳌鱼压在海底。所以，普陀天墩石下面那只石浴盆缺了一个口。

再讲，青龙化水让观音汏人，为的是想观世音帮它超度升天，万万没料到反被观世音用鞋刋打瞎一只眼睛。这辰光，青龙伏在山背墩连声叹气。观世音见它一只眼睛瞎了，一只眼睛流着眼泪，动了慈悲心，一问，才晓得错怪了青龙，她转身拾起另一只鞋刋，变成一只船，超度青龙上天去了。

观世音两只鞋刋都没了，只好赤着脚回到观音洞。从此，塑出来的观音佛像都是赤脚的，成了赤脚观音。

---

① 辱：舟山方言，即骂的意思。

龙女拜观音

讲述：杨阿冬　普陀山合兴村农民
记录：周和星

观音菩萨身边，有一对童男童女，男的叫善财，女的叫龙女。

龙女原是东海龙王的小女儿。一天，她听说人间玩鱼灯，非常闹热，就瞒过老龙王，悄悄变成一个渔家少女，趁月色来到闹鱼灯的地方。小街上果然挂满了各色各样的鱼灯，龙女越看越有趣，一看看到十字街口。不料此时从楼阁上泼下半杯冷茶来，正好泼在龙女头上。这下可闯祸了！原来变成少女的龙女，碰不得半滴水，一碰到水，就会现出龙形；现出龙形就会招来风雨冲塌灯会。龙女好不焦急，狠命往海边奔去。刚刚奔到海滩，漂漂亮亮的少女变成了一条很大很大的鱼，躺在地上动弹不得。不久，海滩上来了一瘦一胖两个后生，看到介大一条鱼，三分害怕七分欢喜，两人嘀咕了一阵，扛着大鱼上街叫卖去了。

那天晚上，观音菩萨正在紫竹林静坐，早将刚才发生的事情看得一清二楚，不觉动了慈悲之心。她叫善财童子赶快去把那条大鱼买下来放生。善财为难地说："菩萨，弟子没有银两买鱼！"观音笑了，说："你从香炉里抓一把去就是了。"善财一听不错，就到观音院抓了一把香灰，驾起一朵莲花云，赶往街上买鱼去了。

再说那两个后生，将大鱼扛到街上，借来一把肉斧，准备斩开零卖，突然被一个小沙弥挡住了："莫斩！这条鱼我买下了！"说着，摸出一撮碎银给瘦后生，并要他们将大鱼扛到海边放生。两个后生好不欢喜，跟着小沙弥抬着大鱼来到沙滩，将大鱼放到海里。那鱼碰到海水，打了个水花就不见了。瘦后生要将碎银子分给胖后生，不料，腰袋里一摸，碎银子变成了一把香灰，转眼再找小沙弥，也不知去向了。

东海龙王得知龙女私出观灯，又被观音菩萨救了性命，更觉脸上无光，一怒之下，将龙女赶出了水晶宫。龙女伤心极了，哭哭啼啼来到莲花洋，哭声传到紫竹林，观音菩萨又派善财童子将她接了上去。龙女一看观音菩萨端坐莲台上，就跪在地上拜了起来。观音菩萨很欢喜龙女，从此就让她跟在自己的身边。

观音收韦驮

讲述：李金莲　六横镇双塘张家塘村农民
　　　虞安定　六横镇双塘张家塘村农民
记录：管文祖

> 未生儿子先许愿，
> 生出儿子又担忧；
> 造桥三年皇粮尽，
> 天上仙人下凡助。

这四句话引出一段故事。

福建泉州有条洛阳河，河上呒没桥，过河靠摆渡。一天，有个女人到这里来乘船过渡。她是啥人？是蔡状元的阿姆。这辰光，蔡状元还在娘肚皮里，怀胎只有六个月。东海龙王得知蔡状元到此摆渡，便来祝贺。龙王一出门，又是风，又是浪，弄得渡船翻上跌落，船上的人会吓煞。蔡状元阿姆害怕翻船，连忙许了个愿：菩萨保佑我平安过河，日后生个儿子，若有出头之日，一定造座洛阳桥。龙王一听，晓得蔡状元阿姆受惊吓了，赶紧回东海去了。

后来，蔡状元十六岁上京赴考，得中头名。新科状元还乡拜娘，阿姆想想也蛮欢喜，可是，她想起当年许愿造桥的事，又担心煞了！造一座洛阳桥要花多少铜钿，多少精力，咋会勿担忧！蔡状元劝阿姆勿用担忧，他回京奏请皇上造桥。果然，没过多少日脚，蔡状元就奉旨回泉州造桥来了。勿料，这里水流急，旋涡多，一造造了三年，皇粮用完了，桥还未造成。

这件事惊动了观音菩萨，她现化成一个交关^①漂亮的女人，乘着一条船，驶到江心抛了锚。船老大对两边岸上的人讲："这个姑娘讲了，为了造洛阳桥，勿论贫富贵贱，啥人能用铜钿撄^②着她，她就嫁给啥人。"

话一出口，轰动了整个泉州府。那些有钱人家的子弟，争先恐后差人抬来铜钿碎银，吵吵闹闹向观音菩萨撄去。整整撄了三天三夜，呒没人撄得中，

---

① 交关：很。
② 撄：抛东西。

那些铜钿碎银，全落进船舱里。这辰光，上八洞神仙吕洞宾，变成一个白发老头，也挤在人群中看闹热。他又要抬城隍^①了，心忖，我倒要看看侬这个菩萨咋去与凡夫配婚！事情交关凑巧，有个卖草鞋的后生，名叫韦驮，正好挤到吕洞宾身边。韦驮看看介漂亮一个女人，又有介好一副心肠，勿免也有些动心。他摸摸口袋，只有一个铜钿，想擞又勿想擞，要走又勿舍得。

韦驮的一举一动，吕洞宾看得煞清爽。他走过去拍拍韦驮的肩胛头："后生，侬也想试试？"韦驮让吕洞宾一问，惶恐煞了，头低落，想走开。吕洞宾一把拉住他，叫他在脚边撮块石头，将那个铜钿敲碎，擞过去就一定会擞中。韦驮就照吕洞宾的办法，把碎铜钿朝观音菩萨擞去，吕洞宾在旁边"呼"地吹了一口气，把碎铜钿全部吹到观音菩萨的脸上。

观音抬头一看，原来是吕洞宾在作梗，她正想发作。吕洞宾却走了过来，嬉皮笑脸地说："大士要招凡夫配婚，我特地赶来为你做媒！"观音晓得与吕洞宾纠缠勿清，索性把造桥的事推给了他，说："大仙，这造桥的事，就委托侬拉两位了！至于这门亲事，等洛阳桥造好了，自有分晓！"她看也勿看吕洞宾一眼就走了。

后来，韦驮在吕洞宾的帮助下，洛阳桥造起来了。据说，洛阳桥落成那天，观音菩萨将韦驮带到普陀山，勿过佛规森严，他们呒没拜堂成亲，只是成了"对面夫妻"。侬看，在观音菩萨佛像对面的一个殿堂里，都塑着一尊韦驮菩萨。所以，大家讲观音和韦驮是"对面夫妻"！

观音收鳌鱼

讲述：黄阿和　定海盐河乡农民
记录：周和星

有一年，八仙乘船夫游普陀山。不料船到半洋，被一条大鱼拦住了去路。吕洞宾发火了，拔出宝剑就斩。谁知大鱼尾巴一扫，将宝剑扫落大海。铁拐李和曹国舅急忙抡起拐杖、云板打去，又被大鱼背脊一拱弹到半空里。张果老捧着葫芦，韩湘子举着仙笛，上前去助战，那大鱼喷出一股水柱，将葫芦和仙笛冲得滴溜溜乱转。汉钟离摇着蒲扇，扇起半海浪涛，那大鱼却在浪涛

---

① 抬城隍：开玩笑。

间穿来游去，更加快活无比。蓝采和正要抛下花篮去，却被何仙姑挡住了，她说："要除这条妖鱼，非请观音菩萨不可！"八仙呒办法，只得到普陀山潮音洞去请观音。

八仙找到观音菩萨，如此这般说了一遍。观音说："那条大鱼叫东海鳌鱼。我去收服它！"说罢，到紫竹林折了一条竹枝，便随八仙来到海上，收起莲台，一脚踏上鱼背。那鳌鱼发疯似的狂蹿起来，搅得满海浪花翻卷。观音不慌不忙，左手扯住鳌鱼的背鳍，右手用竹枝拴住了鱼眼，呵道："孽畜，还不还了宝器！"此时，鳌鱼只得乖乖听命，将宝器还给了八仙。

观音菩萨毫不费力地收服了鳌鱼，汉钟离等暗暗钦佩，吕洞宾偏偏不肯歇，提着宝剑要杀鳌鱼。观音冷笑一声，将手中的竹枝轻轻一拉，那鳌鱼懂事地点了点头，驮着观音向潮音洞飞驰而去。从此，鳌鱼成了观音菩萨的坐骑。

观音收金刚

讲述：洪玉佩　定海城关居民
记录：李世庭

普陀山自从建起观音道场，香火愈来愈盛。天上的四大金刚，决意要去亲眼看一看。

这天，四金刚驾起云头，来到普陀山。他们东到梵音洞，西到说法台，北至飞沙岙，南到南天门，团团走了一遍，走得脚骨打跄，肚子饿得咕咕叫，一个个抱怨起观音来了。

这个说："普陀山是观音大士的道场，怎么连个布施斋饭的地方也没有！"那个说："这个观音架子也太大了，俺四大金刚驾到，她竟连脸也不露一露。"还有的把脚一蹬说："什么大士小士，给俺碰见了，非给她一点厉害瞧瞧不可！"

他们正说着，忽见紫竹林那边冒出一股炊烟。他们连忙撒开大步，一直奔到那间冒炊烟的小屋面前，从窗口往里一看，只见一位村姑打扮的女人坐在灶下烧火，一阵阵饭香从窗口飘出来，馋得四金刚口水直流，便像打雷一样地喊叫起来："小娘子，快开门，请俺们吃饭！"

那女人像没有听见，不理不睬，只顾自己烧火。四金刚见硬的不灵，只得换副面孔，好声好气地求她布施一顿饭。那女人这才回过脸来，淡淡一笑，说："进来吧，屋里坐。"

四金刚一听叫他们屋里坐，心里又发愁了。屋子这么小，他们的个子这么大，怎么进得去？但为了吃饭，只好硬着头皮往里挤。说也奇怪，一进门，那屋子就变大了，四人一边一个，围着饭桌坐下，还感到蛮宽敞的。

白脸金刚说："女施主，俺弟兄肚子大，这饭烦劳你多烧一点。"

那女人拎起篮子说："不用担心，保管你们吃饱就是。我去洗衣服，你们自己盛饭吃吧！"

四金刚见女人走出门去，便争着去盛饭。红脸金刚抢在前面，一手端碗，一手去揭锅盖。嘿，怪了，那锅盖真重，像粘在锅上似的，怎么揭也揭不起。红脸金刚又气又急，放下饭碗，两只手握住锅盖柄，使劲往上提，还是提不起。黑脸金刚看得哈哈大笑："真是饭桶，连只杉木锅盖也揭不开！闪开，瞧你大哥的！"说着，伸出蒲扇般大手，抓住锅盖，使劲往上一提，"啪嗒"一声，锅盖没揭起，手骨脱了臼，痛得他龇牙咧嘴，丝丝吸气。白脸金刚出了个主意，叫大家排好队，带头的抓锅盖，后面的依次抱住前一个人的腰，一齐使劲，"嗨唷"一声，带头的金刚吃不消了，手一松，四个金刚一个叠一个，全部倒在地上，摊开手脚，直喘粗气。

正当这时，那女人洗好衣服，进屋一看，只见四大金刚瘫在地上，一个个咧着嘴巴，斜着眼睛，哭不像哭，笑不像笑，"风调雨顺"四件宝物跟烧火棍一起丢在灶头下，刚才那副威风凛凛的样子全不见了。

那女人冷冷一笑，说："四位将军想是吃得太饱了，躺在地上歇息。"

红脸金刚一听急了："不，不，那锅盖实在太重，揭，揭不开。"

"咦，你们不是要拿厉害出来让人瞧吗？怎么连小小的杉木锅盖也揭不开呢！"说着，伸出两个指头，轻轻巧巧地将锅盖揭了起来，"四位将军，请盛饭吧！"

四金刚看她那么容易便把锅盖揭开，不由都惊呆了。还是白脸金刚机灵，他脑袋一拍跳起来说："弟兄们，观音大士就在俺们眼前呢！"经他一提醒，其余三个金刚也都省悟过来，一齐跪倒在菩萨面前，连连叩头。

观音大士开言道："你们兄弟来此做客，也该有个做客的道理，怎么能口吐狂言，如此无理呢？"

四金刚连忙叩头讨饶："菩萨慈悲，恕俺弟兄无知之罪。从今以后，再不敢轻慢您老人家了。"

观音呵呵一笑，说："列位将军对我无礼倒也罢了，只是你们今日在小小锅盖面前出尽丑态，回到天庭，如何向天兵天将交代？"

这一问，把四金刚问得哑口无言。平日耀武扬威何等威风，想不到今日会败在小小锅盖面前，还有什么面目回去见天兵天将呢？他们当即商量了一阵，一齐向观音大士恳求："俺弟兄决意留在普陀不回去了，求大士收留俺们吧！"就这样，观音征得玉帝同意，将四金刚留在普陀。从此，普陀山的寺院里都塑起了四大金刚，他们安身在天王殿，看管山门。

观音撒沙筑塘

讲述：翁秉铨　港街道居民
记录：赵学敏

西天佛祖心血来潮，令金翅大鹏鸟飞往南海普陀山，传观音菩萨前来西天。观音接到佛旨，立刻驾云赶来。

来到西天，但见极乐世界祥云缭绕，霞光普照，仙乐声中出现了佛祖庄严的法相，众神仙、罗汉列坐两旁，合掌迎接。观音参拜了佛祖，便问何事相召。佛祖慈祥地言道："观音，汝乃正法明如来下凡度世，历经几度劫难，至今积了多少功德？"观音谦逊道："弟子只知度众济世，从未论计功德。"佛祖笑道："汝不论功德，可功德仍然存在。"这时两旁众罗汉要求佛祖再现观音功德善事。

佛祖含笑，把手中舍利子抛向空中，霎时舍利子化成一面偌大透明的镜子，镜中现出救苦救难的杨枝观音、教人向善的持经观音、起死回生的施药观音、降妖除魔的鱼篮观音，还有送子观音、多宝观音、水月观音、卧莲观音、千手千眼观音……

众佛看了，齐声念佛，赞颂观音功德。佛祖收回舍利子，笑着对观音道："汝功德已满，即可返回西天。"观音却道："弟子遵照佛祖教诲，在普陀山设立道场，立志要普度众生。"佛祖道："汝何时返回西天？"观音回道："等待众生普度之日，弟子自当返回西天。望佛祖成全。"佛祖看观音意志坚决，赞赏道："汝志可嘉，吾当成全。拟派一佛相助之。"观音道谢。

观音不敢在天上多待，因为天上一日，地下一年，故而立即驾云返回。哪知到达普陀山上空，正遇浓雾笼罩。观音因急着回紫竹林，也未仔细察看，便降落云头，却踏在塘头莲花山，距离普陀山还有一海之隔。

这时，在莲花山上修炼的五百罗汉都迎了上来，并向观音礼拜。观音觉得不是自己失误，原来是佛法有缘，就在莲花山上讲了半天佛道，还在那里卧睡半刻。从此莲花山上留下了观音睡卧的庄严法相。

观音告别众罗汉，准备踏浪返回普陀山。忽然想起此地离普陀山很近，何不筑起一条长堤，使水路变成一条陆地通道，让五百罗汉和舟山百姓可以自由来往。于是她从地上抓起一大把沙石，撩起自己洁白的裙，把沙石兜在怀里。她走到塘头横山最东面，从裙兜里掏出一颗沙石，向海上一抛，只听"扑通"一声，与横山相接的海上突然出现一座小山。她看看很满意，就照此抛下去，不到半天莲花山便能与普陀山相连。

正当她拿起沙石要抛第二颗时，忽然对面踏着浪花走来一个大腹便便的胖和尚，走到她面前对她一声大笑。观音忽然一惊，低头一看，见自己揭起兜沙石的裙下露出一双雪白的大腿，觉得非常羞涩，脸上顿时起了红云，手一松，把裙放下，那兜在裙里的沙石全部抖落在海滩上。观音立即回过神来，才看清是西天弥勒佛，含羞问道："弥勒，你不在西天，来这为何？"

原来弥勒就是西天佛祖派来协助观音普度众生的。他来到普陀山，找不到观音，屈指一算，知道观音在对面塘头，故踏浪而来，正巧遇见观音撒沙筑堤，结果把这桩好事弄砸了，他甚觉歉意，道明来意。

观音也不想责怪他，叹了口气，与弥勒佛踏浪回到普陀山。从此弥勒佛谨守职责，笑坐山门，协助观音菩萨普度众生。

观音在塘头抛下的第一座小山就是现在的麒麟山，裙里抖落的沙石都有鹅卵大小，大部分呈黑灰色，如果仔细寻找还有七彩鹅卵石，这些石子人称乌石子，也有称观音羞石，说是观音含羞抖下的石子。

观音和弥勒打赌

讲述：钱阿顺
记录：叶焕然

老早，男男女女、老老小小住在一道，勿分大小，也呒人当家。

有一日，观音菩萨心血来潮，心想统天下总要有人抲权①；一份人家，

---

① 抲权：掌握权力。

也要有人当家。她就去同弥勒佛商量。

弥勒佛听听蛮有道理，觉得天下有人管理，屋里有人当家，做事有人带头，总比混日子好。

观音菩萨听弥勒佛也讲好，肚皮里就打起算盘来了，最好让弥勒佛自己讲：侬观音来当家管天下吧！她想探探弥勒的口风："弥勒佛，侬话啥人当家好？"

一个有心，一个无意。弥勒佛讲，勿管啥人抲权当家都一样，只要当得好，男人女人不在乎。观音菩萨看弥勒佛嬉皮笑脸装肚大，讲话半阴半阳勿爽快，忖忖又勿好意思自说自话自做大，就对弥勒佛讲："阿拉两人打个赌，侬赢就让男人抲权当家，我赢就让女人当家管天下。"

弥勒佛一听观音会忖出介好笑的主意，咧开嘴巴问咋赌赌。

观音菩萨讲："阿拉两人面前各摆一盆花，大家闭起眼睛勿许看，啥人盆里先开花，就让啥人当家。侬讲好哦？"

弥勒佛满口答应。观音菩萨当即搬来两盆一色一样的花，一盆交给弥勒佛，叫他同自己并排坐落，把花放在面前，两人同时闭起眼睛，过一个时辰睁开眼睛看一看。

弥勒佛心想，这种赌法是碰运道生活，呒没啥本领，我落得心坦坦闭眼养神，一歇歇工夫，就呼噜噜睏着了。观音呒没心思困觉，心烦意乱，一歇工夫眯起眼睛看一看，一歇工夫眯起眼睛看一看，看来看去自己这盆花还呒开，急得心里像蟹爬。这辰光，她偷偷斜眼一看，弥勒佛面前这盆花已经开得喷花，她看看弥勒佛还在打呼噜，便把花盆对调过来，赶紧闭上眼睛喊："弥勒佛，辰光已经蛮长了，阿拉睁开眼睛，看看花有开哦？"

侬莫看弥勒佛闭上眼睛在打呼噜，其实他魂灵交关足，观音偷偷摸摸对调花盆，他老早发觉了，不过他勿想把这桩事体戳穿，就答应观音菩萨睁开眼睛。

观音菩萨睁开眼睛，装出一本正经的样子，伸手指了指面前的花盆对弥勒佛讲："天底下让女人当家，看来这是天意！"弥勒佛一听，忖忖气鼓鼓，侬观音生小心眼，还要装正经，像侬这样的当家人能当好家吗？他嘻嘻哈哈阴阳怪气地讲了："唉，只可惜当家人生歪心，这户人家咋会干净！"观音菩萨为了抲权当家，暗底下做手脚，从此害得天底下贼星勿断。

观音泼水塌东京

讲述：刘财友　朱家尖街道樟州村渔民
记录：管文祖

古代，在普陀山东边的大海里，有个海岛，岛上景色优美，海边鱼虾成群，男人捕鱼，女人织网，日脚过得像神仙，大家叫它"蓬莱岛"。

勿晓得啥辰光，世界上有个大人国，仗着自己力量大，看勿起阿拉中国人，就派兵强占了这个岛。大人国的国王，要在这个岛上建造皇宫，今朝逼老百姓上山斫树打石头，明朝赶老百姓下海捞珊瑚采珍珠。啥人敢违抗，勿是鞭打，就是杀头，人死了交关多，才把皇宫造好。从此，这里变成"东京"了。

这个国王贪心勿足，他强占了"东京"还不够，还想扩大地盘，派大将军来打阿拉中国。这一日，有个大将军，带兵驶船到了普陀山。

他们登上普陀山一看，海滩边有一片紫竹林，竹林里有交关多的金笋，金光闪闪，交关好看。人将军正想钻进竹林里去拔金笋，忽然听到竹林外面有人喊："啥人胆子介大，敢去拔金笋！"

大将军抬头一看，是个交关漂亮的女人，在汰衣裳，他骨头轻煞了，一摇一晃地走过去说："我是东京派来的大将军，拔几支金笋有啥了勿起？"

这个汰衣裳的女人，原来是观音菩萨的化身。看他这样蛮勿讲理，问了："侬拉到这里来做啥？"

大将军朝观音看看，站起来，还勿到他脚髁高，肚里忖：侬介小一个女人，只要我讲句话也会把侬吓煞。于是，他像老虎吼叫一样喊道："阿拉要来打中国！"

观音菩萨讲："侬有啥本事，敢来打中国！"

大将军嘿嘿笑笑说："侬拉像只马蜂，我用一个脚指头拖一拖，就把侬拉拖煞了！"

观音菩萨心里着实气恼，便从头上拔落一根头发，往石板上一放，说："侬有介大本领，我勿相信，这根头发侬撮得起来哦？"

大将军一听，笑煞了："我有千斤之力，一根小小的头发丝都撮勿起来，还算啥大将军？"他二话勿讲，伸手去撮，可是，他的手指像锅铲柄介粗，撮来撮去撮勿起来，急得满头大汗。观音菩萨冷眼旁观，只是轻轻吹了一口气，那根头发便飞了起来，在大将军眼前飞旋了一圈，一直飞到观音头上去了。

大将军眼睛睁得像酒盏介大，慌忙说："勿算，勿算，我手指粗，头发细，重新撮过！"

观音菩萨勿去理他，指指地上的金漆脚盆说："这脚盆水侬端得起来哦？"

这个呆大将军斜眼一看，又高兴起来了，心忖：介小一脚盆水，我勿用吹灰之力，就把它端起来了。他二话勿讲，伸手去端。勿料，金漆脚盆又光又滑，他右手用力，水往左边倾；他左手用力，水往右边斜，端来端去端勿平稳，端得脸孔绯红，眼乌珠弹出，只端到脚板背介高，再也端勿上来了。

观音菩萨见他丑态百出，不觉好笑。呆大将军听到笑声，抬头一看，女人勿见了，站在他面前的却是观音菩萨！他吓煞了，两手发抖，双脚发软，一头栽倒在脚盆里，一连喝了好几口水。只见观音菩萨伸脚一钩，哗！把呆大将军和一脚盆水倒了出来。真怪，脚盆里的水勿断往外流，越流越猛，像万丈瀑布向东海倾泻。一眨眼工夫，激水猛涨，狂风大作，直向东京涌去。只听见"哗啦啦"一声巨响，东京塌了。观音一脚盆水，变成了汪洋大海。

大人国的国王淹死了，那只金漆脚盆变成了一条大帆船，把东京的老百姓救了出来。这条船漂到普陀山旁边停了下来，变成一个海岛，大家叫它舟山。

白沙岛极乐寺

讲述：方文金　白沙乡村民
记录：柳明光　白沙乡居民

相传在很久以前，在舟山群岛的东南端有一座美丽富饶的小岛，四面环海，海滩上都是鹅卵石，海水退潮的时候，在阳光的照射下，鹅卵石上的海水因蒸发变成了洁白的晶盐，远远望去，沙滩是白色的，故取名白沙岛。古诗曰："静观素鲔，俯映白沙。山鸟群飞，日隐轻霞。"又云："涟漪涵白沙，素鲔如游空。偃卧磐石上，翻涛沃微躬。漱流复濯足，前对钓鱼翁。贪饵凡几许，徒思莲叶东。"就是白沙岛当时的写照，那里盛产各种各样的海鲜，人们世代以打鱼为生，过着与世隔绝、自由自在的生活。

不知从什么时候开始，在白沙岛海域出现了一条恶龙，在那一带海上横行肆虐，危害着勤劳、朴实、善良的渔民，一时间那里人们人心惶惶，都希望出来一位能人替天行道，除掉那条恶龙。

这时候正在南海普陀山紫竹林静修的观世音菩萨知道了事情的缘由，她从紫竹林出来往东南一脚踩上洛迦山，在洛迦山上举目一望没有发现恶龙；再往东南一脚踏上白沙岛，发现恶龙正在白沙岛东面的海上胡作非为。观世音菩萨从净瓷瓶中取出杨柳枝轻轻一甩，就收服了恶龙，观世音菩萨告诫它弃恶从善，造福一方百姓，恶龙听后唯唯是从，然后纵身跃入东海，从此守护着那一片海域的渔民，保佑着那一方水土风调雨顺……

白沙岛又恢复了往日的宁静，那里的人们又过上了自由自在的生活。岛上勤劳、朴实的渔民为了报答观世音菩萨的大恩大德，在观世音菩萨踏过的馒头山上修建了一座极乐庵，世世代代供奉着观世音菩萨。极乐庵一直以来香火旺盛，有求必应，成了人们心中的救世主——"南无大慈大悲救苦救难观世音菩萨"。有很多岛外人也慕名而来，但因极乐庵的规模太小，后又扩建，成了现在白沙岛上的极乐寺。

观世音菩萨回到南海普陀山紫竹林后，发觉洛迦山和白沙岛是两个净修的好地方，时常在这两个地方转悠。人们又在观世音菩萨落脚洛迦山的地方修建了一座观音殿，那里也一直香火旺盛，有求必应。

后来就有一个说法，南海普陀山紫竹林是观世音菩萨净修的地方，洛迦山是观世音菩萨显灵的地方，而白沙岛则是观世音菩萨每年向玉皇大帝汇报人间万事的地方。

莲花山五百罗汉

讲述：翁友昌　东港街道居民
记录：赵学敏

相传很早以前，峨眉山上聚有五百罗汉，他们原是凡间芸芸众生，外表生相各异，内在性格不同。他们聚集在一起，不知道怎样才能修炼成正果。

一日，他们得知观音菩萨在南海（那时京城在北方，南边的海都称南海，现在称东海）建立道场，每年有一次讲道说法。于是，他们决定分批结队去普陀山，并约定九月十九日观音讲道前赶到舟山会合，再一同进山朝拜，聆听讲道。

五百罗汉下了峨眉山，有的步经繁华城市，有的走过穷乡僻村，有的爬登秀丽山峦，有的跨越奔腾河流……终于在九月十八日都来到了舟山最东面的莱花山，那里离普陀山只一海之隔，距离不到十海里，一眼望去，但见普陀山祥云缭绕，霞光映照，的确是海上仙境。罗汉们想着明日就可跨海去朝拜观音菩萨，都很兴奋，这一夜，他们忘却旅途疲劳，每人合掌静坐，等待天明。

哪知天有不测风云，到了五更天，晴朗的天空突然乌云密布，海上刮起了风暴，洋面上浪涛翻滚，虽然咫尺海途，却无船可渡，罗汉们个个望洋兴叹，他们知道错过了今天又要等待一年，个个焦急万分。一个罗汉忽然说道："我们还是向观音菩萨祈祷吧，如果今年佛法无缘，我们就在莱花山等待一年；如果佛法有缘，望能风浪平息。"罗汉们听了说是，便个个合掌祈祷。

这时风仍是呼呼作响，浪仍在滚滚翻腾。突然海面上从普陀山方向漂来了白色莲花，一朵、二朵、三朵……越来越多、越来越近，不一会儿，都靠近了莱花山，这莲花每朵都有拜佛蒲团那么大，数一数，正好是五百朵。一个罗汉大胆地踏上去，白色莲花不但不沉，反而托着罗汉向普陀山方向漂去。这时，罗汉们知道观音菩萨显灵，帮助他们渡海过洋，于是纷纷踏上莲花，五百朵莲花在风浪中如履平地，不到一炷香工夫，就漂移到了普陀山。

当罗汉们离开莲花登上岸，回头看，但见朵朵莲花都化成了朵朵浪花。于是他们便三步一拜，走向紫竹林。这时，观音菩萨正好讲道说经开始。罗汉们诚心聆听，顿时悟道，他们知道人有善、恶、美、丑，只要一心向佛，都能修成正果。他们拜谢菩萨，又踏着莲花回到莱花山。为了每年能听菩萨讲道，他们决定不再回峨眉山，便就地修道。从此普陀山洋面有大风浪时，常会有莲花出现。

据说，到了唐朝有个叫慧锷的日本和尚来中国取经，想把五台山一尊观音菩萨雕像带去日本，船经普陀山洋面，突然海上漂来无数白色铁莲花，船被锁住不能动。后来慧锷祷告，愿把观音雕像放在普陀山建造一座寺院，这些铁莲花才被海底钻出来的一头铁牛嚼去。慧锷就在普陀山建造了一座"不肯去观音院"。

　　因为多次出现莲花，这普陀山洋面就叫莲花洋，那个莱花山也叫莲花山了。

　　莲花山上那五百罗汉后来都修成了正果。

十八罗汉

讲述：张玉香　鲁家峙居民
记录：陈鸣雁　鲁家峙渔业公司退休职工

　　各地都有罗汉修成正果的传说，普陀山也有罗汉成佛的故事。

　　相传古时候，不知哪一个朝代哪一个年月，朝政腐败，民不聊生，再加上连年灾荒，盗贼蜂起。其时，有一个地方，从十八个乡村聚集十八个十八岁的小伙子，打着劫富济贫的旗号，揭竿而起，上山结义，做起强盗的勾当来。这件事很快被南海观音得知了，观音想：这十八个后生来自十八个村庄，都是年轻轻的十八岁，倒也是个奇事，但上山为盗，势必招来杀戮，我何不下山去救他们一救！于是，她离开普陀山的紫竹林，化成一个要饭的瞎眼老太婆，来到了山寨。

　　却说那十八个后生，自聚义之后，立下一条寨规：除霸屠强豪，放粮赦贫穷。他们白天习武，夜间打劫，练就十八般武艺。一天早上，他们刚从外乡回家，忽见门前的石板凳上坐着一个满面污秽、衣衫褴褛的老太婆，便暗下私议，有的说："善者不来，来者不善，轰出去算啦！"有的说："这老不死一定是狗官派来的奸细，杀掉拉倒！"有的则说："轰不得也杀不得，咱们行的是劫富济贫，杀的是贪官污吏，看她这般模样，眼睛又瞎，怪可怜的，肯定是个穷人。"

　　为首的一个说："慢来，待我问个明白，再作道理。"

　　"喂！死老婆子，到山上来干啥？"为首的问。

　　"要饭来的。"观音答。

　　"到山下去要，讨饭讨到瓦窑里，这儿哪有你的饭碗！"

　　"好心的义士呀！"观音故作恳求，"山下哀鸿遍地，到处都是饿殍，哪有我瞎眼老太婆的饭碗。山下老百姓都说你们是救命恩人，我特地上山求乞，讨口温饱。"

　　"可咱们没人烧饭，自己也没有饭吃呀！"

观音趁机说："好心的义士呀，可怜可怜我吧！我眼睛虽瞎，还能帮厨。如不嫌弃，就给你们烧饭吧。"

带头的一听，觉得也是个道理，便答应了她。

自此之后，十八个后生每天能吃到喷喷香的大米饭，练武更有劲，功夫日日深，对老太婆也解除了疑心。而观音呢，见他们每次回来，总是轻轻松松，既没有强抢过一个女子，也没有伤害过一个乡民，觉得他们人人善良，个个可爱，遂产生了感情。但他们能不能任劳任怨呢？得先要试一试心。

有一天，观音故意打破饭镬，装作愁眉苦脸的样子，坐在灶前。观音知道，平日里他们一进寨就要嚷着吃的，因为经过一夜疲劳，肚子早空了。可这回呀，哈！看他们怎么着。正想着，十八个后生来了，一看镬见灶底，大家呆了，又看看老太婆，闷不作声，为首的问道："饭呢？"

"镬破了。"

"好端端的，怎么会破？"

"你们不知道我是个瞎子吗！"

十八个后生见状，就不声不响地走了出去，各自习武去了。

观音暗喜，不妨再试他们一试。

又有一天，已是隆冬天光，突然下起大雪来，观音趁他们下山未回，把柴房里的所有柴草都扔到雪里。后生们回来，人人像个雪团，有的忙着要掸雪，有的忙着要填肚，有的忙着要取暖，可他们不见饭、不见火，心里嘀咕起来。为首的又问老婆子："这怎么回事呀？"

"我没有柴烧。"

"这么多柴草，到哪里去了？"

"你们十八双眼睛，难道都没有看见？"

这时候，大家见到一大堆柴草都湿漉漉的，才恍然大悟，便各自歇去。

就这样，老婆子天天烧饭，小伙子夜夜下山，相处十分和谐。

时间过得真快，转眼就是十八个月。忽闻山下人急报：官兵上山来啦！原来这十八个后生自结义以来，除掉了十八个恶霸，救济了十八乡穷人，也惊动了十八县官府。后生一听官兵上来，决计浴血一战。观音想：官兵人马众多，后生寡不敌众，我这次上山是来收他们的，何不趁此机会，带他们到普陀山去。她忙向带头的说："义士呀，飞蛾怎可扑火，鸡蛋岂能碰石，三十六计走为上。"

为首的说："事到如今，兵临山下，走到哪里去呢？"

观音说："我有一条路。我虽是瞎眼，但可以指引，你们救了我，我要救你们呀！"

大伙儿见老婆子如此诚心，都一个个地跟着她走。

观音领着他们走呀走呀，一共走过十八座山，绕过十八道弯，来到了大海边。眼前，只见大海茫茫，惊涛骇浪，猛回首，又是悬崖峭壁，又是追赶的官兵。反正死路一条，大伙儿又想背水一战，观音忙上前阻止，对后生说："别急，天无绝人之路，让我来想想办法。"她趁大伙儿不注意，摘下一片树叶，抛向海去，说了声"变"，变成了一条大船。后生一见船，自知救星到，个个喜出望外！他们乘风破浪，驶过十八个昼夜，穿过十八座小岛，终于来到了海天佛国普陀山。

他们一踏上岸，见这山岛荒滩秃岭，四周恶浪，可怕极了。他们哪里知道，这一切都是观音变的呀，观音故意把美丽的普陀山变成这般模样来考验他们。已经到了这个地步，大家只得默默地跟着观音在这岛上走呀走呀，又走过十八里海湾，翻过十八座山冈，走到了一个大山顶。这座山，就是现在的佛顶山，山顶上有一个破烂不堪的茅棚，大家就在这里安顿下来。

不料过了十八天，猛听得山下金鼓齐鸣，杀声震天。官兵追来啦！原来官兵见这十八个强盗夺船而逃，他们也扬帆直追，现在已包围了山头。

十八个后生咬牙切齿，摩拳擦掌，又想拼死一战。观音急说："不行，我自有你们的去处。"接着，便把他们叫到了一口井边，就是现在慧济寺山门旁的那口井，命他们一个个下去。十八个后生乖乖地到了井底，忽见一条洞路。原来这条洞路有十八层深，十八个后生躲了起来。

再说那官兵，见山上没有动静，就包抄上去。一到山顶，只见茅棚不见人，唯有一个瞎眼婆子在烧香念佛。奇怪，这十八个人明明在这岛上，明明在这山头，会躲到哪里去呢？便问观音："老婆子，你有没有看见过十八个强盗？"

观音回答说："将军大人，我是个瞎眼婆子孤身老尼，从来没听说过十八个强盗，只听说过十八只金麻雀哩。"

"金麻雀！"将军一听，横财来了，欢喜得不得了，急问："金麻雀在哪里？快快说来。"

观音说："你们一上山，早逃三奔四，飞五走六，吓跑了。"

将军自找没趣，就下令搜查。可这山上，除了一间茅屋一口井，搜来搜去，什么都没有。正要收兵时，突然一个士兵叫喊起来："井下有人！井下有人！"众官兵走近一看，果然有人，好像有十七八个，再仔细一看，恰是水镜人影，一场虚惊。

但将军生起了疑心，莫非是井下真的有人？随令士兵下去看过，谁知下去一个，淹死一个，下去十八个，淹死十八个，往后的一个也不肯下去了。将军见此情景，也害怕起来，他想，那还了得，索性放火烧茅棚，用土填水井，率兵回去了。

观音知官兵已离孤岛，估计再也不会来了，就走下井去，拿出十八部佛经给十八个后生，要他们好好攻读。这十八个后生得到了十八部经书之后，整整读了十八个年头，终于修成了十八个罗汉。

普陀山传说

不肯去观音院

讲述：正慧　普陀山大乘庵当家
记录：管文祖

早先，有个叫慧锷的日本和尚，来中国游历名山古刹。这日，他来到五台山，见这里风景蛮好，又关幽静，就在五台山住了下来，和老方丈交上了朋友。

有一日，慧锷在大殿后院，看到有尊用檀香木雕的观音佛像。他交关欢喜，站在佛像前左看右看，看得连饭也忘记吃。老方丈见他看得介入迷，便笑眯眯地说："如果法师喜欢，就给你供奉吧！"

慧锷一听，高兴煞了，连忙合十顶礼，拜了再拜，他接过观音佛像，打算回到日本造座寺院，让日本众生都来朝拜。

慧锷离开五台山，转道宁波，乘船回国。没料到，船到普陀山洋面，突然刮起风暴，又是风，又是雨，把帆船刮得东倒西歪。慧锷呒法，只好把船驶进普陀山的一个山岙里避风。

第二天，风息了，慧锷帆扬开船。勿料，船刚驶出岙口，洋面上又升起一团灰蒙蒙的烟雾，像顶帐篷，正好挂在船头前面，挡住去路。慧锷站在船头看看，头顶是一片蓝天，左右两边是湛蓝的大海。慧锷掉转船头，想绕过烟雾朝前驶，可是绕了一圈，还是回到普陀山洋面。慧锷只好把船驶进山岙里。

第三天一早，慧锷走出船舱一看，太阳刚露了头，满天霞光。突然他看到在彩云中间，有幢彩色牌楼，罗汉、仙女来来往往。他忖：一定是观音菩萨显灵，他连忙跪倒，朝天拜了三拜，赶紧扬帆开船。啥人会料到，船一驶出岙口，天上的景色没了，海上又刮起风浪。慧锷发急了，老是这样下去，啥辰光才能回到日本，他双手合十，口念佛经，求观音菩萨保佑。果然，风浪慢慢静下来了，可是，船没驶出多远，突然像抛了锚一样，勿会动了。他朝海上一看，只见海上漂来一朵朵铁莲，把帆船团团围住。慧锷大吃一惊，一次次开船，都有风浪阻挡，今日又有铁莲锁舟，难道是观音菩萨不肯去日本？他走进船舱，跪在观音佛像跟前，祷告："如若日本众生无缘见佛，我定遵照大士所指，另建寺院，供奉我佛。"

话音未落，忽听轰隆一声，从海底钻出一头铁牛，张开嘴巴，大口大口吞嚼着铁莲花，一歇工夫，洋面上就现出一条航道，又是轰隆一声，铁牛沉入海底，满洋铁莲花也无踪无影了。慧锷定神一看，原来帆船又驶进普陀山的这个山岙里来了。

这辰光，有个姓张的渔民从山上走下来，对慧锷说："这几天的事，我看得煞清爽，你走不成了，还是请法师到我屋里住几天再走吧！"

慧锷见他介热情，便捧着观音佛像，跟渔民爬上了普陀山。他看普陀山地方蛮好，心忖：观音菩萨不肯去日本，就在这里造座寺院，让观音菩萨定居在普陀山吧！

没过多少日脚，普陀山就造起了一座小庵堂，慧锷把观音佛像留在普陀山，自己回日本去了。人们将这座小庵堂叫作"不肯去观音院"。

观音跳

讲述：王桂生　普陀山建筑社干部
记录：管文祖

早先，普陀山是个蛇岛。后来，观音菩萨修炼成佛，看中普陀山做道场，才把蛇精赶走。

这天，观音在西天参拜过如来佛，离开雷音寺，脚踩莲台，要到凡间找个山头设庙传经。她早就听说普陀山风景优美，是个开设道场的好地方，可是，她来到莲花洋上空，低头一看，只见普陀山上毒雾阵阵，树叶枯了，百花凋谢，变成了瘴气弥漫的癞头山。她一时摸勿清底细，便先在洛迦山上住了下来。

原来，这个岛上有条从云雾洞来的蛇精，自称蛇王。这蛇精浑身火红，眼睛像灯笼，嘴巴像稻桶，只要打个呵欠，便会将全岛弄得乌烟瘴气，它还时常出来东游西荡残害生灵。

第二天，观音去找蛇精，远远就看见梵音洞里出来一个红脸大汉，走到观音面前问："喂，侬到蛇岛来做啥？"

观音一看，晓得他是蛇精的化身，便向前施了个礼，说："侬是蛇仙吧！为啥要占据佛门圣地，在这里糟蹋生灵？"

蛇精把眼睛一瞪："咋话？我在这个岛上住了好几百年，咋会是侬的佛地？"

观音想，这蛇精性格粗暴，讲话傲慢，勿能与他硬撞，还是略施小计，让他心服口服！于是，观音心平气和地说："侬原先住在东福山云雾洞，如今又来普陀山，独占两地有啥用？侬行个方便，把普陀山借我设庙传经，好哦？"

蛇精一听，观音讲话和和气气，他的态度也两样了："侬要借，可以商量，勿知啥时候还我？"

观音眯眯笑笑，说道："等到普陀山木鱼勿响，千步沙潮水勿涨，当即还侬！"

蛇精火暴脾气又发了："这哪里是借，明明想霸占我蛇岛嘛！勿借，勿借，侬快离开洛迦山！"

观音说："难道洛迦山也是侬的？"

蛇精说："普陀、洛迦山本来就是一个山头，侬勿晓得？"

观音见蛇精发火，故意用话激他："侬口口声声说普陀山是侬的，有啥依据？"

蛇精说："我的真身正好绕岛一圈。"

观音说："我勿信，侬绕给我看看！"

蛇精忖，这有啥难，绕就绕，他摇身一变，变成一条大蛇。一眨眼，蛇身越伸越长，沿着山脚边，弯弯曲曲向普陀山的周围伸去，眼看头尾就要接拢了。观音抬脚轻轻一蹬，把洛迦山蹬出老远老远。从此，普陀、洛迦山分成两个山头。等蛇精将身子绕普陀山一圈，头尾相接时，观音却站在洛迦山上哈哈大笑起来："蛇仙，侬讲普陀、洛迦是一个山头，侬为啥只能绕普陀一圈，洛迦呒没绕进去？可见这个岛勿归侬所有！"

蛇精晓得上当了，连忙说："勿算，勿算，让我再绕一次！"

这辰光，观音拿出一只金钵，对蛇精说："勿用再绕了，侬如果能在这个金钵口上绕一圈，我就把普陀山让给侬！"

蛇精看看金体，心忖，这有啥难！只见他在地上一滚，"哗啦"一声，身子越缩越小，"扑"地一跳，盘在金钵沿口上，观音趁机用手指一拨，"扑"一声，蛇精跌进金钵里去了。观音用手捂牢钵口，闷得蛇精喘勿过气来，连声求饶："观音饶命！观音饶命！"

观音想了想说："好，放侬一条生路，回云雾洞去吧！"她把金钵一倒，将蛇精倒进海里。蛇精抬起头，苦苦哀求："云雾洞呒树呒草，全是岩石，一年到头，太阳晒得全身出油，实在呒法住，求大士另指去处！"

观音顺手折朵莲花，往空中一抛，变成一朵莲花云，对蛇精说："只要侬能改邪归正，让这朵莲花云为侬遮阴，侬要再作恶，一定勿饶！"

蛇精磕头拜谢，随莲花云回到云雾洞，一直到今天，那朵莲花云还飘浮在云雾洞上空！

观音赶走了蛇精，从洛迦山上纵身一跃，跳上了普陀山。在她落脚的那块岩石上，留下了深深的脚印，人们都叫它"观音跳"。

             附 记

观音与蛇精斗法的讲述多种。一说：蛇精自称住岛三千三百年，有弟子三千三百个，但聚集弟子一数，只有三千二百九十九个，忘了数自己。观音说她早在三千三百年前在此岛修炼，有紫竹为凭。观音从地下挖出一石，劈开，石上果有紫竹纹印。

另说：蛇精真身能绕岛一圈，而观音头发能绕岛七圈等。

二龟听法

讲述：杨阿冬
记录：周和星

在普陀山盘陀石附近的山坡上，有两块状似海龟的石头，人称"二龟听法石"。

很早的时候，观音菩萨独自在普陀山修道，每天夜里在盘陀石上说法讲经，吸引了许许多多飞禽走兽、游鱼跳虾。消息传到东海龙宫，龙王十分眼馋，要龟丞相设法将观音念的那部经卷偷来。龟丞相手下有两只海龟，记忆力极强，龟丞相就派它们去偷经。起初，两只海龟只在莲花洋里偷听，后来越听越有味道，渐渐靠近观音洞，慢慢爬上了山坡。到了第八十一个晚上，它们偷偷爬到盘陀石附近。

坐在盘陀石上的观音菩萨早知道龙王派了两只海龟来偷经。这天晚上，她故意延长讲法念经的时间。两只海龟听得入了迷，直到阳光照到身上，才发觉错过了时辰，急想返回大海，可是四脚已经麻木僵化，接着，身上也僵硬起来，渐渐失去了知觉。就这样，两只海龟，一只伸着脖子，侧耳聆听；一只抬着头，出神地望着盘陀石，从此再也没有动一动。

短姑道头

讲述：罗金良　普陀山居民
记录：李世庭

很早很早以前，有姑嫂二人，平日省吃俭用，好容易积下一笔钱，两人拎着念佛篮，一起乘船到普陀山烧香拜观音。

那时候，普陀山还呒没码头。小船在南天门西首的一个浅滩前系住了缆绳，刚好落潮，香客们赶快上岸走了，只有小姑捂着肚子低着头坐在那里勿动。嫂嫂急了，催她快走。小姑脸一红，吞吞吐吐地告诉嫂嫂：她来了月经，身上勿干净，勿好进佛门圣地。嫂嫂听了，脚骨蹬蹬，埋怨说："介大的姑娘，连月经的日脚都摸不准！现在弄得上勿上，落勿落，唉，真是自己作孽！"嫂嫂将小姑说了一顿之后，只好一个人拎着念佛篮，上山烧香去了。

船老大上岸喝酒去了，船舱里只剩下小姑一人，忖忖自己香没烧成，反受嫂嫂一顿奚落，只好眼泪流流，又懊悔又惶恐。过了两个时辰，涨潮了，潮水涨上浅滩，小船在浪里摇来摆去。小姑一个人坐在船上，又饥又渴，忖忖真伤心！

这辰光，从紫竹林那边走来一个老婆婆，一手挂着拐杖，一手提着竹篮，一步一颤地来到小船停泊的地方。她弯腰拾起一把小石子，朝海里丢了一颗，只听得"扑通"一声，石子沉入海底立即化出一块高出水面的礁石，老婆婆一脚迈过去，随手又丢下一颗石子，立即又化作一块礁石。就这样边走边丢石子，浅滩上长出一排整整齐齐的礁石，一直通到船边。老婆婆到了船上，笑盈盈地对小姑说："姑娘，你饿了吧？"边说边揭开盖在篮子上面的印花布，捧出一碗香喷喷的饭菜。

小姑见老婆婆送来饭菜，惊奇地问："老人家，你咋晓得我在这里挨饿？"老婆婆笑笑说："是你嫂嫂叫我送来的，快吃吧。"小姑正饿得难受，听说是嫂嫂叫她送来，端过碗筷就吃。吃饱了，才红着脸向老婆婆道谢。老婆婆也勿讲话，收起碗筷，拎着篮子走了。小姑困乏了，坐在船舱里打瞌睡。

船老大吃完酒回来，睁开醉眼一看，怪了！这地方咋会变出一个码头来了？莫勿是走错了路？他揉揉眼睛，细细打量，没错，自家的小船还在那里呢！这辰光嫂嫂和同船的香客也都回来了，听船老大一说，也感到奇怪。嫂嫂快步走进船舱，推醒小姑，问她码头是咋来的。小姑摇摇头，也说勿晓得。嫂嫂边埋怨边从念佛篮里摸出两块大饼，说："你呀，只晓得睏觉！喏，快吃吧。"小姑说："你勿是叫人送饭给我吃了？"嫂嫂奇怪得呆了："我啥辰光叫人送过饭？你莫是做乱梦吧！"小姑把刚才老婆婆送饭的情景说了一遍。船老大听后又惊又喜，一拍大腿说："这造码头、送饭菜的人，准是观音菩萨！"香客们都为小姑高兴，说她亲眼看到了观音现身，还吃了菩萨送的饭菜。嫂嫂心存疑虑，一口气跑到前寺大雄宝殿，仔细一看，观音菩萨穿的衣裙，下半截还留着被海水打湿的痕迹呢！嫂嫂这才相信船老大说的话是真的了。

从此，普陀山有了泊船的码头。因为有这段嫂嫂奚落小姑的故事，所以后人把这座码头叫作"短姑道头"。

多宝塔

讲述：微觉　普陀山老和尚
记录：管文祖

很早以前，普济寺与梵山之间，是一条很长很长的沙滩，口子外面就是现在的百步沙。潮水一涨，海浪会涌到普济寺的山门跟前，到了八月大潮汛，潮水涨得就更高了。

有一年，元朝的一个皇太子到普陀山来烧香拜观音。那天，正是八月中秋节，皇太子坐在大圆通殿门前，听潮赏月。突然一阵狂风把他吹倒了，他那顶太子帽也被狂风刮到海里去了。太子吓了一跳，连忙问住持和尚："这风咋会介猛，是啥东西作怪？"

住持和尚告诉太子，边门前的沙滩下面蛰伏着一条小龙，这条小龙原来住在海里，它老是兴风作浪，让护法神打了一鞭，背脊骨打断了，才到沙滩下面来养伤。有时候，它会喘口气，打个滚，舒展一下龙身，它一动，山上会刮风，海上会掀浪，真作孽！

皇太子问："小龙介作孽，有啥法子能把它镇住？"

住持和尚说："要镇住孽龙勿难，只要造座宝塔就好了！"

皇太子听了，高兴地说："那好，我愿奏明父皇，传旨造塔，镇住孽龙！"

住持和尚连忙合掌施礼："太子愿意造塔，真是菩萨保佑！"

第二天，住持和尚带着几个泥工石匠，来到沙滩上，抓把沙泥，放在鼻下闻一闻；蹲下身子把耳朵贴在沙滩上听一听，从东到西，从西到东，走来走去。最后，他来到离百步沙勿远的梵山口，用禅杖在地上画了个圈圈，说："就在这里造塔！"

皇太子勿晓得这是啥意思，住持和尚告诉他，要造塔镇龙，这塔就要造在孽龙的咽喉七寸之处！皇太子听他讲得有理，便派了一名黄衣宫监，留在普陀山监工造宝塔，自己回京去了。整整花了一年，一座四角玲珑的塔造起来了，这就是现在的多宝塔。因为这座塔是元朝皇太子造的，所以又叫太子塔。

塔造好的那天，正好是中秋节，小龙又苏醒过来了，它想伸伸腿，舒展一下龙身，可是它感到浑身勿自在，睁开龙眼一看，四根又粗又长的石柱紧紧卡牢喉咙头，让它无法动弹。这下急煞了，它想用龙角把石柱碰断，可是，上面有《法华经》镇住，随它咋碰咋撞，无法挣脱。它一时性起，猛抬头，重重地打了个喷嚏，一阵狂风，把塔顶卷到海里去了。眼看塔身就要倒塌，黄衣宫监急煞了，赶紧去找住持和尚。正在这辰光，"呼啦啦"一声，禅寺后院金光闪闪，有一间一直锁着不用的破矮屋锁落门开，大家进屋一看，里面供着一张佛桌，桌上放着莲花宝台，宝台上有只金光闪亮的琉璃佛钵，佛钵上还有一张用黄绢写成的字条：

多宝塔镇孽龙，

琉璃钵平妖风。

住持和尚一看，赶紧捧起琉璃佛钵，行三步一拜大礼，爬上多宝塔，把琉璃钵放在塔顶上。说来奇怪，风浪镇住了，多宝塔也勿再摇晃了。

从此，潮水只涨到百步沙为止，多宝塔也稳稳当当地兀立在普陀山！

天灯台

讲述：史兴来　普陀山乡政府干部
记录：管文祖

原先，佛顶山呒没寺院，只有一个小小的石亭。

悦岭庵里有个十五岁的小和尚，名叫圆慧，天天要到佛顶山上去斫柴，他一早上山，天黑回来，昼过^①就在石亭里歇歇力。

这日昼过，天气交关闷热，圆慧坐在石亭里乘凉，突然看到海面上雾气上升，阳光一照，佛顶山上一片霞光，五光十色，交关好看。他心里一动，赶紧整好柴担，急匆匆挑回悦岭庵，一进门就喊了："师父，我在佛顶山上看到佛光了，佛顶山是个好地方，好造座大寺院！"

当家老和尚听了，只好对他笑笑："佛顶山是块宝地，要造大寺院，讲讲容易，做起来就难了，砖、瓦、木材哪里来？"

圆慧想了想说："让弟子出山，四方化缘。"

老和尚看看圆慧，觉得好笑，信口说："侬能化缘建寺，我愿落灶烧火三年，让侬主持寺院。"

圆慧向老和尚要来一件旧袈裟，一副木鱼，离开普陀山化缘去了。他漂洋过海，翻山越岭，整整走了六个月，来到福建地面。

一天，圆慧看到一个大村庄，一打听，晓得村里有户大财主，财主的老娘是个长年吃素的念佛老太婆。圆慧心里蛮高兴，便三脚二步来到财主家门口，"梆梆梆"不断地敲木鱼。财主听到木鱼声，走出门来一看，见门外站着一个又矮又小的沙弥，穿着一件又肥又大的旧袈裟，背着一个又沉又重的大木鱼，那副怪样子使人好笑，问了："小师父，侬出家哪个庙，念的啥咯经？"

圆慧合掌施礼："出家观音庙，庙住普陀山，口念弥陀经，向施主化个

---

① 昼过：舟山方言，即中午，有时也指下午。

善缘。"

财主听了，叫人端来一碗饭："普陀山到这里路途遥远，吃碗观音斋充充饥，歇歇脚再走。"

圆慧看看斋饭，勿接："观音显灵，光照佛顶。施主有缘，捐化木材，造座寺院。"

财主一听要化木头造寺院，摇摇头走了。

圆慧没想到财主介小气，他眼睛骨碌一转，计上心来，索性装作吭介事的样子，在财主门口盘腿坐下，一个劲地把木鱼敲得"梆梆"响。木鱼声惊动了财主的老娘。这个老太婆吃素念经，老早想去普陀山进香，她儿子怕她身体多病，路上出事，吭没成。今朝听到木鱼声，便差丫头出门看望打听，老太婆听讲是普陀山来的小和尚，连忙打起精神，出门相迎。

圆慧看老太婆那身打扮，便晓得是财主的老娘了。他口里喃喃地说："信佛要心诚，心诚佛就灵。"一边讲，一边转身走了。

老太婆赶紧喊："小师父回来，小师父回来。"

圆慧听见喊声，反而越走越快，一眨眼就勿见了。老太婆一急，觉得心头发闷，双脚一软，跌坐在地上。财主赶紧过来，将老娘扶进房里，又是揉胸，又是捶背，忙得勿可开交。好歇工夫，她才慢慢缓过气来，嘴里还含含糊糊地喊着："普陀观音，普陀观音！"

这一天，财主屋里一直忙到深夜，正当老太婆要合眼困觉了，突然从后山传来一阵木鱼声。老太婆听到木鱼声，骨碌翻身坐起，耳朵竖起，笑眯眯地仔细听。听到天蒙蒙亮的辰光，木鱼声停了，老太婆的毛病又复发了。这样，整整闹了三日三夜，财主吓煞了，只好去找小和尚，可是找遍山山岙岙，连个影踪也吭没。

小和尚到哪里去了呢？原来他躲在一个山洞里，日里困觉，夜里出来敲木鱼。今朝看见财主带着一帮人来寻他，便有意避开财主的眼目，偷偷走进财主屋里，站在病人床边，"梆梆"地敲木鱼。老太婆睁开眼睛一看，是普陀山来的小和尚，真是满心欢喜，病也好了七成。她把圆慧当成活观音了，又烧香，又许愿，满口答应化缘造寺院。这样一来，老太婆像吃了灵丹妙药一样，吭没几天工夫，毛病全好了。财主见普陀观音有介灵验，也肯捐助木材了。

圆慧把木头运到普陀山。可是，佛顶山介高，介粗介长的木头，咋搬得上去？有一日，天气蛮好，太阳猛猛，忽然间风起云涌，灰蒙蒙的大雾把整个海都罩住了。圆慧一看，连叫勿好，介大的雾，抲鱼人在海上要出事了。他奔上佛顶山，一口气奔到菩萨顶，在山顶上点燃一堆干柴，柴一烧，火光四射，远远看去，就像一盏大灯笼。在黄大洋抲鱼的渔民，看到半天空有盏亮亮的灯笼，都说是观音菩萨显灵，点起天灯来救阿拉抲鱼人。没多少辰光，海上介多渔船统统驶进普陀山海湾。圆慧见了，大声喊着："菩萨显灵，佛顶山要造寺院，大家快来搬木头！"

渔民听见喊声，扛的扛，抬的抬，一眨眼工夫，把木头全搬上了佛顶山。一座大寺院就这样造起来了，这就是现在的慧济禅寺。

寺院落成那天，悦岭庵的当家老和尚也来到佛顶山，一定要落厨房烧火三年。圆慧再三劝说，才让老和尚去厨房烧了三把火，借个名头，了却他当年许下"烧火三年"的心愿。

后来，圆慧又在菩萨顶造了一座小庙，每逢雾天黑夜，点起天灯指引渔船进港。从此，菩萨顶又叫天灯台了。

活大殿

讲述：王桂生、杨阿冬等
记录：周和星

从前有个官老爷，到普陀山普济寺的大圆通殿去做千僧斋。本来用一千个和尚"绕佛"就足够了，他偏嫌勿足，非要三千和尚不可。那天，果真来了三千和尚，双手合十，口念弥陀，在大殿上穿来套去地绕佛。这大殿也真奇怪，平常五百来个和尚绕佛并不宽敞，这次有三千和尚也不觉得拥挤。从此以后，"活大殿"就传开了。

后来，有个大将军的姬妾来活大殿拜佛，妖形怪状十分做作，老方丈很是冷淡她。这个姬妾失了面子，回去向大将军告了方丈一状。这下可把大将军惹火了，第二天，亲自带了五千兵丁，要到活大殿拜佛。老方丈劝说道："清静佛殿，容不得那么多的兵将，请大将军带几个亲随进去就是了。"大将军冷笑道："既称活大殿，哪会容不下五千兵丁！"说罢，大步跨进大圆通殿，叫亲随用锅铲柄一样粗的棕榈竹丝绳将殿上的四根大柱互相拉牢，然后，命令五千兵丁依次走进大殿。

三千兵丁进去了，四千兵丁进去了，大殿里塞得满满当当。大将军一阵狂笑，责问老方丈："你这活大殿，为啥进了四千人就塞满了？"话音未落，只听得"崩！崩！崩！崩！"四声巨响，大殿上已倒下一大批兵丁。原来是拉在四根大柱上的粗绳子崩断了，断绳甩倒了许多兵丁，空出不少地方来。大将军吓了一跳："咋！这大殿果真是活的呀？"

从此，"活大殿"更有名了。

梅福炼丹洞

讲述：微觉
记录：管文祖

普陀山梅福庵里有个炼丹洞，在洞里的观音佛像旁边，有尊道士的塑像。为啥道士会到佛庵里来？

西汉末年，梅福是九江的县尉。他见当朝皇帝软弱无能，民不聊生，心里交关着急，几次上疏皇帝，要他铲除乱臣贼子，重用忠良贤臣，中兴汉室。可是，次次上疏，都是有去无回，呒没用场！

有一天，梅福出城散步，看见几个小孩在树林里争抢一只小鸟，这鸟羽毛五色斑斓，好看极了。梅福欢喜，便向小孩买了下来，把它托在手心上，小鸟"吱吱"巧叫了两声，翘翘尾巴，抖抖羽毛，翅膀一张，飞上天空去了。

梅福高高兴兴回到屋里，刚想坐落歇歇，忽然闯进两个衙役，不由分说把梅福押走了。原来，王莽篡位当了皇帝，凡是反对过他的人都要斩尽杀绝，梅福也是一个。

梅福成了钦犯，押解进京。一天中午，他们正在路上走着，那只五色斑斓的小鸟突然飞到梅福的肩上，"吱吱"叫了两声，又飞上天空，扑扑翅膀，长鸣一声。霎时，乌云翻滚，狂风大作，刮得梅福东跌西撞。勿晓得过了多少辰光，狂风息了，乌云散了，他身上的枷锁也没了，两个公差也勿晓得到啥地方去了，眼前却是一片白茫茫的大海。他感到全身呒力，双脚发软，一屁股坐在海滩上。这辰光，有条小船漂到他的跟前，他勿管三七二十一，爬上小船，一阵风，把小船送到普陀山。他爬上山顶一看，这个岛的四周是一片大海，山上树木葱翠。他想，这地方蛮好，正好在这里避一避，于是，他寻到一个石洞，设炉炼丹。

一天，他正坐在洞口凝神静养，忽然，那只五色小鸟又飞来了，它在梅福头顶兜了一圈，掉下两根长长的羽毛。羽毛"唰"地变成两条小龙，在空中打了几个转，又"呼"一声，钻进炼丹洞的后山，小龙不见了，从后山的石缝里却渗出一股清泉，积成一个井潭，这便是"梅福井"。井里的水，据说是龙涎仙水，梅福就是喝了井里的水才得道成仙的。

过了几百年，观音菩萨到普陀山建立道场。一天，她来到盘陀石，看见一位白发老人，静坐鼎旁，闭目养神，便上前合掌施礼说："仙翁何故在此？"

梅福睁开眼睛一看，原来是观音菩萨，赶紧还礼："贫道是梅福，隐居这里避乱世。"

观音见他鹤发童颜，已经得道，便说："你在这里隐居百年，只晓得避世，那么靠啥人来济世？"

梅福忖忖，勿会错，过去在九江做官，总以为能替老百姓做点好事，勿料，昏君无道，王莽篡位，心有余而力不足。如今修炼成仙，咋好只顾隐居避世？他觉得观音讲得在理，便在一个明月当空的夜里，走出炼丹洞，来到观音跳。

这时，潮水正好涨平，他便在海边洗了洗脚，然后就离开普陀山，云游各地，施药济世去了。至今，在梅福洗过脚的海滩上，还能找到一种有梅花纹的石块，人称"梅石"。人们为了纪念梅福，在炼丹洞旁边，造起一座梅福庵。

杨枝观音碑

讲述：蒋阿金　普陀山合兴村农民
　　　张阿定　普陀山合兴村农民
记录：管文祖

杨枝庵的当家和尚收藏了一幅唐朝名画，叫《普陀大士图像》，画里的观音菩萨，头戴珠冠，身穿锦袍，右手拿着杨枝，左手托着净瓶，赤着双脚，画得活灵活现。

当家和尚交关爱惜这幅画，把它供奉在后院禅房里，勿肯让别人多看。他越是勿肯拿出来，别人越是想看，到杨枝庵来的香客也就越多了。有人劝老和尚把这幅观音宝像挂到大殿去，让香客朝拜。他怕画像损坏，随你咋讲也勿肯。

这事让一个老石匠晓得了，他到杨枝庵找当家讲："法师如果愿意，我将它刻成石碑，供奉在大殿里，让大家来朝拜！"

老和尚一听："好足了，这还有啥话好讲，那就辛苦你了！"这个老石匠手艺交关好，他背来一块平平整整的大青石，对着佛像仔仔细细地看了一遍，便拿起凿子，叮叮当当地雕刻起来。日也凿，夜也刻，刻得连茶饭也忘记了吃。就这样，勿晓得凿了多少日脚，一块杨枝观音碑刻成了。石碑上的图像与原画是一模一样，老和尚高兴煞，谢了再谢，把观音碑供奉到大殿里。从此，来杨枝庵朝拜的人就更多了。

这样，一直到明朝万历年代，在一个伸手勿见五指的黑夜，杨枝庵突然火光冲天，一场大火把庵堂烧得精光，那幅唐朝名画也烧成了灰烬。当家和尚忖，原画烧掉了，那块观音碑一定还在，他一头扑在瓦砾堆里，东扒西挖，可是，寻来寻去，就是寻勿到杨枝观音碑。这下老和尚急煞了。

庵里的和尚见当家急得这副样子，便一面劝慰，一面分头到各山各岙去寻。可是，寻遍整个普陀山，连个石碑的影子也呒没。

一天中午，有个和尚奔到当家面前："师父，侬莫哭了，观音宝像回来了！"

当家和尚睁开泪眼，看看小和尚："侬莫讲宽心话了，我心里都烦煞了！"

小和尚交关认真："师父，弟子咋会扯乱话，勿信，侬自己去看嘛！"

当家和尚半信半疑，跟着小和尚来到海边一看，星罗礁那边洋面上红光闪亮，一朵白莲托着杨枝观音碑顺着潮水向短姑道头漂来。

当家和尚见这般情景，心想一定是观音菩萨灵验，他连忙跪在沙滩上大礼顶拜，一面又吩咐全寺僧徒，身穿袈裟，手持清香，到南天门前，大礼相迎！

杨枝观音碑咋会到海里去的呢？原来那天黑夜，有一班倭寇偷偷进了普陀山，偷勿到那幅名画，便把观音碑抬走了。临走时，还放了把火，烧掉杨枝庵。啥人晓得，船到莲花洋面，突然刮起风暴，倭船迷了方向，触礁翻船，杨枝观音碑也沉在暗礁上了。

观音碑抬回后，当家和尚先把它供奉在普济寺，后来杨枝庵重建，才把观音碑迎回原处。

人 物 传 说

石匠三的传说

普陀山学武艺

讲述：李志清　展茅镇干施岙村农民
记录：管文祖

清朝辰光，大展有个石匠，名叫张文亨，因为排行第三，大家叫他石匠三。他从小跟阿爹学石匠手艺，到了十七八岁，手艺已经学得蛮好了，可以单独出门兜生意做了。

这年，石匠三到普陀山泉龙庵做生活，和另一个石匠小囝住在庵堂后院。泉龙庵里有个福建少林寺出身的白胡须老和尚，每日乌早天亮练拳，出手带风，呼呼响；脚一蹲，石板蹲得噔噔响。这两个石匠小囝看老和尚武功介好，就每日跟在后面说："师父，拳教眼①！师父，拳教眼！"

老和尚看看这两个小囝都只有十七八岁，便问道："侬拉学拳做啥？"

石匠三讲："拳学眼蛮好，勿会被人欺侮，好保护自身！"

和尚又讲："侬要学拳，就要懂得武术的规矩，只好保自身，勿好打别人，勿好闯祸！"两个囝连连称是，一心想拜老和尚为师，老和尚说："侬拉好学勿好学，要试过。"

---

① 眼：点，"教眼"即"教点"。

这日半夜，老和尚来到他们睏觉的窗前，轻轻一挥掌，只听见"呼啦"一阵风，把窗门也推开了。等到天亮，老和尚问两个囝："昨天夜里，侬拉有啥动静听到过哦？"石匠三说："半夜里，我只听到窗口吹进来一阵风。"还有个小囝讲："我睏着了，一眼也勿晓得！"老和尚点点头，说："明早侬拉五更起来，出门要快，我在外面等侬拉。"

两个囝交关高兴，以为老和尚答应教他们练武功了。第二天五更头，两个囝赶紧起床，一边穿衣服，一边往门外跑。啥人晓得，老和尚老早在房门口等好了，出来一个，他"啪嗒"一拳，出来一个，"啪嗒"一拳，石匠三翻了个跟斗，坐在地上；另一个小囝，趴在地上动也勿会动了。两次试过，老和尚对石匠三讲，侬好学；对另一个囝讲，侬勿好学。

从此，石匠三每日一早跟老和尚学武艺，学一套拳，老和尚教他一帖伤药，这样，他学到了拳术，又学会了治伤。老和尚认真教，石匠三用心学，有两三年学落以后，他忖忖功夫学得蛮好了，便瞒着老和尚凿了一双石靴子，有十八斤重，每日早晚穿着石靴，在千步沙的沙滩上奔来奔去，奔得飞快，沙滩上脚印也勿留一个，轻功好足了。

有一日天亮，石匠三来到千步沙，看见一只黄狗在沙滩上寻食，他连忙穿好石靴子，大喊一声，吓得黄狗撒腿奔逃，他趁机在狗后面猛追起米，一歇歇工夫，就追上了。这辰光，老和尚站在山坡上看得一清二楚，他忖，原来石匠三暗底下在苦练轻功，可自己一眼勿晓得。从此，老和尚再也勿肯教石匠三武功了。

赌气扭断酒壶颈

讲述：庄智秀　展茅镇政府退休干部
记录：叶焕然

石匠三从小聪明伶俐，快到十岁时，阿爹就把他带在身边学手艺了。他学手艺父关吃苦，跟在阿爹后面，问长问短，打破砂锅问到底，弄勿懂勿肯歇。阿爹也交关欢喜他，总是手把手教，到了二十多岁，石匠三已经是一个有名的作头[①]师傅了。

这年，乾高屋里要做寿坟，请石匠三做作头师傅。乾高是大展一带最大

---

① 作头：领头，带头，旧指工匠头目。

的财主，他屋里做的寿坟，交关考究，石头要打得方正平滑，坟碑要用银洋磨过。据说用银洋磨过的坟碑光滑锃亮，日头照起来会透光。这份人家，做坟派头蛮大，却待石匠交关刻薄，勿但对做的活要百般挑剔，就是给石匠吃的饭菜，也要克扣。石匠师傅都是粗人，动动蛮，吃吃咸，每顿饭起码要吃三四大碗，六个人一桌，这点饭菜够啥人吃，两筷夹过呒没了。给石匠吃的老酒，每顿舀来一小酒壶，还勿肯舀满，在酒壶颈下头，照现在的话讲，估估勿到九两，一人一杯吃过，第二次再吃，六个人就轮勿遍了，石匠忖忖肚里都气鼓鼓。

　　这日昼饭担来了，石匠三把酒壶拿过来一看，老酒呒没舀满，他肚里忖：侬介刻薄，莫以为阿拉石匠好欺侮，今朝给侬带个信！他用两只手指头轻轻一扭，酒壶头颈扭断。头一回扭断，烧火阿姆瞒落勿响，呒没告诉老板；第二次担来，老酒壶调了一只，可是老酒依旧介眼眼，石匠三又把酒壶头颈扭断了；第三次担来，又扭断了。三把酒壶扭断，烧火阿姆勿敢隐瞒，告诉老板了。老板一听，心中有数，表面勿动声色，对烧火阿姆讲，下次老酒舀满了。

　　石匠师傅一看，老酒舀满了，饭菜也比前几天好了，都夸石匠三这个办法好。勿料，等石头打好，坟碑磨光，结账的辰光，老板要在他们的工钿里扣落三把酒壶钿。石匠三一听，气煞了，咋话，要阿拉赔三把酒壶！他气呼呼地对乾高老板说："三把酒壶是我扭断的，与别的石匠无关，要扣，侬就扣我的工钿！"话讲落，他一转身走出乾高大门，肚里的火冲上来再也忍勿牢了，便走到乾高坟地，面对那些平整光滑的石板和透光锃亮的坟碑自说自话："阿拉石匠辛辛苦苦风吹日晒，一把汗一把力，化了介多心血，侬乾高有两个臭铜板，就好欺侮人？我宁可工钿勿要，这口怨气一定要出。"于是，他运了运气，撩起一掌，把坟碑打得粉碎；他又抬脚这块石板上去蹬一脚，那块石条上去蹬一脚，一歇工夫，这些石板、石条断的断、裂的裂，他两手一拍，包袱一背，到外地游荡去了。

巧治疑难症

采录：佚名

　　石匠三离家出走，在外东走西走，走到宁波。当时，宁波有个姓章的状元，这个状元年纪三十岁出头，才生了个儿子，全家人把他当成了掌上明珠，交关宠爱。

这年，章状元的儿子，还只有四五岁，突然生了个怪毛病，每日喳喳哭哭，抱他哄他，好东西给他吃，其都勿要，问问他，讲勿清，看样子，总是啥地方勿舒服。东看西寻，原来是下面卵子①又红又肿，这才东请医生西请医生，可是介多医生看过，是啥毛病看勿出来，把把脉，呒毛病，看看别的地方都蛮好。到底是啥毛病？章状元急煞了。这个儿子是他的独苗，章家靠他来传宗接代，这种地方出毛病，以后咋好娶老婆生儿子？章状元真呒法想了，便出了一张告示，啥人能把他的儿子毛病治好，必有重金酬谢。

这日，石匠三在宁波街上游荡，看见了这张告示。他想：当年我在普陀山跟老和尚学拳，师父教我蛮多伤药，也给好多穷人治过病，在医术上也多少懂一些，不妨去试试。

石匠三来到状元府，把小囝抱来一看，咦，这个东西介肿，是啥毛病？他横看竖看，看见这东西两头肿，中间有条缝道，用手去捏捏，两头软软的，缝道里面硬邦邦，一捏，小囝交关痛，喳喳哭哭。他心里忖，这里面硬邦邦是啥东西？他用手轻轻把缝道掰开，看见里面有只黄澄澄的东西，好像是只金戒指，问问大人，都讲勿晓得。大人是勿晓得，当时小囝在他阿姆化妆盒里拿来这只戒指，玩着玩着套了进去，大人咋会晓得。十是他问章状元："这小囝的病用药治勿好，我要用别的办法，不过，侬心疼勿心疼？"

章状元只有这一个儿子，咋会勿心疼？这辰光他也只好硬着头皮讲："只要能治好病，我勿心疼！"

"好，侬叫人去端一大脚盆冷水来！"

冷水端来了。石匠三又说，把小囝的衣裳脱光。啊！这寒冬腊月，棉袄披着还嫌冷，咋好把小囝衣裳脱光。章状元一时下勿落手。石匠三一看，一手抱起小囝，勿管三七二十一，把小囝全身衣服剥光，猛一下，塞进脚盆里。小囝在冷水里"哧"一浸，卵子头一下瘪落。他落手交关快，顺手把一只金戒指勒了出来。小囝的毛病医好了，章状元要谢他银子，石匠三讲："银子勿要，最好弄个差事做做。"他为啥想弄个差事做做？是想找个牌头，以后回大展去找乾高出气！

后来，章状元上京向皇帝奏了本，钦封石匠三为同知衔。这是一个空衔头，有朝服、有帽有靴，呒没实职。大展一带老百姓都称石匠三为三老爷、

---

① 卵子：舟山方言，即男性生殖器。

三先生。

闹乾高

采录：佚名

有一年，大展遭旱灾，粮食歉收，种田人交了田租，留下来的口粮就勿够吃了。到了年关，蛮多人家已经断粮，只好向大户去买升头米①度日。

大展张家乾高房名下有两个儿子，长子叫张大尊，小儿子叫张小尊，是大展一带最大的一户财主，有田地三四千亩，还开有染坊、钱庄。平时，这两兄弟倚仗自己的财势，横行乡里，现在见大展受灾闹荒，就抬高米价，本来一块银洋能买五斗米，年关相近，一块银洋只能买三斗了。更可恶的是，到了十二月二十那天，就关仓勿卖了。灾民买勿到米，都来找石匠三，要他出面去找乾高评理。

石匠三在宁波医好章状元儿子的毛病，受到皇帝的钦封。他回转屋里，带了一班人，每日跟他练武，结拜了十兄弟。这十兄弟，对乾高的所作所为也交关气愤，都拳头抢抢，要去找乾高评理。石匠三就带着十兄弟来找乾高，问张小尊："今年阿拉遭灾缺粮，又近年关，乡民吭米下锅，侬为啥要提前关仓勿肯卖米？"张小尊气汹汹地说："米是我的，卖勿卖由我，侬管勿着！"石匠三一听，火冒上来，指着张小尊的鼻子说："侬敢勿卖，三天内见分晓。侬要是逼上梁山，我就带头到侬屋里吃荒饭②！"

过了三天，石匠三见乾高吭没动静，他就带领七八十个灾民冲进乾高大院，打开谷仓，砻谷的砻谷，蒸饭的蒸饭，像出庙会吃斋饭一样让灾民来吃。这就叫吃荒饭。

张小尊逃到定海，叫儿媳妇到省里找她在省里当官的阿爹，向巡抚衙门告了状，巡抚衙门指令定海厅到大展来惩治这班"暴徒"。

定海厅知府老爷感到为难，要是来，石匠三是章状元向皇帝讨封来的同知，官衔与自己差勿多大；要是勿来，省里上司要责怪。他忖来忖去，带了一百多个官兵，来到双冈岭墩，把人马站好队，旗打打，炮放放，他想声势造大，吓走灾民，回去好交差。要是一个钟头还吓勿走，再下来打。

---

① 升头米：一点点米。
② 吃荒饭：旧社会灾民联合起来与大财主家做斗争的一种办法。

在乾高大院里的灾民也有一百多个，石匠三先叫上了年纪的老人和女人撤走躲避，留下来的都是年轻力壮的后生。到底是撤走，还是跟官兵斗，有人主张拼一拼，有人主张先避一避好！石匠三听听也有道理，叫大家撤走，由他出面找官兵说话。可是大家勿肯，要走一起走，要留都留。争来争去，还是石匠三老婆讲了："撤走勿是办法，走得了和尚走勿了庙。倒勿如跟他们拼一拼，让他们也晓得阿拉的威力，下次勿敢再来欺侮阿拉！"最后定下来还是坚守，把大门关上，用石矮凳顶好，要是官兵进来，来一个，打一个。

官兵见灾民勿肯退，便从外溪坑一直朝乾高大院冲过来，团团围住大院，爬墙的爬墙，撞门的撞门。灾民张兰根，绰号赛牛皋，身体魁梧，性急胆大，便爬上屋顶，一边大骂官兵，一边揭起瓦片掷去，结果被官兵洋枪击中死了。这时，大门被官兵撞破了，他们冲进大院，见人就杀，灾民伤的伤，死的死。石匠三退到三间头屋里，躲在门边偷看动静。这辰光，有个官兵从窗口伸头进来，正好与石匠三面对面碰着了，石匠三一伸手抓住官兵的辫子。官兵见机不妙，大声叫喊起来。这一喊，围拢来十多个官兵，一边开枪，一边冲进屋里。石匠三手举廿八斤重的大刀，用力拼杀，勿料，一刀劈去，劈在屋柱上，一时拔勿出来，被清兵围拢，用乱刀砍死了。唉，石匠三死的辰光只有四十多岁。

陈和老头的传说

打抱不平

讲述：王峥清　桃花镇政府干部
记录：顾维男　普陀区文化馆干部

桃花岛乌石子岙口有一片长长的海滩，海滩上全是大大小小的石子。这些石子，被海浪冲刷得滚圆光滑，乌黑锃亮，交关好看。

有个名叫梁兴富的定海人，他串通杭州的富商，要把这些石子装到杭州卖给大户人家造花园。这日，梁兴富带来十八只大船，每只大船上放落两只小舢板，到海滩来装石子。村里的人看见了，勿让他们装，于是，双方在石子滩上争吵起来。

正巧，这日陈和在乌石子朋友家里做客，听说有这桩事，便"唰"地从椅子上蹿了起来，"噔噔"奔到石子滩，一看，原来这个梁兴富他认得，就对梁兴富说："这石子有关村民性命财产，不能挖！"梁兴富看见陈和，竟打起官腔："我奉官府之命前来装运石子，侬陈和敢来阻拦？"陈和嘿嘿一笑说："既然侬奉官府之命，请把公文拿出来让我看看！"梁兴富拿勿出公文，恼羞成怒，恶狠狠地说："侬算啥东西，胆敢管到老子头上来，来人，快装石子！"陈和还要阻拦，梁兴富撩起一拳，把陈和打倒在地。陈和急中生计，一面叫村民把舢板拖上海滩，一面叫於长友到山冈墩去敲锣，求援邻村。只听见"咣咣"一阵铜锣响，龙洞坑和米鱼洋村的男女老少闻声赶来，人多势众，梁兴富的人被打得伤的伤，逃的逃，梁兴富也被村民打了一顿，丢进粪缸里。

梁兴富石子未装成，反而吃了亏，回到定海勿肯罢休，买通官府，到宁波府告了一状，说陈和与於长友聚众闹事。於长友当时只有十六岁，从未见过世面，吓煞了，陈和却说："长友弟，侬甭吓煞，等到开庭，府官问侬几岁，侬就讲今年十四岁，别的闲话甭讲，我统会顶着！"果然，升堂这日，府官一看，堂下站着个又瘦又矮的小囝，问道："小囝，侬叫啥名字？今年几岁？""我叫於长友，今年十四岁。"按照当时的法律，十四岁还勿到判罪的年龄。府官把手一挥，就放於长友回家了。

陈和心里蛮高兴，站在旁边眯眯笑笑。府官见他嬉皮笑脸，不觉大怒，把镇堂木一拍，喝道："陈和，你可知罪？"陈和说："小民何罪之有！""好大胆，你阻拦梁兴富装运石子，目无官府，聚众闹事，该当何罪？"

陈和不但不怕，反问道："老爷，宁波后海塘是不是官府的？"

"当然是官府的。"

"如果有人挖塘装运石头，老爷管不管？"

"当然要管。"

陈和一听，仰脸哈哈大笑起来，府官被他笑得眼睛清盯①。陈和把脸孔一沉说："乌石子盎的石子，并非海滩，原是一条防浪堤，它随海浪大小，能高能低，不信可问当地百姓！梁兴富挖石毁堤，一旦风暴来临，海水淹没村庄，乌石子的老百姓就要遭灾，这样的事我陈和该不该管？"

"这……"府官一时无话可说，他眼乌珠一转，说，"你为啥要敲锣聚

---

① 清盯：盯着看。

众，打人肇事？"

陈和说："梁兴富强运石子，动手打人，我不得已才敲锣求助邻村，为的是保护海堤，咋好讲是聚众闹事？再讲，梁兴富经商牟利，冒充官船，才是目无官府，目无王法，该不该问罪？"府官被问瘪了，眼睛翻翻，只好退堂。

府官把陈和关押了两个月，审来审去审勿出名堂，只好把陈和放了。

一张无头告示

讲述：方春水　桃花镇客浦村理发师
记录：顾维男

民国时候，桃花岛有个乡长叫吴庆和。这个人阴一套，阳一套，平时对人嘿嘿笑，啥人有难处，只要侬开口去求他，他都会说两句公道话，其实，他是个笑面虎，暗刀杀人。

这一年，桃花乡成立了一个保安队，名为保安，实是作乱，好事勿做，坏事做绝，日里敲诈勒索，夜里偷鸡摸狗，女人吓煞，男人恨煞，背后都骂他们是强盗。有些胆子大的人向吴庆和告状，侬去告，他去告，吴庆和见告状的人多了，只好答应查处，勿得勿装装样子，把保安队长撤换了。这样，老百姓太平了几日，可是，风头一过，还是老样子。

有一日夜里，陈和老头从亲眷屋里吃夜饭回来，路过茅山村口，忽然听到村里有女人的叫喊声，他走过去一看，只见几个保安队员，肩背着枪，手捉着鸡，粗声粗气地吓唬女人："侬再叫，再喊，我就把侬拖到保安队去，给侬吃生活！"讲好，推开女人，摇摇摆摆走了。陈和老头火气蹿上来，正想上去评理，只听见拎鸡这个人讲："这几只鸡送到乡长屋里去，他明朝请客要派用场！"陈和老头大喊一声："站住，把鸡还给人家！"保安队员眼乌珠一瞪讲："我花钱买的鸡，要侬管个屁！"撩起一拳，把陈和老头打翻在地，顾自走了。

第二日，桃花岛顶闹热的集市上，贴出一张无头告示，上面写着："懊恼懊恼，出班强盗，偷鸡摸狗，强横霸道，乡长头脑，好借枪炮。"晓得内情的人，一看就明白是陈和老头写的。一传二传，一息工夫传遍了桃花岛。

吴庆和一看苗头勿像，只怪保安勿争气，把柄落到陈和手里，肚里气鼓鼓，嘴里勿好讲，只好把保安队解散了。

告状未成身先亡

讲述：王德元　桃花镇宫前村农民
记录：顾维男

有一年，虾峙有个叫张阿子的造反，带了一帮人到桃花岛来吃大户。事后，乡长吴庆和一口咬定桃花岛有三个后生，伙同张阿子聚众造反，把这三个后生抓到乡政府关押起来，私设公堂，严刑拷打，想逼他们招供画押。原来这三个后生在一次抽丁征税时与吴庆和作过对，他借机公报私仇。

陈和老头晓得了，气呼呼奔到吴庆和屋里，一见面劈头就问："他们犯了啥法，桃花百姓统讲这三个人吭没吃大户，更没抢过东西，侬是乡长，咋好吭根吭据乱拘人？"吴庆和表面生活交关好，肚里气鼓鼓，脸孔笑眯眯地说："好，如果查实确未抢过东西，我当即放他们！"陈和一听，说："好，限侬三天放人，否则，我就联名告侬公报私仇，诬陷好人！"他看也不看吴庆和一眼就走了。

吴庆和气得骨骨抖，牙齿咬咬："这枚眼中钉非拔不可！"他主意一定，索性把三个后生拖出去枪毙了。

陈和老头听说三个后生被枪毙了，气得饭也吃勿下，眠也眠勿着，当即写好状子，连夜去寻亲眷朋友借盘费，要到县里去告吴庆和。勿料，他刚刚走到盐厂海塘边，突然"呼"的一声，陈和老头中枪倒地。只见从海塘边的芦草丛里闪出两条黑影来到陈和身边，抬脚踢踢陈和，得意地说："看你还告勿告！"这时，陈和老头还未死，听到这句话，晓得是吴庆和的暗算，便咬牙切齿地说："要告，我做鬼也要到阎王殿去告他！"这两个刺客看陈和老头还活着，又补了一枪。陈和老头就这样被吴庆和害死了。

꧁ 附 记 ꧂

陈和老头，又称何和，原名叫陈永和。史志无记载，是桃花岛民间口碑人物，说是清末民初，桃花岛宫前、盐厂一带人。为人耿直，爱打抱不平，专与财主作对，会看风水，愿为穷人代写诉状，代打官司，浪迹一生，清贫到老。在民间对他的传说甚多，桃花镇乌石子村曾造有陈和小庙。

湖泥山奇人

讲述：施义秀　虾峙镇居民
记录：张韬　舟山市文联干部

神枪手

中华人民共和国成立前，舟山群岛附近常有绿壳出没（绿壳就是海盗，当地渔民把海盗叫绿壳，是因为海盗船的壁壳大都是绿色的）。

渔民对绿壳恨之入骨。绿壳什么都抢，弄得渔民甚至不敢把好一点的被褥带到船上去。

安定细眼是专跟绿壳作对的神枪手。

安定细眼的枪法好到什么程度呢？据说有一个自恃枪法过人的绿壳头目曾特意邀请安定细眼与他比试。绿壳头目让安定细眼坐到船头，自己站在船尾的位置，扬手一枪，将安定细眼头上戴着的蒲帽打飞。安定细眼忍不住笑出声来，他跟绿壳头目说："你就站在那儿吧，把你的手抬起来，岔开五指，要我打哪条手指缝，你自己说。"

那绿壳头目依他说的做了。枪声响过，绿壳头目只觉指缝间热辣辣的，再看手指，却连皮也不曾擦破一点。

安定细眼又拿一根绣花线系了一颗桂圆，挂在头桅上，一枪打去，桂圆落到了甲板上，那绿壳头目摇摇头说："我不行。"对安定细眼十分服气。

用他手中的一杆长枪，安定细眼除掉过不少绿壳。有一次安定细眼在定海卖完鱼货，到一家酒店吃酒，听到隔壁包厢里有几个绿壳在议论他，说："这个人，抓到后一定要把他千刀万剐！"

定安细眼跟那绿壳头目之所以没有借比试枪法之机除去对方，是因为白道黑道上的人，都必须信守江湖道义。那时候的人特别看重这个。

绿壳头目将定安细眼视为眼中钉肉中刺，必欲除之而后快，安定细眼也不能不防。据说，他家大门后铺了钉板，若一跤跌在上面，便叫你立时成为一个废人。

定安细眼是湖泥西岙人，他有一条渔船，船上有七八个伙计，平常也出去捕鱼。每次出海,那条船都会被漆上不同的颜色,为的是不让绿壳认出来。有几艘绿壳船,就是因为没有认出是安定细眼的船,当成普通的渔船来抢,被安定细眼趁机灭了。

安定细眼用人有他自己的一套观念。一次他被邀到同乡的一条渔船上吃酒,那船上有新来的伙桨团,只有十六岁,煮了一碗带鱼羹端上来,大家一尝,太咸,就有人骂驾咧咧起来。在渔船上,伙桨团的地位最低,谁都可以上来欺侮,这差不多是条不成文的规矩。那伙桨团却不吃这套,抓过碗来往地上一扔,说:"要吃就吃,讲你妈咸淡呀!"当时就有人要搂他,安定细眼却大声叫好,说让后生到他的船上去做事。

安定细眼手下的伙计个个都是性烈如火。要跟绿壳干仗,胆子不大可不行。

大力士

《说唐全传》里讲李元霸与宇文成都比力气,宇文成都将金銮殿前的金狮子举起,一步一步举进殿来,又一步一步举着走回去,放回原地,大气不喘一口,十分了得。李元霸更厉害,竟然左手一只,右手一只,将两只金狮子都提进金銮殿来,在隋炀帝面前,举起放下,如此十来次。这金狮重达三千斤。

据说湖泥山以前出过一个奇人,能将尺八的磨盘当扇子扇。尺八的磨盘……这也太夸张了吧!讲述此事的当地人却一本正经,说是真人真事。

这个大力士姓夏,有一个外号,叫夏狗呒郎。"呒郎"是本地词汇,是不是该这样写,先不去管它。"呒郎",是指那种不懂人情世故,头脑比较简单的人,但并不带贬义。大概这个湖泥山的大力士跟李元霸一样,有时也会犯点痴傻。

夏狗呒郎的力气主要用在劳动上,他挑东西的杠棍是一根人腿粗细的毛竹。一桶海蜇,别人要从码头搬回家去,非得另找一人做帮手不可,抬着走上一段,还得歇口气。夏狗呒郎一个人干还嫌太轻松,杠棍的一头挑一桶海蜇,另一头还能带上一捆柴,而且常常要在腋下再夹上一些东西,就这样一路走回家去。

他家住湖泥山大小岙,大小岙是一座小渔村,村里的男子大都在渔船上干活,夏狗呒郎也不例外。他干活的那条渔船有一回到沈家门卖鱼,旁边有一条六横的渔船，那船上有人过来聊天，聊到后来，那人拿脚蹬了蹬船头的铁锚："啊哟，这只铁锚倒是结棍咯。这只铁锚啥人拎得动，拎一下记一桌酒水！"

"讲好了莫赖。阿拉这里人随侬挑，你叫啥人拎就啥人拎！"

那人见几个人里数夏狗呒郎的身子最瘦小，就说他来拎！

夏狗呒郎上前抓紧铁锚，一下又一下，拎了十八下，慌得那人紧紧把他抱住："莫拎了莫拎了，已经有十八桌酒水了。"

夏狗呒郎身形瘦小，却神力惊人，体格跟李元霸属同一类型，而且还跟李一样有点痴癫。有一次他在后岙看到一块大石头，平滑匀整，心想，可以放在院子里当桌子用，就往腋下一夹，从后岙到大小岙十多分钟的路，一口气走回去，把石头往院中央一扔，夏狗呒郎就叫他的爷爷："阿爷阿爷，这块石头惬意吧？"

他爷爷从房里出来一看，骂道："介死样一个东西，拿来讨饭呀！"搬起石头"嘿"一声扔过了两人高的围墙。

原来他爷爷的力气比他还大呀！

安期生泼墨桃花岛

讲述：方春水
记录：管文祖

老早，桃花岛是个荒岛。

有一日，有个叫安期生的居士乘着一只小船来到这个岛上，他跳上去一看，这个岛无人居住，四面是海，东西两头是山，两山之间是一片平地。有山有水有平地，气候暖和风景优美，他看看蛮中意，就在这个岛上住了下来，设炉炼丹，开垦种植，空落来写写诗、画画画，日脚过得蛮舒意。

每年桃花水涌进港里来的辰光，这里乌贼就会旺发，潮水冲冲，也会把乌贼冲上海滩，勿用到海里去抲，在滩横头撮撮，也能撮到木佬佬①。这样一来，有勿少内地渔民到了这个季节都来抲乌贼，在岛上搭个茅棚，临时住住，等乌贼汛一过再回去。日脚久了，有些渔民看着岛上土肥水清好开垦，岙多

---

① 木佬佬：很多。

港深好拘鱼，索性拖儿带女全家搬来定居。侬也来，其也来，到岛上来定居
的渔民越来越多了。

人一多，就嘈杂，有辰光难免还会发生口角。安期生喜欢清静，这样哄
哄闹闹的，他怨煞了，便从岛的东南面海边搬到岛的西北角山上，找到一个
向阳的石洞住了下来。啥人晓得，没过多少日脚，到西北角来定居的人也多
起来了，呒办法，他只好离开这个岛，另找住所。

第二天，他雇了只小船，船靠在西山脚下的海边山嘴头，就是现在的稻
篷村外山嘴。临走前，他坐在海滩的一块岩石上，看看山，望望海，唉！在
这个岛上住了几十年，现在要离开了，真有点舍勿得！他触景生情，拿出文
房四宝，磨好满满一砚浓墨，正想提笔写诗，小船老大在喊了："赶快上船，
再勿开船，潮水要错落了。"安期生呒办法，只好勿写，顺手拿起砚台，用
力一泼，墨汁泼在岩石上，好像一朵朵盛开的桃花。直到现在，这里的山石
中，还留着桃花形的花纹。这里有句话："安期生墨一泼，桃花石头半山黑。"
从那以后，这个岛就叫"桃花岛"了。

吕洞宾得道成仙

讲述：何如龙　沈家门街道塘头村干部
记录：叶焕然

吕洞宾是个落第秀才，十年寒窗，从后生时进考场，考到胡须一大把，
连个秀才也呒考中，他做人勿笨，实在是乖得出格了。从这以后，他游手好
闲，每日背把宝剑，到处充阔佬，勿到三年，爹娘死了，家产败光，只好到
外地教书，混口饭吃。

有一日，吕洞宾歇夏①回屋里，刚走到半路，落起大雨。这深山冷岙，
前呒店，后呒村，到啥地方去躲雨！突然，看见山岙里有份人家，他便过去
躲雨。走近一看，原来是份大人家，红漆墙门，走马楼，他心里忖，真蛮稀
奇，在这深山冷岙里，从未见过有介好人家。他正看得发呆，从屋里走出一
个丫头，请他进屋避雨。

吃过夜饭，喝过香茶，丫头来陪他去眝觉。一进房门，吕洞宾看得混沌

① 歇夏：意为夏天回家休假。

沌，眼睛花缤缤，咋也想勿到，房里有十多个丫头，陪着一个大小姐，相貌比仙女还好看。吕洞宾交关活络，一看就晓得是个千金小姐，连忙上前施礼道谢，小姐请他坐落，问长问短，心意托终身。吕洞宾像老鼠跌进白米缸，求也求勿到，当夜，两人就成了夫妻。

一眨眼，过去好几个月，吕洞宾越忖越奇怪，觉得自己老婆勿是仙人便是妖精。他忖出一个主意，每夜里，他自己看书到三更，要等老婆睏熟了，才肯上床。老婆看他每夜读书，交关用心，慢慢也习惯了。

有一夜，时过三更，吕洞宾正想上床睏觉，忽见老婆嘴里含着一颗锃亮的红珠，吸进吐出，他明白了，自己的老婆定有千年道行，这颗宝珠是精华，人吃落去，也好得道成仙。人心勿足蛇吞象，吕洞宾起了歪心，便轻手轻脚走近眠床，对准小姐嘴巴，一口吸，吞落宝珠，还装作亲热相，抱牢小姐亲口。小姐有苦讲勿出，流着眼泪对吕洞宾说："事到如今，我也只好从实讲了，我修炼千年，道行全在这颗宝珠上，现在我失去宝珠，等太阳一出，就要死了，侬要看在夫妻情分，做口棺材，把我安葬，等过了七七四十九天，侬再来看我。"讲好断气，原来是只狐狸。

吕洞宾做了一具草夹坟，把狐狸葬好，他回转屋里，每日扳手指头，心想：叫我等过七七四十九日再去看她，这里头一定有名堂，我趁早去看看，省得后悔。到了四十八天，他就到老地方，用宝剑撬开草夹坟，一看，里头有条大蛇，头像斗桶，翘起三尺高，就差眼睛还眯着。吕洞宾鼻孔冲天，哼哼两声："侬这只狐狸精，还勿死心，想变大蛇吃我。"他宝剑一挥，斩落蛇头。

吕洞宾哐花费力气，得了千年道性，可惜还未成仙。有一天，他听到一个老和尚讲："得道容易成仙难。要想升天，还要圣口封过，像侬这种人，恐怕哐介缘分！"他咕咕忖忖，想个啥办法才能见到皇帝，让他开金口，封我仙人。第二日，他叫读书团到大财主屋里去偷桃子，说是出了事有老师担当。

学生偷桃，罪在先生。告到县里，县太爷派公差来柯。吕洞宾到村口等着，一看见公差就请他们到酒楼喝酒。两个公差来到酒楼坐落，吕洞宾拿来一只空酒坛，一只脚伸进酒坛里，对公差讲："侬两个饭桶，吕洞宾站在眼前，侬也柯勿牢。"说着，轱辘辘，整个人钻进空酒坛里。一个公差拿起老酒坛想甩碎，老酒坛讲话了："莫甩，我是吕洞宾！"两个公差魂灵吓出，只好拿着老酒坛回去见县官。

县太爷审酒坛，审来审去审勿清，只好把它报到府里，府里又报到省里，省里把它当宝贝，献到京里，惊动了皇帝。皇帝想看看吕洞宾究竟是咋貌人，就叫了一声吕洞宾，酒坛答应一声，叫一声，答应一声。看看呒没人，叫叫有人应，皇帝一开心，讲了："吕洞宾，吕洞宾，侬真是个仙人！"话声刚落，吕洞宾当即跳出酒坛，跪倒在地上讲："谢万岁开金口！"

吕洞宾得道成仙，勿是靠修炼，全靠手段。他成仙以后，旧性勿改，还经常寻别人开心，欢喜捉弄人！

妈祖留塘头

采录：翁盈昌　沈家门街道干部

海神妈祖姓林名默，原是宋闽都巡检林愿的第六个女儿，生于宋太祖建隆元年，福建湄州人，宋太宗雍熙四年羽化升天。林默升天后，传说她经常在海上抢险救难，镇海护航，不断显灵保佑人民，人们称她为"通灵神女"，历代皇帝都为她赐封。那么妈祖神像是怎样从湄州传入舟山普陀塘头渔村呢？

传说八百多年前，福建莆田一艘商船北上，途经黄大洋遭遇台风，在上镶峙触礁，船员全部落水，生命垂危。塘头村渔民纷纷到海边救人，经过几小时奋力抢救，八个船员全部获救。渔妇们忙着烧水、煮饭、炖姜汤，取出丈夫的衣裳给他们穿，用烧酒、三矾海蜇等招待他们，等风平浪静，塘头渔民帮他们拖下触礁的商船，请来船匠修好船体，补齐遗失的船具。台风过后，船员准备驾船离去，可船老大整天闷闷不乐，在海边低头寻找东西。原来船老大寻找的是落海的一尊海神妈祖神像。他说，妈祖是我们商船的保护神，渔民的护身法宝，我们福建渔民出海都捧着她，她帮我们镇海护航，抢险救难，说完，老大伤心地哭起来。

塘头渔民劝他，妈祖有灵，定能找到，你们安心去吧！如果找到了，我们定会像你们一样供奉。"你们是我们的救命恩人，大恩大德，妈祖定会保佑你们的。"莆田船员三步一回头驾着商船驶离塘头。

第二天，塘头几位老渔民在五更天巡潮时，在上塘鹅卵石滩拾到一尊刻着天后宫圣母娘娘字样的木雕妈祖神像，他们高兴极了，连忙在麒麟山海滩边垒起石块，割来茅草筑成一座天后宫。此后，每逢渔船出海，渔民总要虔诚地祭祀圣母娘娘，请求妈祖保佑海不扬波、一网捔两船。

过了两年，莆田船员驾船又来到塘头，一来谢恩，二来请回圣母娘娘。可是船驶进莲花洋，整个海面冷雾弥漫，分不清东西南北，在船老大眼里好似遍海朵朵莲花，挡住去塘头的水路，于是，只好在普陀山洋面抛锚。第二天，他们又来塘头谢了恩，并把妈祖神像请进船舱准备回莆田。可是船还未离开塘头滩涂，转眼间天空乌云密布，风雨大作，令商船无法启程，等待片刻，风歇雨停，商船刚起锚，忽然间，黄大洋白浪滔滔，商船颠簸不定，像前年遇台风时那样可怕。"莫非妈祖不肯去莆田？"船老大暗想，船员连忙叩拜求答，果然是妈祖想留在塘头不肯去莆田。

塘头渔民十分高兴，马上劝说："阿拉塘头翁姓是莆田翁家后代啦。另外，阿拉这里面朝大海背靠山，日出东方早见日；皇帝金殿一日一次朝拜，此地一日两潮（朝）奉拜。再则，妈祖与南海普陀观世音菩萨为邻，佛光普照，功德无量。莆田妈祖自然普济万代。"

"翁老大说得有理，既然妈祖不肯回莆田，就留下来保佑塘头翁家百姓吧！"莆田船老大说。从此，莆田海神妈祖神像就留在塘头，世世代代保佑塘头渔民。

姜太公钓鱼

讲述：顾忠良　登步乡鸡冠村网厂职工
记录：叶焕然

姜太公，年纪八十多岁，头发胡须都雪白了，可是他的一双眼睛还是锃亮，走起路来腰板挺得刮直，像个小后生。每日乌早天亮背根钓鱼竿到河塘里去钓鱼，到日头落山才转屋里，勿管刮风落雨，天天如此。头几日，看热闹的人还交关多，想看看这老头钓点啥喈鱼，一看都呆了，为啥？姜太公的钓鱼钩与别人勿同，刮直一梗，也勿用饵料，怪勿得一日到夜，从来呒没见过有鱼上钩。

有个过路人，好奇地问姜太公："侬日日在这里钓鱼，钓点啥喈鱼？"姜太公坐在一块石板上，头也勿抬，自说自话："日里要钓天下王孙，夜里要钓海中鳌鱼。"旁边人一听魂灵都吓出了，指指他的背脊讲："这老头乱话讲讲，口气介大，要背杀头罪名也勿晓得。"这事一传开，再也呒人有胆来看他钓鱼了，怕他讲的话被官府晓得把自己也牵连进去。

有一日，来了一个人，看上去这人穿戴蛮讲究，斯斯文文，他走到姜太公旁边，交关有礼貌地向他打招呼，姜太公睬也勿睬，这个人只是眯眯笑笑，站在姜太公旁边走也勿走。过了一歇辰光，姜太公自说自话地讲："愿者上钩，愿者上钩！"旁边这个人连忙抱拳施礼，讲了蛮多话，姜太公才收起钓鱼竿，跟那人一起走了，这就是姜太公八十岁遇文王。他后来做了朝中军师、宰相，帮周文王打天下，功满封神。他在临死的辰光，心里想想，样样事情都已心满意足了，还有一句话吮没做到，这就是"夜里要钓海中鳌鱼"。

周文王忖忖姜太公功劳介大，这件事总要依他，就下一道圣旨，要所有的抲鱼船都雕一条木头鳌鱼，装在大桅顶上，这就成了现在的鳌鱼旗了。

鲁班打船

讲述：张阿态　白沙乡小沙头村渔民
记录：忻怡　普陀区文化馆干部

鲁班师傅百样生活会做，架桥铺路、造屋修凉亭，还会打船。他打的船块块船板拼缝，滴水勿漏。可是，一只船要打半年，抲鱼人每日"打好哦、打好哦"来工场里催，再加上修船蛮麻烦，换块船板，要拆掉半条船，一般师傅还吃勿落。咋弄弄能改进打船方法呢？鲁班师傅心里老在琢磨。鲁班夫人看看丈夫皱着眉头，心事重重，问鲁班为啥勿高兴，鲁班师傅摇摇头："唉，这桩事女人勿晓得咯！"

有回，一只新船打好要落水了，木匠师傅放炮仗，敲锣鼓，交关闹热。新船到海水里，果然密勿通风，滴水勿漏。这辰光，在埠头看新船落水的鲁夫人忽然忖出个妙计，她匆匆回到屋里厢，找来一个人，如此这般交代了一番。

这日乌早天亮，鲁班师傅独自走到埠头旁边泊新船的地方，一看勿对呀！船舱里漏进的海水有好几担，这可是从来吮没过的怪事。他立即跳进船舱把水戽干，仔细检查船板的缝道，查来查去查勿出毛病。这事只有鲁班师傅一人晓得。

第二日天刚亮，鲁班师傅跑到埠头一看，船舱里又漏水了，比上回还多，鲁班师傅戽了半日才戽干，这回他也吮没同人家讲。

第三日天亮，等鲁班师傅赶到埠头一看，这回勿对了，新船里的水足有半船，舱板也浮了起来。鲁班师傅再也顾勿得面子啦！叫拢一班木匠，三斧两刀就将船劈咧！

劈了新船，勿用老办法打船了，可鲁班师傅一时三刻又想勿出好法子，工场里介多木匠只好停工，鲁班师傅急得团团转。鲁班夫人好像早就料到这事了，心勿急，火勿大，笑嘻嘻对鲁班师傅说："打一只船要花半年时间，修船又介难，侬勿会打快点嘛！"鲁班师傅叹了口气说："侬讲讲容易，快点，这船要落水的呀，拼缝勿密，漏水咋办？榫头勿牢，散崩咋办？船打得好坏，关系到抲鱼人的性命啊！"鲁班夫人反而咯咯笑起来："亏侬还是个木匠师傅哩，船板缝要漏水，侬就勿会在缝道里塞东西；榫头勿牢，侬就勿会用铁钉铆。"

想勿到这几句话一讲落，鲁班师傅像只大老虾，一下从矮凳上弹起来，奔到工场，带班木匠，乒乒乓乓打起船来。这回勿做榫头用铁钉，勿拼板缝用破网纱拌桐油石灰，放进捣臼，敲熟了，嵌板缝。哎，这法子交关灵，呒没几日工夫，一只新船打好了，船身上了漆，又好看，又防水，落到海里一试，果然也是滴水勿进。从此，打船速度勿知加快了多少，抲鱼人来打船的也越来越多了。鲁班师傅整天忙忙碌碌，手里做生活嘴里哼小调。夫人见他这样开心，问道："侬晓得上回新船里为啥有介多水？难道真是船漏了吗？哈哈哈哈……"

鲁班师傅一时三刻被笑得呒头呒绪，可是，鲁班毕竟是鲁班，脑子一转就清爽咧。那新船里的水原来是夫人巧安排，鲁班师傅这回真的服了夫人啦！勿晓得底细的人都说打船是鲁班师傅忖出来的，看了这个故事以后，你们才晓得也有鲁班夫人一份功劳呢！

万喜良垫长城脚

讲述：钱阿顺
记录：叶焕然

据传，秦始皇是条恶龙，罪犯天条，千刀万剐，罚落人间，后来，当了皇帝，要修一条万里长城，像条龙，盘转中国，为自己赎身。修这条活长城，难处何止千万，要惊动多少人，要使多少生灵涂炭，要压煞多少龙脉山形。一开头，城砖砌勿到一丈，就塌掉，祭天，天勿灵；拜地，地勿灵；用鸡狗压邪，也压勿住。秦始皇听信巫婆，要用一千个童子后生垫城脚，才能修好长城。

秦始皇传下圣旨，三丁抽一。这辰光，连年打仗，男丁都去打仗，女子多，男子少，三丁抽一，也凑勿足一千个童子后生。各州各县，勿管三丁还是独苗，碰着后生小囝就拘。这桩事非同小可，惊动千家万户，哭声传到天上，气煞玉皇大帝，要差天兵天将下凡，捉拿孽龙秦始皇归天。

太白金星一听，连忙奏道："秦始皇做了皇帝，有三十七年天下，寿数未到，请玉皇大帝让我下凡，相救千人性命。"玉皇大帝就差太白金星下凡。

太白金星摇身一变，变成一个鹤发童颜的道士，买通太监，来见秦始皇说："大王，侬要用千名童子后生垫城脚修长城，我看还是修勿好。"

秦始皇说："仙师之意，是何道理？"

太白金星说："这一千人，都是凡人尸骨，垫在城下，人血冲犯龙脉，臭气冲犯天庭。地神怨，天仙怒，都要怪罪大王！"

秦始皇一听蛮有道理，觉得这个道士高明，就请他快出主意。

太白金星讲："世上有一人，名叫万千两，是天童投胎，用他一人垫城脚，便可造起长城。"秦始皇当即传下圣旨，赦免这一千，单拘万千两一人进京。

苏州城有个姓万的财主，三妻四妾，只生单丁，名叫万千两，老财主原本用金银买通州县，让儿子躲在屋里。这回，行文下来，单拘万千两一人，老财主吭法了，叫儿子连夜逃出苏州。

万千两从苏州逃到杭州，见杭州城里贴满榜文，要捉拿万千两。他走投无路，躲进孟姜女家的后花园。正好被孟姜女看见，问他姓名，万千两勿敢讲出真名实姓，改名叫万喜良。孟姜女一见钟情，告诉父母，将万喜良招为女婿，三日后成亲。

三日一过，孟家屋里挂灯结彩，孟姜女同万喜良拜堂成亲。万万吭没料到，新娘新郎刚送进洞房，一班公差冲了进来，把万喜良拘去垫长城脚了。

一人受难万人安，老百姓为纪念万千两，在长城边，十里方圆造一坟。

沈清孝心

讲述：陈桂珍　普陀区政协干部
记录：赵学敏

相传，两晋时期，那时朝鲜半岛南部（现在叫韩国）谷城郡，有个盲人名叫元良，出身贵族，到他时家已败落，靠他妻子郭氏以针线纺织度日。他四十岁那年，妻子为他生下一个女儿，取名洪庄，可是不幸，妻子产后得病，七日后死亡，留下他盲人带着幼女，靠乞讨度日，在艰难中把女儿养大。一天，他听了弘法寺性空法师的劝说，告诉他："只要敬施给佛祖三百石白米，虔诚祈祷，你的眼睛就会明亮起来。"元良复明心切，就在化缘簿上写下了名字。事后想到家徒四壁，身无分文，十分后悔。女儿洪庄得知此事，反而好言安慰父亲，毅然卖身给来自中国沈家门的商人沈国公。

那时，中朝已经有了海上贸易交往，普陀沈家门是浙东海上的门户，又有这么好的港口，因此商贾云集，交易频繁。很多商人经常从沈家门出发，由水路去往谷城郡。那时，正值沈国公在谷城郡经商，为洪庄的孝心所感动，便以两船货物抵三百石白米给弘法寺，了却元庄父亲的许愿，而且娶洪庄为妻，把洪庄带到沈家门自己的家乡，并将妻子洪庄改名为沈清，从此，两人恩恩爱爱生活着。

沈清虽然在中国生活得美满幸福，可她仍然忘不了自己故国和遥隔远洋的瞎子父亲，于是她命人铸造五百七十尊观世音佛像，并漂洋过海送往百济的甘露寺等地，祈求父亲双目复明，祈求家乡百姓安居乐业。她的诚心孝意感动了观世音菩萨，终于使她父亲的眼睛复明，沈清也成为当地万古流芳的孝女，同时也成为沈家门的孝女典范。她住过的故居，现改建为"沈院"，以作永久纪念。

哈喇看观音

讲述：王桂生
记录：管文祖

相传，元朝有个叫哈喇的元帅，自认为平定江南有功，平时横行霸道，从勿把别人放在眼里。

有一次，他听讲普陀山的梵音洞有观音菩萨现身的奇景，勿相信，便带着随从官员来到普济寺，指名要当家和尚陪他去看观音现身。

到了梵音洞，哈喇站在洞口的石阶上朝里张望，只见洞内潮水涌进涌出，水花飞溅，白茫茫一片，就是勿见观音现身。他等得勿耐烦了，正想发作，勿晓得是啥人喊了一声："来了，来了！"哈喇一听，把眼瞪得像铜铃，东张西望，看勿出啥名堂。他一把拉着老和尚斥道："观音现身为啥勿让我看见？快叫她再现！"

老和尚哭笑勿得，只好转弯抹角地说："看观音现身心要诚，元帅勿可性急！让我回寺向观音祈祷，明天再来朝拜！"

哈喇呒没办法，只好答应了。

这日夜里，老和尚坐在禅房里，咕咕忖忖，"观音现身"全靠梵音洞里有块像观音菩萨的岩石，洞里雾气蒙蒙，人在明处老远望过去，一时蛮难看清，只有仔仔细细地看，才能隐隐约约看得见。像哈喇这种火暴性子的人咋会看得清？他正在为难，小徒弟手端斋点走进门来，讲："师父莫愁，办法我忖好了！"便在老和尚耳边如此这般地讲了一遍，老和尚听了，高兴得哈哈大笑起来。

第二天，他们又来到梵音洞，哈喇站在石阶上朝洞里张望了一会儿，又勿耐烦起来了，便粗声粗气责问老和尚，观音为啥还勿现身？老和尚呒没答话，只是双掌合十，口念佛号："大慈大悲观世音菩萨。"一歇工夫，雾气中隐现出两个罗汉。哈喇一看，蛮高兴，像鸭吞田螺一样，项颈伸得老长，等观音现身。可是等了老半天，勿见观音出来。哈喇火气冲天，从随从手里拿过一张弓，挽弓搭箭，"嗖"地朝罗汉射去。"本帅要看观音，为啥出来两个贼秃？莫非有意戏弄本帅不成？"

老和尚不慌不忙说："观音现身一定有罗汉引路，元帅一箭，把观音惊退了，时辰已过，无法挽回，可惜呀可惜！"

"可惜个屁！"哈喇气得面孔铁青，一甩手走了。回到前寺大殿，哈喇正想找老和尚出气，突然有人大声惊呼起来："啊呀，元帅的箭咋会在这里？"哈喇抬头一看，哟，观音佛像手里果真捏着那支箭。

这是咋回事？原来头日夜里师徒商量，由两个小和尚扮成罗汉模样，预先躲在梵音洞里，以老和尚口念佛号为号，突然出现，一晃而过，哈喇粗心，一定会误认"观音现身"。偏偏哈喇看出勿是观音，一怒之下射出一箭。小徒弟交关活络，将箭拿回大殿，放在观音佛像手里。老和尚心里暗夸小徒弟聪明，能办事，嘴里却惊呼："观音慈悲！观音慈悲！"

这下子哈喇真吓煞了，"扑通"一声双膝跪地，像敲木鱼一样连连磕头，这个横行一时的草包元帅，呒没看到观音现身，反让老和尚戏弄了一番，灰溜溜地离开了普陀山。

刘伯温避祸朱家尖

讲述：杨永祥
记录：赵学敏

在朱家尖岛蜈蚣山顶上，有一座坟墓，传说是明朝开国皇帝的军师刘伯温的墓葬。刘伯温是浙江青田人，他的墓怎么会在朱家尖呢？

传说朱元璋登上皇帝宝座以后，日思夜想睡不着觉，他担心的是他出生入死、共患难打天下的兄弟，虽然他赐众兄弟高官厚禄，但还是怕他们恃功谋反。想了几天几夜，终于想出了一个万全计谋。他下令工匠花七七四十九天时间，建造了一座雕栋画梁的高楼，命名为"功臣楼"。功臣楼建成那天，他摆下丰盛的庆功宴席，邀集所有立功的开国文武大臣都来赴宴，暗地却派人在楼的地下室埋下了大量火药与干柴，准备在群臣开怀畅饮之际引火炸楼，彻底剪除后患。这事虽做得极其隐秘，无人知晓，还是让机智过人的刘伯温看穿了。

那大宴席上，先是宣布君臣同庆同乐。朱元璋亲自临席，举杯敬酒，各大臣三呼万岁，齐声称谢，接着坐下开怀饮酒。这时，刘伯温故意坐在朱元璋的旁边，悄悄将皇帝龙袍一角压坐在自己的椅子上。他想，只要你一离开，便会抽动袍角，我也跟着离开。果然，酒过三巡，在管弦声中，朱元璋悄然离席。由于袍角牵动，刘伯温顿时警觉，皇帝前脚刚走，刘伯温后脚马上跟出。刘伯温还没回到家里，功臣楼已笼罩在熊熊烈火之中，可怜赴宴的功臣全部葬身火海。

刘伯温虽然看透了朱元璋能共患难不能同富贵，但料不到他会如此狠毒。虽然他今日免于一死，日后性命也是难保，为了避祸，他当天便离开了京都，从此隐姓埋名，浪迹江湖，靠吹糖人、做小生意为生，倒也逍遥自在。

一天，他漂游到佛国普陀山，游览了寺院庵堂，朝拜了南海观音，乘船回大陆，不料船到莲花洋，遇到逆风，倒流的潮水把小船推进了石牛湾，停泊在朱家尖蜈蚣峙码头。既然天气留客，刘伯温便信步上岛，迎面看见一块石碑，上刻着"福兴"两个字，刘伯温淡淡一笑，心想：如此天涯小岛，怎能称得上福兴之地？真妄言也。他也不多去理会，继续向前迈步，走呀走，这时阴云渐渐散去，风也平了，阳光灿烂，但见前面一片沙滩，金光闪耀，岸边青山绿树，景色宜人，刘伯温不觉动了游兴，他踏着沙滩，走过里岙、南沙、东沙等地，处处风光瑰丽，耳闻涛声澎湃，面拂轻柔海风，眺望浩瀚大海，心旷神怡，安然自得。于是他又沿着山走，来到乌石塘，见到遍地乌黑发亮的鹅卵石，大的如拳头，小的如鸽蛋，花纹各异，海潮涨落冲击着鹅卵石，发出哗啦啦有节奏的声音，犹如美妙的乐曲，真是别有风味。

见罢此景，他又转身来到一座怪石林立的山前，他非常好奇，向山下百姓一打听，原来这里叫白山。他听了当地人讲了许多关于佛山的传说，如"观音圣迹""济公朝圣""寿龟闻道""二郎试剑""八戒望海""仙女断跳""天缝瘦身"……很感兴趣，便夜宿在农家。

第二天一早，他怀着好奇，登上白山。果然见到怪石林立，异岩嶙峋，有的像昂首展翅的雄鹰，有的像鼓噪的青蛙，有的像白象，有的像八戒，更有一座山巅坐立着一群罗汉……山上林木葱郁，繁花似锦，真是人间仙境。

刘伯温停立在山头，不禁赞叹道："若能居此，大难不用忧，大荒不用愁，真乃是福兴之地也！"据说，他死后，让他子孙将他安葬在朱家尖的蜈蚣峙。他的坟墓现在还高高耸立在那里。

鲁王避难芦花岙

讲述：缪岭来　芦花观碶头村农民
记录：管文祖

明朝末年，清军入关，鲁王逃到舟山，在定海建立了小朝廷，他想在舟山招兵买马，反清复明。勿料，他逃到舟山，清兵追到舟山，他只好亲自出马，带领手下大将张名振去攻打吴淞来牵制清兵，吴淞吮没打进，定海城反被清兵攻破了。定海这一仗打得惨足了，清兵进城后，见人就杀，见屋就烧，一夜工夫，杀死的老百姓就有上万，鲁王的宰相上吊，王妃跳井！

鲁王一听定海失守，断了后路，赶紧带兵逃到福建去找郑成功。后来，郑成功又让张名振带领重兵，再次攻克定海，鲁王才回到舟山，可惜，定海收复勿久，张名振生了一场大病，死了。鲁王在短短的几年工夫，失去文武两员大臣，大伤元气，再也吮没力量反清复明了。

清兵不费吹灰之力，又打进了定海城，鲁王一看大势已去，便带着两名亲随，身穿便服，混在人群当中，逃到了芦花岙，躲在一个山岙里。这个山岙交关偏僻，只有五六户人家，老百姓勿认得他是鲁王，只当是逃难的外乡人。

鲁王在这里地生人勿熟，怕露马脚，便整天躺在床上，推说有病，闭门勿出，暗底下叫两名亲随到外面打听动静。几日住落，村里闲话出来了：这三个人，一个每日吃吃困困，讲讲有病，又去求医吃药；另外两个，东奔西走，一眼勿停，还打听张名振的坟做在哪里，到普陀山去咋走。问问他们是啥地方人，从哪里来的，总是支支吾吾勿讲实话。有些人就起疑心了，老要去找鲁王七搭八搭，有讲呒讲探听口气。鲁王也晓得这些来探口气的人呒没恶意，但又勿敢直讲，只好应付应付。

这样，鲁王在这里躲避了好几日，看看定海城里呒没啥动静，胆子也大了。这日吃过夜饭，东西整整，趁主人家勿防，在房间桌上留落几锭银子，闷声勿响从后门走出，走到张名振的坟前，插上三支清香，本想告别一番就走，勿料，鲁王忖起旧情，竟会抱着坟碑"呜呜"痛哭起来。两个亲随再三劝慰，才把鲁王劝住。三个人恋恋勿舍地离开坟地，翻过一条岭，走到塘头，雇了一条小船，连夜摆渡到了普陀山，再转道逃到福建去了。

鲁王在张名振坟头痛哭流涕的辰光，让人看见了，才晓得那人是鲁王。后来，大家把鲁王避难过的那个小岙叫作"鲁家园"。

张苍水隐居悬山岛

讲述：陆位世　六横镇干部
记录：刘云岳　李良荣　六横镇居民

张苍水（1620—1664），字玄箸，名煌言，浙江鄞县（今宁波）人，明朝末年民族英雄，具有高度思想艺术成就的爱国诗人。他毕生致力于反民族压迫斗争，曾四入长江、三下闽海、二遭飓风，仍百折不挠、宁死不屈，其精神昭彰日月，与岳飞、于谦同被誉为"西湖三杰"。

明朝万历四十八年六月十九日，张苍水诞生在宁波一个书香世家。远祖张知白曾任宋仁宗的宰相，父亲张圭章先后担任山西盐运司判官、刑部员外郎等职务。是时，朝政黑暗，明熹宗朱由校昏庸无能，大权旁落，以魏忠贤为首的"阉党"疯狂掠取财物，迫害正直官吏。张圭章不愿同流合污，毅然辞官回家，课子读书，使母亲早逝的张苍水获较好教育。他聪慧好学，书一上口，就能朗朗背诵，深得父亲喜爱。明末腐败的朝政以及后来清兵铁骑的践踏，造就了张苍水忧国忧民的坚强性格，他尤爱习武，扛鼎击剑，日夜不息，一心为国杀敌。明崇祯八年，十六岁的张苍水参加乡试，并在笔试以外执弓抽箭，三发三中，赢得惊服，文武双全，以第一名考取秀才。此后，于崇祯十五年考中举人。

清兵攻占北京，渡江南下，明军节节败退，不甘屈服的浙东百姓纷纷组织起来，投入抗清的斗争。张苍水变卖家产，投入浙东抗清义军，由此开始了他一生的戎马生涯。

他在抗清斗争中屡建奇功，使清军闻风丧胆，1658年明永烈帝遣使册封张苍水为兵部尚书兼东阁大学士。

1662年春，他联络阮春雷部，在福建东坩、长腰与清军作战，不幸战败，被迫退往舟山群岛。一连串的挫折失败，使张苍水痛感"难挽龙髯空负鼎，姑留螳臂独挡轮"。为避免无谓的牺牲，保存抗清力量，1664年6月，张苍水被迫解散义军，仅带几人隐居舟山普陀悬山岛，从事著述。

清朝统治者为了除掉心腹之患，浙江提督张杰派遣张苍水旧部、叛将徐元等扮作游僧潜伏舟山普陀山一带，窥探张苍水行踪。1664年7月17日，张苍水派人去普陀山买米，在朱家尖海域被徐元撞见，冤家路窄，一场血战，徐元连砍数人，船员被迫招出张苍水的隐居处。当晚买米船久去未回，张苍水顿起疑虑，拟起身查看，清兵已从岛后攀藤偷袭，张苍水奋起还击，不料长剑受羁，不幸被捕，罗子木、杨冠玉等也遭拘禁。

10月25日清晨，杭州江口刑场（官巷口）人声鼎沸，戒备森严，张苍水等被押至刑场，不少市民白帽素缟，携带糕点水酒、香烛黄纸，纷纷为他送行。午时三刻，行刑时刻已到，张苍水口念五绝"我年适五九，偏逢九月七，大厦已不支，成仁万事毕"，慷慨就义。

在张苍水就义三天前，张苍水妻儿董氏、万祺已被杀害于镇江。

潮音服康熙

讲述：张昆水　普陀山管理局干部
记录：管文祖

有个和尚叫潮音，从小出家普陀山的旗檀庵。明末清初，荷兰海盗常来普陀山抢掠，捣毁寺庙，迫害僧徒，潮音和尚便离开普陀山，渡海云游，访遍名师。后来，他来到了北京郊外的一个寺院里拜师求学。

这天，康熙皇帝带着几个太监到郊外春游，一游两游，游到了这个寺院里。寺院里的和尚听讲皇帝驾到，一个个魂灵吓出，跪在地上只会磕头；当家和尚也吓昏了，竟忘了接驾。还是潮音活络，急忙合十顶拜，连呼"万岁"，说："不知万岁驾到，未开山门相迎，万望恕罪！"

康熙皇帝看看潮音，把手一挥说："朕春游到此，免礼了！"便慢步走进方丈室喝茶闲谈。他一时兴起，竟拿和尚抬城隍："你们出家当和尚，一年到头住在深山冷岙里，酒肉勿入口，绸缎勿着身，是勿是过于清苦了？"

当家和尚胆小怕事，只是点头，勿敢开口。潮音见康熙取笑和尚，心里勿服，有意要顶撞康熙："清苦两字，以老僧看来，不足挂齿！"

康熙一听，眉头打结：这和尚年纪轻轻，口气勿小，一定是个好出风头的人，定要难难他，于是问道："你口称老僧，多大高龄？"

"七岁进佛门，修行三十春。古人说，十年树人，我修行三十年，咋会勿老？"

康熙又问："既然你自称老僧，有啥功德？"

潮音答道："功德勿算高，位在至尊！"

"你称至尊，有何为据？"

"我一心向佛，代佛行善，众百姓就把我当作至尊了。"

康熙心忖，你敢讲大话，我定要难倒你："那好，你敢勿敢叫百姓来试一试，是拜你为至尊，还是拜我为至尊？"潮音说："可以，不过皇上要把随从屏退，在众人面前勿能开口讲话！"

康熙满口答应，便独自坐在香案一旁。这辰光进来几个烧香拜佛的人，他们一上大殿，便向潮音跪倒下拜，对堂堂的皇帝，却呒人理睬。原来潮音正好站在观音佛像面前，闭目合十，口念佛经，当然就受到香客的跪拜了。

康熙坐了半天，满肚皮的气勿好发作。他眼乌珠一转，计上心来，说："三天后，朕要在此打千僧斋！"讲完，袖子一甩，走了。

皇帝开了金口，办勿到就要杀头。当家和尚急煞了，全寺僧徒勿到一百，到哪里去找一千个和尚？潮音却笑眯眯地说："师父放心，弟子自有办法。"

　　第二天，潮音便到各寺庙求借和尚，人数勿足，他又跑到附近村庄，对大家说："康熙皇帝要来打千僧斋，在本寺行善布施。只要肯为千僧斋出力，都能得到好处。"果然来了勿少村民，他从中选了一些后生小囝，剃了头，凑足了一千人。

　　三天后，康熙又来了。他走进大殿一看，奇怪煞了，介多和尚从哪里弄来的？他左相右看，突然把脸一沉，斥道："潮音大胆，竟敢欺君，该当何罪？"

　　潮音"扑通"跪下："小僧勿敢！小僧勿敢！"

　　"这些全是和尚？"

　　"全是。"

　　"胡说，和尚必受戒，勿受戒勿是和尚。"

　　"皇上有所不知，受戒的是和尚，未受的沙弥也是和尚！"

　　康熙又问："这一千个和尚，都是本寺僧徒？"

　　潮音说："本寺庙小，哪来千僧？当时皇上只讲打千僧斋，未讲勿用外寺僧！"

　　"这些和尚出家何处？从哪里来？"

　　"出家人出游四海，来者不拒，去者勿留，小僧便是从南海普陀山来的。"

　　康熙见潮音能说善辩，又无隙可乘，心里佩服，勿再为难潮音了。

　　后来，潮音回普陀山，重修庙宇，中兴佛山，康熙多次拨款资助，对潮音的所作所为大加称赞。

乾隆吃闭门羹

讲述：周德生
记录：管文祖

　　有一年，乾隆下南江来到普陀山。他一上码头，就被这里的海景山色迷住了，便独自一人，"噔噔"爬上佛顶上，"哐哐"奔到梵音洞，再到千步沙看看海浪，又去潮音洞听听潮音。他边走边看风景，忽然迎面飘来几点雨滴，抬头一看，啊哟，日近黄昏，海雾上升，天上还稀稀弄弄落着毛毛细雨。到这辰光他才忖到应找个投宿的地方了。

　　乾隆沿着小路，急呼呼往普济寺走去，勿料地生路勿熟，东一弯，西一拐，套了一大圈，走了交关多冤枉路，等找到普济寺，天色已经全暗了。他三脚两步朝普济寺山门走去，啥人晓得，他刚刚踏上正门石阶，"哐当"一声，两扇大门关煞了。他见东边门还开着，赶紧往边门走，"哐"一声，东边门也关上了。乾隆吃了闭门羹，心里气鼓鼓，转身回到正中山门，抡起拳头，"嘭嘭嘭"把两扇山门擂得震天响。

看守山门的小和尚听到有人敲门，从西边门伸出头来大声喊道："啥人，为啥乱敲山门？"

乾隆满肚气呒地方出，没料到钻出个小和尚，便没好气地说："高老爷要进寺院，快把山门打开！"

小和尚一听，也没好气地说："啥高老爷矮老爷，你呒没长眼睛，这里勿是开着山门？"

乾隆心忖，这个小和尚真勿知天高地厚，要我当朝天子走边门！他把面孔一板说："高老爷从小呒没走过边门，你去告诉方丈，叫他打开山门相迎！"

小和尚听乾隆口气介大，心里暗暗盘算：做事体还是小心谨慎些好，要是这人真有啥来头，方丈责怪下来，吃罪勿起。他这么一忖，口气也软了勿少，说："好，你在外面等一等！"便急匆匆跑了。

这辰光，乾隆在外面雨淋淋，风吹吹，骨骨抖，等得真急煞。小和尚去了老半天，才慢谷谷地从后院走了出来。乾隆急忙上前问道："方丈咋话？"

小和尚说："方丈讲，国有国法，佛有佛规，普济寺也有规矩，过了时辰，勿可乱开山门！"

乾隆有火发勿出，只好耐着性子说："啥国法佛规，今天就破一破这个规矩，把山门开开让我进去！"

小和尚用手指指乾隆说："这是历代祖师传下来的规矩，啥人敢违反！方丈讲了，时辰一过，就是皇帝老子来了，也勿准开！"

乾隆呆了呆，这话勿是有意冲着我讲的吗？但看看自己这身打扮，只好转弯抹角地说："普济寺的规矩真有介森严？"

"啥人骗你！"

"勿可变通变通？"

"变通勿来咯！"

"当真勿开？"

小和尚越听越勿耐烦了："勿开！勿开！"

乾隆心急了，脱口讲："勿开，勿开，以后勿准再开！"

小和尚一听，火了，气冲冲地说："谅你呒没介大的权！"讲完"哐"

一声，关上西边门，顾自走了。

乾隆吃了闭门羹，心里着实恼火，但又有啥办法呢？只好另找住处。第二天，他下了道口谕：普济寺的正中山门，从今后不准再开！方丈明知乾隆有意刁难，又勿敢违抗圣旨。所以，一直到现在，普济寺的正中山门老是关着，勿随便打开，平日里，只从东、西边门进出。

康有为题字

讲述：马根荣　普陀山佛协员工
记录：管文祖

"戊戌变法"失败后，康有为有一次来到普陀山，他想在这里暂住一段时间，勿料在几个大寺院里遭到了冷遇。他忖，以往来普陀山，各个寺庙都交关热情，如今这般冷淡。唉，人心多变！如今我康有为落魄了，被人看勿起了！他低着头踏着方步，一步一步朝西天走去，走着，走着，走到圆通庵门前，想进又勿想进，正当抬脚勿定的辰光，从庵里走出个五十岁开外的和尚，双掌合十，客客气气地向他打招呼："施主莫非就是康老先生？请进小庵用茶！"

康有为也勿推托，便跟那和尚走进客堂，坐定后问了："请问师父法名？"

那和尚对他笑笑，说："我叫了达，请先生稍坐片刻，我去告诉当家。"

当家听了达和尚讲明来意后，眉头皱起忖了蛮长辰光，才点头答应让康有为住在圆通庵里。

当时，圆通庵里有个茶房，姓翁名阿亮，只有十五六岁。他每日给康有为端茶送水，服侍得交关巴结，可是从来呒没收到一文茶资，心忖，别人都讲康有为慷慨大方，为啥对我介吝啬？阿亮得勿到外快，心里勿高兴，就慢慢对他冷淡起来了。

一天，康有为碰到阿亮，问："阿亮，这几日香客多哦？"

"勿多，勿多，我闲着呒事可做呢！"

"那为啥勿给我送茶？"

"鞋底磨破了，呒钱买！"阿亮讲好，扭头要走。

康有为把他叫住："阿亮，跟我来，我给你一件东西！"

　　阿亮一听，以为是给他钱，心里蛮高兴，便跟康有为走进了客房。啥人晓得，康有为却叫阿亮帮他磨墨。阿亮肚里勿高兴，嘴里讲勿出，只好耐着性子磨墨。康有为提起毛笔，饱蘸浓墨，"唰唰"几笔，在宣纸上写了几个大字，递给阿亮说："这几天要你辛苦了，这题字算是我对你的酬谢，收下吧！"

　　阿亮一字勿识，接过题字横看竖看勿识货。本想捞几个外快，没想到康有为只给他一张题字，所以，他逢人就讲康有为这人小气，一毛勿拔。

　　这事被了达和尚晓得了，他把阿亮找来，要过题字一看，只见雪白的宣纸上写着"降伏心"三个苍劲有力的大字，心里交关欢喜，便拿出三十块银圆，要阿亮把题字卖给他，阿亮做梦也呒没想到，这三个字介值钱，双手捧着银圆发呆。了达见他这副模样，笑笑说："拿去吧！以后好好款待康老先生！"

　　阿亮连连点头，捧着银圆蹦蹦跳跳地走了。

　　后来，康有为听阿亮讲起这件事，心里对了达和尚交关感激，临走时，他又为圆通庵题了一块匾额"海山第一庵"。

红眼小朱老大

讲述：王成方　东极镇渔民
记录：沈先茂

　　古时舟山渔民在东福山洋面上打鱼，时值初秋，淡水用尽，老大泊船于东福山岛，叫伙计上山寻找淡水，伙计找遍岛屿不见淡水。回来的路上看见一洞穴，那里有血水数桶，只好挑回几桶血水，来到船上。老大一看，勃然大怒，血水怎能喝，统统倒入大海。有一烧饭的伙计跳出来跪下说："这么辛苦挑来的，给我喝一口吧！"随即饮了一口，其余倒入海中。谁知那伙计喝下一口血水后，顿时天旋地转，眼睛变红有神光。大约过了一个小时后，伙计惊奇地说："此海底有大批鱼群，快点下网。"结果捕到了满仓鱼。

　　此后船在什么地方捕鱼都听他的，每次出海都满载而归，从此大家选他做老大。因为他姓朱，又因为喝了血水后眼睛变红，故大家都尊称他"红眼小朱老大"。小朱老大是岱山长涂人，此后他不但自己拥有船只，而且还带领其他船只捕到了大量鱼货，生意大发，小朱老大也深受大家的尊敬。

县官判案

讲述：李雪飞
记录：张坚　舟山市文联干部

当年，东白莲岛旁的老鼠山岛周围，盛产鳓鱼。

每年春夏汛，东白莲岛的渔民们在老鼠山周围下网扪鱼，总能丰收而归。渔民们把鳓鱼腌制成三鲍咸鳓鱼，运往宁波销售。就这样，一年又一年，东白莲咸鳓鱼在宁波出了名。

再说有一帮从大陆来的渔民，知道老鼠山周围有鳓鱼扪，也来下网，但被东白莲的渔民阻止了。于是，他们在虾峙岛上住下来，聚了一群船只，到老鼠山扪鳓鱼。他们人多势众，东白莲渔民无力阻止，如果老这样下去，东白莲人就没饭吃了，怎么办呢？大家走到一起想办法，最后决定凑拢盘缠，到定海去县官地方告状。

县官接下状纸，就派人传住在虾峙岛的渔民。

在公堂上，虾峙岛的渔民说，自古渔民在海上扪鱼，船开到哪里就扪到哪里，谁也没有听说过，有什么地方不能扪鱼。

东白莲渔民说，老鼠山在东白莲岛旁边，在阿拉家门口，东白莲岛人世世代代在家门口扪鳓鱼，谁也不会来争扪。你们要扪鱼，东海千里万里，哪里不好下网，何必非要和东白莲人争扪？

县官听听，原告、被告都有道理，这案子怎么断？

师爷在县官身边咬咬耳朵，县官就决定到海上亲自察看后再来断案。

县官驾船到了海上，察看了东白莲岛和老鼠山，问了海上捕鱼的老渔民，半天下来，他还是想不出断案办法，就宿在桃花岛。第二天，县官请了几位老渔民，一同登上桃花岛双山察看虾峙门水道。

县官通过察看，和师爷一商量，对断案有了办法。他叫人准备了几箩筐砻糠，又叫来原告、被告，说："你们公说公有理，婆说婆有理，本官今天要砻糠断案。现在，我把砻糠倒在虾峙门，让潮水汆过去，经过风水礁，看它们还往哪里汆，你们双方各自派人到虾峙岛和东白莲岛等候，谁把砻糠撩上来，就拿了见本官，谁就胜了官司；如果没有人撩到砻糠，那么这场官司也就断不了，老鼠山周围的鳓鱼大家都能扪。"

县官说完，就派人到海上倒砻糠。那些砻糠到了海上，在潮流中停停走走，遇到旋涡打转转，约莫半个时辰，到了风水礁旁。

至此，观看的人们都十分紧张，心都提到了喉咙口。因为这些砻糠如果从风水礁西余，就会向东白莲岛而去，如果从风水礁东余，就会向虾峙岛而去……

最后，东白莲岛渔民在家门口撩到了砻糠，县官也就据此断案。

从此，老鼠山周围的鳓鱼，只准东白莲岛的渔民捕捞。

姓水先生

采录：厉著泳　岱山县居民

厉姓水，号淡如，岱山县秀山乡北浦厉家人，是岱山县秀山厉族五大房中的大房长孙，即厉得龙之子。少年时代，在宁波药行街乐氏祖母的熏陶下，天资聪慧，记忆过人，从小就有过目不忘、泼墨成画之技；中年后，更是书法大进，颇有名气，喜爱游历祖国大江南北，题墨全国各地古刹胜迹，留下了好多宝贵的文墨碑迹，常与书画家厉志（骇苦）为伍。有人曾怀疑厉志即是厉姓水，但根据普陀大展柴松岳祖居中的一块匾上落款，便可证实厉志与厉姓水并非一人。在清乾隆年间，姓水先生为舟山在大展柴松岳祖居走马楼题匾的故事至今仍流传民间。

相传舟山大展有一家姓柴人家，在当时很有名气，为了使柴家子孙不忘祖宗之恩泽，请了杭州一位有名的风水先生在柴家双岭岗山脚找了一块风水宝地，造了一座气宇非凡的祖堂。

祖堂造好后，其格局别致，富丽堂皇，相当气派。可祖堂中的一块匾"茂林堂"三字谁来写呢？柴家老板思来想去，搜寻了当时整个宁波府，虽书法高手如林，但都不称意。

后来闻知秀山厉姓水先生，其墨宝四海皆闻名，何不由他来题？柴家老板盛礼请到了秀山的厉姓水先生，约定柴家老板五十岁生辰之日为大展柴家祖堂题匾。

题匾是个好日子，又是柴家老板的五十岁大寿，柴家新落成的祖堂里张灯结彩，披红挂绿，鼓乐喧天，热闹非常。柴家老祖宗还邀请了宁波、定海等地的文人墨客、书法高手前来助阵。

题匾仪式和寿辰庆典就设在刚落成的走马楼前道地，石板明堂的道地中央摆起了十张八仙桌，童男童女铺纸磨墨。一时间，道地里人山人海，里三层外三层，围得水泄不通，场面壮观难以用笔墨形容。

待到文房四宝已就，只见姓水先生以书法家特有的风度，来到八仙桌边，从容挥笔，一瞬间"茂林堂"三字一气呵成，跃然纸上，右匾上方"庚辰年辛月之吉"匾头刚劲有力，左下方"厉姓水书"落款不慌不忙，两颗方章"淡如厉姓水书"错落有序，砚红赫墨。匾额完成后，姓水先生叫人把写好的匾字放在道地中央凉墨。现场赞许的有之，心中不服者也有之，议论纷纷。特别是那些有名气的文人墨客，书法高手更是心怀嫉妒。可待到将笔墨晾干后，让裱糊匠裱到匾上挂上堂前时，抬头再来看这"茂林堂"题字时，不看则已，一看惊得所有在场文人墨客、书法高手目瞪口呆，无话可说。

仰观"茂林堂"三字，真是满匾紫气，铁笔银钩；你若远看这"茂"字，有祥云绕顶之兆，晚霞落鹜之状；近观这"林"字，犹如万木初春之态、绿野尽染之色；细观这"林"字一撇一捺，有疾风狂秋之势，铺天盖地、漫山遍野；再品这"堂"字如南极仙翁捧寿桃于万人之中，神情肃穆。整个"茂林堂"题字，似魏仙遗风，柳颜彻骨，落款与方章，年庚与时辰，和整个"茂林堂"三字浑然一体，更是恰到好处。

至今，大展柴家走马楼里的"茂林堂"神匾还保留得完整无缺，现已被舟山市普陀区列为文物保护单位，也是至今发现的姓水先生遗墨保护得最完整的一处所在。

史 事 传 说

洪武年间大驱迁

讲述：王奕庆　普陀区人大干部
记录：管文祖

> 洪武年间大驱迁，舟山百姓遭祸灾；
> 清初避民又迁居，群岛荒芜三百年。

舟山有过两次大移民，头一回是明朝洪武年间。那辰光，舟山交关勿太平，外有倭寇扰乱，内有海匪抢劫，朝廷几次派官兵来讨伐，都没平息下来。朱元璋恨煞了，他忖：小小海岛，天高皇帝远，甬去管它，便下了一道圣旨，要将舟山百姓统统迁到大陆去。

当时，六横岛的岑山、千岩两山之间，有条小港，海水两头直通，把六横分隔成上庄和下庄两个小岛，岛上的居民勿多，只住在靠海边的几个岙口里。

皇帝圣旨传到六横，大家都愁煞了。俗话讲，金窝银窝勿如自己狗窝好，屋里再苦再穷，啥人肯背井离乡迁到大陆去？可是，皇帝开了金口，咋会让你好过。

有一日，突然驶来好几条官船。这些官兵一上岸，个个像活无常一样，用棍打、鞭抽，把老百姓赶上官船，还放火烧村。那辰光都是茅草屋，火一点就着。有些老人，走路勿便，还未来得及出门，就被活活烧死了；有些犟头倔脑的后生，勿愿离开家乡，勿肯上官船，官兵几次催赶勿听，火大了，就把他们拖去吊在树上，用皮鞭抽，抽得鲜血答答滴，啥人还敢反抗！小人吓煞，女人哭煞，男人恨煞。就这样洗劫了三日三夜，岛上的房屋烧得精光，人赶得一个勿剩，这些官兵才押着老百姓离开六横。

可是，没过几日，岛上又有人出来了，这几个人一碰面，都呆了呆："侬咋会还来咚？""我逃到老鹰嘴山洞里藏好了，侬呢？""我躲在后山柴篷里。""我让官兵拘到船上，趁人勿防，跳海游回来了。"七嘴八舌，讲得交关亲热。后来，几个人走拢一数，下庄留落七个人，他们爬上千岩头山墩，看见岑山冈墩上也有人，一问，才晓得上庄也留落六个人。从此，逢年过节，双方都要爬上岑山、千岩山冈墩，互相打打招呼，讲讲思念之情。

这样过了好几年，有些迁到大陆去的人实在呒法生活下去了，便偷偷摸摸逃回六横。留落来的人，看见乡亲回来，都交关热心，帮他们搭茅棚，安顿吃住。慢慢回来的人越来越多，六横岛又兴旺起来了。后代人，把六横当初留落的十三个人称作六横岛的十三个祖宗大人，直到现在，六横人给自己屋里的大人做羹饭，总要在屋门口摆上十三双筷、十三碗饭菜，同时祭祀这十三位祖宗大人。

附 记

《定海县志》等史料记载，洪武十九年，朱元璋派汤和来东南沿海防御倭寇。汤和憎恨隐居舟山的宋元遗臣，决定废除县制，移民于大陆。后有紫微人王国祚见百姓流离失所，大量死于迁徙之中，便去南京告御状。朱元璋接待了王国祚，同意让百姓重返故园，安居乐业。后人尊称王国祚为"复翁"。

莲花洋智歼倭寇

讲述：陈文奎 沈家门街道居民
记录：管文祖

早在明朝嘉靖年间，倭寇来舟山烧杀抢掠，老百姓吃尽了苦头。后来，朝廷派俞大猷带领官兵来抗击倭寇，他一到舟山，就打了好几个胜仗。沥港一仗，打得倭寇东奔西逃，魂灵吓出，勿敢与俞大猷正面交锋，把兵力分散，躲进荒岛冷岙里，有时来个突然偷袭。俞大猷有力用勿出，反而吃了勿少亏。他忖，硬打硬拼不成，还是智取为好。他把全部兵力收回营地，闭关不战，果然，倭寇头目胆子又大了，把部下结集在东霍岛一带。俞大猷得报后，想了个妙计：他带着家眷到普陀山游山玩水去了。

这日夜里，海上雾茫茫，倭寇倾巢出动，乘着小船，偷偷摸摸朝普陀山驶来。

倭船刚刚驶进莲花洋，在普陀山与朱家尖两岛之间的洛迦山顶上，突然有盏又大又亮的红灯晃了晃，倭寇还未弄清爽是咋回事，红灯又勿见了。一转眼，洛迦山东边的海面上，红光一闪一闪，有一排一排的小红灯像一朵朵莲花从洛迦山后面漂出来。倭寇连忙架起大炮，朝红灯"轰轰"打了两炮，海上的红灯摇晃了一阵，勿见了。一眨眼，洛迦山西边的海面上，又出现了一排一排的小红灯。

倭寇看见洛迦山四周有介多红灯，以为有伏兵；回头看看普陀山，呒没动静，便扬帆加橹，直朝普陀山扑来。啥人晓得，船还未近岸，普陀山上突然红光一闪，满山尽是亮晶晶的小红灯，慢慢地向潮音洞移拢，结成一朵大莲花。倭寇原本信佛，一看这情景，便认定是观音菩萨显灵，慌忙掉转船头，往南逃窜。船到朱家尖山嘴头，忽然一阵战鼓声响，岸上万箭齐发，这下倭寇阵脚乱了，前面的船掉头往回逃，后面的船还在朝前驶，倭船撞倭船，船翻人落海，勿是中箭，就是淹死！

倭寇头目呒法想了，背后是普陀山，前面有伏兵，西边是沈家门，胆子再大，他也勿敢往沈家门瞎闯，只有东边一条是水路通向外海。可是东边海面上，里三层外三层布满了莲花灯。倭寇看看，又勿敢轻举妄动，只好在莲花洋面转来转去，一直转到天亮，朝四周一看，只见海面上漂浮着一块块老长老长的木板，木板上钉着一盏盏像莲花一样的灯具；潮音洞口那朵大莲花，原来还是一条大战船。倭寇做梦也呒没想到，俞大猷假装到普陀山游山玩水，实则是组织好渔民下海点着红灯布下了天罗地网，让倭寇钻进网袋。

倭寇头目晓得上当了，正想突围逃命，忽然"嘟嘟"响起一阵海螺声，埋伏在港岙里的战船像离弦的箭一样，直朝倭寇冲杀过去。俞大猷威风凛凛地站在那条大战船的船头上，手举战刀，左砍右劈，直杀得倭寇哭爹喊娘。

莲花洋这一仗打得真漂亮，全歼了倭寇。后来，勿晓得是啥人，在潮音洞旁边的一块岩石上做了个"抗倭刻石"，记载了这一战绩。

长竹竿挑灯笼吓退倭寇

讲述：周阿挣　桃花镇居民
记录：徐国平

明末清初，倭寇活动相当厉害，撑着大船上岛抢劫、杀人、放火，把老百姓害惨了。当时在塔湾一带，就是现在的庵跟村和龙头坑村，有两大姓氏，一是庵跟的周姓，二是龙头坑的王姓。两大姓氏的家族族长周太公和王太公经常在一起商量咋样对付倭寇上岛的办法。

有一天，周太公和王太公打听到，这天夜里，倭寇的十八只大钓船上岛抢东西。周太公和王太公吩咐下辈的青壮年人着手去准备，这个办法，是周太公和王太公早已商量好的，也不晓得灵不灵。

这天夜里，天交关黑，黑得伸手不见五指。倭寇十八只大船全部挂着雪亮的大洋灯，浩浩荡荡从乌榭岛外驶了进来。倭寇的大船驶进来时，正好对着西岭墩和大岭墩，倭寇头目突然分别看见从西岭墩和大岭墩走下来二三十只灯笼，还没走完，又下来一批，一批没走完又下来一批。岭墩上落来的灯笼一批又一批走呀走不完，谁都晓得一盏灯笼代表一个人，这么多人提着灯笼从岭墩下来，数也数不清。倭寇头目忖，看来桃花岛早有了准备，幸亏我发现得早，否则统统地被岛上的民众消灭。吓得倭寇头目马上下令所有船只掉转屁股向乌榭岛外逃去。

原来，周太公和王太公叫几个人，每人挑一根长竹竿，每根竹竿挂十盏灯笼。这几个人挑着点亮的灯笼从岭墩下来，每个人到了岭脚下吹灭灯笼，再回到岭上点亮灯笼，再下来……这样反反复复，造成千军万马的假象，吓退了倭寇。

钩镰刀战胜藤甲兵

讲述：周阿挣
记录：徐国平

桃花岛上用"长竹竿挑灯笼"的办法吓退倭寇后，老长一段时间倭寇不敢上岛来犯。后来，福建的蔡占海盗扮作渔民打探到这是假的，勾结倭寇上岛烧杀抢掠，搞得民不聊生。

当时，朝廷兵力不足，桃花岛等岛屿属于宁波府管辖，宁波府只派出两位军官，大概是参将职务，一个叫姚忠，一个叫姚副，是兄弟两人。姚忠和姚副兄弟带了几个教官来岛上组织民团，与倭寇和海盗打起来，把他们打得喊爹叫娘，屁滚尿流。

可是，倭寇和海盗不甘心他们的失败，使用藤甲兵攻上岛来。藤甲兵，是戴着用桐油浸过的藤盔和藤甲，浑身上下只露出脸孔和脚梗，几乎刀枪不入，相当厉害。姚忠和姚副率领民团被藤甲兵打得节节败退，愁得两位参将吃喝不香，坐立不安。后来，他们阅读兵书，结合实际，打造了一种钩镰刀兵器，以自己的长处打敌人短处。

有一天，倭寇和海盗的藤甲兵以为天下无敌，没有后顾之忧地攻上岛来。姚忠派了民兵，三人一组，一个人拿钩镰刀，两个人拿麻绳，埋伏在大沙滩的两边，等藤甲兵上来时，一个人伸出长长的钩镰刀钩住藤甲兵的脚梗把他钩倒，另两个人上去把藤甲兵绑住。藤甲兵上来一个，钩镰刀钩倒一个，捉住一个。

这样，桃花岛民团的钩镰刀战胜了倭寇和海盗的藤甲兵。

六横农民暴动

讲述：乐金荣　六横镇龙山村农民
记录：忻怡

六横，自古以来有"富六横"之称。可是民国十八年，六横遭受百年未遇的大旱，土匪抢，恶霸夺，加上苛捐杂税，弄得老百姓怨声载道，实在活不下去了。

农历十一月二十这一日，大沙浦农民张小明结婚，前来贺喜的亲友讲起"土地呈报"，个个恨煞了。都说"土地呈报"名义是清查田亩，实际上是敲诈勒索，连菜园、猪圈、粪缸也要丈量登记，这丈量费穷百姓咋付得起，要是不报，地主恶霸就把你的土地报在他的名下，据为己有。

这辰光，五十八岁的张和灿公公站出来说："你们这班后生，光会嘴巴发牢骚，就勿会动动手？"几个后生听和灿公公这么一讲，劲道来了："要是侬和灿公公肯为我们领头出面，我们就敢打冲锋！"张和灿说："自古道，官逼民反，不得不反，只要大家信得过我，就是把这条老命拼了也值得！"大家拥着张和灿到屋里合计大事去了。事后，张和灿派周纪生去找田岙的教书先生胡大宝联系，又派沃阿定借唱书为名，串村走户联络群众，约定暴动日期。

大年初一天刚亮，"镗镗镗"一阵锣响，张和灿带着一帮农民从大沙浦方向过来；沃阿定带领另一路暴动群众从大支赶来。沿路群众听到暴动锣声，纷纷拿起锄头钉耙、桨橹、渔叉加入暴动队伍，高呼："反对土地呈报！废除苛捐杂税！"人越聚越多，声势越来越大，像潮水一样，涌进东岳宫，把土地呈报办公室和国民党六横区分部办公室围住打砸。不过一刻时辰，胡大宝带领的下庄群众也赶到东岳宫，三路人马奔拢，足足有万把人。

这辰光，暴动群众把土地呈报承办人、大恶霸王耿奎和王金榜缚到东岳宫，要他们答应立即停止土地呈报。王耿奎连尿也吓出了，连声讨饶："立即停报！立即停报！请大家放我回家！"群众怕他讲话勿算数，不肯放，他只有央人请邵小玉来担保。邵小玉是国民党上海法院里的一个书记官，正好回家过年，他自以为见过世面，摆起臭架子，威胁群众说："造反是要杀头的。"群众一听就火了，索性把他也缚了起来，三人一道吊在大树上。

这边，暴动群众正在东岳宫责问王耿奎，那边滚龙岙村群众冲进劣绅俞渭生家里，把他"请"到东岳宫。俞渭生是滚龙岙一霸，鱼肉乡里，坏事干尽，群众早对他恨之入骨，未等张和灿等首领开口，群众一拥而上，将俞渭生从大殿推下来，跌个半死，又把他吊在柏树上，一阵拳打脚踢，送他上了西天。他儿子俞科成一见老子送了命，拔腿就逃，被群众追上，当场用飞石乱棒打死，群众还不解恨，赶到滚龙岙，点上一把火，把俞渭生的房屋烧成灰烬，以解心头之恨。

正月初三，定海县长吴椿带着一班警察赶到六横来镇压暴动。他耀武扬威地来到东岳宫门口，几个暴动群众上来把警察拦在门口，只准吴椿一人进去谈判。吴椿看看那些手拿木棍渔叉的暴动群众，他晓得勿可硬来，只好让警察留在外面，硬着头皮独自一人走了进去。

胡大宝和张和灿早就得到通报了，他们客客气气地把吴椿接进大殿，坐落谈判。吴椿开头装腔作势说："有话尽管好说，鄙人可呈报上司，切不可胡来……"胡大宝未等他把话讲完，就直截了当地说："我们只有一个要求，取消土地呈报，废除苛捐杂税！"吴椿交关刁滑，眼睛眨眨说："至于土地呈报一事，鄙人职权寡微，不能做主……"在场的群众一听气煞了，"哗"一声喊了起来："你不能做主，要你这个县长做啥？"胡大宝连忙劝住大家说："弟兄们，只要他答应条件，我们决不胡来。"

大殿里正在讨价还价，突然外面传来一阵叫嚷声："捉奸细！捉奸细！打死这两个畜生！"随着叫喊声，众人拖进来两个警察，大家一看，原来是到定海通风报信的王兆林和吴阿槐，他们假扮成警察，被人认出来了，众人上去剥了他们的警服，你一拳，我一脚，当场就把两个家伙打死了！吴椿一看，吓得骨骨抖，脸色雪白，胡大宝一看时机已到，厉声对吴椿说："你如再不答应条件，休怪我们无礼了！"吴椿为了保命，只得顺从。群众喊："打死土豪劣绅不偿命！"吴椿点头哈腰答应："是，不偿命！"群众又喊："取消土地呈报，免掉一切杂税！"吴椿连连答应："免掉，免掉！"群众提的条件，他桩桩点头答应。最后，要他将自己答应的条件，当众写成告示，群众才放他回定海。

吴椿走了以后，胡大宝、张和灿、沃阿定这些暴动首领估计吴椿不会罢休，就与大家商量，签订了一张月亮形的无头合同，表示大家有难同当的决心。

果然不出所料，正月初八，吴椿带来了八艘军舰，四百多名士兵，把六横岛团团围了起来，吴椿亲自带兵上岸追捕暴动群众。当他来到东岳宫门前时，暴动群众周阿其站出来责问吴椿："你身为一县之长，为啥讲话勿算数？大家都是首犯，要拘一道去！"吴椿恼羞成怒，当场开枪打死了周阿其。接着，趁群众混乱的辰光，拘走了四百多名群众。

田岙群众得知吴椿来六横拘人，都纷纷来到胡大宝屋里，劝他出去躲避一时。胡大宝却说："自身做事自身当，如果我躲起来，田岙百姓就要遭殃了。我一人受苦，能换来万人安宁，还是让我去自首吧！"说罢，他披上教书穿的一件旧长衫，头也不回走了，在场的群众见他这样，都呜呜哭了。

结果，吴椿以"发动暴乱"的罪名，将胡大宝、张和灿等十八人判了刑，胡大宝坐了七年牢，被折磨死在定海狱中。六横群众千方百计把胡大宝先生的遗体运回田岙，把他埋葬在田岙沙塘内的一块沙地上。六横暴动虽然失败了，但他们的事迹一直在六横群众中流传着。

痛打盐警

讲述：张世夫　展茅镇张家村小贩
记录：忻怡

民国廿年三月初三，大展有两千多人在茅洋都神殿请神行会。头旗手张阿荣扛着大旗在前面开路，行会队伍跟在后面，锣鼓敲敲，炮仗放放，菩萨抬抬，朝大路走来。

行会队伍刚刚走到大展楼家井潭附近，忽然从村里传来一阵阵咒骂声、哭叫声。几个后生奔过去一看，只见十多个盐警，肩上扛着大枪，手里拿着标签，借缉私盐的名头，正在挨家挨户搜刮钱财。这几个后生一看，火气上来了，拎起铜锣边敲边喊："盐警抢东西啰！快来抲强盗啊！"

这批盐警，平日里强收盐税，欺压百姓，大展百姓早就恨煞了，今天听讲盐警胆敢到村里来抢劫！就"哗"一声像潮水一样，涌进村里。有个盐警慌忙举枪"砰砰砰"朝天放了三枪，想装装威风吓吓人，勿料，他们越想吓人，围拢来的人越多，盐警慌了，拔脚就逃。这时，柴家、张家几个村子里也敲起铜锣，从四面包抄过来，盐警像一群老鸭似的被大家赶过来、兜过去，一直逃到大施岙一带的棉花地里，统统被活捉。村民把盐警拖到大展庙，像绑强盗一样绑在庙前的石柱上，男人用拳打脚踢解恨，女人、小囝上去抓脸、拧耳朵出气。一歇歇工夫，盐警的制服被撕成一条条裹脚布，个个鼻青眼肿。有个后生还不解恨，搬起一块石头要朝盐警砸去，正好被张阿荣看见，连忙把他劝住了。他对大家说："千万不能乱来，要商量行事！"大家都晓得阿荣胆大心细，办事稳当，在众人心目中威望蛮高，现在听阿荣这么一说，纷纷跟他走进大殿，阿荣又说："要是出了人命，事情就麻烦了。请乡亲们先回去，这事交给我，商量商量再讲！"大家见他讲得在理，便三三两两散了。

半夜里，阿荣叫阿香婆偷偷地去把盐警放掉，这些吊得瞌睡懵懂的盐警以为是菩萨显灵，翘起屁股跪在阿香婆跟前磕头拜脑，慌慌张张溜走了。

第二天，大展人史致友到沈家门走亲戚，被盐警抲去押送到定海。下半日消息传来，大展人真恨煞了，张阿荣、柴祥生、翁梦生几个人走拢商量搭救史致友的办法。

四月初五天亮，大展庙门前一阵锣声响，人们从四面八方赶来，一下子聚集了两千多人，张阿荣背出一面大旗，对大家讲："有胆的大展人跟我去沈家门，把史致友救回来！"讲完，他手执大旗往沈家门方向奔去，后面跟着上千人，一路上"嘭嘭"铜铳放放，壮胆助威。快到沈家门宫墩时，盐警听到风声，吓煞了，统统逃到港里船上躲好。群众冲进盐务局，把办公室的桌椅、公文箱敲得糊塌塌，又闯进盐警队，把盐警的被子、蚊帐堆拢，浇上火油，烧得精光。莫看这些官老爷平时神气活现，吆五喝六，老百姓真的造起反来，一个个乌龟头统统缩进了，只好把银行行长刘寄亭、张晓耕这些大展人推出来，劝大家先回去，有事好商量。柴祥生当面责问他们："阿拉老百姓晒几斤盐，犯了啥法？盐警以缉私为名，强抢百姓财物，吓死产妇娘，该当何罪？赶快释放史致友，否则，莫怪阿拉勿客气！"驳得他们呒话好讲。盐务局呒办法了，派人到定海用小汽车将史致友护送到沈家门，当众宣布无罪释放，张阿荣等提出要盐务局赔礼道歉，盐务局只好差人到宁波请来戏班，到大展做了三日三夜戏文，大展百姓总算出了一口气！

捣毁缉私营

讲述：张世夫
记录：忻怡

民国廿四年夏天，大展遭到百年未遇的大旱，庄稼枯死，好多农民活不下去，只好改行晒盐度日，可缉私营趁火打劫，任意增加税收，压低食盐收购价，逼得盐民妻离子散，家破人亡。

一天，日头交关毒，五六百展茅群众聚集在龙头坑庙里求雨。张阿荣跨上台阶大声说："天旱可恶，缉私营更可恶，今天，趁大家聚拢求雨，机会难得，走，有种的跟我到茅洋打缉私营去！"

"对，阿荣大哥说得对！横竖活不下去了，拼掉算了！"灾民们高举盐耙、渔叉、木棍，吼声震天，涌向茅洋。

茅洋大庙门口，盐警们正在大树下吆五喝六划拳作乐，突然看见山嘴头冲出来介多人，想起上回吃过的苦头，拔脚就跑，翻过后山，逃往定海去了。群众冲进大庙，把桌椅板凳、办公用具敲得稀巴烂，把账册、税簿扯得粉碎。阿荣抢起铁锤，"嘭"一声，砸开盐仓，大家一拥而上把盐搬得精光，最后，放了一把火，把缉私营房子也烧了。

捣毁缉私营没几天，定海县里派了两个盐警分队到大展来缉凶，暗中调查闹事首犯。眼看一场大祸就要临头了，怎么办？

这日晚上，张阿荣召拢六七个人在私塾学堂里商量对策。阿荣说："上回阿拉捅了马蜂窝，这班瘟孙一定勿肯歇，依我看，这回大干一场算了。"

"咋干呢？"

"到定海县政府去请愿，要求减轻盐税，撤销缉私营……"阿荣一口气讲了许多。

"阿荣兄弟，你上几回出头露面，上头一定盯上你了……"

"怕啥！我早已忖好了，有啥事让我一人担当算了。"大家心里暗暗佩服阿荣的勇气。

七月初六早晨，张阿荣高举会旗，一马当先走在前面，后面跟着两千多请愿群众，一路走，一路高呼："穷兄弟们，要免盐税的，跟阿拉到定海请愿去！"芦花、东荡田、老碶头一带在田头做生活的农民，撂下手里生活，纷纷加入请愿队伍。

定海县城震动了！县长听到音信，急忙差人关闭了城门，又调派了大批军警偷偷在城墙上架了机枪，请愿队伍在城门外被挡住了，群众高呼口号，有人撺起砖头石块往城门猛砸。县长一看硬的不行，就来软的，派人传话，要请愿队伍派代表进去，并叫人挑来一担担大饼分给请愿群众。群众看清了他们的鬼把戏，把大饼丢在地上。

张阿荣等四人进去与县长谈判，代表们先把条件一提，县长吞吞吐吐，不肯答复，张阿荣一拍桌子说："县长若不答应，介多人闹出事来，你要负责！"县长眼乌珠一转说："好，诸位，条件让鄙人考虑考虑，不过，先叫他们回去……"

"不行！"张阿荣说，"不答应条件，决不收兵！"这辰光，一个卫兵慌慌张张奔进来说："报告县长，城门外的百姓越闹越凶了，怎么办？"县长终于吃不消了："好，好，请诸位快叫他们别闹了，鄙人答应大家的要求。"

定海请愿是胜利了，但风潮平息后不久，县长暗底下把阿荣几个头面人物拘去，判了五年刑，直到民国廿七年国共第二次合作，出于形势所迫和群众的呼声，才把他们放出来。

里斯本丸

讲述：梁益卷　东极镇居民
记录：胡从怡　东极镇文化站干部

1942 年 9 月 25 日，关押在九龙和香港岛的 1816 名英军战俘（含部分后备军人员及加拿大官兵）被押上一艘 7152 吨的客货船——里斯本丸号。这艘经过改装、安装了军事设备用来运送战俘的客货船，日军却没有在船上悬挂相关旗帜或标志，由此给英军战俘带来了灭顶之灾。

1942 年 9 月 27 日拂晓，里斯本丸号从香港启航，驶往日本。10 月 1 日，当里斯本丸号航行至舟山东极附近海域时，被美国太平洋舰队鲈鱼号潜艇发现了，不知道船里载着友军战俘，以为是日军兵船，便近距离发射了 4 枚鱼雷，其中一枚鱼雷击中里斯本丸号燃料舱，船上响起了巨大的爆炸声。

这时，东极岛上，才 13 岁的梁益卷和两个小伙伴此时正在山冈上玩耍，听到巨响后看见前方海域一艘从来没见过的大船冒起了黑烟。当时里斯本丸号被鱼雷击中后，搭乘回国的七百多名日军已被安全转移到赶来救援的日舰上，而里斯本丸号上还留下战俘和几名日军卫队及船员。

据岛上的老渔民回忆：那天是农历八月廿三，里斯本丸号先是尾部下沉，船头翘起，最后竖着沉入大海，沉没时掀起的浪头有半天高。不久，海面上漂来大量的布匹，后来发现海面上漂浮着很多人时才意识到事情的严重性。

梁益卷老人说："咱们岛上渔民有个习惯，发现有人落海就要拼命相救。"当时岛上只要有船的都出去救人了，青浜、庙子湖等附近小岛 198 名渔民先后出动小渔船 46 艘 65 次，共从海上救起 384 名英军战俘（庙子湖渔民救起 106 人，青浜渔民救起 278 人）。

据几个参与救人的老渔民说："当时渔船小，一次只能装十一二个人，在这种生死攸关的时刻，漂浮在海面上的英军战俘没有出现争抢上船的情况，原本已抓住船沿的英军战俘发现船已满员，就主动放弃等待下一批救援。我们只能拼命划船，回头再去救第二批、第三批。很多英军战俘因长时间漂浮在海上而体力不支，等不到渔船的再次出现就永远沉入海底。"

被救上来的英军战俘大部分被安置在岛上庙内和渔民家里。青浜、庙子湖岛都是濒临公海的悬水孤岛，面积均不到两平方公里，岛上不种粮食，只种少许番薯。日军侵占舟山后，小岛就与外地隔绝，岛民生活极端困苦，然而，当那些衣衫不整、极度疲惫的英军战俘被救上岸后，岛上渔民就像对待自己的客人一样，把平时舍不得吃的粮食、鱼干制品和番薯等给英军战俘充饥，取出各自的衣物给英军战俘取暖。

1942年10月4日清晨，岛上渔民正在商议如何把这些英军战俘安全送回国时，5艘日本军舰从沈家门方向疾驶而来，并迅速包围了青浜、庙子湖岛，炮口对准了东极诸岛。他们是日本海军舟山警备队司令佐藤庆藏海军大佐派来的搜岛部队，在校、尉级日本军官的指挥下约200名日军登岛，他们首先控制了青浜、庙子湖岛的所有通道小路，继而挨家挨户进行搜查。

日军把所谓有嫌疑的群众抓起来，任意吊打，有的还被用上酷刑，扬言不交出英军战俘将屠村，英国官兵为了不连累岛上善良的渔民，在军官的指挥下，主动集合，排好队。下午2时，381名英国官兵被日军押上日舰，他们含泪回首向岛上渔民挥手致意道别，但日军怎么也想不到，在他们的淫威和刺刀下，青浜岛还有3名英军战俘——英国军队尉官法伦斯、英国商人伊文斯和英国外交官詹姆斯顿，在岛民掩护下躲过了大搜捕。此事，梁益卷老人功不可没。因为当时他还小，日军没有特别注意到他；其次，调皮的他对岛上地形熟悉，在偶然的一次玩耍中，他发现青浜岛南田湾有个小湾洞，小湾洞是天然海蚀洞穴，口小腹大，深约两米，进洞后分左右两条路，左边一路直通海面，右边一路沿坡向上，洞内可以容纳三四十个人，涨潮的时候，海水淹没洞口，里面却还有很大的空间，从外面看根本不知道这里还有一个洞穴。于是，大人们先叫梁益卷和其他两个小伙伴把3名英军战俘藏在这里，而后由岛上唐如良夫妇和翁阿川等人日夜保护。

3名英军战俘在洞里藏了5天，等日舰不再来青浜海面巡逻时，岛上渔民就把他们装扮成渔民模样，于1942年10月9日由唐品根、李朝洪等6位青浜渔民驾驶着小船，避开日舰的巡逻，经葫芦岛，连夜偷渡峙头海峡，次日抵达郭巨甘露庵定象保安总队第四大队驻地休养。几天以后，第四大队16名官兵护送他们3人到象山，之后转赴重庆。詹姆斯顿等3名英军战俘居留重庆期间，以亲身经历在广播电台上揭露了日军暴行，引发国内外强烈公愤。最后，他们由英政府驻华使馆接回国去。

风 俗 传 说

船官老爷

讲述：王如法　白沙乡港里村渔民
记录：忻怡

早先辰光，每只扪鱼船后八尺统有一个木头刻的小菩萨。出海、拢洋总要拿几盆糕饼呀、馒头呀，供一供，拜几拜。这个小菩萨，阿拉扪鱼人叫他船官老爷。

老早老早，扪鱼船像四角方的木头箱，呒没橹，桨划划；呒没网，钩子钓。扪鱼人勿怕鱼扪勿来，只怕祸灾来。扪鱼船出海除了要命的风暴外，顶怕的要算大鲨鱼了！大鲨鱼背脊黑咕隆咚，远看像块礁，近看像座山，尾巴伸出海面像爿箦，要是碰到扪鱼船，它尾巴甩一甩，船崩脱嘞；背脊弓一弓，船顶翻嘞，勿晓得有多少扪鱼人勿明勿白船翻人亡。

有个扪鱼小囝名叫木龙，阿爹阿哥统死在鲨鱼手里。他恨死鲨鱼啦，划着一只小船，拿着一把斧头，到处寻鲨鱼报仇。寻了三日三夜，寻得肚皮饿，嘴巴渴，力气用尽，坐在船里，仰面朝天大声叫着："老天！菩萨！侬咋勿开眼呀！阿拉扪鱼人这样下去，咋做人呵！"

讲起来也交关凑巧，刚好有个菩萨路过，心忖，扪鱼人实在太苦、太伤心了。菩萨生了善心，摇身一变，变成一个老头，划着一只小船，驶到木龙跟前，问道："小囝郎，侬一人做啥呀？难道勿怕大鲨鱼尾巴把船掀翻？"

木龙说："老阿伯，我正要找大鲨鱼报仇呐！"

老头呵呵笑笑说："凭侬一个小囝郎，就能找鲨鱼报仇？要斗鲨鱼，只可智取，勿可力敌！"

"老阿伯，侬快讲，有啥计谋好用？"

老头气叹叹："小团，要斗倒大鲨鱼也勿难，看侬肯勿肯照我讲的去做！"

"老阿伯，只要能斗倒大鲨鱼，叫我去死，我也肯去！"

"侬勿后悔？"

"勿悔！"

"好！"菩萨咒语一念，使个法术，"嚓"一下把木龙变成了一只三道风篷的大船。这辰光，远处游过来一只大鲨鱼王，大鲨鱼王露出水面张眼一望，咋！介怕的怪物还咉没见识过呀！这怪物两只大眼睛凸出，头角高高，当中露着一枚锋利的牙齿，背脊墩生着三张翅膀，哗哗冲过来，这是啥怪物？它壮壮胆问："喂，侬叫啥？"

"我叫木龙。鲨鱼呀，阿拉打个赌好哦？啥人赢，啥人当大阿哥！"

鲨鱼一听要打赌，顶开心，就说："好呀，咋赌？"

木龙说："阿拉赌啥人游得快！"

鲨鱼忖：赌游泳，我包赢，就满口答应了。

比赛开头，鲨鱼还游在前面，一转眼，木龙越游越快，把鲨鱼远远抛在后头，木龙回过头来问："鲨鱼，侬输了，服勿服？"鲨鱼咕咕忖忖，是它游得快，可心里勿服，反问一句："木龙，侬咋会游得介快？有啥本事，讲给我听听，讲得有道理，我认输！"

木龙一看，机会来了，便装作交关大方的样子，说："我足足吃了三百斤桐油，全身滴滑，游起来就快了，侬三百斤桐油吃勿吃得下去？"

鲨鱼说："吃得下！"便张开嘴把三百斤桐油吞下肚了。

木龙说："还有，我眼睛里钉着三枚铁钉，所以眼睛特别明亮，眼亮看得远，游得快，侬要钉哦？"

鲨鱼看看木龙眼睛旁边果然钉着三枚铁钉，便说："好，钉就钉吧！"三枚铁钉敲进鲨鱼眼睛里去了。

这时，木龙又说了："鲨鱼，要想游得快，背脊墩要竖桅杆，扯风篷，就像生了翅膀，游起来，飞快！"

鲨鱼看看木龙背脊竖着三根桅杆，就像三张翅膀，怪勿得游得介快，对，我也竖上桅杆。木龙立即用他那颗锋利的牙齿，对准鲨鱼背脊墩猛力一戳，戳得深深的、牢牢的。鲨鱼痛煞了，想逃，逃勿脱，大叫起来："啊唷，痛煞了！桅杆我勿要竖了，勿要竖了！"

木龙说："只戳一个洞，侬就怕了，还要戳两个洞呢！"

鲨鱼讨饶了："木龙大哥，饶了我吧，我认输！"

木龙说："好，阿哥我今朝饶侬一次，要是侬再作恶，让阿哥碰到，就勿饶侬了！"讲好，把牙齿拔出来，鲨鱼就没命地逃走了。这时，因吃了三百斤桐油，鲨鱼肚里阵阵绞痛难忍；眼睛钉了铁钉，变得有眼无光，只好瞎闯乱逃，心忖，木龙真厉害，下次碰到可要小心！从此，鲨鱼看见抲鱼船，只是老远看看，勿敢靠拢来了。

木龙斗败鲨鱼，抲鱼人都交关高兴，就依样造船，把新造的抲鱼船造得和木龙小囝变的那只船一模一样，还雕塑了一个小菩萨，放在船后舱，叫作船官老爷，出海拢洋都要祭奠一番，表示对木龙小囝的敬意。这个风俗就这样传了下来。

菩萨穿笼裤

讲述：王祖根　六横镇坦岙村运输船员
记录：管文祖

几百年前，福建有个老渔公名字叫才伯。才伯抲渔本领交关好，上能看天时变化，下能识海底潮流，他独自一个人撑条小船，在海上抲鱼。

有一日，才伯看看天气变了，大风要来了，赶紧收起网具，鱼勿抲，拢洋了。到了中午辰光，才伯在沙滩头修船，来了一个三十来岁的女人，这女人做啥来呢？是寻丈夫来的。她丈夫也是抲鱼人，这次大风受难，船翻掉，人死啦！她到沙滩头来一边哭一边喊，看见一个棕榈树头从海滩头浮上来，她捧起棕榈树头，用布襁兜好，喊着丈夫的名字，像招魂一样，到屋里上供去了。

这女人身边只有个八岁小囝，丈夫抲鱼死了，今后的日脚就更难过了，做人还有啥意思？自家也跳海死啦！

第二天，天刚亮，有个小囝叫阿旺，他哭阿爹哭阿姆，哭到沙滩头来。才伯问他："小囝，侬哭得介伤心，做啥？"

阿旺看看是个五十多岁的抲鱼人，走过去叫了一声："阿公，我阿爹抲鱼，船翻了，人死了；阿姆昨日捧了个棕榈树头回到屋里，悔悔，哭哭，也跳海寻死了！我一个小囝无亲无靠，叫我咋弄！"

才伯讲："小囝，侬阿爹阿姆统死了，就到我这里来，阿拉一道去捫鱼。我有吃，勿会饿着侬，好哦？"

小囝交关感激："介好足嘞！我无亲无靠呒人照管，侬阿公肯收留，让我有口饭吃，就心满意足了！"阿旺跟才伯一起过日脚，每次捫鱼回来，才伯去卖鱼，阿旺管船、烧饭挑水，一日到夜勿停，才伯交关欢喜。

一转眼，过了八个年头，阿旺蛮大了，长得身强力壮，人聪明，手脚灵，船上一套生活学得蛮快。今朝风要来了，他也有点晓得了，这都是跟才伯公学的嘛！

这日，两人在海上捫鱼，忽然天气变了，才伯讲："阿旺，看样子早夜大风要来了，阿拉拢洋避风去！"阿旺讲："阿公，勿会错，我看看风也要来了！"说变就变，立时三刻风也来了，浪也来了！这时，才伯掌舵驶船，阿旺蹲在桅脚跟，才伯嘱咐阿旺："今朝风猛浪大，侬千万小心，船扳其牢，脚站其稳，走路莫跄。"阿旺讲："阿公，我有数。"话刚落，"哗"一浪，把阿旺罩落海里，才伯真悔煞：阿旺呒爹呒娘，跟我这些年，就像亲人一样。他心里老早忖好，宁可自己省吃俭用，积下钱来好让阿旺成家娶老婆，没料到阿旺被浪罩去！他越忖越悔，鱼也勿捫了，来到一个孤岛上，就是现在的庙子湖岛。他看看船里还有几石米，把米一扛，爬到一个石洞里钻进。他忖，自家是孤老，还是替渔民兄弟做点好事吧！看看天气勿对啦，风要来了，他便去拔些柴草来，用火点着，白天看，是股烟；夜里看，是把火。

这样，一次、二次，人家勿晓得，有几次弄过，捫鱼人晓得了，这地方烟火一出来，天气变坏，就要发风打暴，赶紧拢洋避风去。捫鱼人传来传去，大家都说是神火。

再讲阿旺，那日被浪罩去，是死是活？讲起来，阿旺命大，被另一条捫鱼船救去了。

阿旺哪里会晓得才伯公还来钻洞眼哩！总以为才伯公也死嘞！船老大看阿旺身强力壮，便把他留下捫鱼。

阿旺从才伯公那里学会了看天气变化的本领，每遭看出天气变坏，要发风打暴了，山头墩那股烟火就出来，一次、二次，次次都对得起来，交关灵！一次，阿旺跟渔民商量："侬拉都看见，山头墩每遭烟火出来，大风就来，这里是荒岛，呒人住，一定是菩萨点的神火，阿拉用啥去谢谢？"

"阿旺老大，侬讲呢？"

"要我讲，阿拉买点香烛纸马，铜钿锡箔去烧烧，再挑些东西去供供，糕饼果子、鸡鸭猪羊都可以！"

"阿拉这只船供只猪"，"阿拉这只船供只羊"，"阿拉供只鹅"，"阿拉买只鸡"，大家七嘴八舌地把东西拿拢来。

他们挑了个好天气，把船驶拢孤岛，跳上岸，在沙滩上摆好供品，点燃香烛，炮仗放放，锡箔烧烧，一个个跪的跪、拜的拜，只有阿旺有心要来看看，到底这烟火是啥地方出来的？到底是神火勿是神火？东看看，西张张，看见一个山洞，这个山洞的洞口正好一个人钻得进，里厢弯弯，蛮大，从外看进去，黑咕隆咚，没啥看见；才伯公从里往外看，刚好看见！

才伯公在山洞里住了一年多，平时，每遭风来了，就去放火，慢慢地精力呒嘞，衣衫破嘞，面也勿汏，头也勿剃，弄得像灰塌鬼一样。勿晓得过了多少辰光，才伯公昏昏沉沉地躺在洞里，忽然听到有人进来，睁眼一看，是阿旺！他想挣扎着爬起身来，可惜全身无力，动也勿会动，喊也勿会喊，最后从喉咙底里叫了声"阿旺"就死了！

阿旺钻进洞里一看，是才伯公，阿旺急煞了，扑过去抱住才伯公"呜呜"大哭起来。渔民听到哭声，统围拢来了。阿旺把才伯抱出山洞，对大家讲："侬拉看，这神火原来勿是菩萨、神道，是阿拉阿公，是我的救命恩人！是他养我大，是他教我扪鱼，今朝又是他为阿拉放火，介好一个人，阿拉咋弄？"

大家七嘴八舌一商量，把才伯公装殓好，塑个神像，造个庙，这就是才伯庙。本来菩萨都是穿袍的，才伯公是渔民，大家给他穿上笼裤，"青浜庙子湖，菩萨穿笼裤"就这样传下来了。

渔民穿笼裤

讲述：郑余芬　六横镇小湖村渔民
记录：管文祖

从前，有份人家有一家八口：阿爹、阿姆、三个儿子和三个媳妇，人多手脚多，三个儿子个个身强力壮，阿爹当老大，下海扪鱼，总要比别人扪得多。可是，人多嘴也多，侬要吃咸，他要吃甜。阿姆是个老实人，多一事勿如少一事，遇事忍着三分，尽管她起早摸黑、忙忙碌碌，几个媳妇还是摆勿平。

三个媳妇当中，要算三媳妇聪明能干，手脚勤快，和阿婆也讲得来。老阿爹想让三媳妇帮阿婆当家，可是老太婆担心另外两个儿子和媳妇勿服，一时拿勿定主意。

阿爹咕咕忖忖，想出个办法。一日，他把三个儿子和三个媳妇统统叫拢来，讲了："我介大年纪了，冬汛出海舸鱼，虽讲穿着棉袄棉裤，西北风一刮，还是冻得骨骨抖。依拉想想办法，每人给我做件冬衣，要保暖、省钱，又要轻便，限依拉一个月做好，看啥人心灵手巧！"

眼睛一眨过了一个月，大媳妇送上一件丝棉袄，二媳妇捧来一件大棉袄，都想在阿爹面前献殷勤，只有三媳妇坐在旁边，闷声勿响。公婆一看，心里有眼急了，问："老三，依屋里做的衣裳呢？"老三眯眯笑笑，递过去一只小布包。阿爹打开一看，原来是一件土布做的单裤，大裤脚、宽裤腰，裤腰左右开了裆，裆口两边绣着八仙过海图。哟，这种裤还是头一次看到，真稀奇！

三媳妇讲了："阿爹，依试试，合身哦？"

阿爹一试，交关合身，他把棉袄塞进裤腰里，裤带一束紧，两只脚管一扎，又舒服又暖和。两个阿嫂都看呆了，公婆啧啧称赞，问："这叫啥裤？"

三媳妇想了想说："就叫笼裤吧！"

老大、老二都夸弟媳妇心灵手巧，笼裤做得好，叫自己老婆跟弟媳妇学做笼裤。两个阿嫂自知勿如弟媳妇，也心服口服了。

这年冬汛，父子四人出海，个个穿上崭新的笼裤。舸鱼人一看，笼裤又实惠又时髦，统想做件穿穿，慢慢地穿笼裤的渔民就越来越多了。直到今天，好多上了岁数的老渔民，还是欢喜穿笼裤。

祭灶神

讲述：郑舜臣　六横镇龙山浦西村农民
记录：赵学敏

舟山海岛过去有个风俗习惯：腊月廿三祭灶，送灶神上天；廿四到廿八是敬神谢年；三十年夜接灶神归来，过除夕。

据说灶神每年腊月廿三，要上天向玉皇大帝禀报，趁机在玉帝面前讲了许多凡界百姓的坏话，说他一日三餐，烟熏火燎，辛辛苦苦，却得不到黎民百姓的供奉、祭祀，实在太清苦了。玉帝闻听，马上派福利神下凡调查，要是属实，定要惩办百姓。

福利神接旨下凡，心想，凡间百姓如此奸刁，我要给他们一点厉害看看。于是，他一出南天门，便刮起狂风，推起巨浪，大雪纷飞，昏天暗地，吓得黎民百姓不知所措。土地神嘴快，传出话来，说是灶神上天禀报，下界黎民不肯敬神，现在派福利神来调查了。

百姓得知此事，家家户户赶紧制办了大鱼大肉、水果糕点，供奉福利神，借名头为谢年。

福利神见凡间百姓如此尊敬天神，满心欢喜。于是，他收风歇浪，驱散云雾，到各家各户见肉便吃、有酒必醉，等他吃饱喝足，已是腊月廿九了。他匆匆赶回天庭，向玉帝禀报，说凡界黎民对天神如何尊敬，供品如何丰盛，他还抹抹嘴巴说："只要看看我这吃得油油的嘴巴，就晓得了！"

玉帝看看福利神，责怪灶神不讲实话，要他立即返回人间。灶神虽然感到委屈，但不敢违抗旨谕，到了腊月三十，又回来了。

百姓知道天神也是欢喜奉承的，所以，每年在腊月廿三，家家户户都要祭灶神，用糯米粉和上甜甜的白糖做成各种好吃的祭灶果，供起香烛，好好孝敬灶神菩萨，把他嘴巴抹得甜甜的，好让他在玉皇大帝面前讲上几句好话。

这就是祭灶、谢年的来由。

贴门神

讲述：俞阿用　东极镇黄兴岛磨里村渔民
记录：顾维男

有一年，泾河老龙现化成人，在城里东走西荡，忽然看见有个老头在一条干涸了的河底里翻土种茄，感到蛮稀奇，就讲："老头，河底种茄，以后下雨勿怕浸煞？"老头讲："今年是旱年，即使落雨也是城内三分雨，城外七分雨。河底种茄，勿湿勿燥，正好！"

泾河老龙忖，这老头蛮厉害，连落几分雨也晓得，我这个管落雨的还有啥用场。越忖越勿服，到了落雨这日，泾河老龙偏偏把七分雨落到城内，三分雨落到城外。一歇工夫，城里洪水泛滥，老百姓浸死交关。

大水漫过，泾河老龙特意去讥笑种茄老头，说："老头，侬种的茄子有没有被水浸死？"老头一听，火大了："泾河老龙，侬死到临头还勿晓得。

侬一场大雨浸死介多百姓，违犯天条，明朝午时三刻，玉帝派魏征丞相来处斩侬的龙头了！"

老龙一听这老头认出他是泾河老龙，心里一惊问："侬是啥人？"

老头哈哈大笑："我乃鬼谷仙师！"

泾河老龙两脚吓得发抖，"扑通"跪在地上："鬼谷大师，侬无论如何要帮帮忙。"鬼谷仙师讲了："这事只有李世民能帮侬。"说罢顾自走了。

泾河老龙赶紧去找李世民，李世民讲："这忙好帮，明朝我借口把魏征找来商量事体，让他错过时辰，侬命就可保牢了。"老龙谢过李世民，高高兴兴地走了。

第二天，李世民把魏征召来，要同他对弈，魏征再三推托，说有要事，当即要走，李世民假装勿晓得，一定要走完这盘棋，才让他离去。

魏征呒办法，只好陪李世民对弈，两人走着走着，魏征打起瞌睡来了。李世民看看午时三刻快到了，心忖：好足了，侬在这里睏觉，老龙这条性命总算保牢了。

却勿料，魏征身体伏在棋桌上，魂灵老早飞去追斩老龙了。泾河老龙拼命逃，魏征猛力追，追得黄汗直淋。此时李世民见魏征睏得热煞了，怕其热醒，便拿扇子给魏征扇风，这一扇，魏征借助三阵御风，猛地追了上去，手起剑落，把老龙头斩下来了。

泾河老龙被斩，他怪李世民讲话勿算数，勿但勿拖住魏征，反而助魏征三阵御风。老龙忖忖交关委屈，便来找李世民讨命，龙头飞向皇宫，直朝李世民喷血，李世民慌忙逃进内宫，叫魏征给他管门，老龙一见，勿敢近前，只好在门外转圈子。从此，魏征成了李世民的管门官了。

日子一长，老百姓晓得魏征是天上的监斩官，就把他的画像贴在门上，以防妖魔邪气。后来，人们称魏征为门神菩萨。

紫微高照

讲述：顾世安　虾峙镇栅棚渔民
记录：忻怡

一次，周文王和姜子牙路过一个村子，看见路边一份人家正在造屋上梁，分馒头，放炮仗，闹闹热热。姜子牙对周文王讲："这份人家今朝介闹热，可惜只有三五年好发。"

周文王打趣地说："侬是风水先生？"

姜子牙接着说："侬勿相信？三五年后，这份人家必败！"

周文王看看姜子牙说："人家造屋，总喜欢听好话，侬莫乱话三千！"边说边拉着姜子牙走了。

这些闲话恰好被一个木匠听见了，连忙去告诉主人家，主人看看这两个过路人，青衣便服，斯斯文文，还以为是风水先生，连忙追上去，要请他们到屋里歇歇，喝杯茶再走。他们再三推托，主人执意要留，他们只好跟主人走进新屋，等他们刚要端杯喝茶，主人开口讲话了："刚才先生讲的可是真话？"周文王用责怪的眼光看看姜子牙，姜子牙哈哈一笑，说："我这朋友是个贵人，让他写几个字，贴在栋梁上，保侬大吉大利！"

主人连忙拿来笔墨纸张，周文王在姜子牙的暗示下，写了"紫微高照"四个大字，主人交关高兴，再三道谢。后来，各家各户造屋上梁都要贴上这四个字，以图吉利。

新娘坐花轿

讲述：陈守裕　虾峙镇栅栅采购员
记录：管文祖

过去，阿拉渔区结婚，新娘子穿戴凤冠霞帔坐花轿，这里有个传说。

据说，北宋末年，金兵打进京都，小康王南逃，他逃过长江，金兵也追过长江，康王一直逃到宁波，逃到舟山。有一次，小康王被金兵追得走投无路，一个个卫士都被冲散了，只留下他一个人落荒逃跑。正当他逃得呒处藏身的辰光，突然，看见前面有个晒谷小娘，小康王急上去求救。

小娘看他是个白面书生，后面又有追兵，觉得他蛮可怜，便用手指指旁边一只盖着的稻桶，康王钻进稻桶，还叫小娘坐在稻桶上面。小娘忏忏惶恐相，说："我是女人！"康王说："寸板隔千里，勿要紧！"为啥介讲，过去封建社会里，女人矮人一头，男人要是从女人下面钻过，就要倒运。因为康王讲过寸板隔千里，所以后来千金小姐住楼上，男人住楼下，只要有一层楼板隔开就勿要紧了。

小娘刚坐上稻桶墩，金兵就追上来了，小娘装作没看见，勿去理睬他们。

一个金兵气势汹汹地对小娘喝道："喂，有没有看到一个人从这里逃过去？"

小娘胆子交关大，勿慌勿忙，用手朝前面的树林里指了指，意思是往树林里逃去了。金兵信以为真，便朝树林方向追去。

等金兵追过以后，小娘把小康王放了出来，说金兵过去了，侬快走吧！小康王心里忖，这个小娘良心蛮好，临危相救，这救命之恩一定要报。于是，他对小娘讲明自己的身份，当即封小娘为正宫娘娘，说等他登位那日，派人前来迎亲，还约定屋门口悬挂布褴为号。

小娘做梦也没想到救落来的人竟会是小康王，回到屋里把事情经过一五一十告诉阿姆，阿姆一听也交关高兴，便讲给隔壁的阿婶听，隔壁传隔壁，满街满村的人都晓得了。后来小康王登了位，做了南宋皇帝，他就派人前来迎亲。没料到，迎亲人马一到，这地方各家各户门口都挂着一块布褴，啥人是救驾小娘，咋会分得清？迎亲官兵只好回京禀报康王，康王想想也吭没法子，便下了一道圣旨：允许江南女子出嫁，可照皇宫礼仪对待。从此，江南的新娘子出嫁都戴凤冠、披霞帔、坐花轿，后来这个风俗也传到渔区来了。

三色旗

讲述：吕文元　白沙乡居民
记录：柳明兆　白沙乡居民

相传在两百余年以前，在舟山群岛的最东南有一座美丽富饶的小岛，因为海滩上都是沙子，海水退潮的时候，在阳光的照射下，海水变成了洁白的晶盐，远远望去，沙滩是白色的，故取名白沙岛。那里盛产各种各样的海鲜，那里的人们世代以打鱼为生，过着自由自在的生活。

不知从什么时候开始，在舟山群岛东南海域一带出现了一群海盗，他们在海上横行霸道，对纯朴善良的渔民抢、夺、掳、掠、杀、烧，弄得那一带海域海岛上的渔民人心惶惶，再也不敢轻易出海了。白沙岛上的渔民也是如此，出海的渔民更是提心吊胆，生怕出海时碰上海盗。

一天，一位渔嫂在后山上砍柴，她手里拿着砍柴刀，面对大海，脸上充满了期盼的神情，因为她的儿子正在出海打鱼，前几天她的丈夫在出海打鱼时，遇上了海盗，她的丈夫为了保护渔船和渔民，被海盗残忍地杀害了，她多么希望儿子别再出这样的事情，每次能够顺顺利利地出海、平平安安地回家。

这时，她看见离后山沙滩不远的海面漂浮着一个人，她的心一下子被揪了起来，扔掉手中的砍柴刀，跑到沙滩边，她一下子跳进海里，朝那个人游去……费了好大的劲，终于把那个人拖上了海滩，一看，不是自己的儿子，也不是儿子同船的渔民。这时那个人呻吟一下，她连忙蹲下，问还有其他的人吗？他往海上望了望，摇了一下头。

等到把那个人搀扶到家的时候，天快黑了，渔嫂把他扶到儿子的床上，让他躺下，并安慰他，别多想，一切都会好起来的，然后为他烧水去了。她一边烧水一边心里默默地祈祷儿子在海上打鱼别遇上不测的事情。正在她想儿子的时候，门开了，儿子回来了，渔嫂心一下子放了下来，她迎上前去，帮儿子放好东西，并向儿子说了一切，儿子十分气愤，以为又是海盗干的好事，骂了几句，走到那个人的床边安慰他……

接下来的几天里，儿子每天出海打鱼，每次带回营养最好的鱼让那个人补补，那个人的身体恢复得很快。在这期间周边海岛的渔民又碰上了几次海盗，儿子每次听说都是愤愤不平。儿子每当说起这事时，那个人都是低着头静静地聆听，好像在思索着什么……

经过一段时间的调养，那个人的身体终于好了，渔嫂和儿子把他送到码头，在离别的时候，那个人从怀中掏出一面白红黑相间三色旗，说："出海的时候，把这旗子挂在船尾的旗杆上，海盗就不会来找你们的麻烦了。"说完就乘船离开了白沙岛。

儿子第二天出海，疑惑地将旗子挂在船尾的旗杆上，没有碰上海盗，一天，二天，三天，过了好久都没有碰上海盗。同岛的渔民也都很疑惑，为什么我们的船会碰上，而他就不会呢？他们都去问渔嫂，渔嫂把经过都说给了同岛的渔民听，同岛的渔民听了之后，带着半信半疑的心情给自家船都挂上了三色旗。从此以后，白沙岛上的渔船和渔民无论在哪里打鱼，都没有海盗来找他们的麻烦，但周边岛上的渔民还是遭到海盗侵袭。白沙岛上的渔民又恢复往日自由自在、安居乐业的生活。人们对三色旗充满了崇敬，也很感谢渔嫂和她的儿子。

白沙岛上的渔民很尊重三色旗，把它交给船上的伙夫保管，脏了要洗，破了要补，但每年要做一面新的三色旗。每当开洋的时候把它挂上，到了洋地之后再把它降下，收起来藏好免得让海风将它吹破；等到船回航的时候，哪一条船的产量高，就把它拿出来悬挂在旗杆上，好让家里的人能早些知道谁家的船得了高产，并且要把三色旗悬挂在船尾右边的旗杆上，这个习俗一直保持到现在。

后来朱家尖的渔民也效仿白沙的渔民在船尾挂上了三色旗，挂上之后他们也再没有碰上海盗，保持着和白沙岛渔民对三色旗一样的习俗。

至于那个人有很多的说法，有的说他是海盗的一个头目，有的说他是海盗的朋友……反正说也说不清楚，我们也不必再去管，不必再去猜，只愿白沙岛上的渔民生活平平安安、快快乐乐。

海 岛 传 说

朱家尖岛传说

认母涂

讲述：徐礼勇　朱家尖街道干部
记录：管文祖

北宋末年，金兵侵犯中原，宋徽宗和宋钦宗两个皇帝被掳，小康王随军南逃，一口气逃到舟山。不料，就在乘船渡海的辰光，康王与他阿姆被逃难的人群冲散了。康王差人到处找寻，寻来寻去寻勿到，当时，兵荒马乱，到哪里去寻！

后来，南宋建都杭州，小康王承位登基，做了皇帝。虽然当时南宋刚刚建立，有好多事情要做，但是康王一直吮没忘记失散的阿姆，几次派人出去查访，一连几年，都吮没得到确实的音信。康王交关着急，决定借出访巡视为名，亲自出来寻找皇太后。

康王巡视到舟山，头件大事就是打听他老娘的下落。当今皇帝寻阿姆的事，连舟山老百姓都晓得了，一时间民间议论纷纷。

有一日，康王带着两名贴身太监，乔装改扮搭乘便船，来到朱家尖岛。他们正沿着海滩头走着，忽然听到港湾那边传来人声，过去一看，原来是一群捅鱼人，坐在船头聊天，打算开洋出海，只听见一个渔民说："我看对面那个小岛上的讨饭婆说勿定就是当今皇太后！"

另一个渔民说："乱话三千，凭啥讲她是皇太后？"那个渔民说："侬看她皮肉白嫩，讲话斯斯文文，满口北方腔调。我问她是哪里人，从哪里来？她支支吾吾，只讲逃难流落到此，说完便慌慌张张地走开了。"

康王听到这里，赶忙走近人群，想打听个虚实。大家看见陌生人，有意岔开话题："算了，算了，闲事少管，快开船吧！"

一个胆子大的渔民看看康王，故意讲了一句："要真是太后娘娘讨饭，也只怪他姓赵的勿争气，活该！"

康王一听，这勿是当着和尚骂贼秃吗？这班扪鱼人真是胆大包天！他正想发作，随身太监连忙拉拉他的衣角，意思叫他忍耐点！

康王这才想起今朝自己是青衣小帽，私下出访，勿可露出马脚。他平平气，想了想，说勿定那个讨饭婆还真是自己的老娘呐！于是，他装作没事的样子离开了人群，朝渔民讲的那个小岛走去。

康王走到海边一看，眼前是一片黄澄澄的泥涂，泥涂的对面有个小岛，相距足足有十多里。船没船，路没路，咋过去？康王望着泥涂，交关焦急。就在这辰光，泥涂远处漂来几个黑点，走走停停，仔细一看，原来是几个小囝，一人驾着一艘小船。这船长六尺，宽勿到一尺，船头装着一根扶柄，小囝手握扶柄，左脚踏着船尾，右脚在泥涂上一蹬一蹬，小船便飞快向前滑行，看上去交关轻便灵活。康王看看蛮稀奇，这种船又狭又小，在泥涂上行，咋勿会翻倒？他上去一问，两个小囝听得笑煞："这又勿是船，这叫泥艋，阿拉这里人都会驶，从没翻转过！"

康王一听，高兴地叫了起来："真乃苍天助我也！"康王为啥介高兴，原来，他把泥艋听作"泥马"了。他想，当年"泥马渡康王"，救了我的驾，今朝"泥马"过泥涂，一定能找到母后了。他叫贴身太监拿出几锭银子，分给小囝，说有急事要去对面小岛，求小囝帮忙，搭乘"泥马"过去。

就这样，他们乘泥艋过了泥涂，果然在这个小岛上找到了皇太后。从此，这个岛就叫"认母涂"了。

蛇形小筲箕湾

讲述：梁全宝　朱家尖街道居民
记录：梁文珠　朱家尖街道居民

相传东海龙王外甥九头蛇生了一个头上长角、身上无鳞，龙不像龙、蛇不像蛇的怪儿子，人们给它起了一个绰号叫"带角泥鳅"。

带角泥鳅长大后，随父苦修了千年道行，学得一身妖法，同时也传承了九头蛇凶残的妖性，四处横行闯祸。东海龙王无法收服它，只得哄它到普陀山南门的乌沙悬岛去镇守乌沙门，封号"蛇龙王"。

蛇龙王来到乌沙门，找到一处名叫射箭岸的小渔港住了下来。心想，现在天高皇帝远，谁也管不着咱了，于是越发无法无天，兽性大发，不时兴风作浪，吞鸡食狗，甚至掀翻渔船，弄得小渔港六神不安，鸡犬不宁。

有一天，一个孕妇因丈夫出海捕鱼未归，担心被蛇龙所害，到岸边眺望，不料被蛇龙嗅到人体血腥之气。蛇龙馋得口水直流，一摆尾，掀起巨浪，将孕妇扫入海中，将腰身一缠，张开血盆大口，射出丈余长的蛇信就要吞噬孕妇。

且说乌沙悬岛马秦山上有一座碧云庵。这日，庵中禅师正与雷震子夫妇在四姑坪上下棋，忽然耳边传来妇女救命之声，掐指一算，心中大吃一惊，原来是蛇龙孽畜又在干伤天害理之事。急忙将蛇龙以往罪行向雷震子夫妇诉说一遍，说："本想上告天庭，然自己闲云野鹤，不想蹚这一浑水。"雷震子本是霹雳火性，一急之下，勃然大怒，急叫雷婆速奏玉帝，派兵来助，自己则拉了禅师驾起雷云，下得山来，一锤击出响雷，呵止孽畜休要伤人。那蛇龙一见那鸟不像鸟、人不像人的雷公，哪里放在心上，哈哈大笑·"何方偏毛，大胆扰乱本王好事。"二人一语不合动起手来。一个是天上猛将，一个是海中烈龙，只战得雷声震天，闪电耀眼，黑浪翻滚，山摇海动。雷震子等待天兵未到，久战不下，狠心将雷锤击向雷鼓，张开无羽肉翅，伸出长喙铁啄，俯冲下来，要置蛇龙于死地。说时迟，那时快，忽听"雷将军且慢"的呼声，这呼声来自救苦救难大慈大悲观世音菩萨口中。

观世音菩萨这日正好赴王母娘娘三千年一届的蟠桃大会回普陀山，脚踏莲花祥云，冉冉飘来，忽见乌沙门黑浪大作，雷鸣电闪，驻足瞭望时，碧云庵老禅师匆匆来报，"阿弥陀佛"，观音口呼佛号，手持杨枝轻轻朝蛇龙和雷震子一招，一边向雷震子施礼，一边将一只五色莲环套入蛇龙七寸处，叫它快快放了孕妇，说道："雷将军请看贫道薄面，暂饶这孽畜吧。蛇龙还不快快谢过雷将军不杀之恩。"蛇龙迫于观音佛法，只得放了孕妇。观音说："只要你听我指点，革首洗心，将功折罪，我还你千年道行，得成天仙正果，如若不然，决不轻饶。"蛇龙跪地叩首。观音遂盼咐蛇龙继续镇守乌沙门水道，保护一方百姓平安，海不扬波，四季丰收。

自此以后，蛇龙一心皈依佛法，涨潮时出海巡查，退潮时在小射箭岩沙滩藏头藏尾睡觉。射箭岩附近各渔村的百姓出入平安，捕鱼鱼满船，种田谷满仓。当地百姓为纪念观音菩萨感化蛇龙，使蛇龙改邪归正，保护一方百姓平安，每逢过年过节都要烧香祭拜。这就是民间流传的"蛇形小筲箕湾"的故事。

情人岛

讲述：徐礼勇
记录：水雪君 朱家尖街道文化站干部

很久以前，岛上有一户朱姓人家，家里有个美丽、善良的女儿叫朱海桐。一天，她来到东沙海边闲走，被正在莲花洋游玩的青龙看见，青龙对美丽的海桐姑娘一见倾心，于是变成了一个英俊的打鱼郎，摇着渔船来到了东沙滩。渔郎的到来深深吸引了海桐姑娘，他俩一见钟情。渔郎邀请海桐姑娘坐上小船，迎着朝霞，在岛边行驶玩耍、互倾衷情。为了有个能经常约会的地方，青龙作法在后门山崖划出了一宽八米的洞室，洞室内花香四溢，渔郎和海桐姑娘在洞室内山盟海誓，并约定每天早上在此相会。

再说，在后门山东面礁洞里住着一条乌蛇精，它发现了青龙和海桐姑娘的行踪后，每天偷窥青龙和海桐姑娘约会，妄想找机会亲近美丽的海桐姑娘。有一天，东海龙王派青龙去渤海龙宫办事，海桐早早就来到东沙滩，一直不见渔郎的影子，很是焦急。突然一阵狂风，身后出现个壮实的丑汉子，他对海桐谎称青龙在洞室里病着，派他来接海桐姑娘去山洞中探望。海桐信以为真，就和乌蛇精变的那个壮实的丑汉子一起来到了后门山，刚上山，突然身后一条百十米的山体塌陷下去，成了海流湍急不可逾越的海沟。海桐大惊失色，连忙向龙洞方向奔去，乌蛇精现出狰狞的面目，上前抓住海桐欲行无礼，海桐宁死也不受污辱，就咬舌自尽了。

第二天，青龙来到龙洞，海鸥把昨天发生的事情告诉了青龙，青龙又难过又气愤，他马上赶到乌蛇精藏身的洞穴，斗败了乌蛇精，把它摔死在后门山东南面的礁石上。青龙把海桐埋葬在后门山上后，他又捣穿了洞室顶穹，探出龙首，厮守在海桐墓穴旁。天长日久，海桐的身肢和秀发长成了满山的海桐树，而青龙却化成了石龙。如今，后门山西侧海滩上石龙的形状仍然可见。人们为了纪念青龙和海桐的恋情，就改称后门山为"情人岛"。

石牛港

讲述：徐礼勇
记录：水雪君

　　顺母涂东侧原来有一条南北相通的港湾，叫石牛港。相传宋太祖五年，国道昌盛，朝廷派中官王贵持香幡来普陀山朝山进香。王贵心不够虔诚，虽说代表朝廷进山礼佛，心里却疑疑窦窦，说："汪洋大海中，菩萨安在？"船行到莲花洋，霎时满洋盛开铁莲花，船再也无法行驶。王贵猛然醒悟，忙朝普陀山方向祈祷，求菩萨慈悲。祷毕，即见一巨大的白水牛浮出水面，把莲花洋面上的铁莲花全部吞食干净，之后浮入港中，在顺母涂一小山旁边化作一只白色石牛。于是后人就把这座小山叫石牛山，石牛山旁边的这条港也就成了石牛港。

　　历史上的石牛港南北长约二千五百米，宽约六百米，介于顺母山和朱家尖山白山之间，北通莲花洋，南衔福利门水道，扼宁波港、舟山港船舶进出峙头洋、普沈水道之要冲。因港域区位适中，避风条件良好，历史上日本、朝鲜、东南亚各国往来宁波港、舟山港的船只多在此锚泊避风候潮。当年高僧鉴真东渡、慧锷大师东来和郑和下西洋也都曾在此锚泊避风候潮。

　　据书载，明朝抗倭名将戚继光部将张四维率军进驻朱家尖和明末张苍水抗清时，都曾在此设水寨驻有重兵；鸦片战争时，清军也曾在此设寨驻军。

　　岁长月久，涂泥逐年淤积，港域西侧渐渐淤塞成涂。到中华人民共和国成立初，仅剩东侧一条宽不足五十米的壕沟。二十世纪六十年代围塘垦涂，现今在靠近白山一侧，尚留有一条宽约三十米的狭长河道。

朱家尖茶厂基

讲述：刘启佑　朱家尖街道庙跟村小店店主
记录：忻怡

　　相传朱家尖大山顶上有间石屋，石屋里住着一位二姑娘。二姑娘生得交关漂亮，头发长长，眼睛大大，身段细溜溜，走起路来轻轻快快像阵风。二姑娘还交关勤劳，在石屋后面山上开了一个茶园，她每日在茶园里种菜采茶，一歇勿停。

　　有日天亮，太阳刚从海里出来，二姑娘坐在石屋门前的一块大石头上梳

头。突然,她看见洛迦山海面上有只小船朝朱家尖驶来,这只小船吭篷吭橹,
驶起来飞快。

小船里是啥人?是东海妖龙。这妖龙好事勿肯做,坏事勿错过,平日被
海龙王关在海底,这日子勿知咋会逃出来了。他看见二姑娘坐在石头上梳头,
介好看一个大姑娘,他起了坏心,摇身一变,变作一个斫柴后生,乘船来到
朱家尖,跳上了岸,走到茶园旁边斫起柴来。

二姑娘见这后生虎头虎脑,相貌蛮好,斫起柴来也蛮勤快。她心忖:自
己一人常年到头在山上交关冷清,要是有一个人做伴就好啰。便倒了一碗茶,
端给后生喝,后生对她笑笑,咕噜咕噜一口气把茶喝干了,随手把碗还给二
姑娘。二姑娘脉脉含情,笑眯眯用手去接,后生趁机一把捏牢二姑娘的手腕
子。二姑娘勿防,心怦怦跳,面孔涨得绯红,正想把手缩回,想勿到这斫柴
后生越捏越紧,二姑娘手腕被捏得痛煞了。这辰光,后生又伸出另一只手嬉
皮笑脸来搂二姑娘的腰,二姑娘这才晓得这人勿是好东西,用力把手一甩,"啪
嗒",这只手腕折断啦!二姑娘原是江㧐 ① 成精,飞起来交关快,这时,手腕
折伤等于翼膀折断,飞勿动咧!妖龙现了原形,张牙舞爪来抓二姑娘。一个
逃一个追,二姑娘的头发一绺绺给妖龙抓落,山顶上茶园里到处都飘着二姑
娘的头发,最后,二姑娘气力用尽,终被妖龙抲牢,妖龙定要二姑娘跟他走,
可是二姑娘坚决勿从,被妖龙害死了。这条妖龙呢,后来也被雷公打死了。

现在,朱家尖大山顶上的茶厂原就是当年二姑娘开的茶园,茶树还是
交关茂盛,茶树根里都生着一种又长又细的藤丝,据说是二姑娘头发变的。
大山顶上的石屋不见了,可是,二姑娘坐过的那块大石头依然兀立在大山
顶上。

乌石塘

讲述:徐礼勇
记录:水雪君

乌石塘是一条全部由乌黑发亮的鹅卵石自然垒积而成的海塘,气势庞
大,蔚为壮观。鹅卵石乌黑发亮、花纹斑斓,小如珠玑,大如鹅卵。每当
台风将临,依水斜垒的乌石会一反常态,皱叠起一道道竖沟,发出一阵阵

---
① 江㧐:海鸥。

"沙……啦啦，沙……啦啦"的声响，朱家尖的渔民们称之是小乌龙在预报台风即将到来的信息，呼唤出海打鱼的渔民快快回港。

乌石塘何以如此灵验？相传它是乌龙的化身。原来东海龙王的三太子生得一身乌黑，顽皮而聪颖，深得父母的宠爱。一天，它耐不住龙宫的寂寞，一个人离开龙宫，独自来到东海大洋遨游。正玩得兴起，不料遇到了一群鲨鱼精。鲨鱼精们曾听说吃了龙肉，可以成仙，所以一见小乌龙，就向小乌龙猛扑。小乌龙寡不敌众，斗得筋疲力尽、遍体鳞伤，向莲花洋节节败退，鲨鱼穷追不舍。在这千钧一发之际，被正在拗鱼的朱家尖渔民发现，众渔民奋勇将小乌龙救到樟州湾内，又精心为小乌龙养伤，于是小乌龙与朱家尖渔民结下了深厚的友情。伤好后，为报答救命之恩，小乌龙情愿留在樟州湾守护海塘，造福朱家尖百姓。

从此，小乌龙就横卧在樟州湾沿岸，年长月久，片片龙鳞也就化作了乌石子。他日夜注视着大海的变化，一旦大风将至，它就抖动龙鳞，并高声鸣叫，警告渔民别出海、快回港。台风来时，浊浪排空，他就用身躯挡住惊涛骇浪，保护朱家尖一方百姓免遭灾难。

乌塘琴潮

讲述：杨永祥
记录：赵学敏

朱家尖乌石塘海滩上，满是一片大小不一、乌黑锃亮的鹅卵石，潮水冲击石子，不断发出"嗦啦啦"的声音，犹似古筝弹拨，美妙动听，据说这是乌龙在弹奏。

相传，北海龙王三太子，出生时一身乌黑。北海龙王很不欢喜，小乌龙从小就寄养在黑龙江，失去天伦之乐，因此非常孤独，深居在高山流水之中，别无见识，只学会了弹奏古筝。

一年年过去，小乌龙渐渐长大了。一天，他正在弹琴，忽然一阵水花溅起，原来是龟丞相奉北海龙王之命前来带领三太子回宫，因为父子总有骨肉之情呀！

小乌龙听说可以回家，非常高兴，立即动身。

他俩顺着黑龙江游入北海。小乌龙一到大海就看呆了，茫茫海洋如此辽阔，海底如此深邃莫测。

　　小乌龙感到什么都新鲜，不停地向龟丞相问这问那，不觉来到龙宫。一进门，小乌龙就觉得光芒耀眼，原来偌大宫墙之内用铁链锁着无数大小冰块，晶莹剔透，姿态各异，啊！美极了。

　　小乌龙眨眨眼问龟丞相："龟伯！那么多的冰块，哪里来的呀？"龟丞相道："那是你父王集北海所有之冰块，聚能工巧匠，雕琢成美妙的绝景，真是天上人间无有如此壮观。"

　　小乌龙闻听，凝思道："那北海之冰，都在我家宫庭院内了。"

　　龟丞相讨好地道："是呀！你父王乃是北海之尊，理当你家独有。"

　　小乌龙心情沉重地道："原来如此。"他想起在黑龙江上，每年都要举行冰天会，列着各种奇丽冰块，供人观赏，哪有独家占有的道理。他不禁脱口道："这太不公平了。"龟丞相听了，吃了一惊，忙阻止道："啊！三太子，你可别这么说呀！"

　　小乌龙却认真说道："怕什么？天公造物原该共有。我不但要说，我还要分还给大家呢！"说罢，转身把龙尾一摆！只听得"哗啦啦"一声巨响，霎时间，那些锁着的冰块全散了架，一下子都浮动起来，顺着潮流，漂向东南西北。浮动的冰块互相碰撞，有一块冰竟撞坏了龙宫门楼的檐角；其他冰块浮出海面，任性地撞向礁岸，撞向行船……从此造成北海上冰山横流。

　　这一下，吓得龟丞相缩颈大叫："啊呀！不好了，三太子你……你闯了大祸啦！"

　　小乌龙万没想到，自己的好心竟会造成如此不堪设想的后果，一时也吓得傻了眼。这事激怒了北海龙王，他本来就不喜欢这个黑儿子，又见他闯下如此大祸，更是憎恶，即令虾兵蟹将把小乌龙押入水牢，吩咐明天五更行刑问斩。

　　幸亏龙后怜惜儿子，偷偷遣人放掉小乌龙，还嘱他逃往东海龙王大伯处暂避一时。

　　小乌龙无奈，连夜从北海游向东海，但心中非常懊悔，又感到非常委屈。当他游经朱家尖岛附近时，听到观音菩萨正在白山讲经，便上山向观音哭诉。

　　观音听后，觉得小乌龙既可怜又幼稚，遂和善地道："小乌龙，世事艰难，汝实未悉。汝虽好心，却未顾及后果，适得其反，实属妄为也。现既已知悔，可将功补过，令汝守护朱家尖乌石塘，不知愿否？"

　　小乌龙听罢欣喜，即叩头谢道："永遵大士所嘱。"

　　后来观音派神女去北海说了情。

小乌龙高兴地来到乌石塘，横卧在塘外，把片片乌鳞化为乌石子，挡住海浪冲击，护着堤塘。平时风平浪静时，他弹拨着古筝，发出美妙动听的琴声；台风来时，他停下琴来发出"呜呜呜"的警报声，告诉人们赶快抗台防灾。他就这样尽着自己的职责，再也不出差错了。

天缝瘦身

采录：赵学敏

相传，女娲炼石补天，发现东海上有个裂缝，她就把那块有缝的天石换下来，丢在东海莲花洋。

不知过了多久，有一年，东海龙宫要赛美，这一来，可忙坏了东海鱼族，那些年轻的鱼姑娘纷纷艳妆打扮起来。

那时的龙宫，也和现在的人间一样，时兴苗条的身材，何况龙王的三个女儿个个腰细如柳，身材苗条。

这一来，可愁坏了那些鱼族胖姑娘，原来东海气候温暖，食物丰富，好多鱼姑娘平时又贪吃好睡，因此个个身肥体胖。

怎么办？只得纷纷去找蟹大夫，要求配给减肥药。蟹大夫说药是有的，可要吃三个月以上，才能见效。现在离赛美只有三天，那可来不及了。有的到水族体操馆去找虾教练，要求学练减肥健美操。虾教练说减肥操要持续锻炼六个月才能起变化。啊呀，那是越发来不及了。

正当大家干着急时，忽见游来一条银光闪闪、细长瘦腰、妩媚动人的鱼姑娘。啊！美极了。大家一时看呆了，但不知她是谁呀？

眼睛明亮的鳓鱼姑娘认出来了，她跳跃着身子喊："啊！这不是带鱼姑娘吗？"

大家仔细一看，真是带鱼姑娘，但又不敢相信，前几天还是一个体胖腰粗的胖丫头，为啥一下子变成了如此俏模样？

于是，金色的黄鱼大姐姐挺身一跃，拉过带鱼姑娘问道："好妹妹，你怎么一下子变得如此苗条啦？是不是吃了什么灵丹妙药？"

带鱼姑娘愣着眼说："我……我没有吃啥呀！"

黄鱼姑娘道："那你总有什么办法，譬如说，做健美操呀，练气功啦……"

带鱼姑娘道："真的，我什么也没做。"

　　黄鱼姑娘听得生气了："哼！刁钻鬼，不肯说，就不要说，咱们走！"

　　黄鱼姑娘一挥手，众鱼姑娘摇头摆尾地要走，带鱼姑娘连忙拦住大家道："好姐妹，不是我使刁，我确实没吃什么药、练什么功，只是那天……噢！是前天早晨，我偶然游到莲花洋，忽被一阵海浪冲进一个石缝里，浪过后，我出来了，突然变成这个身样，我自己也不认识自己了。"

　　黄鱼姑娘道："有这等奇事？"

　　带鱼姑娘道："真的，不信，我明天陪着大家去。"

　　众鱼姑娘一起拍手称好，决定明天一早，跟随带鱼姑娘一起去。

　　这一夜，浑身是肉，体如圆筒的目鱼姑娘更是高兴得不得了，想到明天可以变成苗条的美姑娘，一夜没睡好，梦里也笑醒了好几回。

　　第二天，东方微露晨曦，带鱼姑娘就领着大家游入莲花洋，找那个石缝。可是左找找右找找，上找找下找找，就是没有石缝的影子。众鱼姑娘干瞪着眼，急得带鱼姑娘满头大汗。

　　"不用找了！"随着声音，游来一条细腰肢的鱼儿。大家一看，原来是鳗鱼姑娘，昨天在一起时，她的身材又胖又短，现在却完全变了样。忙问她道："你已找着了？钻过身了？"

　　鳗鱼姑娘得意地道："是呀，这是一块天缝石，乌龟丞相在海洋文献字典里考查过，它可以瘦身。我昨晚去钻了一下，果然如此。"说罢，还把细长腰扭了一下，显示曲线美。

　　众鱼姑娘急着问道："天缝石在哪里呀？"

　　鳗鱼姑娘神秘地道："龙王命令虾兵蟹将，连夜把它搬上对面朱家尖岛上白山头了。"

　　众鱼儿大惊："啊！这是为什么？"

　　鳗鱼姑娘笑道："哈！龙王还不是怕你们个个苗条起来，美貌超过了他的三个公主，岂不是贵贱不分了吗？"

　　大家一听都垂头丧气，目鱼姑娘难过得掉下泪来。带鱼姑娘更是难过，好容易发现了天缝瘦身石，却让搬走了，从此谁也不能使身体苗条了。

　　突然，黄鱼姑娘一跃而起，问鳗鱼姑娘道："这事儿，怎么会让龙王知道呢？"

　　鳗鱼姑娘道："这个嘛……"

　　众鱼姑娘："说呀！"

　　鳗鱼姑娘道："好！我说也无妨。因为这事关重大，不能瞒着龙王，是我向龙王禀告的。"

黄鱼姑娘怒道："你……自己得了好处，露出马脚不顾大家，还说得冠冕堂皇，你好卑鄙自私呀！"

众鱼姑娘个个义愤填膺，纷纷指责鳗鱼。鳗鱼姑娘还厚颜无耻，悠然自得，以为这次赛美，名次稳得。

突然，目鱼姑娘怒目而瞪："好，让你去比美！"一阵运气，满口乌墨喷向鳗鱼姑娘。霎时艳丽的鳗鱼变成了灰不溜秋的丑鱼了。从此，众鱼儿再也不理她了。

当然，这次赛美，前三名是龙王的三位公主，以下也评了金姑娘黄鱼，银姑娘带鱼……至于丑鳗鱼，就没评上。

那块天缝瘦身石现在还留在朱家尖白山上。据说体胖的人多去钻钻，是会瘦得匀称苗条的。

八戒望海

采录：赵学敏

朱家尖白山的西台有块竖耳、翘鼻、凸胸的大石，这就是八戒望海石。

传说当年猪八戒弃家随唐僧西天取经，历尽千辛万苦，终于成就正果，可是他念念不忘高老庄的高小姐。他想起观音菩萨曾答应过：只要取得真经，就可重续姻缘，于是就先请示师父。唐僧对这种违反天规、佛法之事当然做不了主。那呆子只好腾云驾雾到普陀山来找观音菩萨了。

就在这一日，观音菩萨正在紫竹林静坐修炼，忽然心血来潮，她掐指一算，立刻知道八戒来纠缠于她。她想起当初为了让猪八戒安心去取经，曾答应过八戒所求，原以为成得正果他定会看破红尘，谁知他凡心未脱，痴情不断，使她感到非常棘手。因为按天规、佛法确是无法成全的，但是她又怕呆子有股呆脾气，万一不答应，他赖在普陀山不走，那是个麻烦之事。看来对付这桩事情，一是不理他，二是把他引到别处，于是观音慧眼一闭，计上心来，她叫善财、龙女过来，如此这般吩咐一番，自己驾起祥云，往梵音洞去了。

观音刚离开，猪八戒就兴冲冲地来到紫竹林。善财早已等待，忙迎上去笑着道："啊！八戒师兄久违了。你取经有功，怎不在西天享乐，至此有何贵事？""我……"八戒见问，感到心中之事不好意思出口，便红着脸道，

"唉！你先别问，我是找菩萨来的。"善财暗笑道："菩萨嘛，她今晨一早到白山去讲经啦！"八戒傻着脸问道："啊！白山在哪里呀？"善财用手一指："喏，在对面朱家尖岛上。快去，迟了说不定菩萨又要到别处去云游呢！"

呆子道了谢，按着善财所指方向驾云腾雾飞越莲花洋来到白山。这时白山头紫烟氤氲，霞光辉照，只见一块金刚石上站着手捧宝瓶的龙女，八戒心中大喜，忙过去施礼："龙女大姐请了！"龙女回身笑着还礼道："二师兄，你可来了。刚才菩萨正等着你来呢，可现在她往东海方向走了。""啊！"八戒一听菩萨走了，不禁跌足道，"唉！我来迟一步了！"龙女忙安慰道："八戒师兄，你别着急，喏，这里留给你一幅黄绢，你的事，都写在上面呢！"八戒大喜，连忙接过黄绢就看。可是他横看竖看，却不见一个字，惊得他目瞪口呆，只得向龙女道："咳！龙女大姐，怎么没有字呢？"龙女道："不会的，要不……这是无字天书，那可天机难测，只有亲自去问菩萨了。"八戒急道："那菩萨何时再来呀？"龙女故意眨眨眼道："那菩萨来去无踪，说来就来，说去就去。八戒兄，你若有耐心，就在这里等。"龙女偷眼看看这呆子，她想八戒向来没有耐心，定会吓跑的，就接着说："我看你等不住，还是先回去吧。"八戒忙道："不，不，我等，我等。"龙女见呆子如此坚决，倒出乎意外，只得无可奈何地说："如此你只有在此地等着啦！"八戒点头道："好！我不见菩萨不回去的。"

龙女看看这呆子，忽然感到非常同情，因为菩萨是永远不会到这里来的，本想劝说一番，可是又怕说不好会泄露菩萨的旨意，只得悄悄地离开白山，返回普陀山去了。

那痴情的八戒，从此面对东海大洋，翘头等呀，望呀，一直望到了今天。

沈家门

讲述：陈文奎
记录：陈鸣雁

传说从前有个姓沈的大臣，因为教过皇帝的书，大家统叫他沈国公。这人喜欢游山玩水，懂得阴阳五行，会看风水，也会破风水。他还有个怪脾气，凡看到风水好的地方，勿但勿去破，总想造一座寿坟，几十年下来，各地名山大川差勿多统有他的坟地。

有一年，沈国公奉旨出京南巡，一路上游山玩水，勿晓得游览了多少名胜古迹。有一日，他乘船来到了如今的沈家门所在地。沈国公一口气爬上岭舵山，登高一望，不禁被介好的渔港迷住了，看看东边这个山头，好像青龙卧盘；看看西边这个山头，又像白虎伏踞；看看山下这个港湾，桅杆如林，好像千军万马；看看渔民摇橹，一躬一躬，好像千人朝拜；看看夜里渔灯，一盏一盏，好像万盏宫灯。他走过介多名山，从来呒没看见过介好的地方，真是个风水宝地啊！他越看越中意，越忖越欢喜，就想在这地方造寿坟了。

沈国公回到京城，向皇帝复旨以后，趁此机会要求皇上恩赐这块难得的风水宝地。皇帝心想：小小海岛，咋会有好地方呢？便不以为然地说："这样大的国家，难道比勿上一个悬水小岛？"

沈国公笑笑说："皇上说得勿会错，但大地虽广，咋比得过海大，名山虽多，咋有海美，那里是：东有青龙山，西有白虎山，一日两潮，旗杆千万，日有千人拜，夜有灯万盏，比邻还有佛国圣地，实实在在是海上仙山。"

这辰光，有个大臣上殿说："皇上呀，这个地方万万赐勿得。龙山、虎山，好比龙虎守门，只有京都才有；一日两朝，要比圣驾上朝次数还要多；旗杆万千，要比皇师还要威武；况且日有千人朝拜，夜有万盏宫灯，这勿正是蓬莱仙岛东京胜地吗？介好地方，咋能给国公做坟！"

皇帝听了也交关羡慕，便对沈国公说："确实是好地方，勿可多得，既然国公要造寿坟，寡人就赐你一箭之地吧！"

勿晓得这"一箭之地"正好是龙虎两山的距离，也是沈国公想得到的好地方。沈国公得此宝地，就高高兴兴地在两山中央造了一座大寿坟，专门请石匠师傅工工整整地刻上了一副对联：青龙卧镇沈家地，白虎伏视东海门。开始辰光，渔民把这地方叫作沈家坟，后来慢慢叫成沈家门了。

东福山

讲述：忙如宝　普陀区图书馆干部
记录：忻怡

相传，秦始皇做了皇帝交关怕死，到处寻求长生不老之药，好让他永生永世做皇帝。

　　秦始皇身边有个方士，名叫徐福。这人一张嘴巴交关灵光，老在秦始皇面前讲大话。有一次，他对秦始皇讲：海上有座蓬莱山，是神仙住的地方，山上有长生不老之药，只要给他一千个童男童女，他就能够把仙药寻回来。秦始皇听了蛮相信，便命徐福带上童男童女，前往蓬莱仙岛寻求仙药。

　　这日，徐福的船队路过舟山洋面，突然刮起风暴，海上的浪头像小山一样，一个接一个向船队扑来，把船打得东倒西歪团团转，迷失了方向，随浪漂到一个无名小岛前。徐福站在舱板上一看，只见这个小岛树木茂盛，风景如画，好像一座仙岛。徐福心忖，现在船只损坏，淡水用尽，正好在这里修船充水，歇上几天，再作道理。他主意一定，便叫船队落了风篷、抛了锚、靠了岸。他们踏上小岛，发现山坳里还搭着座茅棚，里面住着一个长胡须老头。老头见有客人来，蛮高兴，连忙搬凳倒茶，又拿出烤熟晒干的乌贼鲞、黄鱼鲞、淡菜干招待客人。喝了老头的茶，吃了老头的海味，童男童女个个有了精神，大家就在岛上搭起帐篷，伐木的伐木，修船的修船。长胡须老头还带着他们到山上去挖井找水。小岛上一下来了介多人，闹热猛了。

　　几日以后，船修好了，柴爿劈足了，淡水也充够了，按理说好开船了，可开船总要有方向呀！前几日，被风暴刮得呒头呒绪，现在连这个小岛叫啥名字也勿晓得，在啥地方也弄勿清楚。船咋开？还有，这几日，好多童男童女受了岛上蚊虫叮咬，忽冷忽热，浑身无力，生了冷热病，船上的药又治不好。徐福心事担煞，睏也睏勿着，半夜爬起，不想在帐篷口看见一大把草药，拿来给病人一吃，没二日，病都好了。

　　徐福忖，这岛上只有老头一人，他帮助我找到了淡水，又送来了草药，是个好人，更是个奇人。何不再去向他请教行船的水路呢？他来到老头茅棚，说明来意，老头告诉徐福，等天气雾蒙蒙，太阳出来的辰光，东边海面上常有岛影出现，朝东驶去，便是蓬莱仙岛。

　　徐福赶忙回去，做好开船准备。第二日一早，海上雾气蒙蒙，等太阳出来辰光，果然看见东边海面上有一片模模糊糊的岛影。徐福辞别了老头，令船队起锚拔蓬，朝东方这片岛影驶去。

　　后来，柯鱼人看到这个无名小岛上辟了路，挖了水井，好住人了，就三三两两在岛上搭起茅棚住下来了。因当年徐福东去路过此岛，所以取名东福山。

六横岛

讲述：周欲安　六横镇居民
记录：李良云　刘云岳

关于六横岛来历，说法不一。

六横岛，原名黄公山。相传很久以前，一天，东海龙王的幼公主在内宫沐浴，水沫溅海，香气溢天，适逢龙王六员神将巡海经过，深被诱惑，攀墙窥望。此事被公主侍女发觉，告知内监并转禀龙王。龙王勃然大怒，便把六将捆至堂前，当堂发落，各挨八十梅花棍，拔去头角，还复蛇形，逐出宫门，令其自省。谁知六蛇不但不思悔改，反而在东海边上兴风作浪，覆舟楫，溺船民，闹得海边民众不得安生，哭喊皇天。

时值农历九月十九，南海普陀山观世音菩萨在赴天庭蟠桃会之后，路过东海上空，忽见双屿港畔瘴气冲天，浊浪翻腾，又闻海边民众哭声动天，求救声不绝，菩萨云驾莲台，来到遭灾的乡间村落。顿时，菩萨慈悲大发，在双屿港畔找到六条巨蛇，柳枝指向，大声斥道："尔等孽障，前科未了，又犯重罪，本当置之非命，念及天年未尽，尚可教化，要么回归龙宫向龙王认罪伏法；要么留在海边为民效劳，将功赎罪！"六蛇，一齐跪伏在大士面前，呼喊愿意留在海边赎罪补过，恳请大士宽恕。为表决心和诚意，相继纵跳触天，顿化为六道横山，为海边村庄遮风挡浪。

六横古民称巨蟒为"横"，"六横"是六条蟒之化身，于是就成了六横岛名称的来历。这也可以跟六横岛地形状貌相印证，从西北向东南确实有六道逶迤似蛇横列的山脉。这六座岩礁是：龙山向水礁，石柱头黄礁，平峧外帽礁，台门海闸门，长涂丫鹊礁，苍洞四礁洋。

佛渡岛

讲述：刘如根　六横五星积峙村职工
记录：赵学敏

在六横岛旁边，有个名叫佛渡的小岛，这里呒没庵堂庙宇，也呒没和尚尼姑，为啥叫佛渡呢？

据传，观音大士修炼成佛以后，想找个地方设庙传经。一天清晨，她驾起祥云，来到东海上空，只见万顷碧波的东海大洋中，奇山异岛星罗棋布，像一颗颗翡翠珠宝撒满碧盘，美极了！这实是佛家圣地，设庙传经的好地方。可是，那么多宝岛，选哪个好呢？观音心想，有仙气的圣地，必定是山头满百。于是，她舒展慧眼，定神一看，眼下有个小岛，山清水秀，静谧洁净，灵岩兀立，足有百个山头。她当即收起祥云，一脚踏上了这个小岛，找到一个最高山头，盘腿坐下，手握拂尘，认认真真地数起山头来。可是，从右到左，从左到右，数来数去，只有九十九个。

观音十分惋惜，只得驾起祥云，另找住所。当她凌空回望那个小岛时，发觉岛上确有一百个山头！原来是一时粗心，将自己盘坐的那个山头忘记数进去了。

观音明明数错了山头，却不愿回头，硬是向东另找佛地去了。

后来，她来到了紫雾缭绕、金沙铺岸的普陀山岛。这次她慎重了，先从自己盘坐的山头数起，她手握拂尘，细心点数，可数来数去又是九十九个山头，她想，会勿会同上次一样把自己盘坐的山头忘记数了。就这样，她把盘坐下的山头数了两次，凑成了百数，满意了。

观音在普陀山定居下来，建起了寺宇、庙堂，这里成了海天佛国。殊不知普陀山并非是满百山头岛屿，而原先那个真正满百山头的小岛，却没有被选中，但毕竟是观音大士在此数过山头的地方，所以人们就把它叫作佛渡岛。

蚂蚁岛

讲述：李维亚　蚂蚁乡居民
记录：胡吉翔　蚂蚁乡政府干部

蚂蚁岛是个四面环海的小岛，这个岛至今已有两百九十多年的历史，以前，蚂蚁岛是个呒没人烟的荒岛。那么这个宝岛是咋开发的呢？听老渔民说，顶早发现蚂蚁岛的是一位姓周的渔民，这个姓周渔民是镇海人，他一年到头在海洋里捕鱼。有一天，天气忽然变了，狂风怒吼，雷声大作，瀑布似的大雨哗哗地下着，在洋面上的渔船被汹涌的浪头，忽地一下推出了水面，又忽地一下被拉回了黑洞洞的浪涡里。姓周渔民的那条小船就逃到了靠近蚂蚁岛附近，即现在的大兴岙附近，抛锚避风。过了几小时以后，风平浪静，云消雨止，太阳放射出耀眼的光芒，暖和和地照着海洋和大地。当时那个姓周的渔民见到有这样一个绿树成荫、绿草丛生的美丽小岛，却呒没人居住，他就想上去看个究竟。他备着一把雪亮的利斧，在靠西北角的地方登上了岸，他踏着过脚的树叶走上山去，突然脚下踩着一个软绵绵的东西，还呒没来得及看清楚是什么东西，就觉得身子被一根锚绳捆住了一样，再也走不开了。原来他踏在一条碗口粗的蛇背上，这条大蛇，乌黑发亮的蛇身将姓周的渔民从脚跟起一直缠到腰部，睁大两只吓人的眼睛，张开血盆大口，吐出火红的舌头。一时，他吓得脸色苍白，两脚瑟瑟发抖，黄豆般的汗珠，像断了线的珠子一样从额头滚了下来。正在这紧要关头，他立刻用蒲扇大的左手拿住蛇头用力向外推，不让蛇头伸拢来，然后用右手抽出别在腰间的利斧朝着蛇的七寸，使劲地砍了一刀，缠在他身上的蛇身扑哧哧地松散在地，像锚绳子一样堆得膝盖高，把他困在中间。

他跳了出来，连连捏了几把冷汗，心里像小老鼠一样跳个不停，但这个惊险的遭遇，并呒没动摇他的决心，他定了定心，继续往山上爬。走到半山腰，有根杯口大的葛藤趴在大树上，他好奇地伸出手去拉了它一下，一动也不动，他就索性站下来，两手用力一拉，只见满山遍野的树林、草丛都在抖动，发出窸窣的响声，受惊的小鸟、小白兔、山獐等乱飞乱窜，像这样大的葛藤是很多很多的，他走着、看着，一直爬到了山顶。大概快到太阳落山的时候，那个姓周的渔民才恋恋不舍地离开了这个美丽的宝岛，回到了停在岙口的小渔船上。

第二天风向潮水不好，他还是回不去，可是渔船上连吃的小菜也呒没了。他用旧渔网劈成一顶张网，然后把它张在岙口附近的海里，还呒没一袋烟工夫，就把网拖上来，嘿！一看真喜人，满满的一网，大黄鱼呀、小黄鱼呀、墨鱼呀、箬鳎呀、虾潺呀……什么都有！据说这个岛附近鱼多得篙子插在水里也不会斜倒，姓周的渔民只花了半天工夫就装了满满一船。那个姓周的渔民见到有这样一个好渔场和山头，后来经常到这里来捕鱼，次次满载而归，再后来，他感到来来往往很不方便，就索性把家小也带出来，他在靠近南面的岙口选择了一块空地，用树枝和茅草搭起一间小草屋住了下来。因为他们是采用张网捕鱼，所以把这个地方命名为捕岙，但也有人这样传说，那个岙口一步跨下去就可以张网，所以又称它为步岙，但按照当时生产方式叫捕岙是对的。

　　那么后来这里人是咋多起来的呢？这就要归功于那个姓周的渔民。据说他逢年过节回故乡时，碰到亲戚朋友总要竖起大拇指把这里的好渔场、好山头夸耀一番，这样镇海的渔民就接二连三地搬来了。他们同样用树枝和茅草搭成草屋，在附近海面张网捕鱼，以后人慢慢多起来了，捕岙住不下了，他们有的就到捕岙左边的一个岙口居住，因这个地方比捕岙大，所以叫大岙，就是现在的大兴岙，其中有个姓颜的渔民家族搬到大岙左边居住，因那里有一条沙滩，故名为颜沙岙。

　　后来四面八方的渔民都知道这里是个渔业资源丰富的宝岛，也都陆续地搬来。据说顶早是周家，之后是颜家、刘家、李家……

　　地少了需要向外发展，大岙住满了，就翻山头找地方，一看大岙后面一块空地比大岙还要好，人们又陆续搬过来居住，因这个岙口在大岙的后面，故取名为后岙。后岙往南吭没多少路，就是现在的乡中心学校校址附近，原来那里都是泥涂，吭没人住时，泥涂上面搁着一只破烂不堪的红船，后来人们在泥涂前面拦了一条小塘，住了人，大家就把这个地方叫红船岙。在红船岙右侧有一块很大的空地，在靠近海口处有一条天然沙塘，居住的人后来把它命名为长沙塘。再后来岛上渔民越来越多，住人的地方越来越少，人们为了寻找落脚的地方，就从长沙塘海边山嘴穿过一个山洞（也就是现在长沙塘码头上边，原来是山脚），然后又发现一个岙口，因为是从长沙塘穿过来发现的，所以称为穿山岙。穿山岙绕过一个山嘴，有个小岙，岙口前面有块常年积水的烂田，故称为烂田岙。从烂田岙翻过一条岭，又有一个小岙口，在岭角，即岙口左边有个一间屋大的山洞。据说有一天，不知什么地方一只大船碰到台风撞碎了，船里的一尊娘娘菩萨随着海浪漂来漂去，身上的泥土被水冲光了，只剩下一根木头心子，其在洞边撞来撞去就是不肯走开，人们看到后就把其拾起来，建造了一座娘娘庙，以后仙人洞出了名，那个岙就叫仙人洞岙。据说这个山洞还与后岙左边的一个山洞相通，听老人们说，不知哪一年，后岙一户人家的一只鸭子钻进小洞后一直往里走，第二天从仙人洞岙的山洞里走出来，刚好被那里过路的人们发现。在后岙北面有一个小岙口，岙前面有个很小的沙滩，人们称它为小沙岙。靠小沙岙左边又有一个岙门，前面也有一个沙滩，这个沙滩比小沙岙的沙滩要大得多，所以叫它为大沙岙。这个岛的北面朝沈家门，从远处看，该岛的北面很像一只停着的老鹰，一年到头，太阳照到的时间很少，所以有的人称它为鹰背，也有人叫它为阴背。

　　蚂蚁岛还包括五个小岛，东有老鼠山、里小山和外小山；南有小蚂蚁山；

西有点灯山，曾用一首民谣很好地归纳了整个蚂蚁岛："蚂蚁山，蚂蚁山，蚂蚁大小六块山，前有岙，后有岙，弯弯曲曲十一岙，姓周渔民来此岛，他给后人献了宝。"

大家可能会问："这个岛为什么叫蚂蚁岛？"据调查，这个岛名是以岛小而得名，那些搬到蚂蚁岛来居住的渔民，大多是镇海关里的人，大家一看这小岛与镇海关里的大地比起来是太小了，与滚滚的汪洋大海比起来像只蚂蚁一般大，因此蚂蚁岛就成了这个岛名。

悬山岛铜锣甩

讲述：陆位世
记录：李良荣、刘云岳

很久以前，传说离六横遥远的西边有条青龙在修行。是年，恰逢东海龙王举行会考，这条青龙便带着随从由西向东赴东海龙宫参加考试，因尚未得道成仙，惧阳光，故夜里赶路，白天休息。他们走啊走，终于到了东海边上的六横岛，但见一片汪洋，波浪滔滔，却不知东海龙宫在何处，此时巧遇一只大海龟在巡逻，问青龙何事，青龙道其去向，并请海龟引路。这样青龙一行在海龟的引导下缓缓向前，临近东海龙宫时，只见光芒四射，犹如白天，随从就说："天亮了。"青龙大吃一惊，在海面上翻腾起来，顿时掀起滔天巨浪，使许多出海渔船翻沉，渔民死者不计其数。此事惊动了天庭玉帝，玉帝即派叶国公下凡巡视，亲赐宝剑一把。叶国公来到磨盘洋面，见那青龙还在作怪，拔剑对准青龙颈部就是一剑，这一剑下去，青龙的颈部顿时裂开一道深深的口子，宝剑所斩的断裂处就是断崩，青龙因疼痛把头甩了过来，因此断崩以东的地方叫断龙甩，后称铜锣甩。

东南面的山嘴头是龙的头，故名青龙头，因疼痛龙的尾巴盘了起来，由此元山岛地形西边大东边小；龙也因疼痛吐出了白沫，故悬崖绝壁呈白颜色。这条龙并没有死，你看，龙只露出十七个鳞片，这便是悬山岛十七个山峰，青龙在疼痛时掉了一些鳞片，有的鳞片已碎，这便成了悬山岛大小不等的礁滩怪石。

叶国公斩龙以后，问青龙说："你重新苦修正果愿意否？"青龙说："愿意。"叶国公说："那么你把修炼千年的龙珠吐出来，重新苦修。"于是青龙

把两颗龙珠吐了出来,这就是铜锣甩青龙头前面的双卵礁。叶国公见青龙已
吐龙珠,知他有诚心,就对青龙说:"我给你锄头两把,你要勤于耕种,体
察民情,修炼德行,愿你终成正果。"说后就掷给青龙两把锄头,即今铜锣
甩海边的大锄、小锄两山。

庙池王

讲述:徐瑞女
记录:史久罗

据传说,山登庙池王,一王姓人家的儿媳妇生出过黑脸、红脸、白脸三
个儿子,即文曲星、武曲星和紫微星三鼎甲也。

原来后堂庙的旧址是现在的庙池弄水库上边,庙下有一池,即叫庙池,
在庙池西北角有一户王姓人家,也就是现在的庙池王。

传说有一风水先生路过现在的后堂庙时,忽然一股大南风吹过,他抬头
看到庙池王后面山冈上的毛竹随风摇曳着,毛竹沿冈而长,活像一条龙在游
动,但仔细一端详,发现这里确是一条龙脉,尾巴在山冈之顶,头朝下,庙
池是龙的口。风水先生继而一想,这条龙脉是死龙还是活龙,有待验证。正
巧,庙池王一姓王老人,遇到这位风水先生,与他进行闲聊。在闲聊中,风
水先生自觉无后代,这龙脉对自己无用,又见王姓老人忠厚老实,很是投机,
就把这风水宝地可以出王的事告诉了这位老人,但不知这龙脉是死龙还是
活龙。

风水先生说:"你把上代的棺木放到这庙池中,放后棺木能沉下去,三
天后棺木如果能浮上来,这说明龙脉是活龙脉,可以出王,否则是死龙脉,
没有用。"

老人听后就急不可待地连夜叫人把其上代的棺木从坟穴迁出放到这庙池
中,棺木一入池就慢慢沉下去了。老人耐心地等待着。三天后的傍晚,棺木
真的浮上来了,老人喜出望外,就悄悄地把棺木捞起来放到原坟穴中。不负
老人的期望,其儿媳妇果然怀孕了,老人高兴不已。

转眼,其儿媳即将临盆,老人在自己房中彻夜不眠地守护着。可就在这
时,老人出嫁到柴家村的女儿派人请其父速到柴家,因女儿难产叫其速去商
量。至此,这老人犹豫不决,进退两难,去吧,儿媳妇也马上要做产,放心

不下；不去吧，又担心女儿。

这时儿媳见公公很为难，就对公公说："我现在肚皮也没有痛，没有马上要生的迹象，你放心去柴家。等小姑孩子生下来以后，您马上回来，路也不远，您速去速回，不会有问题的。"

公公一听，也觉得有道理，就跟来人急急忙忙去柴家。无巧不成书，等公公走出家门后，媳妇顿时觉得肚子隐隐痛起来，继而越来越痛，马上要生产了，就忙叫丈夫去请接生婆。等接生婆请到，孕妇一阵剧痛后就生下一黑脸男孩，脐带一剪断，黑脸男孩就跳到踏床橱上，接生婆大吃一惊，说是妖怪，传出去不好听，就把黑脸男孩溺死了；接生婆惊魂未定，媳妇继而又产下一个红脸男孩，红脸男孩脐带一断就跳到夜桶箱上，接生婆一不做二不休，又把这红脸男孩给溺死了；意想不到的是，只听"哇"的一声，一个五官端正，白里透红的男孩又落地了，接生婆好不欢喜，可奇怪的是，这白脸男孩竟能开口说话，问："我的大哥、二哥呢？"

接生婆忙说："你的大哥、二哥都死了。"

这白脸男孩乍一听，就跳起来一头撞死了。接生婆后悔不已，这时忽听到后面山上有噼啪之声，惊天动地地响，像饭桶粗细的毛竹尽都爆裂了，从爆裂的毛竹里飞出黑压压的一大群带翅蚂蚁，满天飞舞而去。

这时老人的女儿也产下一子，老人就急匆匆地回家，一见到这情景，悲恸欲绝：这难道是命吗？后来才知道，他不应该把浮起的棺木放回原坟穴，应该让它再次沉下去。说来也是王家的命也，该没有这好坟场！

双屿港

讲述：刘云岳
记录：李良荣

明朝年间，郑和七次下西洋，带动了许多商人出海去国外经商。

当时有一支船队，有几十个商人组成，为首的商人姓刘，船上载着丝绸、布匹、陶瓷器、茶叶、药材等货物，向南洋开发。途经六横的双屿港，突然遇到大风，船不能前进，只得靠岸停泊在涨起港码头，可是风越刮越大，一连六七天，还不停，大家都有些焦急不安。

姓刘的商人，这晚他吃了几杯闷酒，便倒在床上。蒙眬间，一个白发老人走来，慈祥地对他说："你知道这里是什么地方吗？"商人答道："这是六横双屿港呀！"老人便道："对！此港叫双屿，就是有商缘。过了双余年，更加有商缘。"商人听了每句都有双屿，一时不得理解，忙问道："请问老人家姓名，不知此言何意？"老人道："吾乃横山老人，所说之言，只能意会，反正这里是个发祥致富之地，记住就好了。"商人还想再问，老人渐渐向空中隐去。商人不觉一惊，突然醒来，原来是南柯一梦，想想梦中之言，还能记得。

第二天，天气晴朗，风也小了，姓刘商人召集各船商人，把昨晚梦中之事告诉了大家，并进行商讨，众人议论纷纷，其中一个人说道："这四句话，后两句不好懂，但前两句说明这里双屿港有商缘呀！告诉我们可在这里进行贸易。"对此，大家都摇头反对，有人说："看看港上来往都是渔船，哪有什么商缘呀！还是开船南下吧！"

众人正在议论之间，突然发现东方开来一个船队，细看，这些船的式样、篷帆、旗号都很特别。有一个人说："这不是外国商船来了吗？"原来这个人去过南洋，见识过外国船的式样。大家都觉得与他们做生意的机会来了，于是回到各自的船上，起锚、拔篷迎了上去。

原来他们是从欧洲来的葡萄牙商船，自从西方人马可波罗在中国元朝做过官，回去后写了一本《东方见闻录》，引起了西方航海家来中国做生意的兴趣。他们去南洋各国交易，又来到中国沿海，准备北上，正好在此遇到中国商船，于是就在双屿港进行交易。

因为这里是我国海岸线中段，南北集中地，港上前有佛渡、梅山作屏障，与大陆很近，是一个天然避风良港，于是就相约在这里进行货物交易，后来外国商船都来这里贸易，港上一片繁荣景象。很多商人还带家眷定居六横岛上。

双屿港走私贸易与明朝海禁相悖。随着贸易发展、规模扩大，鱼龙混杂，抢掠越货事件不断发生，震动朝廷，明朝为保海疆安宁，收回主权，派兵征剿，把外国商人赶走，严惩了首恶分子，还强令六横岛上居民迁往大陆。

这样双屿港的贸易结束了，葡萄牙商人只得在广东一带往来，但是，六横人仍旧记住这里是发祥致富的好地方。后来，六横人辛勤开发山地，筑起海塘，渔耕同兴，旧时一直流传着"富六横"之说。

响水礁

讲述：刘位乾　六横石柱头村海运船员
记录：管文祖

有对青年，小囝叫海哥，小娘叫海囡，两个人青梅竹马，仿命^①要好。

这对青年相爱，介小一个岛，一转眼工夫就传开了，大家都讲是天生的一对。只有岛上那个财主老板急得双脚蹬蹬、两眼愣愣，心里冒火星，为啥？这个财主老板是个有名的色鬼，一看见好看的女人，全身骨头喷酥喷酥！他见小娘相貌生得介好看，做梦也忖把她抬来当小老婆。小娘心里老早有人了，咋肯嫁给一个老头当小老婆呢！老板叫媒婆去说媒，结果触了个霉头。

那辰光，岛上的财主老板就是土皇帝，没想到小娘胆子介大，敢触他的霉头！气得他全身骨骨抖，心忖，海哥勿除掉，小娘勿死心。他牙齿咬咬，起了狠心，勿管是好天，还是刮风打雷，逼着海哥出海去抲鱼。这个囝也蛮争气，抲鱼有本事，风里浪里挺得住，出去抲鱼，勿会比别人抲得缺；再讲，这个囝人品也好，抲鱼人统跟他合得来，要是有个风风雨雨的，也肯帮他把。所以，几次出海抲鱼，都没难倒他。

财主老板一勿做二不休，他趁海哥出海抲鱼的辰光，叫来一班人，把小娘抢了回来，关进一幢楼里，叫女佣人管牢，说夜里要让老板成亲。小娘勿肯，寻死寻活要撞煞。老板勿敢多逼，硬的勿肯来软的，叫女佣人去劝说，东西拿去给小娘吃，小娘勿要吃；面水端去让小娘汰，小娘勿要汰；衣裳拿去给小娘换，小娘勿要换，东西统统让她丢出来。她老是哭，心里总归忖着海哥。

第二天，海哥抲鱼回来，得知小娘被老板抢去了，气得眼乌珠弹出，"噔噔"奔去找老板评理。唉！一个抲鱼小囝到啥地方评理？结果，老板反咬一口，说他诬赖好人，把他捆牢，嘴巴用布塞好，结结棍棍毒打一顿，连夜用小船装到海里沉掉了！

那个看管小娘的女佣人，名字叫阿香，阿香也是穷苦出身，被财主老板抢进府来已经十多年了，她对小娘交关同情，小娘几次寻死都被阿香劝住了。

这日夜里，阿香上来对小娘讲："老板害死了海哥，要起毒心了，侬快

---

① 仿命：非常的意思。

逃吧！"

小娘听讲海哥被害，哭得更加伤心："我阿爹阿姆早死了，海哥又被老板害煞，我孤苦伶仃，逃到哪里去？横竖一死，老鬼再来逼我，我就和他拼了！"

"唉，小娘呵！留得青山在，勿怕没柴烧，今朝逃出去，日后也好为海哥报仇啊！"

小娘听了勿响，阿香打开朝南的窗门，用手指指窗下海边那只小船，意思叫小娘从窗口逃走，阿香把棉被夹里布撕开，搓成绳，把小娘从窗口吊了下去。

小娘逃到海边，跳上小船，一直朝呑口外面摇去，摇到海哥抛落海的地方，她喊着海哥的名字，"扑通"一声，跳进海里死了！小娘跳落的地方，生起一块海礁，礁上飞出两只海鸟，抲鱼人叫它相思鸟，就是现在的海鸥。直到今天，渔船经过这块礁，就会顺着潮流朝海礁驶拢去，还听到"海——哥！海——哥"的呼喊声。抲鱼人讲，这是小娘在叫喊海哥，所以，这块海礁叫作响水礁。

太婆礁

讲述：刘位乾
记录：管文祖

温州乡下有个后生，阿爹阿姆老早死了，靠到糖厂去贩些糖，串乡过村叫卖过日脚，大家都叫他换糖货郎。

这年冬天，漫天大雪，货郎挑着糖担，翻岭落坡时，脚底打滑，从山腰滚到山脚，糖担敲糊，浑身跌伤，等到清醒过来，天色已暗。他又冷又饿，跌跌爬爬来到一户人家门前，正想上去敲门，眼前一黑，昏倒在雪地里。

这户人家，住着阿爹和独生女春霞。这日夜到，春霞坐在灯下做生活，忽然听到门外"扑通"一声，把门开开一看，雪地里躺着一个人，她吓了一跳，赶紧叫醒阿爹，把货郎扶进屋里。

阿爹心肠好，留货郎养伤；春霞热心照料，煎药送饭。货郎是个聪明人，见他们父女介热情，再也勿想走了，整天帮春霞挑水劈柴，引梭补网，手脚勿停。在阿爹面前，更是百依百顺，阿爹长，阿爹短，嘴巴交关甜。阿爹看他聪明勤快，心里欢喜，便招货郎做了上门女婿。

货郎总归是货郎，上船勿会摇橹，下地勿会种田。有一日，他对老婆说："我这样坐吃山空，总归勿是办法。我从小学生意，还是让我出门去碰碰运气，要是能赚到钱，马上来接侬！"

老婆摇摇头说："勿去，我哪里也勿去，我要在屋里照料阿爹。"

阿爹眯眯笑笑，满口答应："去吧，我年纪大了！别管我，到时候莫忘记春霞！"

货郎再三表白，勿会忘恩负义，赚到钱，一定回来接春霞；赚勿到钱，也会早早回来，免得屋里记挂。春霞心肠软，凑足本钱，送货郎走了。

开始，货郎从温州贩糖装到宁波去卖，后来，他留在宁波一爿糖厂里做伙计，对老板百依百顺，老板说他头脑灵活，会做生意，是块料，交关喜欢他。没过多少日脚，他又和老板的独生囡混上了。老板一死，他当了家，生意越做越大，成了大老板，老早把发妻忘记了。

再讲春霞送走货郎以后，每日头抬起等音信，一年，二年，十年过去了，还是呒没音信。托人一打听，说货郎在宁波发了财，变心了！

春霞听讲货郎变了心，暗暗出眼泪，阿爹又气又悔，生了一场病，死了！春霞真悔煞，原来货郎良心介坏，她铁了铁心，卖卖当当要去宁波找货郎评评这个理！

宁波地方介大，到哪里去寻？她东找西寻，腿走酸，嘴问燥，好勿容易才打听到货郎的住所。一日，经好心人指点，她来到一幢楼屋跟前，这辰光，对面走来一个阔老板，春霞一看，正是日夜盼望的货郎，她赶紧迎了上去，亲亲热热地喊了一声："货郎。"

货郎一看是春霞，心里一惊：她咋会寻到这里来！他把眼乌珠骨碌一转，假装勿认得："侬找啥人？"

春霞讲："我是春霞，难道侬勿认得了？"

货郎摇摇头说："勿对，勿对，侬一定认错人了！"

春霞心里一急，一把拖住货郎说："勿会错，十年前，侬到我屋里来的辰光，还是个换糖货郎，没想到侬现在发财了，勿认人了！"

货郎已经是宁波数一数二的大老板了，对这个乡下老婆咋会看得上眼。再讲，他与糖厂老板囡成亲时，也从未讲起屋里有发妻，如今咋会承认！他怕春霞翻老账，心一狠，撩起一巴掌，"啪"地把春霞打翻在地，顾自走进屋里！

　　春霞在宁波六亲无靠，只好流落街头。有一日，正好碰到温州来的一个熟人，劝她乘便船回去。她坐在船上，忖忖哭哭，哭哭忖忖，阿爹死了，货郎变心了，今后的日脚咋过？她越忖越恨，越恨越悔，船到半洋里，"扑通"一声，春霞跳进了海里。说来也奇怪，就在这地方，只听见"轰隆隆"一声，海面上爬起一块海礁，这块海礁长得和春霞一模一样，后代人把这块海礁尊称为太婆礁。

老婆礁

讲述：张有良　白沙乡小沙头村渔民
记录：顾维男

　　有个人叫阿财，他脚指头有六枚，人家叫其六指财。六指财好赌，赌得倾家荡产，背了一身债，只好丢下老婆和刚出生的儿子逃到台湾。

　　六指财在台湾靠打短工过日子。有一回，让一个大老板看中意了，留其做长工。日子一长，和大老板的独生囡混熟了，小娘蛮欢喜六指财。大老板有意要招其做上门女婿，六指财忖：反正眼下回勿去了，介好机会莫错过，就讲屋里呒人，是个光棍。这样，六指财做了上门女婿，当小老板了。

　　一晃，过了十年，勿晓得老家的老婆和小人咋活，交关忖去看看。刚巧有批糖要运到老家去，六指财就借机要亲自去一趟。

　　船到了老家，六指财改扮了一下，就跳上岸，走到村里去打听。刚好碰到一个小囝，有人告诉其，这个囝就是六指财的儿子。

　　六指财看小人介大，又欢喜又难熬，问小囝："侬阿爹呢？"小囝讲："我阿爹死了，现在呒没阿爹。"六指财一听，交关伤心，就讲自己是其阿爹的朋友，送小囝三袋糖，叫小囝把三袋搪拿回去交给阿娘，要自己吃；去卖掉的话，勿要整袋卖，要拆开零卖。

　　小囝把三袋糖交给阿娘，阿娘忖，要谢谢这朋友，叫小囝到船上去叫客人来吃饭，六指财也忖看看老婆，就去了。吃饭时，老婆越看越觉得客人像自家老公，就请六指财洗脚，叫小囝去看六指财的脚趾。小囝看后对阿娘讲："阿姆，这阿伯脚趾有六枚。"阿娘吃了一惊，再打开糖包，发现糖里面包着金元宝，就连忙下楼去追，追到海边，六指财的装糖船刚刚开出。老婆就雇了一只小船追去，可惜小船不如大船驶得快，一直追到镇海口，老婆看看追勿上，就跳海自尽了。

老婆跳海后，这块海面涨起一块礁，凡装糖的货船驶过这块礁，要扔一包糖，不然，船就要翻掉，以后民间称这块礁为老婆礁。

美女礁

讲述：刘位乾
记录：管文祖

六横岛石柱头村的呇口外头五六百步的海面上，有块小小的海礁，礁上全是高高低低、凹进凸出的乱石头，光塌塌的勿长一草一木，像个癞痢头。介难看的癞头山，偏偏有人叫它美女礁，侬说怪勿怪！

相传，有一年的寒冬腊月，有条福建打洋船从南边驶过来。这日半夜，船老大到后舱撒尿，看见船后勿远的海面上有块黑蓬蓬、雾沌沌的东西，是船，呒灯呒亮，勿像；是山，会驶会动，一直跟在船后面，也勿像。勿像船，勿像山。这是啥东西？老大嘴里勿讲，心里发愁了！再讲他对这条水路勿熟。这里究竟是啥地方？他去问旁边一条过路船："老大，请问这里是啥地方？"回答说："石柱头。"又问："前头是啥地方？"回答："走马塘。"六横人讲话的口音与福建人勿同，福建老大把"走马塘"错听作"黑无常"。他心里本来就疑神疑鬼，现在一听是"黑无常"，魂灵也吓出，赶紧抛锚，锚一抛，船后那块东西也勿动了。第二日天亮一看，原来是块石头礁，所以，大家讲，这块石头礁是跟福建船跟来的。

到了正月十三，在夜深人静的辰光，石头礁上升起一盏火红的大灯笼，"哐"一下，大灯笼爆开，变成许多盏小灯笼，飘飘荡荡向太平庙飘去，还隐隐约约听到马蹄声。头一次，没留意，一年二年，年年如此，看到的人越来越多了，人多闲话也多，有人讲：石头礁上有个石头洞，石头洞里有个石姑娘，石姑娘生相漂亮，像仙女一样，正月十三太平庙里行庙会，做戏文，太平庙菩萨看中了石姑娘，这日是他们相会的日脚，这些大灯笼小灯笼，就是太平庙菩萨来接石姑娘去看戏文的。

有一次，村里几个后生小团聚在一起说长道短。这个说，石姑娘生相漂亮，真想去看看；那个讲，这块礁像个癞头山，会勿会有漂亮的石姑娘，要有也一定是个癞头小娘！还有的讲，管她是美女还是癞头小娘，啥人也呒没见过,最好到礁上去看个明白。大家正在七嘴八舌乱话三千,来了个快嘴老头,他对后生抬城隍说:"啥人有本事撒泡尿能绕癫头山转一圈,石姑娘就会走出来,给侬当老婆。"大概是好奇,这几个后生都想去试一试,到底石姑娘会勿会出来。

石头礁虽小,一泡尿咋撒得转?有个后生想出个办法,他拿来一只葫芦,把水装满,荡在裤裆弄里,装作撒尿的样子,沿着山脚边走边撒,正好绕礁一圈。就在这辰光,只见石头洞里一亮,有个年轻姑娘从石洞里走了出来,相貌长得像仙女一样,交关漂亮,几个后生都看呆了。勿晓得是啥人高兴得叫了起来:"葫芦水当尿撒,这办法真灵!"石姑娘一听,惶恐煞了,一下隐得无影无踪,再也呒没出来过。因为石头礁上有个漂亮的石姑娘,后来就有人把它叫美女礁了。

黄牛礁

讲述:刘位乾
记录:管文祖

镇海出来,有块黄牛礁。黄牛礁对面有个山岙,山岙里有份人家,只有老夫妻俩,呒儿呒女,靠开荒种地过日脚。

早先,这块黄牛礁是头活牛,老头养了快十年,上山开荒种地,这头牛出过勿少力。勿晓得啥辰光起,黄牛变瘦了,山上有嫩嫩的青草,它用鼻子闻闻,勿啃勿吃;牛栏里有厚厚的垫草,它四脚立着,勿躺勿困,一到夜里,还会头抬起望着月亮,"哞!哞"地叫,勿到一年工夫,全身牛毛脱落,变得又瘦又老,走路脚骨会打跄。老头看黄牛病成介样子,便瞒着老太婆偷偷烧了一锅米粥给黄牛吃,黄牛交关感激,勉勉强强喝了两口。

这件事被老太婆晓得了,她指着老头的鼻尖辱他是老糊涂,屋里本来就缺粮少吃,咋好用粥去喂牛!老太婆要把牛赶走,老头死活勿肯。

老两口正争得脸红耳赤的辰光,来了一个江西客人,他围着黄牛转过来倒过去,用手摸摸牛头,用脚踢踢牛腿,横看竖看,看爽快了,才开口问:"老伯伯,这头牛卖勿卖?"

老太婆一听,正合心意,末等老头开口,赶紧接过话头:"卖!卖!侬出个价!"

江西客人说："白银十两。"

老头用眼睛瞪瞪老太婆说："勿卖！"

江西客人以为老头嫌价低，赶紧伸出五个指头说："我给侬五十两，这个价勿算低吧！"

老头一听，呆了，一头又瘦又老的病牛，咋值介高价钿，他奇怪煞了，把头摇得像货郎鼓一样，连说："勿卖，勿卖，给我五百两也勿卖！"

老太婆一听，火了，她冲着老头说："侬勿卖，我卖！"一个要卖，一个勿肯卖，老两口争得勿可开交。江西客人只好从中劝说："莫争，莫争，侬拉商量商量，过几天我再来！"

江西客人一走，老太婆骂山门①了："老寿头！送上门来的银子勿要，偏要这头勿死勿活的老牛，这样下去，这份人家咋过日脚？"老头听得难听煞了，他装上一袋烟，坐在屋门口"吧嗒吧嗒"只顾吸闷烟。老太婆见老头勿理勿睬，火气更加大了，趁老头勿备，举起扁担，"啪"一声，打在牛背上。黄牛痛得乱奔乱叫，"轰隆"一声，蹿进海里，头抬起"哞哞"叫着。老头"噔噔"追到海边，想把黄牛呼回来，可是，随侬咋呼，黄牛就是勿肯上岸。

过几天，江西客人又来了，他看黄牛跳进海里，叹了口气，对老两口讲："莫看黄牛又瘦又老，它吃进天上的月华，变成了佛牛，是无价之宝，侬拉咋舍得赶它落海！"老太婆悔煞了："采宝客人，还有啥办法把黄牛呼回来？"

江西客人看看黄牛，对老头说："五月端午这一日，侬到后山上拔把芦草来，涉水落去，用芦草引黄牛，只要把牛引进牛栏，趁牛吃草的辰光，把它拴牢。"

端午这日，老头用芦草在黄牛跟前一引，黄牛果真跟上来了。黄牛一动，潮水"哗哗"往上涨，立时三刻，海浪滚滚，黄牛前面那股浪头，又高又猛，要是让浪罩着，性命也没啦！吓得老头转身往回逃。老太婆一看，黄牛蹿上来的地方，前三浪，后三浪，浪头足足有三丈高，要是让黄牛蹿进道地里，海浪罩来，连人带屋统要被浪吞没。老人婆吓得喳喳喊喊："老头，赶快把芦草丢掉，逃性命要紧！"

她一喊，老头一慌，双手一松，把芦草丢了。黄牛叼走芦草，又回到原地方站着。从此，黄牛再也呒没出来过，日子一长，变成了黄牛礁。

---

① 骂山门：漫骂，骂。

鸡冠礁

讲述：许培章　登步乡居民
记录：郑高春　登步乡文化站干部

传说在很久以前，有一只蜈蚣精吐毒气、毒焰危害人间。被毒气、毒焰喷中的人，轻则昏迷不醒，重则立刻丧失性命，然后被它吃掉，连路上行人和田里劳作的农民都受荼毒，百姓冤气冲天。天帝因此大怒，他怕子民遭殃会波及自己，于是他下令派司晨昴日星官（公鸡精）下凡降伏它。

昴日星官奉命立即动身，东寻西觅，有一天终于看到了蜈蚣精。蜈蚣精也看到了它，相隔数丈，公鸡怒目而视，奋起直追，蜈蚣精转身猛逃。这样一个追，一个逃，到底是公鸡比蜈蚣跑得快，眼看快要追上，一眨眼，蜈蚣不见了，只见海边出现一片绿洲。昴日星官何等眼力，细看这正是蜈蚣精所变，但见它静伏不动，并未为非作歹，也就先在离它最近的地方昂首挺胸以金鸡独立之势，观察动静，如一旦蜈蚣精再起来害人，便把它捉拿回去或者就地吃掉。因鸡是蜈蚣的克星，蜈蚣精见此情形，哪里还敢妄动，于是就这样对峙着，日复一日，年复一年。

蜈蚣精所落脚之处，即是沈家门，狭狭长长形似蜈蚣。

昴日星官，即公鸡精所落脚之处是登步岛。鸡头在登步后山，鸡冠即是鸡冠礁，不论近看远看，确实形似鸡冠；屁股在石弄堂，独立的鸡爪在青子港，该地分为五个自然村，即是五爪，为青子港、徐家岙、贺家岙、大涂面，最后一爪即是文家塘。

许多年过去了，蜈蚣精和公鸡精都一动不动，露在地面上的鸡冠，变成了礁石。

鸡冠礁水池登

讲述：刘志元　登步乡政府干部
记录：王厚祥　登步乡政府干部

在两百多年之前，现在的沈家门地形像条蜈蚣形，登步岛地形像只大公鸡，据上代说，都是一条蜈蚣精和一只公鸡精所变。公鸡是蜈蚣的大克星，时常作对，公鸡精经常要啄蜈蚣精，蜈蚣精时常发火，它一发火，就会喷火出来，火一喷，沈家门老百姓的房屋就会起火，一年之间大小火灾发生好几次，使沈家门百姓不得安宁。有一年从宁波来了一个会看风水的老先生，这个风水先生技艺高明，有人对沈家门房屋起火的情况一讲，他站在岭陀山顶上一看，一下子就被他识破了真相，第二天马上乘船来到登步。一到登步以后，就看地形，登步北边是只鸡冠头，东边是只鸡屁股，这个风水先生从鸡冠到鸡屁股一测量，发现了鸡肫的位置，于是他想出用掘破鸡肫的办法来解决鸡精，他想，只要把鸡肫掘破，公鸡精再不会与蜈蚣精斗了，这样才可使沈家门百姓太平、安宁。

这位风水先生马上召集登步百姓二三十人，在鸡肫的位置，从鸡冠村水池登就开始掘土，一大班人白天掘了一天，到第二天早上一看，掘好的土潭却全部又合拢了，接连掘了四五天，每天如此。大约掘到第六天黄昏时光，风水先生叫一个人拿来五把铁铲，一把大铁铲闸在潭的中间，其余四把铁铲闸在潭的四只角，到第七天早上一看，大家都目瞪口呆，大吃一惊，潭内全是血 ·样的红水。从此这只鸡的肫就这样被掘破，公鸡也就被掘死了，当然再不会去啄这条蜈蚣。

从这个时候起，沈家门一直太平、安宁。现在鸡冠村的水池登（实际叫水鸡肫）一直保持到如今，池水永年不燥，颜色是碧绿的（据说，血颜色时间一长就会变绿黑色），但池水非常干净，这个神奇传说一直流传至今。

磨盘山

讲述：赵银叶　桃花镇东海村村民
记录：孙静　桃花镇居民

从前，桃花岛对峙山脚下有个村庄，村里有个叫沈百万的财主，为人狠毒、贪心。他家里有个十三岁的小长工，名叫摩佩，白天上山斫柴，夜里回屋推磨，起五更，落半夜，吃吃剩落菜羹，困困破屋柴棚，那日子过得真苦啊！

这天夜里，摩佩推完磨，躺倒在乱草堆上就呼呼眠着了，突然他听到"吱嘎吱嘎"的磨磨声，觉得奇怪，便寻声找去，一直寻到后山上，看见一个山洞，洞口狭小，平常很难看见的。他大着胆子爬了进去，慢慢地路宽了，里面透过来一丝丝灯光，他走到里面一看，原来有间大房子，当中放着一副磨盘，正在"吱嘎吱嘎"地空转着，旁边石桌上点着一盏小油灯。磨没人推，咋会自己转？这时听到一个声音："小囝，你觉得奇怪吗？这是宝磨，你要啥东西，它就磨啥东西！"摩佩看看四周，呒没人影，问了："侬是谁呀！"

"我是石壁大仙！你心地善良，就把宝磨送给你吧！"

摩佩交关欢喜说："我勿要金银，只要磨袋米，让穷人有饭吃！"

石壁大仙听了，称赞说："好，有骨气。小囝，我把磨盘的口诀告诉你：宝磨宝磨快快转，请你磨袋大米来！要记牢，一定要把磨的东西和数量讲清爽。"

摩佩当场试了试，果然，宝磨"吱嘎吱嘎"磨出一袋大米，他兴冲冲地背着大米，回到村里，分给了穷人。就这样，他天天夜里去磨袋大米，背回村里来分给穷苦乡亲。

日子一长，这事给财主沈百万知道了。这天夜里，财主偷偷地跟在摩佩后面，来到山洞里，躲在暗处，等摩佩念完口诀，磨好一袋米的时候，财主突然蹿到磨盘旁边，就念起口诀："宝磨宝磨滴溜溜转，给我沈百万磨出金子银子来！"摩佩没想到沈百万会跟来，现在又听他念错了口诀，他看财主这样贪心，绝没有好结果，便顾自走出山洞回村来。

沈百万念完口诀，两只眼乌珠盯着磨盘，只见磨盘骨碌骨碌地转，磨出金子银子。因为他只讲出要磨的东西，没有讲清数量，磨盘越磨越快，一转眼工夫，金子银子把山洞都堆满了，堵住了小小的洞口，突然"轰隆"一声，山洞炸开了，把沈百万炸得无影无踪，那些金子银子变成大小石头，滚满后山，宝磨的上半爿炸飞了，下半爿至今还留在后山山顶土。从此，这山叫磨盘山，山脚下的村庄叫磨盘村。

塘头横山

讲述：翁志根　沈家门街道塘头村会计
记录：孙敏　普陀越剧团导演

相传很早以前，观音要到普陀山去念佛修行，她带着一群善男信女，从蓬莱岛乘船而来，船到塘头山嘴，突然遇上风暴，只得在塘头嘴抛锚停落。塘头嘴虽然与普陀山隔水相望，可是风猛、浪大、潮流急，不能过去。

那时候，塘头嘴分上江和下江，中间隔着一条江，往返要坐舢板摆渡。观音想，要是将上下江之间同普陀山连拢，就不用乘船摆渡了。于是她化成一个年轻姑娘，兜来一围身布裰沙泥，到塘头山嘴，抓起一把沙泥，朝海里撒去，海里就涨起一块陆地，她边走边撒沙泥，就这样，她从上江走到下江，把上下江连接在一起了。她正想抓起沙泥朝普陀山方向撒去，突然来了一个堕民嫂，见了就开口说："侬这个小娘真是吃了饭没事做，在这里乱撒沙泥，还不赶快回去！"观音道法被堕民嫂破了，她便将剩下来的沙泥倒在地上，后来，这堆沙泥变了一座小山，这个小山就是现在的塘头横山。

崩倒山

讲述：陆阿根　虾峙镇黄石大凉湖村渔民
记录：忻怡

老早，黄石这地方漫山遍野统是石头、树木，呒人呒屋呒田地。后来，金家太太带了一班子孙逃荒到这里，白天上山打猎，下海钓鱼；夜里在大刺蓬下搭个草棚安身。勿晓得从哪里游来一条人蛇，一连吃了几个人，大家都吓煞了，金家太太整天背着猎枪，恨勿得一枪把大蛇打煞，可这蛇寻来寻去寻勿着。

有一回，金家太太去山上打猎，突然看见有一朵乌云，乌云下还拖着一条黑黑的带子，雷声轰隆隆勿停地响，再看小山头上有条脚桶介粗的大蛇，头抬得老高，上半身直挺挺立着，嘴巴张开，吐出一股黑气，直朝乌云喷去。金家太太晓得了，这定是天上玉帝派雷公来惩罚这条坏蛇，可这条大蛇也有道行，施起法术，同雷公斗，雷公一时也呒法制伏大蛇。金家太太见此情景，大着胆子，爬拢去，端起猎枪，"砰"的一枪，正中蛇身，这蛇发现有人，"呼"的一声，猛地弯下头颈，朝着金家太太喷出一口毒气，金家太太中了蛇毒，双眼失明，没过多久就死了。上面雷公见蛇低头，趁机一个响雷，正好打在大蛇头顶，只见大蛇倒在地上打滚抽筋，尾巴乱甩，一下甩在小山上，小山崩脱半边，连山带蛇一起滚到海里去了。

以后，这留下来的半边小山，人们就叫它崩倒山。

牛头颈

采录：赵学敏

很早以前，塘头雷火地有一只山羊，长得活泼、勇猛，人们看到它便叫猛羊。因为生长在东海天涯海角的山巅上，受到日月精华的映照，久而久之成了精，又在莲花山听了观音菩萨讲道，知道修炼正果要多做好事、善事，于是，它立志要为塘头做力所能及的好事：它常在青石子山上为春茶施肥，又在松山开地……

那年发生了坍东京涨崇明事件，舟山发生了突变，很多地方塌入海中，至今还能在海中捞到沉砖，塘头地处东头，原来也是要塌陷，幸亏猛羊勇敢地用角抵住了海岸，才保住了塘头整个村落，但是岸边土石还常常有松动，猛羊就经常巡视、抵压，使塘头地域平安无事。年复一年，猛羊勤于善事，诚心修炼，渐渐地全身发出闪闪白光。

一天，海上游来一头牛精和一匹马精。它们从大陆入海，想游到普陀山来偷听观音讲道，路过塘头，看到雷火地山上有只发白光的猛羊，知道这是一只修炼成正果的异类，遂爬上山顶，想问取修炼之经。猛羊本来在山上非常孤单，来了两个伙伴，非常高兴，便热情接纳，毫无保留地告诉修炼经历。

牛精和马精听了很有收益，于是在雷火地住了下来，与猛羊一同修炼。可是，几年过去了，猛羊身上越来越光亮，牛精和马精依然如故。这天夜里牛精避开猛羊，拉马精偷偷来到麒麟山。

牛精说道："我们来到塘头修炼，春去秋来不知道过了多少年，可依然没有长进。"

马精也道："是啊！如此修炼，要等到何年何月才能成正果？"

牛精忽然压低声音说："马兄我倒有个捷径可通。"

马精忙说道："牛兄，请快讲来。"

牛精说道："我们把猛羊吃掉，便可立即修成正果啊！"

马精一听，非常兴奋地道："好好……不过如何对付这只猛羊呢？"

牛精很有把握地说道："只要我与你合力，你用铁蹄踏住它，我用尖角顶杀它，一定能成。"

马精道："那在什么时候动手呢？"

牛精道："事不宜迟，明日东方日出，咱俩同时动手！"说罢，它们又悄悄回到雷火地去了。

其实观音筑堤抛下的麒麟山真的有只成精的麒麟，牛、马的谈话被它听得一清二楚，不禁大吃一惊。因为它知道猛羊如果被吃掉，以后谁来保护塘头地域，弄不好连麒麟山也会塌，此事不能让它们得逞，自己必须去帮助猛羊。但一想还是不好，说不定斗起来会弄得两败俱伤，于是它想到对岸普陀山去求观音菩萨，它连夜赶到紫竹林，不巧，观音云游到别处去讲道。麒麟无奈，匆匆而回，眼看一夜过去，天快亮了，麒麟急得团团打转，忽然它想起镇守在沈家门的沈国公是个威武的将军，何不去求他除妖。

这时，东方开始见红，牛精、马精已向猛羊袭击，霎时间斗得地动山摇。麒麟不顾一切，飞起四蹄，直奔沈家门。它走不到一箭之地，正好看见沈国公匆匆赶来，它不禁大声呼喊："沈国公！快救猛羊！快救塘头！"

原来这场地动山摇的争斗惊动了沈国公，他知道事情出在东面塘头，便带剑迅速赶来，见到麒麟，知道情况紧急，立即奔向雷火地。

这时，塘头岸边土石开始松动，猛羊一看不好，它顾不得自己的安危，此时，只想到塘头不能塌陷，它跳出牛、马重围，一头蹿入海中，用后脚抵住海岸，霎时岸边土石结实稳固。

牛精一看大喜，见猛羊在海中一动不动，正是吃猛羊的时候，它便从雷火地狂奔下来，马精也不落后，紧跟其后。在这千钧一发之际，沈国公正好赶到，举起宝剑砍在伸出吃羊的牛头颈上，只听"呼啦"一声，牛头与牛背分离，断在海里。沈国公回身一脚，把马精踢在海里。这时海里发出"轰"的一声巨响，猛羊、牛精、马精都变成了海中礁石，就是现在留下的牛头颈山、麒麟山和猛羊礁。这猛羊的脚永远抵住海岸，从此塘头再也不会塌陷，这猛羊礁常年泛起白色的浪花，那就是它修炼的白光，猛羊献身的精神，历来为塘头人们所称颂。

点灯山

讲述：李维亚
记录：胡吉翔

　　在蚂蚁岛西端有一座形似灯笼的小山，传说在交关早以前会发光发亮，所以被人们称为点灯山。这点灯山咋会发光发亮呢？这就要讲讲老鼠偷油吃的故事。在交关早以前，有五只修炼千年老鼠精经常到天上去偷吃仙油。有一天夜晚，这五只老鼠精腾云驾雾来到南天门，这天刚好是玉皇大帝做生日，天门内外张灯结彩，交关热闹，天门上高高挂起十盏大红灯笼，灯笼里点着油灯，把整个天门内外照得通明。这五只老鼠见到灯笼里的仙油，顿时垂涎三尺，它们各窜到一盏灯笼里，慢慢地吃着美味的天上仙油，不久这五盏灯笼里的灯光慢慢地暗下来了。守卫在天门内外的众神仙看到十盏灯笼里有五盏灯光暗下来，感到十分奇怪，马上查找原因，发现是老鼠偷吃油所致，于是管门天将就去捉拿老鼠。那老鼠精见天将捉拿它们，个个逃之夭夭，但众天将个个眼疾手快，拿起锋利的兵器分别朝那五只老鼠打去，打得那些老鼠头破血流，狼狈逃窜到人间。就在向老鼠打过去之时，其中一盏灯笼的挂绳被天将的兵器割断，那灯笼滚落海中，变成一座小山，就是现在蚂蚁岛中的点灯山。从此，每当漆黑的夜晚，这点灯山发出微弱的亮光，这是因为被打落的灯笼里还有一些被老鼠偷吃后剩下的油在燃烧着。

　　再讲这五只老鼠精被管门天将打得头破血流后逃到人间，化身为人在人间作乱，残害百姓，弄得天下不得安宁。传说这五只老鼠还大闹过东京皇宫，想夺取皇位，后来被天上玉皇大帝得知，派托塔李天王带领五百天兵天将，用天罗地网将这五只老鼠精捉拿归案，把它们一一打入大海之中，变成了似老鼠的小山，蚂蚁岛的老鼠山就是其中之一；其他四座老鼠山分别在桃花北边、沈家门鲁家峙南边、大平南边、象山爵溪旁边。

点灯山和老鼠山

讲述：李维亚
记录：胡吉翔

蚂蚁岛中的点灯山、小蚂蚁山和老鼠山有一个奇异传说。很早以前，有一修炼千年的黑蛇精经常出没在东海大洋，兴风作浪，弄翻船只，伤害百姓。不要说在恶劣的天气里，那蛇精更有机可乘，推波助澜；就是在风平浪静的日子里，渔民们在东海里好好捕鱼，突然也会狂风大作，恶浪滚滚，弄得渔民措手不及，不知伤害了多少个渔民。渔民靠海吃海，以渔为生，没办法，只好每天提心吊胆地在海上捕鱼。

后来，那黑蛇精在海上作恶之事被天庭得知，玉皇大帝命令东海龙王捉拿黑蛇精。于是东海龙王派出水晶宫中的所有虾兵蟹将，与那黑蛇精展开激烈战斗，因那千年蛇精妖术高强，虾兵蟹将哪里是它的对手，被蛇精打得落花流水，一败涂地，东海龙王亲自出马也无法对付，东海龙王只好向天庭求救。

于是，玉皇大帝派降妖天神大将带领三千名天兵去惩治那黑蛇精。开始天神只叫天兵与黑蛇精较量，却被打得大败而归，那降妖天神火冒三丈，他手持大刀，与黑蛇精战了三百个回合，不分胜败，当打到四百回合时，那天神越战越勇，而黑蛇精却有些支持不住了。这时黑蛇精想逃之夭夭，它现出大黑蛇真面目，一头钻进东海大洋里，一霎时就把蛇身隐藏在海中。

天神看到蛇精正在海中逃窜，就找中了其逃窜的目标，认定其是由东向西逃跑。天神在海面上空看着蛇精的动向，那蛇精在海中由东向西，经过乌沙门、鹁鸪门，然后进入蚂蚁岛附近的桃花港，它看到蚂蚁山阻挡了其前进方向，索性把头伸向西南方，然后拐弯朝西北方向逃去。这时，天神看到那蛇精快进入内陆。他想，一到内陆，黑蛇精就会妖风大作，这将给内陆百姓带来灾难，要赶快惩服这黑蛇精！

天神从海面上空往海里看，见到蚂蚁岛附近的点灯山、小蚂蚁山与老鼠山之间的海面上泛起白涛涛的浪花，认定那黑蛇精正向峙头山方面逃去。他想，我何不用移山填海术将那蛇精压住。这时，天神已到小蚂蚁山上空，他念着移山咒语，那山慢慢地漂出水面，然后他用力一推，说声："下！"那小蚂蚁山刚好压在那蛇身中间，那蛇精见身子被山压住，拼命挣扎，蛇头伸出水面，张开血盆大口，发出一阵巨吼，但见天神又用移山术将点灯山压住了蛇头，将老鼠山压住了蛇尾。从此，那黑蛇精只好服服帖帖地被这三座小山压着，无法动弹了，再也不会在东海大洋里兴风作浪，为非作歹了。据说，在恶劣的大风大浪天气里，点灯山脚下会发出"咯咯"的声音，老鼠山下会发出"吱吱"的声音。

半升洞

讲述：骆继木　沈家门街道居民
记录：赵学敏

很早以前，住在沈家门荷叶外东端岸边的人，吃水很困难，因为那里靠近海，打的井水都是咸的，不能饮用，要淡水只有到戚家湾大井潭来挑，来回要走十多里。

有一年夏天，有个老翁从大陆方向来到沈家门，准备去普陀山。他要寻找渡船，从道头上船沿这个东端岸边走去，当时天色已晚，没有去普陀山的船了，于是他只得住在一个渔民家里。

这家渔民很好客，得知他从大陆远道而来，更是热情招待。但是我们舟山人粮食都是粗粮，这家渔民为了招待客人，把储藏在米缸底层仅有的半升白米都掏出来，熬成粥，又下泥涂捡来泥螺、蛏子、蛤皮，摆上一桌。老翁非常感激。

第二天一早，老翁起身，准备找船去普陀山，却不见这家男主人，女主人告诉他说是挑水去了。老翁想，这家主人如此好客，总要当面道谢告别。等呀等，过了一个时辰，才见男主人挑着一担清水，吃力地走来。原来为了招待客人，男主人一早就去沈家门大井潭挑水。

老翁得知这里缺水的情况，决定要帮助他家，他在屋前屋后看了地形，觉得这里是很难挖出一口淡水的井。于是他只得拿来这家量米的升筒，往后门岩石里用力一按，这岩石实在太硬，只按了半升那么大的一个洞。

老翁只得摇摇头说："这里岩石太硬了，虽然能渗出淡水来，可一次只能舀半升水，如果你多舀几次，够你一家用了。"渔民一看，非常惊喜，也非常高兴地说道："好呀，好呀，有这半升一次的水，够了，够了！"

老翁走了，从此这个洞里淡水不断，每次能舀起半升水来。邻居知道了，也来他家取水。

原来这个老翁就是得道的梅福道人，是去普陀山炼丹的，至今普陀山梅福庵里还有炼丹洞。

有一年又逢夏季大旱，连大井潭水也浅了，但半升洞的水不断，因此来取水的人更多了。有一个人想，这半升水取得太慢了，便在半夜里，拿来大锄，偷偷去挖，结果洞让他挖大了，可水却不来了，他懊悔不已。但这个半升洞地名，至今一直叫下来。

据说这挖洞的地方，正是现在去普陀山的码头。

三星洞

讲述：徐瑞女
记录：史久罗

相传葛仙翁菩萨曾在黄泥岗山中采药，在一洞穴中炼丹，后得道成仙。该洞位于柴家村西面海拔三百二十一米的黄泥岗山顶上，从塔岭墩往西眺望，隐约可见黄泥岗山顶上的三星洞。此洞洞口朝东，分上下二层，上下贯通，上层有洞三个，且各洞相连，总长十余米，下层也三洞相连，可容纳数十人。该洞是由数块大岩石叠垒而成的天然石洞，四周树木郁郁葱葱，由洞口向东俯视，大展全景尽收眼底，山风徐徐吹来，令人心旷神怡。山雾缭绕而来时，像腾云驾雾一样，飘飘欲仙，是传说中的一个修道成仙的好去处，故在1938年有张家村的张友章、横街村的史致友、柴家村的徐显夫三人淡泊人生，结伴而去，仿古人到该洞修道，以求长生不老，得道成仙。时住两年，三人合议并以三人为名，取名三星洞。

现有一条简易公路经过老虎山途经荞麦山冈，再通过一个能医治疾病，特别是能治伤寒的仙水潭，然后就可直达三星洞。

天打岩

采录：赵学敏

天打岩坐落在沈家门墩头一个山嘴，传说很早以前那里住着一个孝顺媳妇，她的丈夫是个渔民，在一次出海拘鱼时遇到了风暴，不幸船翻丧生，她成了年轻的寡妇，又没有留下子女，家里只有一个年迈的婆婆。

婆婆也是早年丧夫，如今独根苗又像她丈夫一样葬身海里，因此日夜啼哭，哭瞎了眼睛，她也很体谅年轻的媳妇，还多次劝她改嫁。但是媳妇为了赡养老人，坚决不再嫁人。

拘鱼人没有土地，她只得每天白天出去替人家做佣人，起早落夜，辛苦操劳，可是收入实在太少了，连给婆婆一人买番薯干汤都办不到。

这个孝顺媳妇想出了养活婆婆的办法，就是将东家给她吃的饭菜，自己只吃几口，撑一个半饱，把剩下的饭菜倒在一个备好的竹筒里，每天晚上带回家给婆婆吃，总算勉强度着生活。

这件让婆婆每天吃媳妇剩菜剩饭的事情，也不知被哪个过路神仙看到了，以为这是媳妇虐待婆婆，于是向天庭禀告。天庭议论，认为这是坏媳妇，要用雷打处死，就派了雷公雷婆前来处罚。

这天夜里，婆婆得了个梦，说是媳妇大逆不道，明日午时三刻要用雷打死，婆婆一听，心中大惊，本想上前对媳妇说明情况，可是心中觉得似信非信。第二天一早，婆婆不让媳妇出门去做佣人，一定要她留在自己身边，还时时拉着她手，寸步不离，弄得媳妇不知就里，再三询问婆婆，可婆婆又不敢将梦中之事告之。可是挨到午时，天空突然乌云密布，电光闪闪，雷声轰隆，婆婆心中一急，想到果有此事，忙把媳妇紧紧拥在怀里，这时雷声已在头上阵阵打响。

媳妇觉得奇怪，便问婆婆究竟怎么一回事，婆婆匆匆将梦中之事告之，媳妇听了，便立即推开婆婆说："这雷是要打我，婆婆你扑在我身上，是要误伤你的，快让开！"一边对着天空说，"是我把剩菜剩饭给婆婆吃，要打就打我吧，不要打着我婆婆！"

可婆婆立即又紧紧抱住媳妇，竟愤怒地对着天道："上天为啥无眼，你们怎能将好媳妇说成坏媳妇！我媳妇为了我，自己不吃饱，剩下来饭菜给我吃，才让我能活着，你们打死了我的好媳妇，叫我怎么活呀！"

婆媳两人这一幕，让雷公雷婆亲眼看到了，认为这完全是上天误会了，这样的好媳妇不能打，但上天旨意又不能违反，怎么办？雷婆想出了办法，她说："我们要打就打在她家后面岩石上吧！"

雷公认为只有这样做了，这时午时三刻已到，他俩就将一声落地响雷重重打在一块岩石上，打完也就复命去了。这块石头从此就叫天打岩。

黄谢岗

讲述：郑祝顺
记录：袁云芬　桃花镇居民

很早以前，桃花岛东端靠南的一个小山岙里，住着两户人家：一户姓黄是从登州逃荒而来的，一户姓谢是世代祖居于此。姓黄的一家三口，小夫妻加一位年老的父亲，黄家的到来给小山岙带来热闹与欢乐。两家男人隔三五天就要凑在一起，在屋前那块大青石上喝酒谈笑，亲如一家，当时两家媳妇刚好都同时怀孕在身，黄家男人指着媳妇的大腹说："若生男拜你为干爹，生个女的就给你做儿媳妇。"谢家男人同样也风趣地说："生个女的就给你做儿媳妇，是儿子也算你一半。"翌年春天，两家媳妇先后都生了，黄家媳妇生了小子，谢家千金也落了地，两家人十分高兴。

时间如梭，转眼间，已过了十八年，黄家小子已是一个英俊的小伙子，谢家的千金也出落得如花似玉，美丽动人。那一年，黄家小子上京赶考，一举夺得头名状元，皇帝见他文才出众，仪表堂堂，当下要招其为驸马，黄家小子再三声明，家中早已定亲，不愿招为东床。皇帝哪里肯放，为了使状元郎死心，皇帝当即下了一道圣旨：封谢家姑娘为海天仙子，并以黄金百两为赔偿，即日起解除婚约。又过了几年，谢家姑娘在两家亲人的再三劝说下，总算勉强答应别家婚嫁，结婚定在年底，黄家主人为了减轻谢姑娘的悲痛之情，偷偷写了一封书信要儿子赶回家送谢家姑娘出嫁，差人送给京城的儿子，此时已被封为王爷的黄家儿子看到信后，百感交集，恨不得马上插翅飞到谢姑娘身边，无奈皇宫深院寸步难行。腊月十二，谢姑娘要出嫁了，可状元郎还没赶到，时间已过晌午，谢家姑娘含泪上轿了，离开了那熟悉的小山岙，要知道她多么希望再见一面状元郎啊！

花轿抬上岭岗，山脚下传来礼炮声，瞬间山下彩旗飘舞，锣鼓喧天，众人十分惊慌，纷纷让道回轿，可岛上有规矩，抬出去的轿子就像泼出去的水是不能回头的。当花轿从状元郎身边经过时。他不知道此轿中的姑娘正是自己日夜思念的谢家妹妹，目送花轿渐渐远去，才传令前进。

当走到自己熟悉的小山呑时，方知心上人刚刚远去，不觉心头一沉，大口吐起血来。据说，状元郎回皇宫后就一病不起，不久就去世了。

人们知道事情真相后，十分同情状元郎和谢家姑娘，那条山岭因为有王爷走过，称王爷岭，后来人们又唤成黄谢岭，随着时光流逝，现又称为黄谢岗。

东龙堂

讲述：余连元　勾山街道居民
记录：马忠映　勾山街道干部

舟山本岛两个龙堂，岛东边的叫东龙堂，岛西边的在白泉皋泄叫西龙堂，两个龙堂的地貌基本相似。东龙堂在勾山芦花里，1956 年造芦东水库时把这只龙堂填塞建造水库坝脚，据说龙堂在山坑中间，是只四面光滑、直径一米左右的水潭，深不可测。一次有个行贩从陈家后船上贩来新鲜鱼货路过龙堂，见潭中水清如镜，取水解渴，不小心把一根扁担落在潭中沉入深处，再也不见浮上来，行贩无奈上山砍树代用。第二天行贩又到陈家后船上贩鱼，发现有条渔船，船上扁担就是昨天从潭中丢落的一根，就忙问船老大，这根扁担何来，船老大说："是从捕鱼地方黄大洋拾来的。"行贩说："这根扁担是我昨天丢失的。"船老大问他从哪里丢失，行贩把昨天扁担丢入潭中的情况一五一十地讲给船老大听，说后两人面面相觑。难道此潭真的通海？于是行贩又特地到山里打听，一位老者告诉他说："我们后山是凤尖山，龙凤本是一对，不知为什么佛祖阻止他们来往，就在山坑的石头上弹了三道墨线，龙就在坑中滚出三个潭，住在这个通海深潭中，不敢越过墨线，从此龙凤不得接触，只得相对眺望，此潭因有龙而得名，故称东龙堂。"据说每逢大旱年，人们就请和尚到潭边诵经求雨，很灵验，不过三天必下大雨。

龙女涧

讲述：周成文　桃花镇居民
记录：徐国平

在龙头坑龙潭左上方有一条大溪涧，常年流水潺潺，水质清亮甘甜，这条溪涧就叫作龙女涧。为啥叫它龙女涧？这跟小龙女是有关的。

小龙女从对峙山过来，在龙潭里住下来以后，有了空闲就到外面去踏春游玩。有一次，龙女从龙潭里出来，从海边绕过去，在山中间返回，她走得浑身燥热，正想痛快地洗个澡。忽然听见哗哗的流水声，定睛一看，是上游流下来的涧水，上面的流水好像一个水龙头，下面的溪坑好像一个大浴缸，她朝四周瞅瞅，见没有人影，于是脱光衣服洗起澡来。这么美好的天然浴场，龙女一边快乐地洗浴，一边还哼着小曲。

龙女洗着洗着，突然听见有斧头落地之声，她抬头一看，见一青衣樵夫呆立在岸上，正看她光滑如玉的身子，那双眼睛都拉直了。

龙女又羞又恼，脸上飞起一片红霞，真想给他几个耳光，可是她此刻光着身体，只得拎起衣裳，飞身上岸，钻入石壁中不见了。因为，这里是龙女沐浴的溪涧，所以被称为龙女涧。

龙凰宫

讲述：周成文
记录：徐国平

在龙王宫里，一般人都认为供奉的肯定是头戴王冕、身披龙袍八面威风的龙王爷，可坐落于风光旖旎的桃花岛安期峰景区内的龙王宫里，却不是龙王，而是头戴凤冠雍容温和的龙王之女——龙女娘娘，这宫也不叫龙王宫，而叫龙凰宫。这是怎么回事呢？

据《定海厅志》记载：桃花山有神龙，潜在桃花山的龙潭里。龙潭位于桃花山之腰部。龙潭瀑布四季不竭。明万历年间遇大旱，大嵩、四明等地选派一名有道行的人叫延巫（相当于现在的法师）率众航海前去龙潭请龙降雨。

在前面的延巫见瀑布下有一石洞，信步走入，见老妪给少女梳理发辫，以红布扎髻，延巫看呆了。老妪问道："你从何来？"延巫告诉她，老妪怒叱："速回，迟则祸将至。"延巫恐惧，急出洞，回眸见洞口已没，只见来人仍在原处。于是，与众人向龙潭拜祈，一会儿，见有一红头蚯蚓浮现水面，再三伏拜，请于舟上返回，舟未及岸，风雨大作，甘霖从天而降，大雨一场。民受其恩，请示官府，在潭下建一龙宫。

其实，延巫见的老妪和少女，即是龙女母女俩，关于龙女的传说在本地流传甚广。相传，小龙女出生在宁波郭巨一农家，自幼怕洗澡，至十八岁的炎热夏天，忽对其嫂子说要洗澡，并需许多水。嫂子为她准备好洗澡水，在门外守望，待了老半天不见小姑洗完，好奇地捅破窗偷看，只见一条白蛇在大缸里游来游去，吓得嫂子喊叫："娘，不好啦！小姑被蛇吃了！"

小龙女现龙身，不料被嫂子喊破，撞破窗户，飞上天空。龙女娘跑来一看，知小白龙是女儿化身，急叫："囡呀，你可回来呀！"小龙女听见了，回望她娘，她娘叫她一声，她回望一次，叫了十八声，回望了十八次，至今，在宁波郭巨还留有"望娘十八弯"的地方。后来，小龙女来桃花山住在对峙龙洞，后移居龙头坑龙潭里修炼，并将她娘接来住。

据传，有一年，郭巨人来龙潭求雨，有人不慎将一面铜锣丢到龙潭里，于是，急忙跳入水里寻找，忽见一窈窕少女，铜锣在后面，忽又隐去。他走至后园，见铜锣挂在后房檐下，还在微微抖动。

又一年郭巨遇大旱，里正（相当于乡长）派一伙年轻人来龙潭请龙，跪拜后请至船上，其中一小伙对龙女的神通将信将疑，并说给同伙听。年轻人不由分说要试试，于是，烧香焚烛，向木盆红蚯蚓跪拜求雨，不料，突然乌云密布，风雨交加，一场大雨越下越大，足降一时辰，年轻人慌了手足，踩翻木桶，把红蚯丢入大海，船到郭巨后，里正等无论如何祈求却不降一点雨，知道原委后，里正只好亲自带队再请"龙女娘娘"降雨。

将供奉龙女的宫称为龙王宫，是为不恭，与事实不符，所以取一同音字"凰"，如此，既突出了龙女娘娘温和善良的特性，又名副其实。

该宫1958年被拆除，20世纪80年代中期复建龙凰宫。龙凰宫一直香火旺盛。

龙汗石

讲述：郑岳庆　东极镇居民
记录：胡从怡

庙子湖岛的叶子山上，龙汗石颇为奇特，其形如珠，每逢雷电时刻，它就会散发绝妙的磷光并微微地摆动几下，特别是星月朦胧之夜，石光更加多彩。

说起龙汗石，还有一个美丽动听的传说呢！

传说很早以前，有个名叫刘海的渔民，一天他网上一条银光闪闪从未见过的美鱼儿，此时刘海欣喜若狂，目不转睛地看着、看着……忽见鱼儿的双眼如泣如诉；美鱼儿看看刘海，又看看大海，仿佛在说："大哥，你放了我吧！放了我吧！"它那种恳切求救、双眼垂泪的表情，刘海看了顿时于心不忍，就拿起鱼篓把鱼倒入海中，只见美鱼儿摇头道谢，摆尾游入大海去了。

自从刘海放生鱼儿之后，海岛上天天烈日当空，半年多未曾落下一滴雨，山上寸草难生，不少渔民因无水而不能活命。那个好心肠的刘海也被干旱逼得难以生存。

有天晚上，刘海干渴得昏昏沉沉，忽然有个脸似桃花的姑娘推门进来，她含情脉脉地向刘海说："刘海哥，我是东海龙王小女儿丹丹，只因贪玩游出龙宫，不慎落进你的网中，幸亏你好心放了我，可我大恩未报，今日得知你被干旱所困，我特来搭救于你，在此我告诉你一件天机，就是我父奉玉帝之命，今年降雨量很少，要让海岛无水。我只有告诉你一个办法，你千万要记住，明天晚上四更时分，可去叶子山山顶石上取水，你先把衣服脱下盖在那块石上，天亮时你可以把衣服绞出很多水来。此事你只能一人知晓，切不可告知他人。这是天机，不可泄露，切记，切记……"说完那姑娘就不见了。

刘海如梦惊醒，立即动身，爬上叶子山的顶峰石，他按龙女所说，脱下衣服盖在石上，到了天亮，刘海的衣服果然真的湿淋淋了。从此他每天晚上去叶子山顶峰石上取水，还挨家挨户地分给乡亲们，岛上众人就这样活了下来。

日月如梭，光阴如箭，到了快要过年的时候了，岛上渔民们杀猪羊、拜龙供神，鞭炮声连天，这一闹非同小可，惊动了天上的玉帝，玉帝大怒曰：

"一年来未曾降雨，何来此岛百姓贺年之声？"玉帝命天兵捉拿东海龙王问罪，天兵将龙王捉回天宫，玉帝把龙王定了个违反天规之罪，推出南天门去斩龙头。正在这千钧一发之际，小龙女在天宫外大喊冤枉，玉帝命天兵将小龙女带入天殿内问话，小龙女说："此罪非我父王所为，此事千罪万错全于我一人承担，我是为了搭救我的救命恩人刘海，瞒着我父王，私自在叶子山的顶峰石上洒下我自己身上的龙汗，小女子之话句句属实，万望玉帝放了我的父亲，让我去抵命吧！"

玉帝听了龙女叙述后说："老龙虽无罪，但小龙女必须顶替父罪，因小龙女有孝心、有情义，可免去死罪，但活罪难逃，何处犯下的天规就要在何处受罪，先剥下身上九颗龙鳞，再打下凡间受苦。"

天命已下，当晚天兵把龙女押向叶子山顶峰石上受刑，龙女苦求天兵，在受刑之前，要见刘海，天兵见龙女如此多情，就同意了龙女的请求。

当天晚上龙女见了刘海，并将事情来龙去脉都讲给刘海听，刘海听了泪流如雨，龙女说："我剥下龙鳞后不能回龙宫去了，要在人间受苦，就成了凡间一弱女，你能爱我吗？"没等龙女说下第二句，刘海就一把将龙女紧紧地抱在怀里，俩人难舍难分。此时天兵一把将龙女拉起，刘海几次扑向龙女，可是天兵还是把龙女押上了叶子山。刘海就发动了庙子湖岛上的渔民，共同去救小龙女。

雷声四起，电光八闪，狂风暴雨，人眼难开，渔民们个个救龙女心切，那时刘海独自一个先冲上了顶峰石，他看到龙女在顶峰石上打滚，知道已在剥龙鳞，于是他紧紧地抱住龙女，一同在石上打滚。

滚啊，滚啊……雷声渐渐地小下来了，风声慢慢地停下来了，小龙女的龙鳞掉下来了，龙血湿透了刘海的衣服。小龙女受刑结束了，渔民们对天朝拜，感谢上天让这对有情人结为夫妻，并欢欢喜喜地把小龙女接到庙子湖和刘海举行了结婚典礼。

百年以后，人们为了纪念刘海和龙女，就把叶子山上的顶峰石改名为龙汗石。后来有风水先生来过庙子湖看风水，说庙子湖岛是风水宝地，以后必出能人，当时他正面朝着叶子山的龙汗石朝拜，有人问："你为何朝拜？"风水先生说："这块龙汗石是吉祥石，将来必有吉祥扶身之相，有益无害，为何不拜呢？"

财神鞋

采录：胡从怡

庙子湖的后岙村有一个天然海滨浴场，沙滩正中间卧有一块长三米高一米宽八十厘米的石头，其形似鞋，故取名为财神鞋，说起财神鞋，它还有一个动听的传说哩！

从前，后岙村住着兄弟俩，老大是个贪心的富人；老二是个穷人，无船无网，给老大当雇工。一天，兄弟俩出海掏鱼，从早上掏到日斜西山，还没掏到一条鱼，老大生气地咒骂老二无能，兄弟俩船靠沙滩后，突然发现沙滩上有一条金光闪闪的大鱼卧着，鱼鳞大似碗面，一颗颗像海龙王的印章均匀地盖在鱼身上。老大发现后飞步奔向鱼体一看，又急又喜，忙叫老二快来想办法。可是这条鱼实在太大，兄弟俩想了好久，都没想出一个妥善处理大鱼的好办法。后来老大用绳子捆住大鱼，俩人用力猛拉，可大鱼一点也没动，急得老大满头大汗，老二想出了一个好主意，他说："大哥啊，我们兄弟俩力气有限，这条鱼又这么大，我们还是到南岙村去叫乡亲们共同处理这条大鱼吧！"

老大听了老二要去叫南岙村的乡亲们共同来发洋财，就骂老二："穷骨头，笨脑子，洋财发到脚板面，还要叫人家来分，这么大的鱼下次还会自己躺在家门口吗？"老大边骂边想：今天这条大鱼如果是我一人发现，那该是多么好呢！想着想着……恶念就上了心坎，他趁着老二不防，在沙滩上偷偷拿起一块鹅卵石狠命地在老二的后脑上打了下去，只听老二"啊呀"一声，当场昏倒在沙滩上。老大以为老二已死去，就把老二背到沙滩附近的一座小小的财神庙里，他放下老二，抬起头来发现财神爷双目圆睁，好像在大骂老大："你这没良心的奴才，为了洋财，把同胞手足也会害死，还把尸体放在我的地方。"

老大看着财神爷害怕极了，连忙逃出庙门，直奔沙滩而来。可是沙滩上潮水开始涨上来了，眼看躺在沙滩上的大鱼就要归入东海大洋去了，老大就把捆在大鱼另一头的绳子拴在自己的小船上，不让大鱼随潮漂走。正在此时，天空中乌云密布，风声呼呼，接着白浪滚滚，平静的沙滩顿时变成了万马奔腾的战场，这一突然的天气变化，吓得老大六神无主：是与海浪夺财拼命呢，还是平安地弃财逃命呢？古话说得好，人为财死，鸟为食亡。像老大这样的人，钱财当然比生命重要。于是他拼命地拉住捆在大鱼上的绳索不放，狠命地想把小船靠拢沙滩。可是风浪汹涌无情，连续不断的浪头扑向可怜的小船，吓得老大大喊救命。

暴风雨也越来越大了，连财神庙的屋顶都揭开了，冰冷的雨水淋在老二身上，昏迷的老二被雨水慢慢地淋醒了，他只觉得全身无力，却听到了他哥哥在沙滩上传来的救命声。老二挣扎着冲出庙门，直奔到沙滩一看，自家的小船已被海浪吞没了，哥哥正趴在大鱼背上，手里紧紧地握着捆住大鱼的绳子，口中大喊救命。看到老大如此情景，老二急得六神无主，眼看一个浪头把老大从鱼背上冲打下来。正在万分危急的时刻，沙滩上突然出现一位老人，此老人鹤发赤须，精神非凡，从自己的脚上脱下一只鞋子对老二说："老二啊，你想救你的哥哥吗？就赶快穿上我的鞋子，你就能在海面上行走，我住在庙里，救完你哥哥后还我的鞋子吧！"说完，老人就不见了。

老二救兄心急，不管老人的话是真是假，就把那只鞋子穿在脚上。说也稀奇，老二穿上这只鞋子确实能在海面上走路，就如同陆路行走一般，老二就飞快地去救快要被海浪淹死的哥哥，把他背上沙滩。

老大如做梦般醒来，他问老二："老二啊！你能在海面上走路，这本领从什么地方学来，快教给我吧！"

老二说："我哪里有这么大的本领，只因我脚上穿着住在财神庙的老人借给我的那只鞋子罢了。现在你得救了，我要把鞋子去还给那位老人。"

老大听了老二这番话后说："你这人啊！这是一件千载难逢的宝贝，现在老人已经不在，你就没有归还的必要了，我想你还是先借我试用一下。"说着就伸手去夺老二的鞋子，老二不肯，责怪老大无理，并决意要将鞋子还给老人。

老大见老二如此坚决，不肯把鞋子借给自己，又生恶念，趁老二不防，在沙滩上拾起一块鹅卵石，猛打在老二头上，老二又被打昏在沙滩上。老大从老二的手中夺过宝鞋，穿在自己的脚上，想奔向大海，可是刚起一步，一脚就踏进沙滩之中再也无法拔出，只见这只鞋子越来越大，老大越拔越重，那只鞋子就变成石鞋，紧紧地锁住了老大的脚，让他丝毫不能动弹。可是那个好心肠的老二被海水打得清醒过来时，发现老大已被海水淹没了头部，又不见了庙里老人借给他的那只鞋子，只是看到在沙滩之中横卧着一只庞大的石鞋，老二只得走向财神庙向那位老人赔礼道歉。老二进了庙门，四处张望不见老人，只见财神爷塑像的左脚光溜溜地没有穿鞋子，这时，老二才恍然大悟，原来沙滩上那只庞大的石鞋就是财神爷的鞋子。

从此以后，老二更加以善为本，为了感谢财神爷借给他神鞋，老二就重修了庙院。直到现在，后岙村的财神庙还完好无损，沙滩上的那只石鞋已成了渔民们拴带船绳的桩头。

龙头口

讲述：童金康　东极镇居民
记录：梁银娣　东极镇政府干部

在青浜岛腹地一个凹凸的山口下，有一个贯穿东西的天然石洞，洞口的石壁上有一个明显的龙头影子，故名曰龙头口，它还有一个鲜为人知的传说。

传说东极海域是东海龙王的后花园，那里鱼儿成群、珊瑚成林、海草成荫，风景秀丽至极。有一年三月三，东海龙王率领它的龙子龙孙来后花园游玩，傍晚龙族尽兴而归，龙王最小的儿子小白龙见此地景色秀美，便留下来，一边玩耍，一边修行。

那时候岛上的淡水十分缺乏，特别是夏天和秋天更是干旱得要命，岛民们所饮用的水全靠山坳里几个坑洼小水潭，家家户户轮流着去小水潭舀水，非常辛苦。

这天傍晚轮到一个叫海花的小姑娘家里接水，她手里拎着一只小水桶，嘴里唱着渔歌，沿着山路来到小水潭边舀水。海花舀了半天，好不容易舀了半桶水，正高兴着准备回家，不料，由于她蹲在地上的时间过长，站立起身时眼前一花，脚没站稳，水桶里的水泼得一滴不剩。海花伤心地坐在地上放声大哭，哭声惊醒了在下面山洞里熟睡的小白龙，他探出头来，只见一个小女孩坐在地上哭得很伤心，于是他变成一个英俊的白衣少年，上前问道："小妹妹，你为啥在此哭得介伤心，能讲给我听听吗？"

海花一惊，抬头一看是位年少面善的大哥哥，就把刚才发生的事告诉了他："这位大哥哥，你有所不知，今晚是轮到我家舀水的日子，我好不容易接了半桶水，可不小心把水全泼了。我家已经断水两天了，因为没有水做饭，这两天只好烤些鱼来充饥，再说我爷爷已经病了好多天，还等着我的水去煎药治病呢！"

小白龙听了这些话，沉思了一会儿，说："小妹妹，别哭了，你也别着急，别难过。今夜已经很晚了，你就回家睡觉去吧，明天一早叫你家大人用大水桶来这坑洼里挑水吧！"

海花听了大喜过望："真的？"

小白龙说："你看大哥哥像是说谎的人吗？"

海花回到家后，把发生的事告诉父母，家人都觉得此事有点蹊跷，就决定去看个究竟。第二天早晨，海花领着父母，挑着水桶，一路小跑到坑洼小水潭。一看，天呐！眼前满满一坑洼的水，足有齐膝深，于是他们当即呼唤岛民们都来此挑水，人们赶到这里时相拥欢庆。从此岛上每逢干旱时，小白龙就会作法化雨为民造福。

日复一日，年复一年，小白龙已功德圆满，修成正果。这天夜里小白龙托梦给海花："小妹妹，明天傍晚时分我就要升天了，我想再给岛民们作法降雨一次，也算是我的最后一点心意吧！你明早叫人在坑洼上挖一个大水井，好多积些水以备干旱时急用。"

天刚放亮，岛民们在坑洼上动手齐力挖起了水井，井刚挖好，就听下面山洞里一声巨响，一条白龙迎天而出，半空中回过头对着坑洼上的水井猛喷一阵大雨，直到水井盛满才摇头摆尾渐渐隐去。据说有很多先民都目睹了小白龙升天的这一幕感人情景。

为感谢小白龙的功德，岛民把这口水井叫白龙井，这个洼叫龙头口。

龙潭

讲述：徐瑞女
记录：史久罗

传说古时候，郑家山老龙想建造一座龙亭，他化作一老翁从别处去背石条。有一次，他背着石条到翁家岙郑家山山脚下的时候，刚好被一堕民嫂看见了，她对老头说："你这老头介大年纪还有介大力气，肩上背一根，腋下夹一根。"龙王被道破法术，就放下石条，化作一道似龙形的光，往山上而去。

这件事传到翁家岙村村民中，大家按堕民嫂所说直往山上寻去，果然在一清水潭旁的平坦地方放着许多石条，人们颇感奇怪，感到是龙在显灵，并认为此潭为龙所居处。此潭形似釜，面积约0.5平方米，水深约0.3米，潭内水清如碧，常年不涸不溢。因此为求太平，村民就在潭旁用石块搭起了个亭子，取名龙亭，并叫此潭为龙潭。

后来老龙屡屡显灵，村民在清光绪二十六年重新建造一座仿木石建筑，分上下两层，下层高2.3米，面阔2.25米，深2.1米，用柱8根，两根外柱镌联"望定海县稿苗助长，仗郑家山好雨时行"，两内柱镌联"兴四海龙功群沾渥泽，慰三时民望共庆稼禾"，两根后内柱镌联"石匣左右甘霖作，宫在中央碧水灵"，柱间石板雕刻梅、兰、竹、菊及双龙戏珠等图案；上层高1.2米，面阔1.14米，深1米，用柱4根，正门刻"龙宫"两字，背面雕刻龙喷水图案，前柱镌联"随时变化，到处流形"，全由石板、石条、石块建成，古朴庄严。

群英庙

讲述：夏贤龙　沈家门街道居民
记录：张永棠　沈家门街道居民

群英庙位于沈家门夏新村，也叫羊蹄庄庙，始建于1686年，距今三百三十多年历史，是当地群众自发筹建为纪念清廷清官徐英杰老爷的历史古刹。

徐老爷是福建厦门人，清廷进士，康熙年间四品知府，为人正直，因得罪了同僚及上司，这些人怀恨在心，向皇上谎奏，诬告徐老爷贪赃枉法，给他扣上许多罪名，康熙遂下令捉拿。徐老爷知晓后，连夜由朋友帮忙乘船到舟山避难，到了舟山，扮江湖郎中为百姓治病，许多患病者药到病除，深受百姓爱戴，于六十二岁病逝。百姓得知徐老爷病故，纷纷前来吊丧致哀，自发出资为他建墓造庙堂，树碑立传。

徐老爷病故后，建庙村庄满山遍地是羊，因而得名羊蹄庄。还有传说，有一天，一僧人化缘路过此地，走到半山腰被羊包围，弄得和尚欲走不能，只好坐下等待机会，此时一阵仙风吹来，和尚只觉昏沉沉，好像腾云驾雾向西方飘去，睁眼一看，脚下羊群越来越多，和尚顿时醒悟，这是佛爷指点，教其在此修行，于是和尚动手在羊蹄庄脚下搭舍修行，后终成正果得道升天。

和尚炼丹修行的茅舍，据说就是徐老爷隐居的地方，老爷虽亡，其精神犹存，为此百姓募捐造庙。

庙建成后，为取庙名，有过争议，一欲名徐公庙，二欲名羊蹄庄庙，后有一秀才说庙是人们自发为徐公英杰建造，就取名为群英庙吧，人们一致同意。群英庙现有正大殿五间，廊三屋间，塑菩萨五尊，占地面积八百平方米。

马鸣皇庙

讲述：骆继木
记录：赵学敏

现在普陀区政府所在地，原为泗湾庙旧址。这个庙供奉的菩萨是一名抗倭英雄，名叫马鸣，因此泗湾庙也称马鸣皇庙，现已迁建在泗湾半山里。

马鸣是福建人，是明朝嘉靖年间沈家门水寨哨官。嘉靖三十二年，倭寇侵犯舟山，掳人掠船，抢夺渔民财物，扰乱附近岛屿。镇守在沈家门的马鸣夜以继日带领水师巡海抗倭，保护渔民海上捕鱼安全，他常常是剑不离手，人不卸甲，深受渔民的爱戴。

嘉靖三十三年，倭寇侵占普陀山。一天他得到情报，倭寇出动舰船在莲花洋上要劫持出海渔民，于是他带领船队前去迎战。

那天大雾弥漫，敌人隐在浓雾中不断用土炮轰击，但炮火都落在海里，只掀起几个水柱。马鸣指挥船队沉着应战，先不发火炮，扬帆加篷齐力划桨，等靠近敌船立即发火炮猛击，很快敌船有一艘小艇被击沉。

敌船一看不是对手，迅速划桨逃遁，打算回普陀山。这时马鸣早就安排几艘小艇在普陀山拦击，敌船忙又转舵向朱家尖蜈蚣山开去，马鸣也早料到他们要走这条水路，安排了小艇去拦击。

敌船发现腹背受击，无处可逃，索性高挂篷帆，直向马鸣舰船冲来，结果两船相撞，一声轰响，敌船装满火药，立即爆炸，马鸣来不及躲避，身受重伤流血不止。马鸣挣扎着站在即将沉没的船舰上指挥水兵擒拿敌寇。

这时，后面船队已经赶到，快速救起水兵，并俘获了十几个敌寇。马鸣眼看获胜，可身子已支撑不住，一头掉下海里，后面船队赶来救护已来不及，水兵们大声喊："马将军，马将军！"可是在这浓雾笼罩的大海里，再也听不见回音，看不见影子。

直到第二天早晨，天气放晴，马鸣尸体被潮水涌来，浮在泗湾塘前，水兵们悲痛地拾回尸体，百姓们纷纷前来，失声痛哭。

当马鸣的灵柩要送回原籍福建去时，沈家门百姓要求为这个捐躯殉职的英雄建造一座衣冠冢，留作纪念。第二年，百姓们又凑银建庙，命名为马鸣皇庙，也称泗湾庙，现在大殿正中还坐着英雄的塑像。

浪岗兄弟庙

讲述：刘启品　朱家尖街道职工
记录：管文祖

早先，有兄弟二人，呒爹呒娘，屋里穷，帮人做长工。邻村有个财主，要雇长工下海捎鱼，兄弟俩托人去说情，可是财主见他们年纪轻轻，瘦骨伶仃，连连摇头勿肯收，兄弟俩苦苦求情，只要有口饭吃，随便啥苦生活都肯做。财主眼乌珠眨眨，假装善心说："我心肠软，见勿得别人受苦，侬兄弟帮我上浪岗斫柴去。"

兄弟俩听财主答应了，交关高兴。可是财主又提出两条：一是在浪岗搭厂①斫柴半年，勿许中途下山；二是每月初派船到浪岗装柴，按柴兑粮。兄弟俩明知条件苛刻，也只好应承了。

浪岗是个呒人居住的悬水小岛，四周白茫茫一片大海，无边无际；山上山下全是大大小小的乱石，乱石缝里长满了茅草、荆棘，莫讲是人，就是海鸟也很少看见。老二一上山就叫起来了："阿哥，这断命地方走呒路，住呒房，只见石头勿见树，到哪里去斫柴！阿拉回去算了！"

老大看看，浪岗确实荒凉，可是，财主提的条件都是自己答应的，咋好反悔！他对阿弟说："还是先安顿下来，等熬过这一冬再讲！"兄弟俩动手搬来石块，斫来茅草，盖起一间小茅棚住了下来。

兄弟俩在浪岗岛上勿停地斫柴，晴天斫，刮风斫，衣服被荆棘撕破了，双手被茅草划出了血，还是起早摸黑地斫。辛辛苦苦斫了一个月的柴，换回来的米，兄弟二人还是吃勿饱。老二性格躁猛，每日脾气发发，他说宁可饿煞死，也勿愿在浪岗受这份罪，老大累得腰骨伸勿直，双手豁裂捏勿拢，可

---

① 搭厂：指临时搭建的简陋住所。

是他咬紧牙关忍着，还劝慰阿弟。

一天夜里，兄弟俩劳累了一天，一躺下便呼呼地睏着了，突然，老大被一阵呼救声惊醒了。奇怪，在这个荒岛上，除他们兄弟还会有啥人？朝屋外看看，墨黑墨黑的，海风呼呼响，老天又发风打暴了。老大叫醒老二，循声朝山下走去，到了海边，看见一团黑漆漆的东西，随着浪头漂到滩横头。老二走过去一看，不觉惊叫起来："阿哥，是块舱板，一定有船沉了，快去救人！"

老大叹了口气说："天介黑，浪介大，落水的人老早被浪卷走了！"他呆呆望着大海，好像忖啥心思，突然对老二说："兄弟，快，快跟我上山！"

老二问："上山做啥？"

"上山烧柴放火，说勿定海里还有柯鱼船！"说着，便往山上奔去。勿料，天黑山陡，老大脚底一滑，从半山腰滚了下去，老二急得边喊边寻，好勿容易才在山脚下的一块岩石边寻到老大，俯身一看，老大跌得头破血流，只留一口气了，老二猛扑过去，抱住阿哥边喊边哭，过了老半天，老大才微微睁开眼睛，摸出一包火柴递给老二："快，快上山点火！"讲好，又昏过去了。

老二看看老大，揩了把眼泪，"噔噔"奔到山上，把茅柴堆拢，拿出火柴点火，可是，这辰光风更猛了，还勿停地落着阵雨，火柴一划着，就被风吹熄了，划一根，吹熄一根，一连划了好几根火柴，都被风吹熄了，再一摸，火柴用完了。这时他才想起，月初船来装柴，忘记问船里的伙计要火柴了。他把火柴盒一掼，赶紧往回奔，等他奔到老大身边，老大已经死了！老二背起老大，一脚高一脚低回到茅棚里。老大死了，孤零零留下老二一个人；火柴用完了，无法起火烧饭，老二又饿又冷又伤心，整天抱着阿哥的尸体，呜呜地哭，没过多少日脚，老二也在浪岗饿死了！

月初，装柴船又来了，船上的伙计上山一看，兄弟俩统死在茅棚里，老二身边放着一件白衬衣，衬衣上还写着血书：

　　　　　浪岗三块山，
　　　　　上下实犯难，
　　　　　家有薄粥喝，
　　　　　永不上此山！

伙计见兄弟俩可怜，便挖了个坑，把他们葬好，又把那间茅棚修建成一座小庙，在庙里放好一袋米和一包火柴，让那些在海上遇难的人到庙里来暂度生机，后来，啥人在浪岗遇难，吃了庙里的米，事后也会把米和火柴补回去。那座小庙，大家就称它为浪岗兄弟庙。

浮来庙

讲述：林小毛　展茅镇横街村农民
记录：管文祖

早先，茅洋有个抲鱼人，他拢洋回来，总要趁空到滩横头去赶潮推掣[①]。有日夜里，他推到一个死人，拖上来一看，死人身上有个搭袋，搭袋里有两百块银洋钿。心忖，今朝运气蛮好，横财发进。他把银洋拿来，死人推到海里，让潮水汆走了。

银洋一到手，讨进老婆，隔了一年，又生个儿子，高兴煞，整天捧着儿子，当宝贝。

俗话讲："三岁打娘娘会笑，廿岁打娘娘上吊。"儿子到了三岁，就会打阿爹了，阿爹眯眯笑笑，打得蛮乐意。七岁打，十岁打，到了二十岁还要打，啥人晓得，这个儿子打阿爹打惯了，一日勿打就难熬，越打越凶，越打越恶，到后来，用钉耙铲，阿爹打得吓煞，看见儿子就逃。

夫妻俩愁煞了，呒办法，问瞎子。瞎子把他的年庚八字一排，叹口气："作孽，作孽啊！"

阿爹一听，魂灵吓出，赶紧求瞎子咋能消灾消难。瞎子晓得对路了，便添油加醋瞎编起来："这是讨债鬼投胎，来向侬讨债的。现在只好先避避，做桌羹饭[②]，消消灾，过段日脚侬再来找我！"

阿爹心忖，这瞎子算命真准。嘴里又勿敢讲，只是应付几句，付了算命钱，"噔噔"奔到屋里，告诉老婆。老婆忖忖勿会错。第二天，杀鸡买肉，羹饭摆了满满一桌，香烛点好，锡箔烧烧，叫老公来拜拜，参念几句，阿爹勿敢进屋，怕儿子来打，老婆说："儿子睏着了，只管放心。"

阿爹听说儿子睏着了，才敢进门，拜了三拜，参念说："是我勿好，拿过侬两百块银洋，我把两百块银洋统还侬就是了！"

----

① 推掣：当地人海涂作业的捕鱼方式。
② 羹饭：祭奠死者摆斋、烧纸。

这辰光，儿子迷迷糊糊听到阿爹讲"两百块银洋"，眼睛睁开老大，这就叫见钱眼开！

儿子"喳"一声叫："阿姆，阿爹呢？"阿爹一听，吓得拔脚就逃。

阿姆讲："阿爹怕侬打，逃走了！"

儿子眯眯笑笑："阿姆，我勿会打了，阿爹总归是阿爹嘛！"

儿子为了两百块银洋，勿再打阿爹了，阿爹呢，真有点后悔，这种见财忘义的事勿该做，做人总归要积点德才好！

后来，阿爹在海上扪鱼，看到有浮尸就撮来葬好。有一次海上浮来一个木雕女菩萨，他撮回来，造了一座庙，把菩萨供在庙里，茅洋人都叫它浮来庙。

广济庙

讲述：马忠映
记录：缪中根　东港街道芦花成教办干部

广济庙（舵岙庙）始建于元朝初年（约公元 1300 年），距今已七百余年，在清康熙年间最具规模，占地面积约三十亩，有大殿五间四弄，东西各有厢房，南楼中间有戏台，共有房屋近四十间，东边古柏参天，西边荷花碧池，南面道地中央有旗杆一对，屋脊上有二龙抱珠，柱梁、楼阁、戏台雕刻精致，惟妙惟肖，大殿内正中塑有杨大郎神像一尊，常年香火旺盛，香客不断，游人不绝。

传说很早以前，舵岙一带人烟稀少，现在的稻田原是汪洋一片。有一年夏季刮强台风，不知从何处漂来一块灵牌搁浅在海滩，有人捡到后一看，此牌位上书"宋朝名将杨继业之子杨大郎之位"，当地百姓敬仰有功之臣，遂将此牌位放在海浪打不到的地方。那时舵岙虽有人居住，但应家湾荒山野林一片，时常有老虎出没，舵岙住户害怕老虎伤害，早晚不敢远行，自从放了这块牌位之后，老虎从不走过此牌，而且有人看见老虎在牌位前跪拜，人们认为此牌有灵气，连吃人的老虎也会向牌位跪拜。为此人们自发地将牌位请进一间简陋的小屋，由于百姓敬仰，此屋逐步扩展，至康熙年间命名为广济庙。

茅山庙

讲述：张利夫　桃花镇居民
记录：吴彩君

很久以前，鄞县东乡一个叫张茅山的人，为人正直，心地善良，能文能武，亦精通医术。张公不想当官，就专门为百姓治病，可从来不收取病人一分一厘的钱，他游走四方，求他看病的人，几乎踏烂他家的门槛。当时桃花岛一带海盗猖獗，张公听了肺都快气炸了，于是前来海岛组织百姓捕捉海盗，维护海岛治安，海盗被张公组织的百姓打退了，再也不敢来岛上抢劫，这样张公的德名远扬了。

有一天，皇后娘娘生病，朝中太医都没办法，只好贴出皇榜，广招民医，只要治好娘娘的病，金银财宝、高官俸禄，要什么给什么。就这样，为皇后娘娘治病寻民医的消息从京城临安传到偏远岛屿。

这天，一个草药郎中路过京城，伸手揭了皇榜，守城卫士带他进了皇宫，禀告皇上，皇帝见是一个草药郎中，有些怀疑地问："你能医好娘娘的病？"草药郎中讲："禀告皇上，小的正是来为娘娘治病的。"皇帝见他胸有成竹的样子，就准他为娘娘治病了，说来奇怪，这草药郎中真的一下子治好了娘娘的病，皇宫上下一片欢喜。

皇帝当即召见草药郎中，问其姓名，需要啥东西？他说："我姓茅，家住桃，门前两株桑，桑边两只篮。"皇帝想封其做官，他摇头不答；皇帝要给其金银，他一走没了人影。皇帝就传下圣旨，叫各地官府寻找，寻着有赏。

张公死后，岛上百姓为纪念他，就建造一座海神庙，以他的名字命名为茅山庙。茅山庙菩萨交关灵，香火也越来越旺，一间庙堂显得过小，可老百姓无钱修建。

后来，定海县官一个偶然的机会来到桃花岛，听到老百姓讲茅山庙菩萨交关灵，也来烧香拜菩萨，忽然忖起四句话："我姓茅，或许就是指茅山；家住桃，或许就指桃花岛；门前两株桑，茅山前头正好对着大双山、小双山；桑边两只篮，不就是上篮山、下篮山吗？"莫非就是此地？县官经过反复思忖，认定不会有错，差人奏明朝廷。皇上派钦差来到桃花岛察看，看到茅山庙菩萨像和那个草药郎中相貌相似，加上地理位置与"四句话"都很吻合，就回京城复旨去了。

过了不久，皇帝派钦差送来金丝玉印一颗，黄金千两，送来时，鸣锣喝道，好不热闹。

从此，茅山庙进行了扩建，成为海山最有名最雄伟的海神庙，香火更加鼎盛了，只是金丝玉印不知道什么时候弄丢了。

寺庙庵堂

讲述：庄建才　虾峙镇走马塘村渔民
记录：忻怡

过去，呒没寺庙，呒没庵堂，当然也呒没和尚尼姑。怎么回事呢？这里有个传说。

有一日，皇宫里的皇太子在宫里玩腻了，吵吵闹闹要到城外去白相①，皇帝只好叫太监带他出城去玩。这一日，刚好是清明节，上坟扫墓的人特别多，有的在坟前哭哭啼啼，听起来蛮悲伤，皇太子路过这里，问太监这些人为啥要哭，太监回答："亲人死了，在哭亲人。"皇太子奇怪煞了："人还会死？"

走呀走，走到山脚下，皇太子看见路边茅草堆里有几根白骨，又问太监："这是啥东西？"太监告诉他："是人骨头。"皇太子一听吓煞了，连忙问太监："有啥办法人才勿会死呀？"

太监忖忖心里好笑，故意骗他："若要人勿死，除非住到山冈墩的石头屋里。"

真是无巧不成书，这辰光，皇太子正好看到对面山顶上有一间石屋，就拼命朝石屋奔去，一头钻进石屋，勿管太监咋劝，就是勿肯出来，太监呒法，只好回宫禀报皇上。

皇上得知，心急火燎，独苗一棵，皇太子要有意外，事体大喽！马上御驾亲自去接太子，皇太子还是勿肯出来。实在呒没法子，皇帝只好叫泥水木匠在山顶上另外造了一所房子，这房子造得飞檐斗角，雕栋画梁，里里外外漆上黄色，和皇宫一模一样。新屋造好后，皇太子才答应搬进去。

① 白相：玩耍的意思。

　　过了不久，皇太子一个人住介大房子，寂寞煞了，整日哭哭啼啼，可又勿肯出来，皇帝忖来忖去，忖出一个办法，他下了一道圣旨，勿管是讨饭叫花子，还是强盗，只要肯住到这黄屋里，陪太子过日子，就赦其无罪，还有专门俸禄供养。开头，只有几个人来住，后来，见皇帝讲过的话果然算数，来的人就越来越多了，男的叫和尚，女的叫尼姑。黄屋呢，也越造越多，和尚住的叫寺庙，尼姑住的叫庵堂，从此，就有了寺庙庵堂了。

接待寺

讲述：沈家门接待寺和尚
记录：赵学敏

　　明朝成化年间，一个四川和尚，法号德慧，他跋山涉水，不远万里，终于从宁波方向跨海来到沈家门，当时天色已晚，不能渡海去普陀山，于是他在墩头天打岩借宿。第二天，天空阴暗，刮起西北大风，渡船因大风停航，德慧和尚只得无可奈何在天打岩等待，可是大风一连刮了三天，他一个出家人远道而来，无亲无故，实在为难，他想，要是有一个居所能接待过往僧尼、香客，该有多好呀！

　　这天晚上他静心打坐，忽然觉得眼前金光闪闪，现出脚踏莲台的观世音菩萨，在祥云缭绕中慢慢过来，德慧又惊又喜，连忙伏身跪拜，菩萨脸露慈祥笑容对他说："你是得道高僧，望你能为远道而来普陀山进香的僧人、信徒着想，做件善事吧！"他听了菩萨之言，忙抬起头来想问该做何事？可这时菩萨已冉冉升起，渐渐隐没在空中云彩里，他一急，突然醒来，原来这是南柯一梦，想想梦境，还在眼前。他想这一定是观音菩萨点化于他，做什么善事呢？忽然心里开朗，应该是在这里造一所能接待外来僧人、香客的寺院。

　　但是，造寺院谈何容易，要人力、物力，他一个出家人，四大皆空，不过他马上想到去化缘募捐，随下定决心一定要在有生之年完成这桩心事。

　　这时，东方已露晨曦，风也静了，浪也平了，于是他披上袈裟，找到渡船，迎着东海冉冉升起的红日踏上了普陀山。他虔诚地礼拜了前寺、后寺、佛顶山和小寺院庵堂的菩萨，便在前寺街上为建造沈家门的接待寺募捐，很多香客觉得此举甚善，纷纷解囊出钱。

　　这时普陀山宝陀寺方丈在街上经过，见德慧做此好事甚为感动，便拉他
到寺院中叙谈，并倾寺中积蓄交予德慧，让他去沈家门主持建寺。

　　有了财物，德慧回到沈家门，就选在天打岩东边山腰上建寺，不到三个
月，一座寺院就建成了，原称普陀山宝陀寺下院。从此大陆来普陀山烧香拜
佛的僧人、香客，经过沈家门时都可住宿在这个寺里，这个寺就被命名为接
待寺。近年接待寺经过扩建装修，规模宏伟，香火更为旺盛。

杪枋殿

讲述：陈信尧　虾峙镇居民
记录：陈金法　虾峙镇政府干部

　　杪枋殿位于虾峙礁岙，建于清光绪十一年，相传在光绪年间的某一天，
礁岙门口漂浮着一具棺木，潮涨进，潮退出，漂浮了好几天仍在礁岙门口原
地，后被村里柯秋 ① 渔民拉到礁岙沙滩。这具棺材是整枝桑木挖空而成，当
时从棺木图案和棺木制作的讲究程度来看，都认为这是一具做官人的棺材。
于是几个身强力壮的青年将这口棺材抬到里礁岙半山腰准备埋葬，当抬到里
礁岙一块大地转弯处时，突然绳索断了，当村民们重新接好绳索准备再抬时，
却怎么也抬不动了，人们认为死者看中了此块宝地，指定要在这里葬，于是
人们就在棺材落地处埋葬此棺。年长日久，坟头长出了一丛树木，树木长得
特别茂盛。据传，上山砍柴的小孩摘了几枚树叶，结果肚子痛得厉害，放羊
的将羊放在该坟地，羊吃过坟头草，羊头就掉了。

　　人们认为这是埋在此地的死者在显灵，于是在墓地上建造了一间小屋，
由礁岙陈氏祖先陈宁九助匾一块，上书"杪枋殿"。小屋建成后，虾峙茶岙
木匠方绍其雕塑了三位雕塑：一位是杪枋老爷，一位是老爷夫人，一位是护
卫将军。据说是护卫将军托梦于木匠，护卫将军在梦中称他们是温州人，在
江苏某地为官，老爷病故后，灵柩运回老家途中遇大风船翻落水。说来也奇
怪，自建庙塑像以来，人们在出海前到杪枋殿焚香祈祷，渔船都会满载而归。
从此杪枋殿香火兴旺。

　　有一次栅棚人顾某开洋捕鱼，路过礁岙门口，望见杪枋殿，随口说了一

---

　　① 柯秋：夏季近海作业。

句："柋枋殿造得介小，像便桶间。"结果触犯神威，当船开到黄石门口，船的桅杆折断了，只好回洋重新竖桅，并向柋枋殿老爷祈祷，祈求出海平安，后顾某捕鱼满载而归。

庞公府

讲述：应三裕　虾峙镇大岙村手工业者
记录：忻怡

老早，虾峙岛上有个村里住着俩老，男的叫庞公，女的叫庞婆，呒儿呒女，孤孤单单。有日夜里，俩老做了个相同的梦，梦里讲：明朝五百罗汉有难，叫他们相救。

第二日乌早天亮，庞公、庞婆站在路边等，可从清早等到昼过，从昼过等到太阳横冈，还没见人影，直到太阳落山，才有个人挑着一担蛳螺走来，庞公把蛳螺全买下来，倒进河里放生。夜晚，俩老想起那只盛蛳螺木盆忘在河边了，连忙赶到河边一看，木盆里金光锃亮，盛着满满的金银，捞也捞勿光，庞公、庞婆发财了。

再说有个考相公想上京赶考，呒没盘缠，就到庞公家去借了，庞公给了两百大洋，考相公看得呆了，介多银洋啥日脚才还得清！庞公说勿要他还，还把一头驴子给他骑去，考相公千谢万谢拿了银子，骑着驴子走了。

还未骑到大岙，驴子调转头往回走，考相公牵也牵勿牢，打也呒用场，觉得交关奇怪，便跟着驴子回到庞公屋。庞公问他为啥回来，驴子说话了："我前世穿过考相公一双草鞋，这次给他骑十里路，算是还清了草鞋钱；我吃过侬庞公的谷子，只好给侬骑一世。"庞公想，我平白无故发来介多横财，下世做牛马也还勿清了。

第二日，庞公叫一个佣人和一个看牛囝把屋里的金子银子统挑到海里去倒掉，佣人和看牛囝商量："介多金银白白倒掉多可惜！庞公勿要，阿拉对半分。"于是，俩人偷偷把金银藏在海边的一个石洞里。到了半夜，俩人讲好到山洞取金银，各人都带了一壶毒酒，一篮毒菜，对调着吃，想把对方毒死，结果俩人都一命归天了。

庞公在屋里勿见他俩回来，起疑心了，便到海边去寻，看见两个尸体躺在石洞旁边，几只啄食的鸟也死在身边，庞公全明白了，叹口气说："唉，真是人为财死，鸟为食亡啊！"

庞公爬进石洞一看，金银早没了，原来这里通海，金子变了黄鱼，银子变了鳓鱼，都从洞中游出去了。

庞公回家后，把剩下的家产全分给村里的穷人，后来庞公、庞婆都死了，老百姓为了纪念他们，造了个庞公府，这个村就叫庞公村了。

沈家门天后宫

采录：鱼门　沈家门街道居民

关于妈祖，我国沿海一带民间传说很多。在沈家门一带盛传她前身是个渔家姑娘，北宋时生于福建莆田湄洲，姓林，因生下后从不啼哭，所以给她起名默。生长在海边的默娘水性很好，她常去救助海上遇难商船、渔民，默娘又懂天象，乡亲们都信服爱戴她，把她叫作神女。默娘长到二十岁还不想出嫁，一心救助水上难民，有一次救人时，不幸遇难，年仅二十八岁，乡亲们不愿承认神女默娘死去，便说她羽化升天了，还编出许多故事，修祠堂建神庙纪念她。

天后，海神名。据传说，宋莆田林愿第六女卒后显应于海上，元至元中封天妃神号，清康熙又封天后。旧时通海之地多立庙供奉，称呼有天妃庙、天妃宫、天后宫等。我国学者经多方考证认为：妈祖正是天后，天后正是妈祖。

清光绪六年间的《定海厅志·庄图》中，印有沈家门天后宫的宫图。据还健在的沈家门世居老人谈及，沈家门这座有妈祖娘娘供奉的天后宫，始建于三百多年前，先有天后宫宫名，后才有宫墩和宫前、宫后和宫下的地方。始建者和历年的兴修者以及信奉者、朝拜者、瞻仰者，大都是沈家门外沿海一带的渔民、船民、居民和这些地方的士绅、官宦及其海外乡亲。十九世纪末二十世纪初，那时一上宫墩，首先让人看到的是一对高耸竖立，上端有方斗，下部有石夹、石基的旗杆和随风飘荡的旗幡；正殿端坐的妈祖娘娘着朱红锦袍，戴珠串凤冠，端庄祥和；两边墙面有大型船模朝向前方，殿梁、檐下以及柱上、幡上，悬着、挂着"辅国护圣""护国扶民""国泰民安""海不扬波"等金字匾额和金色刺绣。据《定海厅志》等史料记载，当年海上渔船遇到风浪拢洋、谢洋以及三月廿三神女出世、九月初九神女升天祭祀之日，这里人山人海，非常热闹，正殿前的戏台上，常会请来各种剧团演出，许愿者、还愿者人流不断。宫墩这座小山坡，还是当时沈家门连接五乡六岙的重要通道。

日本侵略者是 1939 年 6 月 23 日侵占定海和沈家门的，就是在这一天，沈家门这座众所敬仰、众所瞻望的天后宫和在座的妈祖娘娘被日军焚烧掉了。中华人民共和国成立后，人民政府在宫墩，即天后宫的废墟上，建造了普陀人民医院。

渔 船 传 说

木龙

讲述：周杏荣
记录：管文祖

　　"开门见海，出门乘船"，这首渔谣充分说明海岛上的居民处处离不开船。

　　据有关史料记载，从周朝有简易的舟楫，到明清的"丈八河条""单拦河""双拦河"等渔船，都是非常简陋的小木帆船，一支木橹，一顶蒲苇风帆，加上气候变化难测，船老大只能靠点烛焚香来测试风力和方向。如果天气突变，遇上风暴，就有船翻人落海，葬身鱼腹的危险。渔民多么盼望能有一条牢固坚实、能抗拒狂风巨浪的渔船。渔民的盼望，产生了一则传说。

　　从前，东海的黑水洋里有个黑魔王，老是兴风作浪，渔船碰上它，船翻人遭殃。一天，海岛上来了个年轻的后生，他对渔民说："我们造一条百年老树船，你们把头发剪下来，织一顶千人头发网，到时候去黑水洋，斗倒黑魔王！"大家点点头答应了。没过多久，后生果然驶来一条老树船，船头翘得高高的，船身又大又阔，渔民从未见过，都夸这条船造得牢靠。后生挑选了六七个身强力壮的渔民，乘上老树船，带着头发网，来到黑水洋。黑魔王瞪眼看见一条渔船，它腰一伸，脚一蹬，掀起风浪，向老树船扑过来，谁知，风到船舷，滑走了；浪到船头，撞散了。黑魔王见这招不灵，就张开嘴巴猛吸一口气，把老树船上的钉子一枚接一枚地吸进肚里。船无钉，眼看就要散架崩裂了，吓得渔民东躲西藏，后生大声喊着："别慌，快撒网！"他边喊边跳进海里，现了原形，原来是条小青龙。他用龙身团团箍紧老树船，仰头伸爪，扑向黑魔王，霎时，把黑魔王的一双眼挖了出来，黑魔王痛得乱窜乱钻。渔民见此情景，急忙撒下头发网，罩住黑魔王，用斧头把它劈死了。

从此，渔民把渔船造得像条龙，前有龙头，后有龙尾；龙头两边有一对龙眼睛，一门铁锚挂在船头外，便成了龙爪，还有龙下桩、龙下头、龙筋、龙骨，渔船就叫木龙。渔民认为，龙在海上能驱邪除妖，抗御狂风恶浪；护佑渔民顺风顺水捕到鱼，平平安安回洋与家人团聚。

船眼睛

讲述：蒋阿仕　虾峙镇石子岙村小店店主
记录：忻怡

本来船吭没眼睛，后来为啥要在船角两边生两只眼睛呢？

早前，东海大洋里有个泥鳅洋，泥鳅洋里海水有辰光梗青碧绿，有辰光墨漆铁黑。泥鳅洋里还有海泥鳅，这东西是坏东西，听说通人性。柯鱼船驶过，就会在船尾巴水花里打滚，也会钻到舵牙旁边、船肚底下，听见啥人讲它坏话，它就背脊拱拱，尾巴弹弹，把船弄翻。每遭碰到这种情景，有的渔民往海里撒米；有的拿出一面小旗，在船尾巴摇来划去，口里不断说着："去，去，去，出考去，考进状元及第……"可是，这个法子也勿灵，柯鱼船还是要被海泥鳅顶翻。

有回，一只柯鱼船经过泥鳅洋，被海泥鳅跟牢了，米也撒过，旗也划过，好话也讲过，吭没用场。海泥鳅"嘭嘭"顶船底，顶得船板咯咯响。船老大忖，横竖弄勿好了，连忙叫伙计把三道风篷都拔起来，把一门铁锚挂在船头外面，又叫伙计拿来两只碰霸①吊在船头两边，自己用一只上落桶②咚咚咚地像锣鼓一样敲。这么一来，海泥鳅吃勿准了，看看碧清的海水映落去，这东西，翅膀张开有三副，头角两边瞪着两只像灯笼一样的大眼睛，中央露着脚爪，啥怪物哟，弄勿好要吃亏，就尾巴一翘，哗啦啦一声全游得无影无踪啦！

---

① 碰霸：防船沿相碰的圆球。
② 上落桶：船上打水的吊桶。

柯鱼人晓得了，晓得海泥鳅这东西欺软怕硬，就用木头做了两只凸凸的大眼睛，安装在船角两边，大眼睛里画小眼睛，画八圈，看起来是八只小眼睛，两边共有十六只眼睛；铁锚就挂在船头外面，海泥鳅在海水里看见柯鱼船驶过，瞪着十六只眼睛，伸着脚爪，吓得远远躲开哩！从此，新造的柯鱼船，都生上船眼睛了。

船斗旗杆

讲述：陈信俄　栅棚乡礁岙村虾峙船厂炊事员
记录：忻怡

老底子辰光，柯鱼人分海柯鱼，这片海面啥人柯，那片海面啥人柯，就像种田人各自种各自的田一样，附近的鱼柯光了，就是饿煞也勿能到别处柯鱼。柯鱼人心里恨是恨，可有啥法子哟，这是世代留落来的老规矩嘛！

后来，东京塌了，皇帝的金丝玉印也失落在海里了。汪汪大洋，要去捞皇印，呒没介多的船，咋办呢？新登基的皇帝忖出一个法子，下了道圣旨，要全国所有的柯鱼船都驶到东海大洋来捞皇印。

介多柯鱼船，我用网围，侬用网拖，整整捞了七日七夜，皇印终于被一个撑大捕船的潘老大捞上了。

皇帝高兴煞了！派来钦差，挑来老酒犒劳，还赐给潘老大一大笔银子。潘老大同船上的伙计商量了，别的船也辛辛苦苦捞了七日七夜，呒没一个烂铜板，单自己收落介多银子，太讲勿过去了。还勿如趁此求求皇帝，准许柯鱼人到各岛各处海面柯鱼避风，这样，柯鱼人就感恩不尽了！

钦差回京奏明皇上，皇上满口答应，还特意赐给柯鱼人一个旗斗和一根旗杆。这旗斗像只网袋，意思是皇印是用网袋捞上来的；这旗杆的顶端插着一面小黄旗，以示皇上亲赐。柯鱼人把旗斗、旗杆插在船尾后八尺，交关威风。

从此，柯鱼人就能四海为家，到处柯鱼；遇到风暴，勿管是啥地方，都可进港避风，上岸买米充水了。

木刻弹涂鱼

讲述：邬永才　虾峙镇栅棚礁岙村渔民
记录：忻怡

有日乌早天亮，海上雾露蒙蒙，平风息浪，南边过来一只三道漆篷大对船，驶到桃花岛乌沙门外的辰光，船老大看到远处海面上水花乱溅，好像有根鱼在逃，有一爿雪亮的东西，像番茄簟子介阔，在后头紧追，雾露交关重，看勿清是啥东西。船驶近一看，哎唷娘哟！原来是一根老带鱼王在追一根弹涂鱼，眼看就要追上啦！想勿到，弹涂鱼游到船边，"哗哒"一下跳进大对船的前舱，闭起眼睛，一动勿动，大概是吓煞了。

船老大看看这弹涂鱼介伤心，喊伙计快盖好舱板门头，把弹涂鱼藏好了。这根老带鱼王一见弹涂鱼跳进船里，就围着大对船绕圈，绕了三圈，只好游走了。大对船一直驶到洋鞍洋面，船老大才叫伙计打开舱板门头，弹涂鱼又"哗哒"一下跳进海里，头一摆一摆地游走了。

过了勿久，这只大对船在海上碰到了风暴，桅杆折断，三道漆篷吹飞，海水哗哗罩进船里，眼看船里水重，钶鱼人的性命难保了！正在这紧要关头，船老大觉得船底好像搁在沙滩上，软绵绵的，船稳了交关。钶鱼人弄得勿相信：这地方呒没礁，也呒没沙滩，汪洋大海中船咋会搁牢呢？钶鱼人叩头祷告，以为是菩萨保佑。直到第二日，风慢慢平息了，船老大看见有群弹涂鱼从船肚下游了出去，船又哗哗地好驶了，这才晓得，原来是弹涂鱼报恩来了。

为了纪念弹涂鱼报恩救渔船，这条船上的钶鱼人便在摇橹的船舷旁边，用木头刻上两根弹涂鱼，用红漆漆得红红的，交关好看。后来，别的钶鱼人也学样，在船上都刻上弹涂鱼了。

船橹

讲述：顾忠良
记录：叶焕然

老早，海里的船只有舵和桨，呒没橹这种名堂。

有一日，南向有只航船借风借潮朝北驶来，船里乘着一船人，有的是生意人，有的走亲戚，有的是上京赴考的读书人。

途中，突然海浪翻滚，船在浪头里跌上滚落，东倒西歪，船老大看看天气蛮好，这股滚头浪从哪里来？就在这辰光，从海底钻出一条交关大的海蛇，蛇头翘得老高，嘴巴张开像畚斗，两只眼乌珠锃亮，直朝船游来。

船老大吓得骨骨抖，连忙叫伙计加了两把桨，使劲摇，把船驶得飞快。啥人晓得，船驶得快，海蛇也游得快，总归离船后一丈多的地方跟牢，船里也有胆大的人拿起撑篙竹去赶也赶勿走，船老大呒法了，只好跪在后舱，拜了三拜，祷告："神仙保佑，只要航船太平无事，日后定用全猪全羊来供蛇仙！"

老大话音刚落，海蛇开口讲话了："要想保牢一船人的性命，除非把姓鲁的人扔到海里，让我充饥！"

船老大一听，海蛇会开口讲话，更加吓煞了，奔进船舱问客人："船舱里有没有姓鲁的客人？"

这时，有个书生打扮的后生站起身来，自认姓鲁，问船老大有啥事体？船老大讲："船后面有条海蛇开口讲话，要保牢船里介多人的性命，除非把姓鲁的人扔到海里去让它充饥！"大家一听，都来求姓鲁的后生，叫他生生好心，救救大家。

姓鲁的书生胆子交关大，他叫大家莫怕，当即走到后舱，顺手拿起一支桨，对海蛇喊道："鲁生在此，侬要做啥？"海蛇看看书生，勿晓得是怕书生，还是别的原因，"轰隆"一声沉到海底去了，海上的浪也平息了。

书生见海蛇沉入海底，浪也平息了，心里忖，一定是船老大吓昏了，才来胡乱说话，便回船舱去了。不料，书生刚进船舱，那条海蛇又从海底钻了出来，对船老大讲："快把姓鲁的扔到海里来！"

船老大吓得连奔带喊去求书生，书生也弄勿明白，为啥船老大几次三番来寻着自己！要是真像船老大所讲，海蛇吃了我，好保牢全船人的性命，我就让海蛇吃掉算了！于是，他对船老大讲了："等我死后，请侬把我这几件衣服和旧书送到屋里去，对我老阿姆讲一声，免得她记挂！"讲好，他就走出船舱，往海里跳。

海蛇一看，连忙上来，用嘴巴接牢书生，把他背到一个小岛上，一点也勿敢伤着书生，海蛇等书生上了岸，调转头来，又来追赶航船，一眨眼工夫，海浪翻滚，这条船上的人都让海蛇吃掉了。

原来，这个姓鲁的书生是天上星宿投胎，这次上京赶考，得中状元。他在船上是这条海蛇的克星，海蛇勿敢翻船吃人，只好死死跟在船后头，等姓鲁的书生离开船，海蛇就兴风作浪，把一船人都吃掉了。

这件事传开了，拘鱼人、撑船人都晓得了！从此，就把桨改成了橹，船上有了橹，海蛇就不敢再来作怪了。

特 产 传 说

普陀水仙花

讲述：骆继木
记录：赵学敏

相传很久以前，百花仙子欲培育在冬天开花的草本花卉，费尽了心血，可培育出来的只会长根，不会发芽开花。百花仙子无奈来到普陀山，向观音菩萨求教，观音睁开慧眼说道："寒冬草木枯萎，乃是自然之象，很难强求。汝既诚心而来，吾当助汝，但只限一花可开。"

百花仙子非常感激，选了一只球状之根奉上。观音用净瓶中的水洒在根上，立即长出了绿色的叶子，但不见有花。观音遂转身从自己修行的白莲台上，摘下六片莲花瓣，凑成一朵纯白色的花。百花仙子看了，觉得花虽好，但素白单调，要求观音给予一点色彩，于是观音又随手从身边拿来一只点着清香的金色香炉盏，安在花心之中，这就成了秀丽的金盏银台花朵，这香炉里焚着香，故而散发出浓郁的香味，又因花的根洒过净水，因此既可植于土中，亦能在清水中生长开花。百花仙子非常满意，便将此花命名为水仙花。

为感谢观音相助，百花仙子把水仙花撒在普陀，让它扎根繁衍，从此以后，每年一到冬天，百花凋零的时候，就是水仙花蓬勃盛开的季节。

据说把水仙花养在家里，如果你诚心培育，花朵盛开，观音菩萨就会保佑你一年吉祥如意。因此普陀水仙也叫观音水仙。

普陀佛茶

讲述：赵学敏
记录：吴丹红　东港街道文化干部

传说，瑶池王母娘娘生日，群仙都来祝贺，百花仙子采撷人间最好的云雾茶作为贺礼献上。王母娘娘平时非常喜爱喝茶，生日过后，闲来无事，便把百花仙子送来的云雾茶细细品尝。一天，她泡了一壶云雾茶，觉得清香可口，甚合自己口味，便差遣身边仙子春姑去问百花仙子，此种茶叶产于何地，以便每年前去采撷。

春姑奉命，捧着王母娘娘泡过茶的玉茶壶，找到百花仙子洞府，可此时人间正是春光明媚、万物生长的日子，百花仙子早已到人间培花育种去了，春姑不能复命。她一想，还是到人间走一趟，一来找寻百花仙子，二来自己也可直接去寻找这种王母娘娘喜爱的茶。

春姑驾起云头，从天上下来，她想，云雾茶，顾名思义是生长在云雾缭绕的高山上，于是她先来到峨眉山，再去黄山、庐山，又去武夷山、雁荡山，可是走遍高山峻岭，却没有这种云雾茶。

春姑正在焦急的时候，从终南山方向忽然来了一个袒胸摇扇的大仙，春姑仔细一看，这不是常来王母娘娘蟠桃会上的八仙之一汉钟离吗！她非常高兴地迎上去说："大仙！有礼了！"

汉钟离笑道："你是王母娘娘跟前的春姑吧，不在瑶池，为何来到人间？"

春姑道："我是来寻找百花仙子的。"

汉钟离问道："你寻她何事？"

春姑指指茶壶，说道："王母娘娘喜爱这种茶叶，问她产在何处？"

汉钟离细看壶中茶叶，又捡出一片尝了尝，便说道："百花仙子不用找了，我可以告诉你，这种茶叶产在东海舟山岛上最东面的小山坡上。"

春姑笑道："大仙！你不会搞错吧！此茶是云雾里生长，应长在高山深处，怎会长在海岛小山上？"

汉钟离道："你这就不懂了，海风最是潮湿，在春季里最会发海雾，而且这雾跟大陆上不同，带有咸湿味，故而长出来的茶叶口味就不同了。那年，我们八仙过海，途经那个小山，看到过这种茶叶，而且还亲口尝过。放心，你就到那里去找吧。"

春姑听了，觉得有理，忙道："如此多谢大仙指点。"说罢，便驾云高高兴兴地飞向舟山东隅塘头的青石子山上。

时逢初春，果然海雾弥漫，满山长着绿油油的春茶，春姑经过千辛万苦终于找到了王母娘娘所要的云雾茶，一时高兴得忘了情，手舞足蹈地跳起来，这一跳不打紧，将手中捧的玉茶壶跌落在地上，春姑大惊，连忙拾起查看，只见茶壶的甩（柄）掉下了，落在村庄的一块平地上，变成了一块三十多米长的石头，再也拿不回来了。春姑看着，无可奈何，用山上小竹编了一个竹篓系在身上，把失了甩的茶壶放在竹篓中，开始采茶，不一会儿就采满一篓。

春姑又是高兴又是担心，高兴的是找到了王母娘娘喜爱的海上云雾茶；担心的是玉茶壶失去了个甩，怀着两种心情，驾云飞回瑶池。王母娘娘见春姑采来茶叶，非常高兴，因而对她失掉茶壶甩没责怪。

以后，王母娘娘每年都要命春姑来塘头采茶，这跌落茶壶甩的山岙就叫茶壶甩村了。

后来，有一年遇大旱，眼看绿郁郁的茶树都枯萎了，大家非常着急，忽然从普陀山方向飞来一朵祥云，下了一场甘霖大雨，茶树抬头，嫩枝抽芽，茶山更加生机勃勃，新茶更加甘润清香，原来是观音菩萨用甘露浇灌了茶山。后来人们就称这里的茶为佛茶了。

普陀甜光饼

讲述：王法宇 沈家门街道居民
记录：缪宝根 沈家门街道居民

甜光饼，用面粉蒸熟，像大饼那么大，圆圆的，有甜味。

相传明朝，倭寇常来浙江沿海一带抢劫杀人，舟山当然也免不了遭殃。

抗倭英雄戚继光带领军民抗倭，常在沿海一带率领军民抗击倭寇。由于沿海海涂多，军民常常吃不上饭菜，饿着肚子。戚夫人想出了一个好办法，做了一笼笼甜味的饼，中间有一个洞，用绳子把饼穿起来，挂在士兵脖子上，饿了张口可吃，使军民不挨饿，打了一个个胜仗。

从此，为纪念戚继光将军，称这种饼叫甜光饼，老百姓吃着甜光饼，就想到了戚将军夫妇。

登步黄金瓜

讲述：李忠祥　登步乡政府干部
记录：郑高春

登步黄金瓜原有多种叫法，有叫东洋小瓜的，有叫东洋小金瓜的，正确的应叫登洋黄金瓜，或叫佛瓜。

大约在公元 748 年，鉴真大师率弟子携带经文、药材、作物种子（其中一包是黄金瓜籽）第五次东渡没能如愿，第六次又从扬州新河镇再次出发航行，但船行驶到莲花洋面以后又遇大风，船来到东海的两个小岛之间，一个就是我们现在的登步小岛（以前登步岛由东、西两个岛屿组成）。说来奇怪，大师的船一进登步这个小岛，一下子就风平浪静、风和日丽了。由于舱内物品被大浪泼湿，这些物品都是挑选的中国珍品，准备送往日本，大师马上叫随从把舱里的物品搬到甲板上来晒一晒。大约一个钟头后，有人出来一看，所有物品样样齐全，只有一包黄金瓜籽无影无踪，无处可寻，大师为此事心甚难过，因为这包籽是他挑选的最好种子，可惜不能送往日本。

这包黄金瓜籽究竟到哪里去了？原来是被登步鸡冠礁上一只神鸡看见了，它知道这种籽最适宜在登步这块土地上播种繁殖，因为登步土质松软带沙，海上又有浓雾滋润，就不管背上偷窃罪名，把这包籽一口啄来，撒在登步土地上，神鸡又把口中唾液吐在种子上，第二年果然长出许多黄金瓜，色泽金黄，个头小巧，又甜又香，别地的瓜都比不上登步黄金瓜的甜与香。很早前就有普陀山和尚用这种瓜供奉菩萨，因此便有佛瓜之称。

悬鹁鸪金海螺

讲述：钟信善　桃花镇居民
记录：叶海燕　桃花镇居民

传说在古代，神笔马良到悬鹁鸪去玩，一时兴起，在海边画了一座金山，顿时金光闪闪，金光还闪到周边的岛屿。

这时，岛外有一个财主做了一个梦，梦见悬鹁鸪岛有一座金山，就起黑心想独吞它。次日，他独自摇着一条船去悬鹁鸪找金山，远远地果真看见了金山，财主摇得越发起劲。马良得知了，拿起笔一画，大风吹来了，大浪涌来了，把财主的船掀翻了。黑心的财主落在海水里拼命地挣扎着，可是没有用，他还是被暴风巨浪吞没了，同时，这座金山也被风浪淹没在海水里。东海龙王得知了悬鹁鸪边有一座金山，就派海螺将军来守护。

每天眼睁睁地看着金光闪闪的金山，日子一长，海螺将军也起了贪心。有一天，他看看四周没人，顺便偷挖了一块金子，把金子藏在哪里好呢？海螺将军犯难了，藏在其他地方都不放心，最后他把金块藏在了螺壳里。俗话说：要想人不知，除非己莫为。当时，海螺在偷挖金块时，刚好被巡逻的乌龟大臣看见了，乌龟大臣想，你明知故犯，知法犯法，监守自盗，于是向海龙王告了海螺将军。

海龙王听了龟大臣的报告，肺都气炸了，要把海螺处死。海螺将军对海龙王好话讲了一箩又一箩，还说看在当年跟随龙王东征西伐，没有功劳也有苦劳的份儿上，饶他一死吧。死罪可免，活罪难逃，海龙王叫海螺将军把金子从螺壳里挖出来，可金子在螺壳里生根了，任凭海螺怎么挖，也没挖出来。金块没挖出，海螺将军反倒挖死了，这就是贪财的报应，也像黑心的财主一样下场。

后来日子一久，海螺将军慢慢地变硬了，因为螺壳里有金子，所以变成一颗大金海螺。海螺将军在挖金子时，把肚子里的螺子都挖出来，后来，悬鹁鸪海螺就特别多了。

中国民间故事丛书

浙江 舟山

普陀卷

故事

龙 的 故 事

郑家山老龙的故事

管家老龙

讲述：翁万岳　展茅镇翁家岙农民
　　　翁信祥　展茅镇翁家岙农民
记录：俞宝根　普陀区博物馆干部

舟山岛有个大展庄，大展庄里有个翁家岙，翁家岙后面有座郑家山，山上有个小小龙潭，潭里住着郑家山老龙。

郑家山老龙深居简出，日脚过得倒也清静。有日夜里，老龙突然觉得神思不宁，坐卧不安。他步出龙潭，在郑家山上朝远处一看：只见北边天际杀气弥漫，星月无光，原来是金兵把枣阳城团团围住。城内宋营里兵断水、马断草，眼看就有全军覆没的危险。老龙不忍城破民亡，便驾起一朵祥云直朝枣阳城奔去。

跨过东海大洋，越过高山峻岭，到了枣阳城上空，老龙按下云头，摇身一变，变成一个白发苍苍的老头，挑着一担东西，匆匆忙忙向宋营走去。到了枣阳城下，被一个守城的宋兵拦住了："呔！老头，不准过来！"老头喘口气，抹把汗，说："我是给侬拉送东西来的，快让我进城！"

宋兵把那担东西仔细看了一番，前头是一小桶清水，后头是一小捆稻草，再也呒没啥东西了，那个宋兵看了哭笑不得："老头，侬是一片好心，可是这点水，勿够十个人喝，这捆草，勿够喂一匹马，有啥用场好派？"

老头摸摸白胡须，讲道："军情紧急，先用着再说。"边说边挑担进了城。

城内军民闻讯拥来，这个舀了一勺清水，喝下去顿觉神志清醒，精神百倍；那个扯了一把稻草，战马吃了立即迎风嘶吼，威风凛凛。于是，大家抬水的抬水，挑草的挑草，人欢马叫，热闹非凡。几万人马吃了三天三夜，勿见小桶里的水浅了一滴，那捆稻草也呒没少了一根。

枣阳城里有了水，有了草，真是兵强马壮斗志昂扬，守城官兵交关感谢，都奔来问白发老头："老人家姓啥叫啥？屋里住啥地方？"

"我姓郑，住在舟山府大展庄翁家岙。"

第二天，宋营开城决战，把金兵打得落花流水。宋兵绝处逢生，反败为胜，就更加感激那个白发老头了，可是满城寻人，连个影子也呒没寻着。带兵的将军只好如实奏明宋皇，为白发老头请功。宋皇听了，感慨不已，当即降旨派钦差到舟山查访此人，当面封赏。

钦差奉旨出京，过关穿城，弃马登舟，来到舟山。在茅洋埠头上岸，乘八抬大轿，鸣锣开道，来到翁家村岙口，看见三个女人在晒谷，便上前问话："呔！妇人家，村里可有一位姓郑的老公公？"

"翁家岙统姓翁，呒没外姓人，阿拉勿晓得姓郑的公公是啥人！"

那个钦差大臣，本来就不满这份苦差事，现在听说翁家岙呒没姓郑的老头，便带着原队人马返回茅洋，开船走了。

官船到了观门港，突然风浪大作，乌云遮天，官船只得落篷抛锚，可是，锚一抛落，海面就平息了，官船再起锚拔篷，风浪又来了。这样反反复复，吓得大小官员骨骨抖抖，钦差大臣毕竟比别人高出一头，一看这光景，感到事有蹊跷，赶紧合掌祈祷："要是枣阳城解围的老翁是此地神灵，请即刻平风息浪！"他话音刚落，风浪就平息了，钦差当即宣读了皇上诏封，官船果然平平稳稳地开走了。

原来，兴风作浪的是观门老龙。当他得知皇帝要封赏郑家山老龙，眼睛红了，现在晓得郑家山老龙呒没封到，他在这里兴风作浪，来个拦路讨封。

郑家山老龙看得一清二楚，心里忖忖好笑，他本来就勿想讨封，也勿想离开郑家山，没料到糊涂钦差会碰到争功的观门老龙，竟会糊里糊涂地封了下去。不过，也怪那几个晒谷女人，明明我在翁家岙，咋会讲呒没这种人？他灵机一动，要和晒谷女人去抬城隍了。等到割稻晒谷辰光，翁家岙女人把谷晒出，老龙就来施法术，碰猛太阳落阵雨，晒谷女人"噔噔"奔到晒场，把谷簟收拢，雨又停了，太阳也出来了；等她们再把谷簟摊开晒谷，阵雨又来了。翁家岙的晒谷女人奔进奔出，脚骨奔断，小苦吃煞！

不过，老龙依旧住在郑家山的龙潭里，经常出来察看天象，为大展庄行雨赐福，所以大家都称他为管家老龙。

老龙抲鱼

讲述：翁友全　展茅镇翁家岙农民
记录：管文祖

一次，郑家山老龙看见有个女人手里抱着个未满足岁的小团，在滩横头眼泪流流，哭得交关伤心。老龙心肠软，便变成一个五十多岁的老头，去问女人为啥介伤心。这女人讲，她老公原本也是个抲鱼人，这出海，遇到风暴，落海死了，留下孤儿寡妇，今后的日脚就难过了！

老龙听了孤孀老绒①的话，便满口答应到她屋里去做年②，还说："侬莫担心，我眍眍船里，吃吃船里，侬每日给我做三斗三升糯米块送来，别的样样勿要，抲来的鱼统归侬！"

老龙把船修好，网补好，雇了几个后生，等孤孀老绒把三斗三升糯米块挑到船里，就开船抲鱼去了。船驶到洋地里，老龙在舵舱里坐坐，糯米块吃吃，等他糯米块吃饱了，才叫伙计张网抲鱼。网一张出，他又躺在舱背墩呼呼眍觉，眍得满头大汗，连衣服都湿透了，等他一觉眍醒，就催伙计起网，抲上来一网梅子鱼。他对伙计说："有了，阿拉好拢洋了。"伙计心里忖：一日只抲一网，一网抲眼梅子鱼，回去咋交代。

船到埠头，伙计把舱盖打开一看，啊唷，满满一船黄鱼！这是咋回事？原来，老龙的人身在舱背墩眍觉，龙身到海底下赶鱼去了；抲上来看看是梅子鱼，实际上统是大黄鱼！

这份人家让老龙走进后，每日会抲进一船黄鱼，一个洋生③抲落，发财了。

有一日，老龙对孤孀老绒讲："好了，我好走了！"

孤孀老绒听说他要走，眼泪流落来了。老龙见她心里难熬，劝她莫哭，只要把小人养养大，日脚好过了！

---

① 老绒：舟山方言，即老婆；孤孀老绒，即寡妇。
② 做年：做帮工。
③ 洋生：夏汛生产。

孤孀老绒晓得留勿牢，问："阿伯，侬要到哪里去？"

"我要回去！"

"侬是啥地方人，日后小人大了，也好叫他来寻侬！"

"好咯，叫他到大展翁家岙来寻我！"

翁家岙哪里有介相貌的老头，勿是郑家山老龙，还会是啥人？

老龙割稻

讲述：金胜德　展茅镇横街村漆匠
记录：管文祖

有年六月秋场，满畈稻谷金黄，十有八九熟了，种田人看看年成蛮好，满心欢喜，家家户户忙着准备开镰割稻。勿料，天勿作美，长沙港里那条老龙哄哄叫叫，要做风水 ① 了。眼看到手的稻谷，啥人舍得让风水刮走？田畈里人们割得割，挑得挑，忙得勿可开交。

有个孤孀老绒，她在刘家潭种了一丘稻，自家吃劳力，平日靠雇人种田，眼下风水要来了，啥人有空帮她割稻？她急得奔到田头，勿晓得做啥好！事有凑巧，正好碰上郑家山老龙，他骨碌变成个老头，去问孤孀老绒："阿嫂，侬为啥介急？"

孤孀老绒讲："老阿伯，勿瞒侬讲，眼看风水要来了，吭人帮我割稻，咋会勿急？稻割勿进，屋里吃啥？"

老龙看她眼泪汪汪，介伤心，便劝她莫急，答应帮她割。孤孀老绒看看介瘦一个老头，走路脚骨打跄，大风吹得倒，咋会割稻，便说："唉，侬介大年纪，我咋交代得过！"

"我来割，能割多少算多少，比吭人割总好嘛！"

孤孀老绒忖忖也勿会错，"咯好，到我屋里吃昼饭。"

老龙要孤孀老绒先带他到田里去看看，再回来吃饭，他还讲："小菜勿论好坏，老酒勿要吃，侬做三斗三升糯米块给我当点心。"

吃好昼饭，老龙又讲了："我腰骨酸痛，想去躺一躺！"

孤孀老绒让他上床躺着，自己去做糯米块，等她把糯米块蒸熟，太阳已经偏西，可老龙还未睏醒。勿料，老龙一直到天黑了，睏得满脸绯红，浑身

---

① 风水：台风。

淌汗，衣服也湿透了，孤孀老绒看她睏得呼呼响，勿好意思把他叫醒。

到了吃夜饭辰光，孤孀老绒听到后屋有响动，她忖，隔壁人家稻割好，谷进仓，老阿伯还在睏觉，一株稻也呒没割过，还是把他叫醒，吃好夜饭，早点让人走。她刚进屋还未开口，老龙自己醒了："阿嫂，稻统割进了，侬屋里吃吃有了！"

孤孀老绒讲："老阿伯，侬睏了一天，咋去割稻？"

"我叫别人帮忙割的，全割好了，统统收进谷仓里，稻草堆在晒场上，侬自己去看，我走了！"

孤孀老绒连忙挽留说："吃过夜饭再走，糯米块做好了，侬也带去。"她话音刚落，老龙勿见了。她忖忖蛮稀奇，奔到晒场一看，稻草堆着，回到后屋一看，谷仓里稻谷堆得满满的，她用箩量了量，足足有一万箩。

桃花女龙

讲述：工冬莲　桃花镇米鱼洋村村民
记录：管文祖

郭巨有个小娘，从小吃素，活到十八岁，呒没汏过一次浴，全身乌青胖肿，交关邋遢。

有一日，阿嫂对小姑讲："小娘，小娘，六月夏天勿汏人，咋做人？"小娘问阿嫂："汏浴水呢？"阿嫂端来一脸盆水给她。小娘讲："介点水咋汏！"阿嫂端来一脚盆水给她，小娘又讲："一脚盆水咋够？"阿嫂奇怪煞了："侬要多少水？"小娘笑笑："要我汏人，侬挑满三缸水，我就去汏。"

阿嫂心忖：挑就挑，挑满三缸水，看侬汏勿汏。阿嫂"咔嚓，咔嚓"挑满三缸水，让小娘去汏人。

说来奇怪，这小娘要么勿汏，一汏半日汏勿好。阿嫂在外面乘风凉，等等小娘勿出来，等等勿出来，便到门缝里去看，啊！只见房里有条大蛇，在三只大缸里拱进拱出，拱上拱落。阿嫂吓煞了："阿姆！勿好啦！阿姑让大蛇吞没了，快来呹！"

原来这个小娘是条龙，今朝汏浴现了龙身。阿嫂以为是条蛇，吓得"喳喳"叫！龙被阿嫂识破了，"哗"地从窗口拱出，游进河里。

阿姆奔过来一看："囡，侬还好回来呀！"囡回头一看。"囡，侬还好回来呀！"囡头一弯，娘叫十八声，囡回头十八弯。这就是十八望娘湾。

龙游到虾峙，又变成一个小娘，站在一块礁石上。这辰光，正好驶过来一只拘鱼船，小娘喊了："老大，谢谢侬，帮我渡到对港去。"

拘鱼人讲："女人上船，船要翻！拘鱼船咋肯让女人上船？老大勿去睬她。"把船驶开了。

过了一歇工夫，又驶来一对拘鱼船，小娘又苦苦哀求。老大看看天色快暗了，心忖：横竖今日拘勿着，倒勿如生生好心，帮小娘渡到对港去！

小娘乘船驶到了石刋港，她问老大："老大，侬拉为啥鱼勿拘？"

老大讲："这里咋会有鱼拘？"

小娘讲："老大，下面有鱼拘，侬拘一网让我相相！"

老大拘了一网，啥人晓得，老大把网放落海里，小娘却躺在舱板墩呼呼睡着了。等小娘一觉眠醒，又催老大赶快起网，船上的伙计把网拉上来一看，在网袋底里只拘到一眼眼鱼，这种鱼小得像米介小，拘鱼人从来呒没看见过。

船靠拢桃花岛，小娘跳上岸，对老大讲："老大，要打暴了，侬拉好拢洋了。"老大嘴巴答应，心里忖，这个小娘是啥人？他眼看小娘越走越远，心里越忖越奇怪，他把舱盖"哐"地掀开一看，小米鱼统统变成大米鱼，满满的一船舱。老大又稀奇又高兴，当即把船驶到宁波，正好碰到上虞百官船来过鲜，这船米鱼出来出去出勿光，来了十八只鲜船，鱼还是出勿光，船上的伙计出鱼出得腰酸背痛，自说自话地说："这船鱼咋有介多，咋会出勿光？"话一出口，"嚓"鱼出光了！从此，小娘上岸的岙口就叫米鱼洋。

这个小娘就是桃花女龙，她在米鱼洋上岸，到龙洞打了个龙潭，住了一段时间，她嫌龙洞的水勿清爽，又拱过对峙山，找到一个山清水秀的山坑里，重新打了个龙潭，住了下来。这就是现在的龙潭坑。

附 记

"桃花女龙"流传于普陀全区，普查中，采访过的故事手，绝大多数会讲，故事情节大同小异，细节各说不一，如洗澡一节，有的说：姑娘每次洗澡要用两只或三只脚盆，嫂好奇而偷看；有的讲姑娘从不洗澡，与嫂赌气要三大缸水，甚至讲十八大缸水才洗澡；还有的只讲小鱼变大鱼，而没有卖鱼一节等。

青龙山小龙

讲述：林通材　东极镇苗子湖岛老渔民
记录：管文祖

东海有个黑水洋，黑水洋里有个黑魔王。黑魔王嘴巴一张，吐出一口一口的黑水；腰一伸，脚一蹬，黑水洋上就会掀起一阵阵黑水浪，卷起一团团黑旋风，渔船碰上了，船翻人遭殃。

渔民要抲鱼，硬着头皮去闯黑水洋，可是，渔船驶进黑水洋，勿是被黑旋风刮走，就是被黑水浪淹没。

这件事被青龙山的小青龙晓得了，小青龙是条好龙，他在青龙山足足修炼了一千年。他忖，黑魔王兴风作浪，害死介多人，勿除勿太平！于是他在地上打个滚，变成一个抲鱼后生，来对抲鱼人讲："黑魔王介坏，勿让阿拉抲鱼，阿拉想个法子，把它除掉才会太平！"

抲鱼人听讲有办法除掉黑魔王，一个个都围拢来了，小青龙讲："阿拉去造条百年老树船，再去织顶千人头发网，阿拉一起到黑水洋去斗黑魔王！"

抲鱼人听呆了，百年老树到哪里去寻？千人头发网咋织？小青龙告诉大家：老树，青龙山上有，百年老树船他去造；千人头发网咋织？那辰光，男男女女都养长头发，只要把头发剪落来就好织网了。大家听听，这个后生口气蛮大，总归有来头，便答应了。

过了一个月，小青龙果然驶来一条崭新的老树船，船头翘得老高，船身阔阔蛮大，驶起来"哗哗"响，抲鱼人从未见过，感到蛮新鲜。小青龙挑选了六七个结结棍棍的后生，乘上百年老树船，带着千人头发网，找黑魔王去了。

这日，黑魔王正在洞里眍懒觉，突然听到摇橹声，它瞪起眼珠一看，原来是条抲鱼船。它忖，我肚皮饿得咕咕响，正好饱餐一顿，于是它钻出洞来，腰一伸，脚一蹬，立时三刻，黑水洋上刮起一阵阵黑旋风，掀起一个个黑水浪，直向老树船扑过来。啥人晓得，风到船边，呼啦一声滑走了；浪到船头，哗啦一声撞碎了。黑魔王看看这招勿灵，连忙张开大嘴巴，呼噜一声倒吸了一口气，只听见"咯啦啦"一声响，老树船上的钉子一枚接一枚，扑通、扑通地掉进海里。船吭钉，眼看就要散架崩掉了！

黑魔王见此情景，浮上海面，得意地哈哈大笑，船上的拘鱼人吓煞了，小青龙一看，大声喊着："莫慌，莫慌！快撒网！"他边喊，边往海里跳，在海上骨碌一滚，现了原形，用龙身团团把老树船绕牢，像海蜇桶打箍一样，箍得实紧实紧，仰起龙头，伸出龙爪，猛向黑魔王扑去。说时迟，那时快，黑魔王的一双眼乌珠被小青龙挖出来了，痛得它在海上乱窜乱钻。拘鱼人看得清清爽爽，胆子也大了，赶紧撒下发网，勿偏勿倚，正好罩牢黑魔王。黑魔王在网里乱颠乱钻，勿料发网越箍越紧，最后，让拘鱼人用斧头活活劈死了。

从那时起，渔民把渔船造得像条龙，前有龙头，后有龙尾，还有龙筋、龙骨，叫作木龙，船在海上，就勿怕妖魔鬼怪来兴风作浪了。

棕缉龙

讲述：刘位乾
记录：管文祖

南边出木材，舟山缺木材，南边装木头过来的船，都要驶过东郊洋面。勿晓得啥辰光起，东郊洋里来了一只海螺精，在这里胡作非为，兴风作浪，装木头的船，一到东郊洋，十有八九要翻船。

有一遭，有只装木头的福建船，刚刚驶进东郊洋面，就刮起了风暴，洋地里的浪头像小山一样，哗哗涌过来。老大一看，赶快把船驶进港湾里，落篷抛锚。风浪刮了三日三夜，这只福建船吭没被浪打翻，为啥？原来这只福建船用的锚缉是用棕缉丝和头发拌拢打成的，本来就交关牢，正巧这日夜里，天上跌落一颗月华①，勿偏勿倚跌在棕缉上，棕缉入了月华，有了灵性，便修心成龙。铁锚是龙头，伏在船底；棕缉是龙尾，紧紧把船绕牢，勿管海螺精咋作怪，风浪咋猛，福建船还是稳稳当当，太平无事。

海螺精施尽法术，没把福建船打翻，只好气鼓鼓地走了。等风浪一过，船老大叫伙计拔锚开船，勿料，锚缉已经成龙，咋拔也拔勿起来。船老大担心风暴再来，想早点离开，勿管三七二十一，拿起斧头"咔嚓"一声斩断锚

---

① 月华：月光。

缉，这一斧头斩落去，正好把龙尾巴斩断，鲜血答答滴，老大一看，魂灵吓出，赶紧开船逃走了。

再讲，海螺精在东郊洋里横行霸道惯了，咋肯让棕缉龙在这里住牢，它要把棕缉龙赶走，棕缉龙勿让，于是，龙来螺去，斗得勿可开交。只因棕缉龙道行未修足，尾巴又被斩断了，斗来斗去斗不过海螺精。

棕缉龙晓得一时难以取胜，便想了个办法。这日夜里，给一个推揫老渔民托了个梦说："明朝一早，侬去海边推揫，要是看见清水中有股浑水冲来，侬旧对准浑水落网，推到东西，赶紧往岸上拖，千万勿可回头张望！"

老渔民忖忖交关稀奇，这个梦是凶是吉，他也猜不透，反正每日都要去赶潮推网，到底有啥花头，不妨试一试。

乌早天亮，老渔民背着网来到海边，他东张张西望望，果真看见清水中有股浑水冲来，他涉水迎了过去，放网去推，一歇歇工夫，推到一个重墩墩的东西，他赶紧拖着网往岸边跑，没跑出几步，只听见网兜里"嘟嘟"发出怪叫声，老渔民吓了一跳，回转头去一看，只见网兜里有只斗介大的海螺，滚来滚去滚得海浪像小山一样涌上来，他心里一慌，丢掉网就逃，海螺精趁机跳出了网兜。

棕缉龙老早旁边等好了，看见海螺精逃出网兜，便仰头伸爪猛地扑了上去。海螺精呒没提防，让棕缉龙抓得遍体鳞伤，一直逃到六横岛的蚊虫山，所以蚊虫山有块海螺礁，海螺精躲在海螺礁的石洞里。

棕缉龙担心海螺精勿死心，还要来兴风作浪，便在东郊洋里住了下来，大家都叫它东郊棕缉龙。从此，东郊洋就太平了，即使海螺精再要兴风作浪，棕缉龙就预先发起威风，嗷嗷地叫起来。柯鱼人听到叫声，晓得风暴要来了，赶紧驶船进港避风去了。

剑昌龙

讲述：任中立　六横镇台门卫东村农民
记录：顾维男

老辈人讲，一条蛇修炼成龙要千年时间，还要两次出考，一次叫阴考，是在天宫灵霄殿；还有一次叫阳考，是在凡间京城，考出方可成龙。

据说，六横的剑昌龙，本是一条蛇，修足千年，天宫阴考考出，等到凡间大比之年，剑昌龙现变成人，从六横上京阳考。赴考路上，碰到柴桥考生曹杰，两人一路上同宿同行，读书论文，情投意合，交关讲得来。

开考这天，考试官问剑昌龙："你叫啥名字？家住哪里？"剑昌龙回答："我叫戴旺茂，家住七嘴八湾、五埠六岙、大小校场。"考官一听火了，从来呒没听到过这样乱七八糟的地名，便说："啥人为你作保，如若呒人作保，勿准考试。"这辰光，曹杰出来作保，考官见曹杰作保，相信了，才让戴旺茂考试。就这样，两个人成了好朋友。

第二年，曹杰想去拜望好友戴旺茂，一打听，才晓得这个七嘴八湾、五埠六岙、大小校场原来就是六横岛。他漂洋过海来到六横，可是问来问去都说没有戴旺茂这个人，只有一块皇帽礁。曹杰找到皇帽礁，看见有个清水潭，曹杰想这"皇帽"与"旺茂"音相近，可能就是龙的化身，他对着水潭叫道："戴兄，我是曹杰，特地前来拜望，你是龙也好，人也好，出来跟我会面。"曹杰话声刚落，水潭里翻起一股水花，一条乌龙背露出水面。

曹杰又讲："戴兄，请你抬起头来，让我见一面！"哗啦一声，龙身沉落水里，冒出根龙尾巴，曹杰一看，感到交关失望，再三要龙抬起头来，让他见见面。剑昌龙为啥勿肯露出龙头，它是担心吓坏了曹杰，现在听他再三再四要见面，便"轰"一声把龙头伸出水面，只见两只龙角笔尖，龙眼凸出，龇牙咧嘴，介凶相，吓得曹杰冷汗直淋。

曹杰回到屋里，生了场大病，呒没几天就死了。曹杰一死，家境败落，曹杰老婆为了养活一家人，好卖的卖了，好当的当了，只剩晒煞畈没人要，卖勿出去。

剑昌龙晓得这事情后，又现化成人，来到柴桥曹杰家，他自称是曹杰的好朋友，在曹杰家里住了一天，临走，他来到晒煞畈，东看看，西望望，还围着这畈田走了三圈。从此，这畈田晴天半寸水，雨天一寸水，晒煞畈成了丰收田，算是剑昌龙对曹杰的报恩了！

小囝龙

讲述：沃金生　六横五星乡里岙村农民
记录：刘荣琪　普陀区文广局干部

小囝龙出生在六横坦岙，姓谢，名正言，奶名小囝。七岁这年，爹娘死了，他到镇海县建岬乡东一村娘舅家看牛。清明节那天，娘舅叫他去车秧田水，他答应着去了。娘舅晓得外甥一直吃素，荤不上嘴，特别喜欢吃糯米块，便对老太婆讲，外甥车水辛苦，这半边糯米块给他吃算了。娘舅姆交关奸刁，看小囝今朝车水车得咋光景，一看，小囝脚骨跷着在睏觉，好，你偷懒，这糯米块我也落你一角。谢正言去吃昼饭，一看糯米块，晓得被咬过了。昼饭吃好，他在路上拾来几根草，到田角落头一拦，这一拦，水就被挡住了。晚上，娘舅来看田水，问外甥："小囝，侬水有车大哦？"

"娘舅，水车大了，还有一块角落头勿肯车拢去。"

"咋啦，是勿是这角落头高呀？"

"吭没高，舅姆给我糯米块落去了。"

"啊，舅姆糯米块给侬落去了？"

"侬咋晓得？"

"我晓得，侬勿是讲这半边糯米块给我吃。舅姆讲，半边吭没，一只角缺了。介么，这块角落头水勿肯车拢去呀。"

娘舅当即责怪娘舅姆起来了。一责怪，舅姆火了，咋话呀，小鬼介刁，我落侬一角糯米块，侬晓得，水勿肯车拢。好咯，侬下遭勿要给我抓着好了。

有一次，客人来了，小菜交关好，谢正言看见荤菜，饭碗一捧走掉了。谁晓得娘舅姆机关老早装好了，晓得小囝荤货不吃，盛饭时在碗里塞进去一块猪肉，谢正言到外头吃淡饭，吃到碗底，看见一块猪肉，恶心煞了，跑到车水埠头，将全副肚肠吐出来，挂在杨柳树上，甩过水车头，一头在河里清洗，舌根在嘴巴里。

这辰光，一位堕民嫂路过这里，一看这情景，蛮惊奇，问："啊，这肚肠侬还拿得进去吗？"给堕民嫂一破法，谢正言就一动不动地在车水埠头呆着了。

娘舅到处寻外甥去吃昼饭，寻到这里一看，惊呆了："小囝，侬为啥要介做？"谢正言一五一十诉说了。

"小囝，赶快把肚肠收进去呀！"

"收勿进了，娘舅，侬给我会面了，我要死了。侬明朝照我人像用杨柳树雕塑个像，以后天旱，如果田水燥了，侬叫一声我的名字，说啥地方稻田燥煞了，我会来车水的。"说完，他断气了，卷起一阵风，化作一条龙，飞走了。

娘舅这才晓得小囝是龙投胎，第二天，娘舅给他刻好石碑，用杨柳树为他塑好像，放在屋基上，立个庙。

后来，六横坦岙谢贵清阿爷和一个姓曹的农民，慈溪割白露稻回来，路过建峙，听说好求雨的菩萨叫小团龙，是六横坦岙的谢正言，就宿在庙里。第二天一早，两人把这尊菩萨偷来了，到坦岙谢家香火堂放好，坦岙老百姓非常尊敬他，称他为小团龙菩萨。

巧妹绣龙

讲述：刘位乾
记录：管文祖

从前，有个小娘，从小喜欢绣花，见啥绣啥，绣啥像啥。她绣出红虾，蹦蹦跳；绣出青蟹，横横爬；绣出的鱼，头会翘，尾巴摇，放到水里还会游三游！所以大家都叫她巧妹。

有一年海岛发旱灾，五月勿落雨，六月勿刮风，七月太阳更猛，晒得田地豁裂，石头冒烟，老百姓叫苦连天。

巧妹心里交关担忧，心忖，我去绣条龙，要是绣活了，让龙喷水化雨，那就好了。可惜从娘肚皮里出来，还咣没见过龙，咋绣绣？！

这辰光，巧妹听到阿爹、阿姆叹苦："老天勿落雨，凡人活受罪。这个月来，到白龙溪去求求雨，没料到越求天越旱！"

一句话提醒了巧妹，她忖，大家都到白龙溪去求雨，恐怕那里还真有条白老龙哩！到白龙溪寻龙去，只要寻到龙，我就可照样绣龙化雨了。

第二天，巧妹奔进山岙，果然看到有条长长的山溪坑。这辰光，溪坑里的水老早干了，她沿着溪坑往上爬，一直爬到山顶，在一块岩石上坐落歇歇力，突然，听到有人问她："小娘，天介热，侬到深山冷岙来做啥？"

巧妹抬头一看，是个白头发、白胡须的老头，巧妹上去叫一声："阿公，我来寻白老龙。"

白胡须老头摇摇头说："小娘，溪坑水都断了，到啥地方去寻白老龙？侬回去算了！"叹口气，顾自走了。

巧妹东找西寻，寻了三天，寻勿到白老龙，走得两腿发酸，全身吮力，又回到老地方，在岩石上坐落歇力。刚刚坐落，白胡须老头又来了："小娘，白老龙来无影去无踪，侬咋寻寻，还是回去吧！"

巧妹还是勿肯走，她说："今朝寻勿着，明朝再寻，明朝寻勿着，还有后日，总有一日会寻到白老龙！"

老头呒法，叹口气，又走了。

这样又过了三天，巧妹把山山湾湾都寻遍了，还是寻勿着白老龙。巧妹走得满头大汗，上气勿接下气，又饿又累，真吃力煞了，勿觉眼睛一花，"扑通"一声昏倒在岩石旁边。

白胡须老头又来了，这个老头是啥人？就是白老龙。他见巧妹这副模样，交关同情，用手指摸摸巧妹的眉心，巧妹才慢慢苏醒过来，一看见老头，就像看到自己的亲人一样，哇地哭了起来。

白老龙赶紧劝说："莫哭！莫哭！勿是白老龙心肠狠，勿肯见侬，是玉帝的旨意，龙王的法令管得严，白老龙咋会出来！听话，我送侬回去！"

巧妹嘴巴石硬："勿去，寻勿着白老龙，我死也勿回去！"

白老龙听了感到一阵心酸，连他自己也勿晓得会落下两滴眼泪来。一滴眼泪一阵雨，白老龙落下两滴眼泪，等于落了两阵雨，他一看，晓得勿对了，慌慌张张地对巧妹讲："侬快回去，我要走了！"眼睛一眨，勿见了。

巧妹一看落雨了，心里蛮高兴，便"噔噔"奔到屋里，啥人料到，她前脚刚进门，白胡须老头后脚也赶到了，巧妹见他介急，勿晓得出了啥事体。老头一进屋，就说："巧妹，我就是白老龙，只怪自己勿小心，掉了两滴眼泪，落了两阵雨，犯了天规，龙王要拿我去治罪了！"

巧妹一听，吓呆了，白老龙说："莫慌，还有办法好救，侬勿是要绣龙吗？绣一条白老龙，和我一模一样，要是龙王来抓我，侬就放出绣龙，我就有救了。"

巧妹一听又惊又喜，便满口答应。白老龙见巧妹答应了，便轻轻打了个滚，现了龙形。巧妹围着白老龙，看看龙鳞，摸摸龙角，从头到尾，看了三遍。白老龙开口说话了："巧妹，侬快点绣，绣好了，就来寻我！"

白老龙又变成白胡子老头，匆匆走了。

巧妹回到房里，头勿抬，手勿停，呒日呒夜绣，先绣出龙头，后绣出龙身，再绣出四只龙爪。三日三夜，巧妹未合眼，眼睛熬红了，手指头磨起了血泡，终于绣成了。

第四天一早，她拿着绣龙去寻白老龙，可是寻遍了白龙溪，还是寻勿到白老龙！喊喊，呒没回音。

白老龙到哪里去了？原来，当天夜里，海龙王就把白老龙抓到灵霄殿，告他私降泪雨，触犯天规，玉帝勿分青红皂白，将白老龙定了个斩刑，这辰光，白老龙已被绑到南天门外处斩去了。

巧妹咋会晓得，她手里拿着绣龙还是满山满野地寻。突然，"轰隆隆"一声响，白老龙处斩了，龙头落到白龙溪的山坑里，从此，这里就叫龙头坑了。接着天上落起一阵血雨，这是白老龙喷出的龙血，正巧洒在巧妹的绣龙上面，绣龙猛地一抖，活啦！呼啦啦腾空飞起，在巧妹头顶盘旋了一圈，一头钻进白龙溪，一转眼，白龙溪里流出一股清水。直到现在，这条山溪坑勿管天咋旱，水源勿会断。

青龙白虎守渔港

讲述：骆继木
记录：赵学敏

沈家门港口是舟山渔场最好最安全的避风港，是全国有名的繁华渔都，这个避风港有个美丽的传说。

沈家门地处舟山本岛东南面，坐北朝南，三面环山，南面临海，阳光灿烂，冬暖夏凉。此地离东海渔场又近，进出方便，真是个扪鱼人避风的好港口。可是临海一面，很早以前是没有岛屿遮拦的，海面太阔，每逢到夏季台风、冬季打暴，海里掀起大浪，冲击海岸，渔船无法停泊，只好逃到别处去找安全的地方。

传说东海龙王最小的儿子是条青龙，生性善良，他和结拜兄弟白虎一起，常常游山玩水，逍遥自在。一次，他们游玩到普陀山，在紫竹林听了观音菩萨的讲道，知道要修炼成正果，须行善事，于是他们立志要做一件有益于人的好事。他们知道扪鱼人最需要安全避风的地方，就看中了沈家门这个好地方。青龙守在左边，白虎守在右边，每逢大风来时，他们施展神力，把风挡回去，这样浪就平了一些，但是因前面没有遮拦，逢到台风、打暴，还是挡不住大风大浪。

小青龙非常着急，他对白虎说："怎么办？"

白虎也摇摇头说："单凭我们两个是平不了暴风恶浪的。"

小青龙说："我已使完全身神力，还有什么办法呢？"

白虎笑笑说："光用蛮力没有用，你可去龙宫向你父王要一颗定风珠来，还怕什么风浪吗！"

小青龙一听，觉得这个主意不错，可是一想又觉得很为难，他知道父王一向很吝啬，龙宫里的宝贝一样不肯拿出来，记得他姐姐三公主曾拿龙珠给桃花岛，可立即被父王追了回去，看来向父王要龙珠是不可能的。白虎说："你父王不肯，还有你母后呀！"小青龙点头称是。

小青龙避开龙王，直接到后宫见到龙后，把要龙珠之事说明，龙后最疼这个小儿子，又觉得他做的事是对的，便将自己口中含的一颗龙珠交给小青龙，还再三嘱咐，要为众生多做好事。

小青龙谢过母后，高高兴兴地游回来了。

当他游到普陀山莲花洋时，忽然后面白浪滚滚，他回头一看，大吃一惊，原来是龙王紧紧追上来了，一定是龙王知道他拿了母后的龙珠，要夺回去。他非常着急，他要把这龙珠为人们造福，决不能让父王要回去，这时他使出浑身劲力，踏浪飞腾，一下子冲上天空，横飞到沈家门边，再回头看，龙王也腾空飞起，追上来了，还大声呼他："龙儿，等一等……"

眼看父王就要追到，龙珠必定要被他追回去，这时，小青龙不顾一切，就把龙珠抛入海里。只听"轰隆"一声巨响，溅起冲天水花面上立即出现一座小岛。

龙王赶到，已经来不及了，不禁跌足大叫："啊呀！龙儿你……你怎么不等一等，你这样抛下去的龙珠，能成为一个安全的避风港吗？"

小青龙回头一看，也傻了，这抛下去的龙珠变成了小岛，可离沈家门还没有一箭之遥，实在太近了，这算什么避风港呢！不禁懊悔不迭。

龙王平下气来说道："你母后说了，你拿龙珠来做好事，为父也很赞成，但怕你乱抛龙珠，才急急赶来，不想来迟了一步，你……"龙王说不下去了。小青龙知道误会了父亲，更是难过，不觉垂头丧气。

龙王看看沈家门地方实在很好，可现在让儿子弄得太可惜了，只会摇头。

这时白虎也赶来了，看看海里，看看龙王，便说道："我知道大王神力无比，何不收回龙珠，重新再抛。"

龙王摇摇头说："抛下的珠，像泼出的水，收是收不回来了。"

白虎说："大王，你总不能眼看这么好的地方糟蹋了。"

龙王看看海面说："只有凭我这点力气，在港里游一游，或许能把龙珠推开些。"说罢，龙王一头跳入港里，使出了浑身神力，从东向西游去。这时奇迹发生了，龙珠变成的小岛果然移动开去，龙王又从西游到东，港又阔了不少，喜得小青龙和白虎拍手叫好。

可是游到第三次，听得"啪"的一声，龙王身上突然丢落两片龙鳞，神

力顿时减弱，无法再推移龙珠，小青龙忙大声呼喊龙王，可没有回音。原来
龙王一个翻身游回大海，到水晶宫里休养身子去了。

这时小青龙和白虎看看这个龙王游过的港，虽然不是很阔，但也能靠上
近千对的渔船，也觉得很满足了，再说港面狭，不会生风浪，更加安全。从
此小青龙安然地卧在东面青龙山上，白虎也欣然地伏在西面的白虎山嘴，
那个龙珠岛上还会常常发出珠光，后来有一家姓鲁的渔民首先居住，便叫
鲁家峙。

龙柱和金门槛

讲述：翁秉栓　东港街道居民
记录：赵学敏

小白龙是东海龙王的嫡亲外甥，他原来住在东海深处珊瑚洞里，生性聪
明、善良，平日里不是畅游大海，便是上岸到塘头山上观望玩耍。他特别喜
欢卧在白石滩里，一面让海浪泼身，一面听天籁潮声，久而久之，他与塘头
拎鱼人有了深厚的感情。为了想让拎鱼人多拎鱼虾海鲜，过上美好日子，他
就想到上龙宫到舅舅龙王那里去借宝。

机会来了，东海龙王过生日，这一天海上风平浪静，万顷鳞波，耀耀
生辉，海里水晶宫玲珑剔透，闪闪发光，一派喜气洋洋。水族里大小龙神、
金鲤银鱼、虾兵蟹将都来祝贺朝拜。小白龙也凑热闹赶到龙宫，他拜贺了龙
王、龙后，吃了丰盛酒宴，来到后宫御花园，想着如何向龙王开口借宝。

这时，对面来了他的表妹，龙王三公主，人称桃花龙女。小白龙知道龙
女经常帮助桃花岛上拎鱼人，还把龙王的定风珠放在桃花岛上，她为拎鱼人
做了很多好事。于是，他把表妹拦住，将自己欲为塘头拎鱼人借宝之事说了。

龙女听了却连连摇头道："父王非常吝啬，为了放在桃花岛龙珠之事，
我已被父王重重责罚，而且再也不允许去桃花岛。看来要向父王借宝是很
难了。"

小白龙一听，垂头丧气说道："难道别无他法？"

龙女心地非常善良，也非常聪明，忙道："你先别急，让我想想。"忽然
有了主意，便对小白龙说："你随我来！"

龙女把小白龙带到一座废墟的宫殿，原来这是龙王三太子的住所，因为

那年哪吒闹海，三太子被哪吒杀死，龙王非常伤心，再也不愿看到这座宫殿，以致年久失修，成了荒凉的废墟。

小白龙看了，忙问："这里有什么宝？"

龙女道："有呀！你看这些龙柱，如果在柱上晒网，这网便能多抲鱼，晒衣、晒裤便能耐穿不破。还有这正殿门下铺的是金门槛，这可是件好宝贝，只要鱼虾进了金门槛，就再也出不去了。"

小白龙听了心中大喜，这宝贝好，可一想，又担心龙王不肯。龙女便叫小白龙附耳过来，如此这般一说，小白龙高兴得向龙女千恩万谢。

于是小白龙来到后宫，看到龙王吃了生日酒，满面红光，非常高兴，小白龙便凑上前去说道："舅王，不知道甥儿可否提个要求？"龙王正在兴头上，再说从小就喜欢这个外甥，便道："有什么要求，尽管说来。"

小白龙说道："甥儿要建造一座住宅，向舅王要一些材料，不知可否？"

龙王笑道："这些小事我派虾兵蟹将去帮你建造就是了。"

小白龙忙道："不用舅王费心，甥儿只要求在三太子的宫殿里拿一些废弃的材料就可以了。"

龙王一听是三太子的废宫，不禁黯然伤神，为了不睹物伤情，便道："这个，你要什么都拿去便是了。"小白龙大喜，连忙上前叩谢。

小白龙得到龙王的许可，便把所有的龙柱都搬来，插在塘头沙里石子滩上，供渔民晒网、晒衣、晒裤。把金门槛安放在塘头海滩前面，潮水一涨鱼进了门槛就再也不会出去了。

塘头抲鱼人有了这两件宝贝，出海捕鱼，常常丰收而归，海滩边常常涨满鱼虾，家家户户一片喜气洋洋。不久此事被乌龟丞相得知，便告诉了龙王。龙王非常懊悔，但自己亲口答应小白龙，不好直接讨回，龟丞相献计道："陛下何不派虾兵蟹将去把龙柱和金门槛毁掉。"龙王也认为只有这个办法了。于是龟丞相偷偷带了几十个虾兵蟹将来到塘头海湾，果然看到横着一条金门槛，便动手挖掘，发出一阵乒乒乓乓的声音。

小白龙闻声连忙赶来，看到虾兵蟹将正在挖门槛，不觉大怒，龙尾一摆，把虾兵蟹将甩得东倒西歪，他大声怒道："龟丞相，你为什么动这门槛？"

龟丞相口吃地说道："我们发现三太子的宫殿没了门槛，原来在这里，就来搬回去。"

小白龙说道："胡说，这门槛是龙王答应给我的。"

龟丞相忙道："这是误会，误会。"说罢，带着虾兵蟹将溜回去了。

可是这一挖，金门槛挖断了一个缺口，从此，潮涨鱼进来，潮落鱼常常从这缺口逃走了，不过这些鱼经过金门槛也不能逃得很远，往往又聚集在麒麟山附近，直到现在，到麒麟山去垂钓、抲鱼，还会有丰硕的收获。

网棋斗龙王

讲述：翁友昌等　东港街道居民
记录：赵学敏

小白龙为塘头抲鱼人做好事，从龙宫里拿来金门槛，潮水一涨，鱼经过金门槛，再也不能回去，抲鱼人常常大获丰收，可是后来被龙王派来的龟丞相和虾兵蟹将把金门槛挖断了，一时弄得各种海螺也减少了。小白龙看了很着急，他想啊想啊，终于想出了一个斗龙王的办法。

因为龙王喜欢下棋斗胜，于是他在海涂上用手指点上十点作为网结，横的排成十行，四点连起来成一方块的网眼，这样就成了九九八十一个网眼，制成网棋；比赛时你一划、我一划，看谁方块多，也就是说网的鱼多来决定胜负。他就变成一个拾海螺的小孩，与塘头渔家小孩在泥涂一起赶海拾螺，一起玩耍，他有意识地将网棋教给他们，还教他们念几道有趣童谣，并告诉他们有白胡子老头来，便与他赌海螺。一切安排妥当后，他便下海去龙宫。

这一天，是三月初三，春风拂柳，桃花盛开。小白龙来到龙宫，拜见舅舅龙王，见龙王正闲着无事，便上前把他在岛上的风光说了一番，听得龙王津津有味，也惹得龙王心动，要小白龙带他到塘头游览。

龙王变成一个白胡子老者，小白龙化成天真儿童，他们欢快地来到塘头，看山势秀美，春茶满坡，翠竹欲滴，桃红柳绿，鸟语花香，龙王深居水晶宫，没有看过这么秀丽的陆地风光，不禁欢快畅笑。不过小白龙的来意不是为此，他是有意识地把龙王带到海涂上来，这时，只见海涂上几个孩子正在下网棋，嘴里不断地哼着：

> 网棋网，斗龙王，
> 龙王怕输投了降。

龙王一听，气从心来，一步上前，大声地说道："谁说龙王怕输？"众孩子抬头一看，只见来了个白胡子老头，便道："你这么说，你是龙王？"

龙王一时觉得失态，忙掩饰地说："我……我虽然不是龙王，看你们这么骄傲，我要与你们斗一斗。"

众孩子齐说："好好！你赌什么？"

龙王反问："你们要赌什么？"

众孩子说道："我们赌海涂上的海螺。"

龙王看看这些稚嫩的孩子便说："好啊！就赌海螺，要是我赢了，这海涂上的海螺就归我。"

众孩子说："要是你输了呢？"

龙王说："要是输掉就把这海上的螺摆上滩来。"

众孩子道："好好！谁来做公证人？"

这时小白龙上来，自告奋勇地说："我来做公证人。"

双方说定，于是就在海涂上斗起棋来。因为孩子们有小白龙教授，每天都在练习，对网棋很是熟练，龙王头次下这种网棋，很是生疏，就这样一连下了三盘都是龙王输，他有些心疼输掉海螺，就想赖账，说道："你们这种网棋找是第一次比弈，比较生疏，这输赢不能算数！"龙王一说，众孩子就起哄，一起唱道：

> 网棋网，斗龙王，
> 龙王输掉不赖账。

公证人小白龙站出来说："是啊，斗棋论输赢，谁输掉都不会赖账的，你们说龙王输掉不赖账，好啊，当然今日我舅舅输掉也不会赖账。"小白龙一说，龙王红了脸，只好认输。这时他已经没有游兴，便化作一阵轻风，跳入海中，不到一刻时间海上涌起了大潮，大潮过后，塘头海滩上到处摆着各种海螺。这就是"三月三，螺摆滩"的来历。

从此，塘头海滩上海螺、仙贝、小蟹、蛏子越来越多，潮水一落海涂上可任你捡拾。这网棋也流传至今。

小白龙从此卧在白石滩上，看着塘头渔家丰收而高兴。

清凉神龙

讲述：杨永祥
记录：赵学敏

朱家尖白山上有个古洞，传说那里原来住着一条蛇，经历千年刻苦修炼，又听了观音菩萨来佛山讲道说经，有了悟性，练就一身本领，脱了蛇衣变成一条金色的小黄龙。

这一年，东海龙王感到公务太重，下要管水族生息，上要为黎民施雨，常常忙得有这头没那头，因此欲招一个东海施雨神，专职布云施雨。这是一个极好的美缺，既能得到较高的俸禄，又可享受黎民百姓的香火，名利双收。为谋此职，东海龙族子弟个个竞相钻营，有的挽亲，有的托友，这些龙族都与龙王有亲缘关系，闹得龙王无法开交，还是龟丞相提了建议，决定开科考试，量才录用。

这样一来，龙族子弟们无话可说，只好报名投考，硬着头皮碰运气了。

小黄龙知道报考之事，非常高兴，也来应试。

话说珊瑚岛上有条小青龙，虽然是个不学无术之辈，但头脑非常机灵，他托红鲤宫女，把一台价值连城的红珊瑚悄悄地送给龙后娘娘，因此龙后替他在龙王跟前说了不少好话，还把考试题暗地告诉了他。

考试开始，考场设在东海黄大洋。当朝晖映照的时候，龙王、龙后率领龙族来到考场。龟丞相点过名，排好比试顺序，于是就宣布试题。原来龙王知道龙族子弟是平庸之辈，因此试题从简，只要求比试吞吐化雨之术，应试者先在黄大洋上喝一口海水，再化为雨，谁的喷吐能量大就录取谁。龙族中大都是些养尊处优的纨绔子弟，没有多少本领，一般喝了一口水，还没喷吐一个时辰就完了。

轮到小青龙时，因为它事先做了准备，早在米鱼洋喝足了一肚子水，故而一上场，也装样喝了一口，马上腾空，把肚子之水全吐出来，就这样，倾盆大雨足足下了半天才停，赢得大家点头称好。

龙后看了当然非常高兴，忙对龙王道："大王！小青龙神功无比，理当录用！"龙王捋着金须连连点头。不过他没有立即决定，回头对龙后道："爱卿莫急，为了使众龙信服，还该等比试完毕后再定。"

龙后笑笑，站起来，看了看列队中未考者，大声宣称："有谁能超过小青龙的能耐，遂来比试；自量不如，别献丑了！"龙后说罢，未考者个个面面相觑，自感力所不及，不敢再来比试。龙后笑着对龙王道："大王，你看如何？"龙王见大家不敢再比，就要宣布录用决定。

突然，列队中闪出小黄龙，上前叩头道："大王，让小龙试试！"

龙后回头看看小黄龙，轻蔑地道："你……也敢比试？！"小黄龙点点头，龙王道："好吧，让它试来！"

好个小黄龙，使出千年刻苦练就的功夫。它神态自如，低下头张嘴往海面一凑，只听得"呼噜噜"一声巨响，大家觉得身子向下一沉，原来黄大洋海水被喝浅了三尺。那小黄龙又抬头把尾一摆，飞上云层，张口猛吐，"哗啦啦"瓢泼大雨倾泻了三天三夜。

大家个个目瞪口呆。龙后意想不到小黄龙有如此本领，心中暗暗着急，忙召来龟丞相，查问了小黄龙的底细，立即有了主意。她对龙王说，施雨神乃是龙种之职，应是真龙，要有龙珠为凭。

原来龙都有珠，小青龙马上从口中吐出来，在大家面前显示，那小黄龙原是蛇身修炼而成，当然没有龙珠，这一来，引得大家议论纷纷，有的说施雨神之职应归小青龙；有的说，原来比试，只说量才录用，并未提出有无龙珠。这样你一句我一句，闹得无法收场。

龙王原是偏心于小青龙，但又怕失信于大家，弄得左右为难，最后只得宣布：因这次比试争议较多，暂作罢论。施雨神之职仍由龙王自己兼任。故而直到现在，常发生因龙王事忙而没有及时下雨的现象。

至于那小黄龙空怀绝技，只好仍回朱家尖白山，不过它没有灰心，虽不能就职施雨，但常在旱天布露布雾，以滋润庄稼禾苗，特别是暑热夏天，在洞内吹出凉风，使到白山来的人清爽凉快，因此它居住的这个古洞，便称为清凉洞，它也被人称为清凉神龙。

渔翁斗龙王

讲述：张耕亩　沈家门街道渔民
记录：张万方　普陀区总工会干部

老早辰光，沈家门还是个荒秃秃的茅草冈，只有一个姓沈的扪鱼老头在这里搭棚落脚，靠出海抲鱼度日。

这日，抲鱼老头在海上抲鱼，抲来抲去一根鱼也呒没抲着，看看天色快暗了，风浪也大了，刚要歇手拢洋，看见有几只江㕭在不远的海面盘来盘去，心里忖，有江㕭准定有鱼抲，随手把船摇过去抲了一网，勿料又是空网。抲鱼老头忖忖呒趣相，只好网整整打算回去，一整两整，"骨碌"一声，网袋里跌落一颗闪亮的印章。这颗印章是玉石刻的，印章周围盘着一条金龙，龙头翘起，嘴巴里含着一粒珍珠，珍珠光头雪雪亮，照在洋面上，当即平风息浪，老头晓得今日宝贝得着了，随手贴身藏好，欢欢喜喜回转屋里去。

第二日天亮，老头在茅草冈墩搭了一间草凉棚，把印章挂在棚当中。茅草冈周围的海面上，变得呒风也呒浪，船驶得稳稳当当。抲鱼人看见这块地方好，停下来勿肯走了，呒没几日，茅草冈就住了交关多抲鱼人。

这颗玉石印章，原来是玉皇大帝给东海龙王的镇海宝印，龙嘴里含着的是颗定风珠。那日，青龙三太子私自带着宝印到外头游玩，勿小心失落了。龙王丢了宝印，急也急煞，吓也吓煞，生怕玉皇大帝得知，问罪下来，这可咋弄，现在祸已经闯了，只好把三太子绑起来拷打一顿，派虾兵蟹将到各处去寻。

虾兵蟹将东寻西寻，角角落落寻遍，总算在茅草冈把其寻着了。龙王一听，当即带了青龙三太子和虾兵蟹将急吼吼朝茅草冈奔来，只见海面上刮起乌风狂暴，潮水哗哗漫上来。抲鱼老头晓得风头勿对，赶紧喊拢抲鱼人爬上冈墩，把挂着宝印的草棚团团围牢。茅草冈墩挂着镇海宝印，潮水漫勿上来，龙王气煞，大声叫喊起来："啥人介大胆子，敢来拿我龙宫宝物，还勿快快还来！"

抲鱼老头一点勿怕，对龙王讲："侬平日兴风作浪，欺侮阿拉抲鱼人，今日宝印到了阿拉手里，咋好随便还侬！"

龙王气得嘴巴一开，朝着冈墩哗哗喷水。

抲鱼老头举起宝印讲："侬再凶，我就抱宝印砸糊！"这下龙王吓煞了，连连讨饶："莫砸！莫砸！只要侬还我宝印，水晶宫里金银珠宝随侬拣。"

抲鱼老头讲："阿拉金银珠宝勿稀奇，要还侬宝印，侬要依我三桩事体。"

龙王讲："是啥三桩？快讲！"

"第一桩，今后勿可兴风作浪欺侮阿拉抲鱼人。"龙王头点点答应了。

"第二桩，潮水涨落要有时辰，勿好随侬高兴。"

龙王忖忖好办，讲："依侬。"

"第三桩，每日送一万担海货给抲鱼人。"

介许多海货要送出去，龙王肉痛煞啦！咕咕忖忖，要讨还镇海宝印，只好咧着嘴巴答应了。

抲鱼老头从龙嘴里摘落定风珠，把镇海宝印掼给龙王，讲："免得侬日后反悔，我留落定风珠作凭据！"

龙王肚里恶煞，又勿好发作，只怪自己儿子闯祸作孽，就气狠狠瞪了三太子一眼。这辰光，青龙三太子看看抲鱼老头介犟头倔脑，肚里早就气鼓鼓了，现在又让龙王眼乌珠一瞪，更是火上加油，便呼的一声蹿到半天里，叫来结拜兄弟白虎，青龙和白虎牙齿咧咧，脚爪伸伸，扑下来要夺回定风珠。

抲鱼老头看得清爽，拿起定风珠一记打过去，只听得"扑通"一声，青龙被打落在茅草冈的东边，化作一座青龙山；白虎被打落在茅草冈西边，化作一座白虎山，定风珠跌落在南边海里，变作一个小岛，就是现在的鲁家峙。

从此，茅草冈脚下潮水退落三丈，左有青龙，右有白虎，前面有鲁家峙挡住风浪，变成了顶好的避风港。这就是现在的沈家门渔港。

龙头跳

讲述：童庆仕　六横镇居民
记录：陈秀龙　六横镇居民

传说在很久以前，东海岛上有妖魔在作怪，闹灾害，发瘟疫，害得勤劳善良的百姓受尽苦难。

龙王得知后，勃然大怒，令青、黄两龙镇治。一天，东海上空突然乌云密布，风雨交加，洋面上翻起惊涛骇浪，接着两道水柱腾空而起。过了一会儿，风静了，浪平了，乌云也散了，太阳露山了光芒，上升的水柱就变成两道金光和银光在六横岛上空盘旋，最后降落在一座古木丛生的沙城里，这就是黄龙和青龙，两龙跳入古树林附近的那口碧水荡漾的泉水潭里，那里就是现在的龙头跳。

黄龙专为百姓除魔驱邪，青龙专为百姓化雨润土。两条神龙驻岛以后，妖消魔散，一年四季风调雨顺、五谷丰登，老百姓安居乐业。

岛上的百姓每逢正月十五夜，家家户户悬挂龙灯祈祷神龙保佑，永保太平。传说在这天辰时，两条神龙也要在龙潭里戏水，到古树丛里栖息，往海里游玩，去沙滩上晒衣。龙晒过衣的沙滩里，有片片龙鳞依稀可见；龙栖息过的古树林里，可闻到阵阵香味；龙游过的海水里有闪闪的粼光。龙潭里的泉水也特别清晰、纯净。后人传说，闻到古树林里的香味，可解闷消愁；到海水里沐浴能治疮消毒；龙潭里的泉水洗脸，可美容。

水底眼

讲述：刘位乾
记录：管文祖

现在抲鱼有鱼探机，能测到海底的鱼群，其实，鱼探机就是抲鱼人常讲的"水底眼"。

从前，燕窝岛有个小囝，屋里穷，日脚难过，十五岁就到长元①船上去当了二桨②。

有一日，这只船抲到一条鱼，交关好看，它全身鱼鳞金黄铮亮，背脊墩有条鲜红的花纹，头顶红彤彤，嘴唇黄澄澄，唇边有两条又细又长的胡须，黄鱼勿像黄鱼，鲤鱼勿像鲤鱼，足足有七八斤重。船上的伙计从未见过这种鱼，长元老大说这是黄神鱼，叫二桨囝把鱼杀掉烧鱼羹，让大家尝尝鲜，补补神，夜里好抲大网头。

到了夜里，网张落抲鱼，船上的伙计趁空都钻进舱里歇歇力，打个盹儿，只有二桨囝看着黄神鱼发呆，心忖，介好看的一条鱼杀掉烧鱼羹多可惜！他心里勿舍得，手里拿起鲞刀，嚓嚓磨了两个，就要动手剖鱼，吓得黄神鱼乱蹦乱跳。二桨囝抲来抲去抲勿着，仔细一看，这条鱼流出眼泪，二桨囝奇怪煞了，别的鱼抲上来，勿管侬杀也好，勿杀也好，勿会出眼泪，难道这条鱼通灵性！这小囝心软了，放下鲞刀，用手去揩黄神鱼的眼泪，自说自话："莫哭，莫哭，我放侬回去！"他双手捧起黄神鱼，轻轻地放回海里，还拿起鲞刀，用力在舱板墩上笃笃笃斩了三刀。这是故意斩给长元老大听的。

黄神鱼放回海里，骨碌一转，又浮上来，对着二桨囝把头点了三点，开

---

① 长元：船主，自己下船当老大。
② 二桨：船上的炊事员。

口讲话了："侬救我一命，我也呒啥好报答侬，我哭出来的眼泪水，侬眼睛去揩揩，对侬会有用处！"

真稀奇，这条鱼咋会开口讲话呢？原来这条黄神鱼是东海龙王的三公主，今朝她偷偷摸摸逃出龙宫，东看看，西望望，一时贪玩，勿小心撞进网里了。

二桨团回到前舱一看，果真舱板墩上还有眼泪水，他用手揩来一把眼泪水，放在自家眼睛里一擦，这一擦，只觉得眼前一片锃亮，黑夜变成了白天，黑暗中看东西煞清爽，再朝海里看看，海底里是鱼是礁，也看得清清爽爽，明明白白，二桨团的眼睛变成水底眼了。他越发稀奇煞了，伏在船边，望着海水出神，突然看到一群大黄鱼朝这边游来，他大声喊了起来：

"老大，有黄鱼，快放网！"

老大勿相信："侬这个小团，晓得啥东西？"

"勿会错，我看见是群大黄鱼，侬放网好了。"

老大半信半疑，张一网就张一网试试，果然，抲上来满满一网大黄鱼。从此，二桨团指到哪里，老大就抲到哪里，网网勿落空，抲上来的鱼要比别人多得多，生意特别好。

这样一来，水底眼出名了，燕窝岛的渔民统跟他出海抲鱼，日脚越过越兴旺，大家统感激二桨团。这可把东海龙王吓煞了，赶紧把乌龟丞相找来，商量对策。

乌龟丞相说，这事难办，二桨团救过三公主的命，三公主赠他一对神眼珠，成了水底眼。他把三公主咋出宫，咋落网遇救的事向龙王讲了一遍。

龙王想了想说："救命之恩要报，但神眼珠一定要收回！"

乌龟丞相讲："收回神眼珠，二桨团就会双目失明，恐怕三公主勿肯！"

龙王急得团团转，勿晓得咋弄好！还是乌龟丞相歪点子多，他对龙王如此这般讲了一番，龙王点点头说："事到如今，只好如此了。"

一日，二桨团出海抲鱼，突然刮来一阵大风，一个浪头把他卷到海里去了，二桨团只觉得昏天黑地，随浪漂去，勿晓得漂到啥地方。他睁开眼睛一看，只见面前有幢富丽堂皇的宫殿，乌龟丞相站在门前，把他接进宫里。宫殿里老早摆好一桌酒筵，乌龟丞相客客气气请二桨团入席，端起酒杯向二桨团道喜，说龙王要招他当驸马，二桨团听得呒头呒绪，眼睛瞪得老大，呆煞了。龟相眯眯笑笑说："通灵性的黄神鱼，就是龙王的三公主，侬救过她的命，龙王才答应招你当驸马！"

二桨团起先忖忖蛮高兴，后来一忖，勿对，龙公主咋会嫁给一个穷渔民：

"公主是金枝玉叶，到人间去吃勿起苦！"他讲好就要往外走。龟相赶紧上前拦住："已经来了，甭再走了！"二桨团勿肯，一定要走。龟丞相一急，态度变了，板起面孔喝道："龙王有旨，侬勿愿留在龙宫，只好收回神眼珠！"他一招手，出来一群乌贼，围住二桨团直喷乌墨，二桨团只觉得眼乌珠火辣辣地痛，痛得他昏倒在地。勿晓得过了多少辰光，二桨团才缓过来，发觉自己躺在海滩上，两只眼睛已经瞎了。

龙公主得知了，急匆匆赶来一看，只见二桨团躺在海滩上双目失明，神色难看，心里交关难熬，她上去扶起二桨团说："走，阿拉到屋里去！"

二桨团听声音是三公主来了，心里又感激又难熬，说自己眼睛瞎了，勿愿连累三公主，催她快回龙宫去，别管他。三公主听他口气交关坚决，忖了忖说："侬一定要我回去，先让我看看侬的眼睛！"

二桨团只好答应，便躺在海滩上。三公主把嘴巴一张，"扑"一声，吐出一颗龙珠，落在二桨团的眼睛上，一转眼工夫，二桨团眼睛里的毒汁都让龙珠吸去了，眼睛又亮了，可是，龙珠变黑了，三公主失去龙珠，浑身发软，"扑通"一声跌坐在沙滩上，眼泪汪汪地说："龙珠失明，我只好回龙宫养身，侬我再也难见面了！"

二桨团也交关难熬，扶住三公主，勿晓得咋弄好！三公主脸色煞白，微微一笑说："侬双目复明，我也放心了，待我回到龙宫，恳求父王，每日奉献海产万担，算是报答侬的救命之恩！"讲好，"哗"一声现出龙形，游到海里去了。

据说，后来海龙王只好答应每日奉献海产万担，算是报答二桨团的救命之恩。

黄鱼姑娘

讲述：郑瑞富　六横镇小湖村渔民
记录：孙敏

从前，正月十五闹花灯，交关热闹。东海龙王的三公主也想来看看人间闹花灯的情景，就瞒着龙王，变作一条金光闪亮、美丽可爱的黄鱼，偷偷地溜出了水晶宫。她游上海面一看，只见滚圆的月亮，照得海水闪闪发光，海岛上有千盏万盏各色各样的花灯行会，敲锣打鼓放炮仗，她越看越欢喜，恨勿得变作一个人到岸上去赶热闹。

　　她游呀，看呀，直到潮水退了，金鸡报晓的时候，才急急忙忙回头向龙宫游去，不料，游得匆忙，竟然撞进了一顶小小的渔网里。

　　这顶渔网原来是一个年轻渔郎的，他家里贫穷，靠他抲鱼养活多病的老阿娘。今夜他趁元宵良辰，蹲在一块礁石上，放下渔网扳鱼，这时，他忽然看见海水波动，金光闪耀，连忙扳起渔网，只见网兜里有一条金色的黄鱼，好看极了，他将黄鱼装进鱼篓，高高兴兴地回家去了。

　　这天，渔主烂眼鲨一早起来，站在门口，看见海滩那边有个人背着渔网，拿着鱼篓，唱着渔歌，高高兴兴走过来，他迎了上去，一看，是渔郎，他眼珠骨碌一转，说："渔郎，侬在赶夜潮扳鱼啊，扳点啥鱼？"

　　渔郎递过鱼篓让他看，他一见是条罕见的黄鱼，顿生奸计，似笑非笑地对渔郎说："渔郎呀，侬真乖，抲来这条黄鱼正好给我明朝过生日。"

　　渔郎勿肯，转身要走。

　　烂眼鲨把烂眼一瞪，说："我出钱买，侬敢勿卖？侬阿爹死的棺材钱尚未还我呢，这条黄鱼就算顶债吧！"边说边伸手去拿黄鱼。

　　渔郎急忙将鱼篓藏到背后，说："老爷，我昨夜出门扳鱼，还没回家，让我先将鱼拿回去，给娘看看，也有个交代。"

　　烂眼鲨心忖，反正侬也逃勿出我的手掌，便冷冷地说："好，先让侬拿回去，须得马上拿来，要是明朝我见勿到这条黄鱼呀，嘿嘿，我就拿侬这三间草屋顶债，让侬喝西北风去！"说罢，气势汹汹地走了。

　　渔郎娘见儿子回来了，便端出饭菜，边叫儿子吃早饭边问："侬昨夜鱼抲得好哋？"

　　渔郎说："娘，抲了一夜，只抲来一条黄鱼。"

　　娘接过鱼篓一看，惊讶地说："啊呀，咋有介好看鱼呀！我活了介大年纪，从来没看到过这样好看的黄鱼呢！"

　　这时，渔郎坐在饭桌前想起了烂眼鲨对他讲的话，长长地叹了一口气，连饭也吃勿下去。娘感到奇怪，问他为啥叹气，有啥心事？于是渔郎就把烂眼鲨硬要抢鱼的经过讲了出来。娘听了大吃一惊，她知道烂眼鲨为人霸道，他看中这条黄鱼，咋好勿依！她无可奈何地劝儿子将鱼送去，渔郎心里勿舍得，可娘说要送去，那就只有送去了。他将黄鱼从鱼篓里捧出来，正想出门，只见黄鱼在他手里颤抖了一下，眼泪唰唰地流了出来。娘见黄鱼哭了，也交关同情："唉，这条黄鱼也真有灵性，晓得一到烂眼鲨手里，就要送命，会哭得介伤心，罪过呀！阿拉也呒没办法啊！"

黄鱼听了，哭得更加厉害，眼泪像潮水一样滚了出来。

渔郎狠狠心说："娘，别送去了，把黄鱼放生了！等夜里我再去㧒，也许能㧒到别的鱼，反正明朝有鱼给烂眼鲨送去就是了！"

黄鱼听到"放生"二字，它把头一翘，看看渔郎不哭了。

娘忖忖也有道理，便点头答应了。渔郎双手捧着黄鱼，便急呼呼地奔到海边，把黄鱼放进海里。

鱼儿得水，欢蹦狂跳，一眨眼，黄鱼变成一个美貌秀气的姑娘，站在渔郎面前，说道："好心的渔郎呀！谢谢侬的救命之恩！"

渔郎看呆了，问道："侬是谁？"

三公主说："侬就叫我黄鱼姑娘吧！走，阿拉回家去，明朝烂眼鲨找上门，我自有办法对付他，侬放心好了！"

第二天中午，烂眼鲨找渔郎要鱼来了，他抬头一看，咦！三间草屋，竟然变成三幢富丽堂皇的新楼房，再向屋里一看，屋里摆着的桌椅、凳、柜全是崭新的，黄的像金，白的像银，五颜六色，看得眼花缭乱，简直是一幢龙王水晶宫！他忖，莫非走错了路，转眼看到门前棕榈树下那条烂舢板，认定并没走错。他就奔进大门，一见渔郎，蹿上去当胸将他抓牢："侬为啥勿把黄鱼送去？"

渔郎一把将烂眼鲨推开说："啥黄鱼带鱼，快给我滚出去。"

烂眼鲨面色气得铁青："侬这个臭渔郎，胆子真勿小，全村老小哪个见我勿低头，侬竟敢骂我打我！好呀！今朝勿把黄鱼交出，我一把火将楼房烧得精光，再拖侬去坐牢！"

三公主听见争吵声赶紧走了出来。

烂眼鲨一见三公主，真是骨酥魂飞，口水答答滴。他心忖，这个像花一样的姑娘，真比天上仙女还要好看十倍。他一双贼眼死死盯牢三公主。

三公主说："我叫黄鱼姑娘，是渔郎的妻子，侬有啥话讲吧！"

烂眼鲨的贼眼乌珠骨碌碌一转，说道："渔郎，侬勿还我这条黄鱼也可以，可得要依我一个条件，如果答应，万事全休。"

渔郎说："要我答应啥？"

烂眼鲨翻了翻烂眼皮，说："黄鱼姑娘给我当老婆。"

渔郎一听，火冒头顶，上去要打烂眼鲨，却被三公主拦住了，她对烂眼鲨说："要我给侬当老婆勿难，可也有一桩，怕侬勿依。"

烂眼鲨忙说："只要侬肯，甭说一桩，就是十桩百桩，我也依侬。"

三公主说："我勿愿离开这幢新楼房。用侬的全家房屋、全数财产给渔郎对调，侬侬勿侬？"

烂眼鲨看看三公主，又看看这三幢楼房，他在肚里合计来合计去，觉得勿会吃亏，便满口答应说："好，好！我空手来，渔郎空手去，阿拉对调！"

三公主随即叫烂眼鲨写好契据。她把契据交给渔郎，并在他耳边嘀咕了几句，渔郎点点头，扶着阿娘到烂眼鲨屋里去了。

当天夜里，烂眼鲨陪三公主坐在新房里饮酒，他心神荡漾，目不转睛地看着三公主，看着看着，猛地扑了过去，把三公主抱在怀里。霎时一阵狂风刮来，三公主不见了，新楼房呒没了，他双手紧抱着一截断橹，躺在海滩上，一个海浪把他卷到海里，变成了海蛤蟆。

鱼 类 故 事

九月九，望潮吃脚手

讲述：陆阿怀　虾峙镇栅棚村渔民
记录：管文祖

望潮①、鱿鱼和乌贼是好朋友，都住在浅海里，每年秋去春来要搬家。可是，望潮圆鼓鼓、矮墩墩，有八只又细又长的脚手，行动勿便，对搬家最讨厌。

这年，冬天快到了，鱿鱼和乌贼来叫望潮搬家，结伴到南方去过冬，望潮勿肯去。乌贼讲："南边暖和，吃得好，住得好，等过了冬天再回来。阿拉同去同来，路上好照应。"

望潮听勿进："横竖明年春天要回来，多麻烦！我勿去，要去侬拉去！"鱿鱼和乌贼看看劝勿进，只好自己走了。

过了重阳，北风一刮，海水变冷，望潮全身光秃秃，让冷风一刮，它就后悔了：断命地方，介冷，早晓得这样，还是跟鱿鱼和乌贼一起到南边去得好！它想寻个地方避避寒气，东爬西爬，爬上一块泥涂，这辰光，潮水退了，太阳把泥涂晒得暖烘烘的，觉得蛮惬意，它心里想：这里勿是蛮好嘛！亏得我呒没走。它把脚手一伸，躺在泥涂上晒太阳，舒服足了，便迷迷糊糊地眠着了。等它一觉眠醒，太阳落山潮水涨，阵阵海浪泼到身上，冻得它骨骨抖，正想寻个地方躲一躲，看见几只小沙蟹往泥洞里钻，嗳！这个办法好，泥涂

---
① 望潮：章鱼。

里一定比水里暖和，它也学样挖了个深深的泥洞，钻了进去。

天气越来越冷，望潮冻得缩拢一团，连爬出泥洞晒太阳的力气也呒没了，整天缩在洞眼里，没东西吃，肚皮饿得咕咕叫，真饿煞了，便糊里糊涂地咬起自己的脚手来，饿了，咬几口；饿了，咬几口，一个冬天，把脚手吃得精光。

等到春天，气候转暖，鱿鱼和乌贼从南边回来，它们想起一个冬天呒没碰到望潮了，便去问鲳鱼，鲳鱼摇摇头，说呒没看见过；它们又去问鲻鱼，鲻鱼摇摇头，说勿晓得。鱿鱼和乌贼东寻西找，突然看见泥涂旁边，有个圆鼓鼓的东西，让潮水冲得漂来荡去，走近一看，原来是望潮。它们觉得交关奇怪，望潮那副又长又好看的脚手勿见了，只留下短短的一截，一问才晓得望潮把自己的脚手吃了。鱿鱼和乌贼看它这副可怜相，便劝它莫难过，到下次搬家的辰光，莫再偷懒。啥人晓得，望潮呒没接受这个教训，到了冬天又赖着勿肯搬家，结果，把新长出来的脚手又吃得精光。这样，年年老样子，所以，阿拉渔民讲："九月九，望潮吃脚手。"

乌贼与花鱼

讲述：张小新　虾峙镇枫树岙村渔民
记录：管文祖

原先，乌贼与花鱼 [1] 是隔壁邻居，乌贼长得圆滚滚，像只鹅蛋；花鱼长得又扁又圆，还拖着一条尾巴，像把蒲扇，它们都呒鳞呒甲，精光滴滑，老是受别的鱼欺侮。

有一次，乌贼对花鱼讲："阿拉去求求海龙王，要是能赐阿拉一件护身武器，多好啊！"

花鱼高兴地说："好嘞，你聪明，能说会道，还是你去吧！"

乌贼交关活络，它到了东海龙宫，在龙王面前叩头拜脑，好话讲了交关多，龙王看它苦怜相，赐给它一支箭，插在头上。乌贼得到这支箭，高兴煞了，它向龙王拜了再拜，谢了再谢，便回来了。

花鱼看见乌贼头上插着一支箭，青光闪亮，它忖，这一定是龙王赐给乌贼的，龙王也一定会赐给我一件护身武器了。可是，等了老半天，乌贼呒没

---

[1]　花鱼：虹鱼。

拿出来，一问，才晓得乌贼吭没替它求情，乌贼还责怪它，那天勿该勿去。

吭没过多少日脚，乌贼就霸道起来了，老是用箭去刺那些小鱼小虾，有辰光，连花鱼它也勿买账。花鱼心里勿服，对乌贼讲："过去阿拉吭没护身武器，老受别人欺侮，现在侬有了这支箭，咋好去欺侮小鱼小虾？"

乌贼火气大，粗声粗气道："过去是过去，现在我有箭，你有哎？你老来教训我！我也让你尝尝这支箭的厉害！"于是，它竖起头上的箭猛朝花鱼刺去。花鱼晓得不妙，转身想逃，可惜，已经来勿及了，利箭正好刺进它的尾巴，刺得交关深，花鱼痛得"喳喳"叫，乱颠乱逃，只听见"咔嚓"一声，利箭连根折断了。

乌贼的箭断了，交关着急，它又奔到海龙王那里去哭诉，还扯乱话，说花鱼夺走它的箭。龙王勿明真相，下令把花鱼抓来审问，花鱼把事情经过一五一十地讲了一遍。龙王看看花鱼尾巴上果真戳着那把箭，气得眼乌珠弹出，命令左右把乌贼拖下去痛打了一顿，又将花鱼尾巴上的箭调过头来，转赐给花鱼作护身武器。从此，花鱼尾巴上就有了这支利箭，啥人也勿敢欺侮它了。

乌贼呢，让海龙王结结实实地打了一顿，把肚肠心肝都打黑了，所以，它老是要吐黑水，那截折断的箭柄，一直留在嘴巴里。

田鸡和乌贼

讲述：陈定法　东极镇青浜渔民
记录：顾维男

田鸡和乌贼本来是好朋友，都生活在海里。田鸡有喷墨的法宝，碰到大鱼，呼一喷，趁大鱼看勿清楚的辰光好逃命；乌贼有两根长须，遇到水急浪高，用须一戳，像船抛锚，好保牢性命。

有次，乌贼向田鸡借喷墨法宝。田鸡想：好朋友要借嘛，总得借！乌贼借来一试，哎！交关灵，碰到大鱼一喷，四周墨漆黑，就好趁机逃命。后来，田鸡要乌贼还法宝，乌贼勿肯，田鸡看在好朋友分儿上，对乌贼讲："乌贼哎，喷墨法宝侬勿还也算了，要是遇到水急危险辰光，侬要借一根须给我抛抛锚。"乌贼一口答应。

这日，真的碰到水急浪高了，乌贼把两根须稳稳抛在海底。田鸡一看，讲了："乌贼哎，浪介大，水介急，快借根须给我吧！"

乌贼讲："田鸡哎！我自己性命都保勿牢，咋好借给侬。"

田鸡借勿到长须，被急浪冲走了，在旋涡里翻、在礁石上撞，弄得半死勿活地总算爬上了岸。

田鸡真气煞，从此，就蹲在岸上生活了。为了报复，一看见乌贼来了，田鸡就叫："快柯，快柯！"直到现在，乌贼汛一到，田鸡就叫，田鸡叫得越响，乌贼也发得越旺。

乌贼鲨鱼斗法

讲述：潘连成　东极镇黄兴南岙村小店店主
记录：顾维男

鲨鱼自以为个头大，乌贼自以为会喷墨，统交关骄傲。

一次，乌贼碰见鲨鱼，看也勿看鲨鱼一眼，挺着大肚皮，一摇一摆地从鲨鱼面前游过去。鲨鱼火大了，别的鱼看见我，勿是讨好，便是退避，一个小小乌贼胆了介大！就大叫一声："乌贼！侬要命哦？"

乌贼一听，交关生气，便大声说："鲨鱼，侬胆敢欺侮到我的头上来！"

鲨鱼见乌贼如此狂妄自大，再也忍勿牢了，便张开大嘴向乌贼扑过来。乌贼急忙对准鲨鱼喷出一团黑墨，鲨鱼只见眼前一片漆黑，不觉大吃一惊，勿晓得这是啥法宝，免得吃眼前亏，还是回避为妙，赶忙调头逃走了。

乌贼一看鲨鱼逃走了，交关得意，还真以为鲨鱼怕它，便急起直追。鲨鱼一见乌贼追来，更觉心虚，误认为乌贼本领了得，便加快逃跑。勿料，鲨鱼逃得越快，乌贼越发得意，也追得越快，一个拼命逃，一个拼命追，眼看快要追上了，鲨鱼黄汗也吓出了，真是狗急跳墙，鲨鱼急忙竖起尾巴朝乌贼甩过去，其实乌贼根本呒没真本领，给鲨鱼尾巴一甩，甩出老远，背脊骨也被甩断了。

从此，乌贼怕鲨鱼，鲨鱼怕乌贼，互相避让。

癞头黄鱼

讲述：唐连湘　六横湖泥东白莲岛渔民
记录：管文祖

大家都讲黄鱼游得快，是游泳健将，黄鱼听到恭维话，交关得意，也就骄傲起来了。

有一日，黄鱼在岩礁边寻食，它在水草丛里东一撞，西一碰，寻来寻去寻勿到吃的，它正想另找地方，突然游来一条虾潺，黄鱼满心欢喜：这条虾潺又肥又嫩，正好饱餐一顿！便摇摇尾巴，飞快向虾潺扑去。

虾潺吓煞了，想逃已经来勿及了，便急中生智对黄鱼说："别急，我是给侬报信来的，等我把话讲完，侬再吃勿迟！"

黄鱼想，我是东海有名的游泳能手，谅侬虾潺也逃勿走，于是，傲慢地说："有话快讲！"

虾潺朝四周看看动静，才悄悄地说："侬是有名的游泳健将，啥人勿晓得！可是，有人在背后讲侬的坏话！"

"啥人？"

"箬鳎。它讲啥人也呒没见过侬游得最快，游泳健将是吹牛！"

黄鱼气得咕咕叫："啊，它胆敢在背后讲我的坏话？"

虾潺火上加油地说："是我亲耳听见的，它还讲要和侬比个高低！"

黄鱼说："丑箬鳎，走路一摇三摆，敢和我比？勿是我吹牛，我闭上眼睛也比它游得快！"

虾潺故意用话激他："侬千万勿可大意！"

黄鱼说："我讲话算话，从勿反悔。侬去告诉箬鳎，要是它比输了，莫怪我对它勿客气！"

虾潺连忙讨好地说："好，我去告诉箬鳎，约定比赛日脚。箬鳎自勿量力，是要给它点厉害看看！"

黄鱼勿耐烦地喊着："少啰唆，快去！"

虾潺尾巴一晃，溜走了，边游边暗自庆幸，亏得嘴巴活络，总算逃出一条性命！虾潺东游西寻找到了箬鳎，便大惊小怪地喊着："箬鳎，侬闯大祸了，勿知是啥人，在黄鱼面前讲了侬的坏话，黄鱼到处在寻侬，要跟侬算账！"

箬鳎一听，魂灵吓出，苦苦哀求虾潺帮忙。虾潺说："我在黄鱼面前替侬讲了蛮多好话，可黄鱼勿肯歇，一定要和侬比个高低。还说它闭上眼睛同侬比，要是侬比他游得快，它就饶侬！"

箬鳎还是勿敢比，求虾潺去说情，可是虾潺说："黄鱼闭上眼睛游勿快，也许侬还会赢。要么，只好在这里等死！"箬鳎想想吭没别的办法，只好答应了。

比赛开始，黄鱼紧闭双眼，一个劲地往前游，箬鳎使出浑身的力气，还是远远地落在后面。虾潺一看，便虚张声势地大喊起来："箬鳎加油呀！再加把劲，便能赶上黄鱼了！"观众也跟着凑热闹，齐声呐喊起来。

黄鱼听到喊声，以为箬鳎真的赶上来了，心里一慌，游偏了方向，一头撞在岩礁上，撞得头破血流，后来虽然治好了，却结了一个大疮疤，变成了癞头黄鱼。

梅童鱼说亲

讲述：张意兴　桃花镇政府干部
记录：管文祖

东海龙王贴出皇榜，要为三公主招驸马。

梅童鱼看看皇榜，对照自己：莫看我个子矮小，可全身金鳞锃亮，长相标致，只有我梅童才配当驸马！它想想蛮得意，就找箬鳎丞相替它去说亲。箬鳎起先勿答应，后来，经勿住梅童一次又一次地恳求，箬鳎才答应了。

第二天，箬鳎上朝，在龙王面前为梅童说亲，龙王一听，咋话，小小梅童也想当驸马？龙王气得吹胡子瞪眼睛，撩起一巴掌，把箬鳎捆到墙壁上，捆得扁扁的，两只眼睛也挤到一边去了。

梅童一心想当驸马，它趁箬鳎上朝的辰光，偷偷混进龙宫，躲在门口偷听。这时，它看见龙王一巴掌把箬鳎捆扁了，吓得回头就逃，一勿小心，一头撞在珊瑚礁上，头也撞肿了，还嵌进两块珊瑚石。

梅童怕被龙王看见，忍着痛，拼命往外逃，逃出龙宫，偏偏碰上虾潺，虾潺最欢喜看热闹，它看梅童神色慌张，头肿得像斗介大，便拖住梅童，问它出了啥事体。

梅童勿肯讲，虾潺见它吞吞吐吐，越发死死缠住勿肯放，梅童晓得勿讲是无法脱身了，只好把事情经过讲了一遍。

虾潺听说梅童想当驸马未当成，还撞得头破血流，变成一个大头梅童，勿觉哈哈大笑起来，笑得下巴骨也脱落，张开嘴巴合勿拢。所以大家说：

> 大头梅童起祸殃，
> 箬鳎眼睛单边生，
> 幸灾乐祸烂虾潺，
> 下巴脱落活该死！

淘气的梅子鱼

讲述：史小裕　六横镇岐头大岙村村民
记录：管文祖

有一日，梅子鱼、梅童鱼、壮壮鱼，要黄鱼带它们到大海洋里去见世面，黄鱼看看它们说："梅童鱼和壮壮鱼好去，梅子鱼去勿来。"

梅子鱼勿服："为啥我勿好去？"

黄鱼说："侬个头小，又淘气，经勿起大风大浪！"

梅童鱼和壮壮鱼也说梅子鱼平时偷懒，勿好好学游泳，经勿住风浪的冲击，只好留在近海。梅子鱼还是勿服，口里勿讲，心里想：侬拉勿带我去，我自己也好去！

黄鱼带着梅童鱼、壮壮鱼到大海洋去了，梅子鱼就偷偷摸摸跟在它们后头。游到半路，正好碰到虾潺，虾潺问梅子鱼做啥去，梅子鱼说到大海洋去，还叫虾潺一起去，虾潺听了哈哈大笑，对梅子鱼说："我劝侬莫去，大海洋里风浪大，勿小心要吃生活咯！"

梅子鱼勿听劝告，跟在黄鱼、梅童鱼、壮壮鱼后面，向大海游去。它们游过浅滩，绕过海湾，前面就是大海了，这辰光，梅童鱼回头一看，见梅子鱼跟在后面，赶紧调转头来，游到梅子鱼身边，说："叫侬莫来，怎么又来了？"

梅子鱼得意地说："怕啥，侬拉好来，我也好来！"

梅童鱼说："这里是大海，潮流急，侬要小心，莫乱游！"

梅子鱼说："我才勿怕呢！"它话还没讲完，一个浪头扑过来，把梅子鱼冲进急流里去了。

梅童鱼一看急了，大声喊着："小心，要顶着潮水向上游！"它边喊边冲进急流去救梅子鱼。啥人晓得，这股潮水交关急，梅童鱼勿留意，被急流冲到一块礁石上，把头撞肿了，变成了大头梅童。

梅子鱼被急流卷走了，越卷越远，一直卷到沙滩上，让潮水滚上滚落，滚得全身是沙，脑壳里也灌满了沙子。

原来，黄鱼、梅童鱼、梅子鱼是一家，这样一来，它们就分家了。

带鱼求婚

讲述：唐连湘
记录：管文祖

带鱼，嘴巴尖，身体扁，滴滑呒鳞，白塌塌，东海龙王稀里糊涂地封它为白袍将军，带鱼觉得身价抬高交关，两只眼睛也生到额角上去了。

有一年，带鱼从山东游到舟山，一看，这里海水碧绿，渔场宽，气候暖，真是个好地方！特别是那些有鳞鱼，交关漂亮。带鱼看得眼花缭乱，神魂颠倒，回头看看自己的原配夫人，嘴巴尖尖，尾巴细细，瘦瘪瘪，难看煞了！我这个白袍将军，呒没一个年轻漂亮的夫人，咋讲得过去？娶个年轻貌美的有鳞鱼，那才称心如意呐！

带鱼先去找鲥鱼："鲥鱼，我是白袍将军，你嫁给我当老婆，好吗？"

鲥鱼一听，连鼻子也气红了，头一摇，睬也勿睬，走了。

带鱼又去找黄鱼："黄鱼，我是白袍将军，侬嫁给我当老婆，好吗？"

黄鱼朝它"咕咕"叫两声，尾巴一晃，游开了。

带鱼碰了两鼻子灰，还勿死心，又去问鲹鱼，鲹鱼说："我个头小，勿相配！"问梅童鱼，梅童鱼讲："我生得短，勿相称！"又去问鳓鱼，问鲍鱼，一个一个问过去，可是呒没一个愿意嫁给它。

这件事让虾潺晓得了，它有了话柄就到处讲："带鱼仗势欺人，一个呒鳞鱼想娶有鳞鱼，真是癞蛤蟆想吃天鹅肉，痴心妄想！"

带鱼气得骨骨抖："该死的虾潺烂舌根，背后讲我坏话，有朝一日让我撞上，剥侬的皮，吃侬的肉！"

一天，带鱼看见虾潺和小鳗鱼交头接耳，听勿清讲点啥，反正呒没好话，便"嗖"地扑了上去，虾潺见势勿妙，赶紧躲过，小鳗鱼逃慢一步，被带鱼咬牢了。幸亏虾潺活络，钻到带鱼肚下，猛地咬了一口，痛得带鱼乱窜乱跳，才救出小鳗鱼一条命。可惜，小鳗鱼喉咙下面被带鱼的尖牙齿咬出一个小洞，直到现在吃落去的东西还会从小洞里漏出来。

带鱼呒没娶到有鳞鱼，反留下被人取笑的话柄，它恨死虾潺了，从此，一碰上虾潺，就大口大口吞食起来。

笨鲳鱼

讲述：胡云来　虾峙镇湖泥村渔民
记录：管文祖

有一年，东海龙王阿姆生日，龙王大摆寿宴，张灯结彩，交关热闹！

东海鱼类都打扮得漂漂亮亮的来给太后娘娘拜寿。只有鲳鱼穿件灰塌塌的旧衣裳，难看死了，别的鱼都看勿起它。鲳鱼本想向太后娘娘诉说苦处，勿料，龟丞相欺侮它衣裳勿整勿让它进宫，鲳鱼呒法，只好躲在墙角落里偷看热闹。

太后娘娘看见了，问龟丞相："今日大家来给我拜寿，是啥人躲在墙角落里勿进来？"

龟丞相讲："是鲳鱼，它笨头笨脑，全身灰塌塌，呒没一件好衣裳，我怕太后勿高兴，勿让它进来拜寿！"

太后说："东海百鱼，都是龙子龙孙，侬为啥要欺侮它，让它进来见我！"

鲳鱼高高兴兴地给太后娘娘拜寿，太后看鲳鱼一副可怜相，便赐给它一条骨带和两条脚纱带，还叫龟丞相向百鱼传令，今后勿准欺侮鲳鱼。

鲳鱼把骨带围在身上，变成了一条细细的白鳞，闪闪发光，交关好看！它把两条脚纱带挂在尾巴上，变成了两面帅府旗，交关威风！从此，鲳鱼得意起来了，黄鳜游过它面前，被它一头撞出老远，黄鳜怕它，逃走了；虾潺游到它身边，它就大声喊："滚开，莫弄脏我的骨带，碰坏我的帅府旗！"虾潺怕它，躲开了。鲳鱼更加得意了，它整天摇头晃尾，神气活现，勿管是啥鱼，它都勿放在眼里。

一天，鲳鱼看见一群鱼慌慌张张地奔过来，觉得蛮奇怪，上去问了："喂，侬拉奔介快做啥？"

一条鱼讲："那边有顶网，挡住了去路！"

鲳鱼说："侬拉有鳞有刺，为啥勿钻过去？"

"介容易！那网又长又宽，有几条鱼已经夹在网眼里了！"

鲳鱼说："介笨，带我去看看，我勿信钻勿过去！"

大家都劝鲳鱼莫去，鲳鱼勿听劝，来到网旁边，大家说："侬看，介长介宽的网，侬咋钻过去？"

鲳鱼想在大家面前露一手，便挺挺身子，摇摇尾巴，对着溜网冲了过去，头是钻过去了，可是身子被网眼夹牢了，在后面看热闹的鱼都吓煞了，大声叫起来："鲳鱼，侬头小身子大，快往后缩！"

鲳鱼听了，交关气，我身上有太后娘娘赐我的国宝，啥人能挡得住！它拼命朝前钻，勿料，越钻夹得越紧，它使劲摇晃尾巴，把两面帅府旗也摇掉了，还是钻勿过去，最后，夹在网眼里断气了！

所以，海岛有句俗话：鲳鱼真笨，枉自称能，好缩勿缩，断送性命！

黄鳒鱼贪刺

讲述：周宪庆　六横镇政府干部
记录：管文祖

过去，东海里有的鱼有鳞有甲，有骨有刺；有的鱼呒鳞呒甲，全身只有一根主心骨，呒没一根刺。

原先，鳒鱼也是呒鳞呒甲的鱼，身子软乎乎，灰塌塌，游动起来一摆一扭，又慢又吃力。那些调皮捣蛋的小虾小蟹，一碰上鳒鱼，侬上去用刺戳它下，它上去用咬它口，咬得鳒鱼血山糊拉，苦头吃足，才肯放它走！

鳒鱼实在吃勿起苦头，真吓煞了，便跑到海龙王面前去诉苦，求龙王赐它鱼鳞鱼刺，免得再受欺侮！海龙王看看鳒鱼遍体是伤，交关同情，便赐给鳒鱼一件白玉鱼鳞袍和九百九十九根鱼刺。从此，鳒鱼成了东海中鱼刺最多的鱼了，别的鱼再也勿敢欺侮它了！

龙王赐鱼刺的事传开了，到东海龙宫来求情讨刺的鱼一日比一日多。龙王想，今朝侬来，明朝他来，烦煞了，便贴了一张榜文，约定日期，要给东海百鱼分发鱼刺。

发鱼刺这日，来的鱼真多啊！有的是来分刺的，有的是来看热闹的，把东海龙宫挤得满满的。勿晓得为啥，只有虾潺没来，龙王叫黄鳓把虾潺这份带回去，免得它下次再来找麻烦。

黄鳓领到鱼刺一看，两份鱼刺合在一起，正好是一千根，介多鱼刺，戳手戳脚咋拿？黄鳓真为难煞了。突然，它看见别的鱼把分来的刺一枚一枚往身上插，对，好办法，它也学样插了起来，插着插着起了坏脑筋，它趁虾潺勿在，把虾潺这份鱼刺也往自己身上插。

虾潺得知消息后，奔来找黄鳓。这辰光，黄鳓正好把鱼刺一枚一枚往自己身上插，等虾潺赶到，黄鳓手里只剩下一枚小刺了。

虾潺大喊两声："黄鳓，龙王赐我的鱼刺呢？"

黄鳓做贼心虚，赶紧把手里拿着的鱼刺往嘴里一塞，转身想溜。

虾潺咋会肯放，上去一把抓住黄鳓："把鱼刺给我！"

黄鳓心慌，拼命挣扎，勿料用力过猛，嘴里的那枚刺，"咕噜"一声吞下去了，正好鲠在喉咙头，吐勿出，吞勿落，难熬煞了。

海龙王分给虾潺的刺，全给黄鳓赖去了。所以，拘鱼人讲：鳓鱼刺再多，黄鳓要比鳓鱼多一根！

箬鳎做媒

讲述：张志明　虾峙镇渔技员
记录：管文祖

虾潺长相勿好，想找面条鱼结亲，它想，我嘴巴大，生得难看，侬面条鱼嘴巴长，生相也勿美，正好配成对。

面条鱼呢，它晓得自己生相勿美，也晓得虾潺对它一片真心，可惜，总觉得虾潺嘴巴大，骨头软，被人看勿起，勿大合意，所以，这门亲事一直未定。

这件事被箬鳎鱼晓得了，心里蛮高兴，它老早想给毛常鱼说门亲事，这次机会来了，便去对面条鱼说："侬生得白白嫩嫩，又苗条，又漂亮，咋会找个介难看的虾潺相好？虾潺大嘴巴，塌鼻头，世上算它最难看了。像侬介漂亮的姑娘嫁给虾潺，那真可惜死嘞！"

面条鱼听箬鳎一说，心动了，想想勿会错，要是嫁给虾潺，真要后悔一辈子了！

箬鳎见面条鱼动了心，便趁机说："我给侬做媒，男方叫毛常鱼，年轻漂亮，又威武，算勿上是鱼中之王，也可数得上一员大将，要是嫁给毛常鱼，那才是天生的一对！"面条鱼越听越欢喜，早把虾潺忘记了，催箬鳎快去说亲。

箬鳎又去找毛常，说面条鱼长相咋好咋漂亮，毛常听了蛮欢喜，这门亲事就定下来了。

成亲这日，总要热闹热闹，箬鳎去找虾潺来吹喇叭，虾潺勿肯，还把箬鳎埋怨了一番。箬鳎一听，嘻嘻笑了起来："侬为啥勿早告诉我，要是早讲，我一定替侬去做媒，面条鱼也就嫁给侬了，这事咋好怪我？"

虾潺老实，听箬鳎讲讲也有道理，气也消了勿少，箬鳎七劝八劝，连哄带骗把虾潺骗出来了。

毛常鱼娶亲，可热闹啦！敲锣打鼓，张灯结彩，胖海猪、瘦带鱼、长脚虾公、横爬蟹婆，还有黄鱼、鲳鱼、鳗鱼统统来贺喜看新娘。勿料，虾潺勿肯吹喇叭，耽误了时辰，花轿迟迟才进门。

毛常鱼老早等急了，未等花轿停稳当，便上去拉新娘拜堂。它掀开轿门一看，咦，咋会是顶空轿，新娘子在哪里？

箬鳎赶紧把面条鱼搀到毛常鱼的眼泡皮上，讨好地说："毛常将军，侬仔细看看，新娘子多苗条，多漂亮！"

毛常鱼一看，啊，介小的面条鱼，咋好跟我介大的毛常鱼拜堂成亲，真是见鬼！它气得呼呼响，把眼皮用力一眨，只听见"啊唷"一声，面条鱼被压得粉碎。箬鳎见事勿妙，拔脚往外逃，毛常鱼竖起尾巴，"啪"一个耳光，将箬鳎搁得扁扁的，两只眼睛也挤到一边去了。

箬鳎挨打，众宾客笑煞，都讲箬鳎、面条鱼欺贫爱富，自作自受，活该！

气煞红头军

讲述：王峥清
记录：管文祖

原先红头军浑身雪白，交关漂亮，为啥会变红的呢？

有一年，东海龙主贴出皇榜，要举行一次游泳比赛，啥人得头名，招为驸马。这下可热闹了，梅童鱼、红头军、虾潺、箬鳎、鲳鱼、鳓鱼、黄鱼……都来参加比赛。

红头军身材苗条、健壮，游泳快，比赛一开始，它就一马当先，游在最前头。游着，游着，眼看快要到终点了，突然听见"啊唷"一声，红头军回头一看，原来是梅童勿小心，一头撞在礁石上，撞得头破血流，红头军二话没说，慌忙调转头来去救梅童，箬鳎、鲳鱼、黄鱼……先后也围了上来，扶起梅童问长问短。

虾潺一看，机会来了，它连看也没去看梅童一眼，只顾拼命往前游，结果虾潺得了个第一名。

主赛官当众宣布：虾潺游得快，招为驸马。大家心里勿服，说主赛官办事勿公道，要重新比过。主赛官哪里听得进去，箬鳎上去评理，主赛官撩起一巴掌，把箬鳎掴扁了；红头军上去评理，主赛官把它哄了出去。红头军有理呒处诉，气得浑身充血，就变红了。

海龙王分武器

讲述：戚静台　白沙乡大沙头渔民
记录：忻　怡

有一日，海龙王要分武器，海底里热闹起来了，大鱼小虾争先恐后朝龙宫游去。

游得顶快的是狗鳗、带鱼，抢在前头，各分到一副锋利的锯齿刀，镶在嘴巴里，小鱼小虾一咬两断；箭鱼分到一枚箭，按在尾巴尖，黑虎鲨鱼见了也怕三分；飞鱼分到一对令旗，插在背脊墩，海面上嘟嘟会飞；鳓鱼分到一把闪亮银色的白刀，装进肚皮下，渔网也能剖得开；黄鱼迟到一步，慌里慌张，在龙宫门口阶沿上跌了一跤，撞掉一层皮，总算也分到了一只大畚箕，塞进口里，成了阔嘴巴。

分了大半日，武器统统分完。分得勿称心的，哭脸照面，垂头塌脑，暗地里骂海龙王偏大压小；分得中意的，骄傲煞了，拿着武器耀武扬威。从此大鱼吃小鱼，小鱼吃虾米，勿得太平。

下半日，龙王收拾笔墨纸张，心里忖忖蛮高兴，总算为海底水族做了一件好事。忽然，龙宫内又闯进虾潺、乌贼和海乌龟，口口声声要分武器。

龙王看看武器已经吮没了，就对站在前边的虾潺说："武器已分完。我看侬这个头生得一副福相，像个龙头，就封你一个龙头靠，怎么样？"

虾潺一忖，龙主封自己为"龙头靠"，岂勿是和龙王沾了亲，有了依靠，以后啥东西还敢动我一根毛呢？想到这儿，虾潺咧开嘴巴笑煞了，笑得下巴骨也会脱落！以后，虾潺拗来晒干，就叫龙头烤了。

等虾潺一走，龙王对乌贼说："武器真的分完了，侬一定要，只有桌上这半瓶墨汁，拿去防身吧！"从此，乌贼碰到危险，便能喷墨逃命了。

最后是海乌龟，一瞧桌上还有一块砚台，心想，到手是食，随便啥捞样算啦！便对龙王说："大王，我勿要讨封，也勿要武器，桌上这块砚台给我吧！"

龙王这时已被鱼头虾蟹吵得头昏脑涨，想早点睡一觉，便说："拿去，拿去吧！"随手将砚台掷来，这一掷，正好将砚台扣在乌龟的背上，紧紧陷牢啦！从此，乌龟就背了块黑不溜秋的大砚石，年长日久，砚石越磨越圆，越磨越滑，成了乌龟壳。

龙王把它们打发走了，伸个懒腰，打个呵欠，从龙椅上下来，这辰光，一条箬鳎鱼从外面连滚带爬闯了进来，一边大叫："龙王呀，勿好了哇！狗鳗、带鱼、鲻鱼、箭鱼、黄鱼……它们打起来了！"

"为啥打呀？"

"它们分到了武器，要比武，后来真打了，还说你武器分得勿公平，还是勿分好。"

"啥呀？还是勿分好？！真是岂有此理！"龙王忖忖一片好心得勿到好报，火性一起，龙眼乌珠一瞪，一伸手，"啪"就是一个响脆脆的耳光，把箬鳎鱼打得扁扁的，两只眼睛也打到一边去了，魂灵也吓出啦，慌忙逃命去了。

龙王招婿

采录：缪宝根

相传东海龙王敖广有个美丽的小公主，名叫小龙女，年已十八，想招个好女婿。皇榜一出，招来众多水族，都想成为龙王驸马爷。

其中，小黄鱼、虾潺、箬鳎、龙虾等抢先揭榜，争相报名。

虾潺又称龙鱼，浑身雪白，犹如一条小白龙，自认为是龙种子孙，与龙王沾亲带故，定能选中；小黄鱼全身金甲，身材小巧，自认为是白马王子，平日里又与小龙女相熟，常在一起玩耍，两厢情投意合，自信十足，因此与虾潺打赌，驸马爷非其莫属。

不想，半路杀出一个程咬金——龙虾。龙虾一身红铁甲，十二个爪，一对美须，一双大钳，既威武又凶猛，令人望而生畏。龙虾自称为龙的传人，根本不把小黄鱼、虾潺等鱼放在眼里，向龙王提出了"比武招亲"。

龙王十分看重龙虾，认为招了这个驸马，可以为他保驾护身，就答应了"比武招亲"这个条件。

龙虾作为擂主，雄赳赳气昂昂地站在台上，吆喝着："哪个小子敢来打擂！"虾潺自知不敌，但为争一争这驸马爷宝座，硬着头皮登上擂台与龙虾过招，结果，没几下，就被龙虾打得浑身是血，败下阵来。至今，虾潺白净身上的血迹还历历可见。

虾潺告诫小黄鱼："龙虾实在太厉害了，还是放弃吧！"小黄鱼不服气，不顾一切冲上台去与龙虾周旋，不一会儿被龙虾大钳夹住，用力一甩，小黄鱼就趴在地上，许久动弹不得，小黄鱼口吐鲜血，懊悔莫及。据说，至今小黄鱼颌下一点红痣，就是吐血时留下的痕迹。虾潺看到小黄鱼这种丑态，放声哈哈大笑，结果下巴骨脱出，至今，虾潺的下巴骨未曾合拢，不信，你去看一看。

箬鳎与小黄鱼是莫逆之交，它为小黄鱼抱不平，向龙王大声提出："招驸马应以公主意愿为主要条件，由她自己选择，不该比武招亲。"

龙王大怒，厉声说："自古以来，儿女婚姻由父母做主，由不得你胡说八道。"一记响亮的耳光打在箬鳎身上，结果，原本圆筒身材的箬鳎，被龙王打得扁扁的趴在泥涂上啃泥，至今，不敢游到海面上来，箬鳎的小名就改为扁目鱼了。

这场龙王招婿闹剧不欢而散，小龙女得不到意中人，眼泪如雨珠般洒在海里，变成了各色的珊瑚。

蟹鳗考元帅

讲述：孙信荣　朱家尖街道里岙村小店店主
记录：忻怡

有一年，海龙王贴出告示，要比武考元帅。听说考元帅，鱼头虾蟹，连虾潺、箬鳎、海蜇也报了名。第一场考落来，黄鱼头皮撞得血淋淋，成了癞头黄鱼；带鱼被拉得长飘飘；箬鳎蹿进石缝里夹扁喽；乌贼背脊骨打断，背驼喽；虾潺下巴骨脱落，成了吭下巴；海蜇裙边扯得粉碎，魂灵吓出，成了吭头魂灵，随潮余。单剩下鳗和蟹，没伤一根汗毛。为啥？鳗靠油头滑脑，躲在石岩后放暗箭，出冷枪；蟹呢，靠实打实一副硬壳生得好，石骨铁硬咬也咬勿进，还有两把大刀，谁也勿敢近身。

第二场在海礁洞里考，这洞又长又窄，潮水急。洞里厢有把石闸，随便什么东西被闸着，勿是闸断，就是揉为肉酱！

鳗愁煞了，它身子长，穿洞眼，勿管蹿得咋快，这石闸落下来，即便头过去，尾巴尖也断脱哉！

蟹也在发愁，去考，自己爬得慢，石闸压着，岂勿是要揉蟹酱了；勿去考，元帅让给鳗也勿舍得。这辰光，蟹见鳗过来了，问："鳗兄弟，侬有过洞的妙法啦？"鳗说："法子是有一个，现在讲勿来，到辰光，我咋做，侬也咋做好了，保侬过洞。""真啦？""当然真咯。"

第二日午时三刻，第二场考元帅开始啦！海龙王号旗一划，鳗和蟹进洞了，一个在前边缓拖拖游，一个在后边一步步爬，到洞中央，一股急流立时三刻冲过米，它们正想避开急流，只见头上有块黑东西落下来，鳗慌忙把身子一横，就地一滚，扑通一声，石闸落地，鳗已滚过去啦！蟹抬头见石闸升起又要落下来，心忖，鳗好打滚我也好打滚。这一滚，滚得蟹背着地，肚朝天，石闸快到眼面了，蟹吓得冷汗直流，拼命挥大蚶，大蚶抵地，才翻过身去，身子是过去了，可一对小蟹蚶来勿及缩，被石闸压着，痛得它嗷嗷叫，总算拾了条性命，可这对小蟹蚶压扁喽！

等蟹一拐一瘸爬出礁洞，海龙王已封鳗为元帅了，以为蟹早被揉成蟹酱，想勿到蟹只揉扁了一对小蚶，海龙王看蟹的本事也蛮大，就封了蟹为将军。从此，海龙王就有了虾兵蟹将了。

蟹鲻比武

讲述：唐连湘
记录：管文祖

从前，有条鲻鱼和一只蟹同住在一块泥涂上，鲻鱼住东边，蟹住西边。

鲻鱼游得快，跳得远，夸说自己本领大，说蟹爬得慢，老老要欺侮蟹。蟹心里勿服，总忖个啥法子去教训鲻鱼。

有一次，蟹在泥涂边寻吃，正好碰到鲻鱼，蟹眼乌珠骨碌一转，想出个办法："喂，鲻鱼兄弟，侬总讲自己本领大，阿拉来比试比试？"

鲻鱼一听笑煞："侬一步三摇，走路横爬，敢和我比武，勿怕别人笑落门牙？"

蟹有意用话激鲻鱼："侬少讲大话，我走路横爬，可脚趾比侬多，比侬跳得高，跳得远，侬敢勿敢与我比跳高？"

鲻鱼忖：像蟹这样笨头憨脑的东西，想跟我比跳高，真是自勿量力。鲻鱼忖忖说："泥涂那边�'河鱼人老要放串网，阿拉去比跳网，看啥人先跳过串网。要是跳勿过去，落在网眼里，该死！"

蟹说："好！"

鲻鱼在前，蟹在后，双双来到泥涂那边，果然有条长长的串网，蟹看看串网假意劝说："鲻鱼兄弟，比跳串网太危险了，还是比别样好！"

鲻鱼以为蟹害怕了，把眼睛一瞪说："少废话！要比，快来，勿敢比，侬滚开！"

蟹忙说："好，好，我喊一二三，阿拉一齐跳！"

"一，二，三！"鲻鱼听到口令，对准串网用力一跳，蟹赶紧把身子一纵，用大脚钳力钳住鲻鱼的尾巴，鲻鱼只觉得全身火辣辣一阵痛，勿晓得出了啥事体，急忙将尾巴使劲往上一甩，蟹趁势松开脚钳，"扑"地跳过了串网。

鲻鱼刚跳到串网旁边，尾巴被咬了一口，心一惊，头一低，跌进网眼里。鲻鱼让网眼夹牢了，进勿能进，退勿能退，摇头晃尾，拼命挣扎，勿料，越挣扎夹得越紧，这下鲻鱼慌了，大声呼叫起来："救命啊！蟹兄弟，快来救命啊！"

蟹跳过串网，忽然听到呼救声，回头一看，只见鲻鱼夹在网眼里，张开嘴巴喘大气。蟹本想借鲻鱼一把力，抢先跳过串网，来教训教训鲻鱼，没料到鲻鱼落进网眼里。它见鲻鱼这副狼狈相，心软了："莫慌，莫慌，我想办法来救侬！"

蟹交关小心爬上串网，用它的大脚钳，一口一口把串网咬出一个洞，鲻鱼"嗖"地跳了出来，蟹迎上去问："呒没伤着筋骨吧？"

鲻鱼一听，满脸绯红，惶恐煞了，低着头走开了。从此，鲻鱼再也勿敢吹牛了，一碰到蟹，总是低头游开。

红钳蟹寻水虾

讲述：唐孟龙　普陀区政府干部
记录：管文祖

　　过去，有只红钳蟹住在海边的泥涂上，泥涂上端，有条小河，潮水一涨，红钳蟹随着潮水游进小河，找些小虫吃；退潮了，它又随着潮水游出小河，回到泥涂上来。

　　日子一长，红钳蟹与小河里的一只水虾熟识了，它们老在一起寻食、游玩，你来我去，慢慢相爱了。

　　有一回，红钳蟹对水虾讲："水虾妹妹，侬嫁给我当老婆好吗？到我屋里去，那里泥涂交关大，是个好地方。"

　　水虾惶恐煞了，羞得全身血红："勿要去，我欢喜住在河里，要么，侬到我这里来！"

　　红钳蟹听了蛮高兴，其嘴巴讲勿要去，心里已经答应了，只是要我当上门女婿，这样也好。它赶紧回去告诉阿爹，勿料阿爹勿答应，说当上门女婿勿光彩，怕听笑话。事情就这样拖下来了。

　　偏偏在这个辰光，小河的入海处筑起了一座碶门，把泥涂和小河隔开了。红钳蟹一看，急煞了，在碶门外面爬来爬去，想寻个缝道爬进小河，可惜碶门关得严严实实，咋爬也爬勿进去。

　　红钳蟹心里老是惦记着水虾，它忖，碶门过勿去，我就在泥涂里挖个洞，从碶门下面钻过去，于是它横着身子，右脚钳在前，左脚钳在后，在泥涂上用力挖起洞眼来。日也挖，夜也挖，挖到碶门下面一看，下面全是一块一块的大方石。可它一心想找到水虾，还是拼命地挖，挖得口吐白沫，右脚钳挖肿了，血流得答答滴，把大脚钳都染红了，还是挖勿过去。这样一来，红钳蟹的一对脚钳变成一大一小了。

　　直到现在，红钳蟹还老站在泥洞口，用那只大脚钳遮住阳光，东张西望在找寻水虾。

红虾跳龙门

讲述：朱德芳　沈家门街道钟表修理工
采录：管文祖

东海龙王贴出榜文，要举行"跳龙门"比赛。这下可热闹了，除海里的虾兵蟹将外，江湖大川里的武将勇士也都来了。

红虾也忖参加比赛，对它的好朋友虾潺说："阿拉也去报名。"

虾潺勿肯去："听讲今年鲤鱼也来了，它跳得又高又远，是个跳龙门的好手，阿拉咋跟它去比？甭去触霉头了！"

红虾眼睛眨眨，说："侬真是个笨贼佬，阿拉勿会找找窍门？"

虾潺听呆了，本领是靠平时练出来的，有啥窍门好找？它摇摇头说："侬平时骨碌碌还会跳几跳，我勿会。侬要去，侬去报名好了！"

红虾独自去报了名。

初赛这日，看热闹的交关多，里三层，外三层，黑压压一大片。虾潺七挤八挤挤到前面一看，只见鲤鱼圆滚滚的头、红彤彤的尾巴，全身金鳞锃亮，真威风！红虾站在鲤鱼旁边，显得又矮又小。

"哨！"锣声一响，比赛开始了，鲤鱼一个鱼跃，直向龙门奔去，红虾一看，赶紧用它那对虾脚钳轻轻钳住了鲤鱼的尾巴。一转眼，到了龙门口，只见鲤鱼头一抬，尾巴一翘，就要跨越龙门了。啥人晓得，红虾交关活络，它趁鲤鱼尾巴向上翘的辰光，松开脚钳，顺势向上一跳，比鲤鱼跳得更高更远，第一个跳过了龙门。

"哗！"大家都为红虾叫好，虾潺真高兴煞，张开嘴巴哈哈大笑，笑得下巴骨也脱落了。鲤鱼觉得交关奇怪，明明红虾在自己后头，咋会一下子跳到前面去了？它咕咕忖忖，忖到了，在跨越龙门的时候，尾色有点痛，里面一定有鬼！

决赛那天，红虾还是老办法，用脚钳钳住鲤鱼尾巴，快到龙门口的时候，鲤鱼回头一看，果然有鬼，它猛一抬头，向龙门跃去，把尾巴用力向下一甩，"扑"一声，红虾被甩在龙门的石壁上，当场昏了过去。

虾潺大吃一惊，赶紧上去扶起红虾，可惜红虾的背脊骨已经断了，成了驼背虾。

对虾

讲述：俞彭根　沈家门街道泗湾村农民
记录：顾维男

有一次，东海龙王的小囡变成一根小白蛇游到岸上，小白蛇东游游，西游游，兴致交关足，勿巧，让一群小囡郎看见了，有的用棒头拨，有的用石头甩，把小白蛇弄得半死。这时，有个抲鱼后生路过，看看小白蛇快被小囡弄死了，交关同情小白蛇，便吓唬小囡说："这蛇有毒，快走开。"小囡让他一吓，统逃走了。后生把小白蛇捧回家里，包好伤口，放在被窝里睏了一日，才让蛇游走。

龙女交关感激抲鱼后生，回到龙宫，把发生的事告诉龙王，求龙王报答后生，龙王满口答应。龙女便摇身一变，变成一个交关好看的姑娘，来到抲鱼后生屋里，对后生讲："我是东海龙王的公主，上次化蛇差点丧命，多亏恩人相救，父王特地请侬到水晶宫去做客。"

后生听了，又惊又喜，跟随龙女来到水晶宫里。龙王把后生当作上宾，好酒好菜相待，龙女每日陪着后生，走遍了整个水晶宫，两人有讲有笑，交关要好。

一转眼过了十天，后生要回家去了，龙王搭了个戏台，摆起酒宴，边看戏，边喝酒，为后生送行。这时，戏台上虾蟹蚌贝又唱歌又跳舞，交关精彩。后生和龙王看得兴致勃勃，连连喝彩。却勿料，戏台的一根柱子呒没搭牢，被蟹脚钳一蹬，"哗——"戏台塌了，眼看这根柱子就要敲在龙王头上，只见后生呼地蹿了上去，用自己的肩胛顶住柱子。海龙王总算呒没敲着，可后生背脊却被柱子压得弯弯的，变成了驼背。

龙女又感激又伤心，为报答后生，决心以身相许，嫁给后生。龙王死活勿肯，他说龙宫里介多金银财宝随后生挑选，堂堂东海龙王的公主，咋嫁给一个抲鱼驼背！龙女一听哭了，她讲龙王忘恩负义，后生为了龙王才变成驼背的，咋好嫌弃他？龙王勿依，她就宁死勿再嫁人。

龙王自知理亏，又看龙女哭得介伤心，只好假装答应，一边叫后生先回家，准备迎亲，一边却派虾兵蟹将，暗暗跟着后生，等后生乘船回去的路上，把船弄翻，害死了后生。

后生死后，变成一只大虾，游进龙宫去寻龙女，龙女一看，勿想活了，便一头撞死在龙柱上，也变成一只大虾，双双游出龙宫，结成夫妻，永不分开。对虾也由此而来。

鲎成双

讲述：叶义成　桃花镇宫前村农民
记录：管文祖

老早，有个荒淫无耻的皇帝，整天迷恋酒色，勿问朝政。据说，皇帝有一百个爱妃，他每夜都要轮流和一百个妃子眠觉，他把妃子的房间编好号，从一号到一百号，一个房间、一个房间地轮下去。他夜夜如此，咋会有精力去料理国事！

这件事传到太后娘娘耳朵里，她勿相信，想问问皇儿，又勿好意思开口，她就去问妃子，她一个妃子、一个妃子问落来，结果，妃子统统承认皇帝每夜都来眠觉。太后娘娘越发奇怪了，她决心要亲自试一试。

这日夜到，太后娘娘把第一百个妃子找来说："今夜阿拉两人调张眠床，侬眠到我房里，我眠在侬床上。"

太后娘娘在妃子房里，等等皇帝吭没来，等等吭没来，一直等到五更头，等得瞌睡，眼睛眯拢，她忖皇帝勿会来了，便解衣眠觉。她刚刚迷迷糊糊地眠着了，忽然感到有人上床来，她猛地惊觉过来，用力把那人推开。

这时候，太后的瞌睡被吓醒了，睁眼一看是皇帝，忙说："皇儿，不得无理，我是你的亲娘！"皇帝听说是太后，先是一惊，随后，他像吭介事一样，说："什么亲娘勿亲娘，眠在这房间里的人，就是我的妃子，就要让我眠觉。"皇帝勿管三七二十一，一定要强来，太后娘娘无力反抗，只好失身了。

天上玉皇大帝晓得了，这还了得，马上派去雷公，"轰隆"一声，将皇帝和太后娘娘罚落海里，变成了硬壳尖尾巴的鲎，所以，现在舸上的鲎，都是双双对对的，舸鱼人说，这就是那个荒淫无耻的皇帝和他的亲娘。

拜江猪

讲述：胡云来
记录：管文祖

过去，有个年轻和尚，平常吃素念经，装老实，暗地里偷人家老婆。不久，事体败露了，当家和尚说他勿守佛规，把他赶出山门，流落街头当了野和尚。

有次，他看见几个念佛女人，在拜佛经堂里念经，他脑筋一动，走了进去，扯乱话讲他是名山和尚，出来化缘，愿意同她们一起念经拜佛，念佛女人一听，交关高兴，便把他留了下来。

没过多少日脚，和尚七搭八搭与一个念佛女人搭上了，没料到，他们做的坏事情被观音菩萨看见了，观音菩萨真气煞，和尚贪色，败坏佛门清规，还算啥和尚！这个念佛女人也勿是好货，当即把他们罚落海里，当了海猪。

和尚和念佛女人后悔来勿及了，便天天参拜观音菩萨，求菩萨保佑，超度来世，所以，它们总是面对普陀山，把头露出水面，"扑哧"一声，向观音菩萨一拜，又钻进海里，就这样，一拜一拜地从外洋一直拜到内江。柯鱼人就把它们叫作拜江猪①。

河豚偷仙丹

采录：张永棠

从前，海洋中有一种嘴巴瘪塌塌、肚皮圆滚滚、背上青紫紫的鱼，叫作河豚，它原在银河里，浑身上下银光闪闪，很漂亮，可它又馋又懒，整天在银河里戏戏荡荡，好吃懒做，日子很不好过，只好东偷西摸，结果胆子越偷越大，嘴巴越来越馋，有一天，他游遍银河，找不到东西，就来到了天庭。

天庭有天兵天将把守，无法进去，它东张西望，摸到了太上老君的炼丹台，见四下无人，就翻箱倒柜东找西找，看见了炼丹炉，不由心中一动，吃

---

① 拜江猪：海豚的一种。

仙丹能得道成仙，于是便将仙丹吃到嘴里，不料仙丹滚烫，把整个嘴唇都烫掉了，而仙丹一落肚，河豚肚皮立刻鼓胀了，原来吞下的是半生不熟的仙丹，不但不能长生不老，反而内脏中毒，还得了个鼓胀病。

玉皇大帝得知后大怒，将它打了一百神鞭，打得它皮开肉绽，最后被赶出银河，供凡人捕杀，因为河豚肝肠心肺都有毒，所以人们不能吃它的内脏。

群鱼斗黑鲨

讲述：胡安杰　蚂蚁岛乡居民
记录：胡吉翔

水族中鲨鱼的个子最大，口大如盆，在海中横行霸道，那些小鱼、小虾、小蟹，别说见到影子，就是听到鲨鱼的名字也要吓得魂飞魄散。大家对鲨鱼怕得要死，恨得要命。

有一天，鱼、虾、蟹在一起商量对付鲨鱼之法。墨鱼先出主意，叫众水族准备了刀枪、棍棒、泥沙、岩石……有的躲在水藻丛中，有的藏在礁石旁边，有的埋伏在海涂里，叫游得快的鲻鱼去引诱鲨鱼进入埋伏圈。

鲻鱼轻快地游动，一拐一弯，鲨鱼见鲻鱼就张开大嘴追过来，进了埋伏圈，鲻鱼不见了，只见四旁礁石耸立，周围海藻密密麻麻。

正当鲨鱼呆头呆脑时，墨鱼对准鲨鱼猛喷墨汁，碧绿的海水顿时变成黑色，鲨鱼什么也看不见了。这时，所有的鱼、虾、蟹、贝、藻，一窝蜂似的包抄过去，里三层、外三层，围着鲨鱼拼命地打。

梭子蟹举起双螯，红虾竖起尖针，这个咬几口，那个踢几脚，棍棒、沙泥、岩石、刀枪没头没脑地往鲨鱼身上打。

鲨鱼被打得哇哇乱叫，用力晃动身子，甩开小鱼小虾，往海边逃去，不料撞到沙滩上，弄得遍体鳞伤，浑身血淋淋，沾满了一身沙子。

直到现在，人们烹制鲨鱼时，往往要预先去沙，方可食用。

河蚌精报恩

讲述：刘云娣　桃花镇居民
记录：徐国平

古时候，有一个学生背着书包上学，要路过一条河。

有一年大旱，旱得连河底都龟裂了，河里的一只小河蚌也旱得要死，它开着嘴，想要喝水，如果再喝不上水，它就要渴死了。这个学生看见了，就用磨砚台的水在小河蚌裂开的嘴里点上几滴，每天都这样，一直喂水到老天下了雨为止，他把快要旱死的小河蚌救活了。

时光过得交关快，那只小河蚌在这条河里修了七世，变成了美丽的河蚌精。那个学生也转了几世，成了一个后生。

这一年，后生要结婚拜堂，新娘子是外村的一个姑娘。后生选了一个良辰吉日，抬新娘子的花轿路过河边，一个跟新娘长得一模一样的姑娘钻入花轿，被抬进了后生的家。

有两个新娘跟一个新郎拜堂，这桩事情连听也没听到过，亲戚朋友扎在场的人都奇怪煞了。两个新娘子都讲自己是真的新娘子，可是，大家都来辨认，看来看去都认不出哪一个是真的新娘子，哪一个是假的新娘子。没办法，只好奏告天庭，天庭派张天师前来降妖。新娘的娘家人对张天师讲，新娘肚子上长一粒黑痣，张天师观看时，另一个新娘子的肚子上也立即长出一粒黑痣。张天师辨来辨去，也看不出哪个是真的新娘子，哪个是假的新娘子。没办法，后生只好娶了两个新娘子。

原来，另一个新娘子是河里的河蚌精变成的，她叫陆美英，陆美英和另一个老婆相处得蛮好，蛮和睦，她们以姐妹相称。陆美英会精打细算，治家有方，上至公婆下至佣人都交关喜欢她，更让人喜欢的是，陆美英蛮快就怀孕了，可是另一个老婆呢，一直怀不上。陆美英生了一个儿子，为后生家留了香火，传宗接代。这孩子长得交关聪明，读书也蛮刻苦用功。功夫不负有心人，陆美英的儿子十八岁考上了状元。这个家成了风风光光的状元府第，变得荣华富贵，让方圆几百里的百姓羡慕，都夸说这是陆美英的功劳。

可是，有一个晚上，陆夫人对其丈夫讲："儿子已考取状元，官人，我要回去了，七世前，是你用砚台水救了我，今生我是来报恩的，我心愿已了。

官人如果还想见我的话，就到那条河里去找我。"夫妻恩爱，感情笃深，丈夫当然舍不得陆夫人走，正想要挽留她，可一眨眼却不见陆美英的人影。

陆美英失踪后，丈夫与另一个老婆和睦相处，但对陆美英仍是念念不忘，派人四处打听和寻找，后来丈夫想起夫人当夜讲过的话，就派人抽干了河水，又向河底挖了三丈六尺深，终于挖到一只大河蚌。河蚌蛮重，一个人是根本扛不动的，要用好几个人抬，当抬到门口时，不小心把蚌壳撞开了一块，大家好奇怪，睁着眼朝里面看，里面没有别的东西，只有一颗很大的珍珠，一闪一闪地在闪光。后来，丈夫只好把这只河蚌供在堂前，以表纪念。

幻 想 故 事

海水为啥是咸的

讲述：俞彭根
记录：顾维男

从前海水是淡的，海岛里的盐比金子还贵。这个岛上有兄弟两个，靠贩盐过日子。

阿弟十八岁这年，阿哥起了坏心，忖独吞家产，他动出个坏脑筋，偷偷把船底几枚大钉子拔松，叫阿弟撑船去装盐，船驶到半洋，"哗啦"一声船崩开，阿弟慌忙抱住一块船板，漂到一个荒岛上，总算捡了一条命。

阿弟饿煞，吓煞，后背一摸，他顶喜欢的那支笛子还插在腰里，索性坐在石头上吹笛子，刚巧，八仙路过，听到笛声，便来到荒岛上，八仙中的韩湘子看看阿弟兴趣来了，讲："后生，阿拉一起吹好哦？"

阿弟吹笛，韩湘子吹箫，曹国舅打板，蓝采和跳舞，张果老道琴弹弹、歌唱唱，大家吹吹、打打、唱唱、跳跳，玩得交关开心。

天快亮了，八仙要走了，问阿弟一个人在荒岛上做啥？阿弟便把事情经过讲了一遍，八仙听了蛮同情。张果老拍拍小毛驴，讲："后生，莫难过，让毛驴帮侬的忙。"毛驴头点点，领着大家来到一个山洞里，洞里有具石磨，张果老讲："后生，这石磨毛驴拉了一千年，是个宝磨，送给侬吧。要它磨，侬就讲句'石磨,石磨,快快磨'，再把石磨顺推一圈,就会磨出盐来；要它停,侬就讲'石磨，石磨，快快停'，再倒推石磨一圈，磨就停了。"阿弟交关感激，可惜介重石磨咋拿得动！只见毛驴长叫一声，石磨变成巴掌介大，张果老叫阿弟坐上驴背，闭上眼睛，一阵风就把阿弟送到屋里。

阿弟回到家，把磨一试，真的磨出许多白盐，阿弟把盐卖给人家，得了许多钱，发财了。

阿哥一看阿弟没死掉，又勿晓得从哪里弄来介多盐，眼睛红了。这日夜里，便偷偷来到阿弟窗下偷听，只听见阿弟在讲："石磨，石磨，快快磨。"就听见石磨的声音，过了好些辰光，又听阿弟讲："石磨，石磨，快快停。"石磨声就停了，阿哥心忖，这盐一定是石磨磨出来的。喔！原来阿弟有具宝磨。

阿哥咕咕忖忖，动了坏脑筋。第二日，趁阿弟吮没在家，撬开门栓，走进阿弟屋里东翻西寻，在阿弟床头下翻出小石磨。阿哥真笑煞，偷出小石磨，乘船逃走了。

船驶到东海大洋，阿哥拿出石磨想试试，他对石磨说："石磨，石磨，快快磨。"石磨勿磨，连讲三遍，依旧勿动。阿哥性急了，用手推磨，推了圈，石磨就转动起来了，白花花的盐磨出交关多，他忖，这下我好发大财了。磨呀磨呀，盐磨满一船，阿哥连忙喊："石磨，石磨，快快停。"他勿晓得还要倒推石磨一圈，喊来喊去石磨还是勿停，盐多，量重，一个浪头，连船带人沉到海底。

据说，直到现在石磨还在海底里磨，盐越磨越多，海水就变咸了。

金贵钓鱼

讲述：曾高阳　朱家尖街道大洞岙村村民
记录：忻怡

金贵这人以钓鱼为业。这日，他钓上两根海鲫鱼，一根红，一根绿，尾巴会甩，眼睛会眨，还会流眼泪，金贵看看这鱼介稀奇，勿卖了，放进水缸养起来。

第二日金贵又钓鱼去了，等他从海边回来，屋里烧饭熟，菜喷香，金贵勿相信，问问隔壁都摇头勿晓得。金贵心忖，这里头一定有蹊跷，不过，肚皮饿，先吃饭再讲。

过了几日，金贵背着钓鱼竿、拿着鱼篓从前门出，又从后门偷偷溜进来，躲在灶间柴堆里。只听见水缸里噼啪响，跳出两个仙女一样的大姑娘，一个淘米，一个烧火。金贵心里明白了，赶紧从柴堆里爬出来，"啪咚"把水缸盖盖上啦！两个大姑娘眼睛清盯，水缸翻勿进，地里钻勿落，呆在一边惶恐煞。

原来这两根海鲫鱼是海龙王的两个公主，出龙宫在海边玩，勿小心上了金贵的鱼钩。金贵一听是龙王公主，就要放她们回去，阿姐看金贵饭吮人烧，衣裳吮人洗，孤零零，介伤心，要留下来给金贵当老婆。阿妹也勿肯走，阿姐耐着性子劝阿妹："阿妹，还是侬回去吧，阿爹一定急煞了。"阿妹没办法，只好流着眼泪走了。

阿妹回到龙宫，把先后经过一讲，龙王听了交关赞成："侬阿姐做得对！报恩报好再回来。"

再说金贵屋里有个介漂亮的老婆，县官老爷晓得了，他动了个歪脑筋，立即差人把金贵叫来，对他说："本官叫侬钓六十六根鱼，勿大勿小，一斤一根，根根要活鱼，'别别'会跳，'咕咕'会叫，钓勿到，拿老婆来抵数！"金贵鱼钓了二十多年，还吮没钓过这样的鱼，这回难倒了。

金贵老婆晓得了，便给他一根带子，说："侬到海滩边，把带子一甩，海水会让路，侬可到龙宫里去找阿爹商量。"金贵一试，海水果然哗哗分开，眼睛一眨，来到龙宫，龙王听说，马上将鱼办齐了。

金贵拎着鱼来到县衙，见了县官说："县官老爷哟，鱼办来了，这鱼有趣吗？"县官一见六十六根鱼果然根根会跳、会叫，心里吃了一惊，可这样放过钓鱼郎又勿甘心，头一摇，坏主意又出来了："钓鱼郎，侬既然钓得来介稀奇的鱼，也能办得来有趣，我命侬明朝有趣给我办来，办勿到，性命难保，快去！"

金贵回到屋里唉声叹气，老婆晓得了，在金贵耳边如此这般说了几句，金贵一听，连忙拿起带子又下龙宫去了，一顿饭工夫，捧来一根花花绿绿的鱼，肚皮滚圆，像只大西瓜，这是啥鱼？这是毒勿过的河豚。

金贵捧着这根花花绿绿的鱼来到县衙，见了县官说："县官老爷，侬看呀，有趣捧来了。"县官抬头一看，这东西果然好看，蛮有趣。金贵又说："这东西外面看着有趣勿算有趣，里面有趣才算有趣呢！"县官想看有趣的里面，把鱼摆在桌上，叫人拿来斧头，一斧头劈落去，河豚肚皮里的毒汁"嗤"一声像水枪一样喷出来，溅进县官眼睛里，县官眼睛瞎了。

从此，没人再敢欺侮金贵了。

仐来菩萨

讲述：刘尔安　六横镇小湖退休干部
　　　曹位全　六横镇小湖杜庄村农民
记录：刘荣琪

从前，海上仐来一口棺材，仐到滩横头，在泥涂里搁牢了。大家打开棺材一看，里面有一个死人，是男的，穿着大官衣裳，再朝里面一翻，结果翻出一张纸片，一位识字人看后讲这位大官姓庄。这样一来，惊动了整个村庄，大家七嘴八舌地讲开了，有的讲，这位大官一定为百姓做过好事体；有的讲，这位大官会仐到阿拉这里来，阿拉这里好太平了。最后，大家想到一起，这位大官以前为百姓做过好事，请都请勿来，现在他自己来了，日后要为阿拉做好事了，于是，大家拿来铜钿，为这位大官举行葬礼，并造了一座庄公庙，里面供上庄公菩萨。因为这位菩萨是仐到泥涂里葬的，故庄公庙周围的村庄取名为涂葬村，后来叫成杜庄村。

有了仐来菩萨保佑，杜庄村就发起来了。

庄公庙西北面有个沙城，当地人称为沙冈，种有几十株几抱大的顶天树，其中一株相林树有十八杈，传说有十八个根头，长着十八只金小鸡，每逢有雾天气，这十八只金小鸡就会出来。直到现在，杜庄百姓还遵守这样一个规定：沙冈树只能养，不能拗，勿管啥人，如果去拗沙岗的树，十八只金小鸡不但会叼死他，而且会逃去。一般百姓造屋，总是坐北朝南，或背靠山，而这里百姓起屋，背靠这十八只金小鸡，坐西朝东。

从这以后，杜庄村西北大风吹不进，风调雨顺，年年平安；杜庄村百姓种田田增产，拘鱼鱼丰收。当时就有"上庄并下庄，还要数杜庄"的说法，并流传这样一首顺口溜：

　　　　仐来菩萨献妙计，
　　　　杜庄百姓得运气。
　　　　稀奇稀奇真稀奇，

三块长板当马骑①，
一骑骑到半洋里，
蟑甘望潮②抲勿及，
塌鳗眼睛生两边，
横财发得糊其其③。

海癞头

讲述：王家有　东极镇黄兴岛理发员
记录：顾维男

有个抲鱼人，年纪蛮大，还是光棍，他每天到龙王庙去烧香，求龙王赐福。一连求了三年，海龙王被求得过意勿去，叫自己九公子投胎，给他做儿子。

从此，光棍脚肚子慢慢大起来，九个月大得像只酒坛，十个月，脚肚子裂开，爆出一只海癞头④，小小海癞头，背着一只壳，立着会走路，对着光棍叫"阿爹"。光棍一听，欢喜煞了，把他当作儿子养着，有饭给他先吃饱，宁可自己饿肚皮。

有一日，光棍出海抲鱼，海癞头也跟着去了。这日天气交关好，风平浪静，出海抲鱼的船交关多。船刚到洋地，海癞头讲："阿爹，大风大浪要来，还是回去算了。"光棍勿相信，海癞头一定要回去，光棍只好回洋。稍后人家来讲："洋里发大风，抲鱼船刮翻好几只。"光棍才晓得海癞头会看天气，以后出海，总是带着海癞头，海癞头讲回洋了，总有大风要来，万试万灵，别的抲鱼船看光棍船回洋，他们也回洋。

有一日，海癞头对光棍讲："阿爹，人家后生统有老婆，我也要有。"光棍心里也忖抱孙子，可惜嘴里叹口气讲："儿子哎，侬这副相貌啥人要。"

"阿爹，渔老板有个囡，侬给我去讲讲看。"

光棍心忖，莫讲渔老板的囡，就是抲鱼人家也难开口呵！为了了却宝贝

① 三块长板当马骑：当地人称"推挈"，是海涂作业的捕鱼方式。
② 蟑甘望潮：指海生动物。
③ 糊其其：很多的意思。
④ 海癞头：海龟。

儿子的心愿，光棍还是去触一遭霉头。他走到渔老板屋里，讲起这桩亲事，渔老板心里发笑，这只海癞头，咋好要我囡做老婆，真想吃天鹅肉了，就索性寻光棍开心："侬海癞头儿子和我囡成亲可以，聘礼我勿要，结婚要抬花轿，我家到侬家路勿好，这条路用金砖铺平，再要一个五色满天帐篷，如何？"光棍一听傻眼了，闲话一句也讲勿出。

光棍回到屋里，对儿子讲了渔老板的要求。海癞头讲："阿爹，介眼东西勿难做到，侬只管答应好了。"光棍一听呆煞了，海癞头儿子有介大本领。光棍又去对渔老板讲："侬讲的统会办到。"渔老板讲："那好，明朝天一亮成亲。"

海癞头招来虾兵蟹将，一夜时间，把金砖铺好，五色满天帐篷搭好。第二天天一亮，渔老板真悔煞，可是话已出口赖勿掉，只好把囡嫁过去，囡哭哭啼啼真伤心煞。

想勿到夜里拜堂时，海癞头变成一个白面书生，两夫妻蛮要好，可惜老公夜里是人，日里依旧是海癞头。日子越长，渔老板囡心里越难熬。

过了一段日子，渔老板囡肚皮里有小人了。一日夜里，她翻来覆去睏勿熟，心忖：老公日里变海癞头，总有壳有皮，就轻轻爬起，到处寻，最后在马桶下面寻着了，她把皮壳塞到灶洞里烧掉，回到房里，老公醒了，讲："娘子哎，我是龙王九公子，奉父王之命，陪光棍到死，为他生个后代，就好回龙宫去了，忖忖光棍待我介好，侬对我也有情义，我勿回去了，日夜统变人，陪侬拉到死。"

从此，光棍一家，鱼坷坷，生活蛮开心。

花轿勿过茅山岭

讲述：钱阿顺
记录：叶焕然

茅山人抬新娘子，花轿要过外塘，多走十几里，从勿探近路过茅山岭。这要从妙庄王讲起。

妙庄王三公主观世音，一落娘胎，勿沾一点荤，长大了，吃素修行。三公主是妙庄王掌上明珠，爹娘勿肯让她出家，三公主十八岁那年，妙庄王传下圣旨，要为三公主招驸马，观世音抗旨出走，到桃花岛白雀寺修行。妙庄王先软后硬，两个大囡劝，皇后亲自劝，三劝勿回头，妙庄王一气之下，火烧白雀寺。

古人讲，虎凶勿食子。妙庄王最喜欢这个囡，也最恨这个囡，在气头上做出绝情事。呒没过多少日子，就得了古怪的心痛病，朝中太医治勿好，世上名医没办法，害得妙庄王勿死勿活，活受罪。

有一夜，梦着仙人指点，要他青衣小轿勿带随从，逢岭下轿，三跪一拜，到南海去求观音菩萨手指中的千滴血做药引，才能治好心痛病。

第二日，妙庄王只带两名轿夫，离开皇宫，到南海求药。轿到茅山岭脚，忖起仙人指点，连忙下轿，三跪一拜，向岭墩拜去。妙庄王贵为天子，衣来伸手，饭来开口，只晓得别人拜他，勿晓得自己拜别人，为了求得药引，硬着头皮拜上去，他越拜越起劲。勿晓得这一拜，苦煞了后世人，现在有些念佛老太婆求神拜佛，上山过岭，要头顶香盘，三跪一拜，才算诚心。

妙庄王来到南海，跪拜观音，求得千滴血，心一宽，十分毛病好了九成，他高高兴兴往回走。轿过茅山岭，落轿一看，只见路面焦炭，两边草木枯死，一条活灵活现的茅山岭，变成一条死岭。

这里有个讲究，妙庄王是一国君主，下轿跪拜，已经乱了章程，阿爹拜囡，咋会勿把茅山岭拜煞，变成死岭！从此，新娘子花轿没胆过死岭。

日子一长，这桩事体慢慢被忘记了，特别是后生大姑娘，呒没几个人晓得这个故事了！

百鸟羽衣

讲述：刘明格　六横镇平峧农民
记录：忻怡

有户富豪人家，只生一囡；另一户乡绅财主，只生一囝。囡和囝自小一道读书，蛮要好，可这囝有点憨，是个呆大郎。

有一日，小娘问呆大："侬十八岁了，老婆为啥勿娶？"

呆大讲："别人我勿要，像侬介人给我当老婆我要的。"

小娘忖，像侬介呆大想娶我当老婆，咋想得出？便开口说："好，要我给侬当老婆，侬要办到三样东西。"

呆大问："哪三样？"

"第一，要二尺二长的假发两支；第二，要三斤重的金砖四块；第三，要八百斤重的老虾两只。"

呆大问："这东西到哪里去拿？"

小娘说："到西天去拿。"呆大又问："西天在哪里？"

"日头菩萨落山地方就是西天，侬跟日头去好了。"

想勿到，呆大真的跟日头去了。这事玉皇大帝晓得了，就叫土地菩萨背起假日头在前面领路，呆大吭日吭夜地跟着走，一走走到青龙江，江边有一座青龙亭，土地菩萨把日头藏好，到夜里，呆大忖，走了一日，好宿夜了，其实有一年了。

青龙江里有根青蛇，修道八百年了，还上勿了蟠桃会，今朝见有人路过，假扮一个女人来问呆大："侬到哪里去？"

呆大说："我到西天去。"

青蛇讲："请侬带个信，问一声如来佛，青龙江有根小青蛇，修道八百年了，几时可上蟠桃会？"

呆大讲："好！"

第二日，呆大跟着假日头走了，又走了一年，走到白云庵。庵里有一个一百二十岁的老和尚，得知呆大要上西天，就对呆大讲："请侬给我带个信，问一声如来佛，白云庵为啥香火勿旺？"

呆大说："好。"

第三日天亮，呆大又动身了，走着走着，走到西天。如来佛老早晓得了，就叫小菩萨把他迎接进门，问："侬来做啥？"

呆大先问青蛇啥时能上蟠桃会，又问白云庵为啥香火勿旺。

如来说："青蛇过去兴风作浪，害了勿少百姓，如果想上蟠桃会，要把两块金砖献出，再修三百年；白云庵是僧灵佛勿灵，要把如来佛垫座下的两块金砖拿掉，把观音菩萨头上的两支假发拿掉，香火就会旺了。"

呆大正想再问，如来佛却说："侬回去吧！"讲好，勿见了。

呆大只好原路回来，路过白云庵，把如来佛讲的话告诉老和尚，老和尚听了交关感激，便拿两块金砖、两支假发谢了呆大。

到了青龙江，又把如来佛讲的话告诉青蛇，青蛇一听笑煞了，就把金砖送给了呆大，这辰光，呆大问了："青龙江里有没有八百斤重的老虾？"

青蛇说："八百斤老虾吭没，只有虾精。"

呆大说："送我两只好哦？"青蛇讲："好，我写张纸条给侬，侬回家去摆两排大缸，每排七只，水挑满，侬把纸条烧落去，老虾马上会到，只许看，勿许动，看好后，再烧白纸，送它回来。"呆大笑煞了。

眨眼一霎过了七年，小娘已经二十多岁了，等等呆大没回来，她后悔了，想勿到讲了一句笑话，呆大介认真，弄得下落勿明，是我对勿起呆大，就在这辰光，呆大回来了，小娘蛮高兴，问了："介多年，侬到啥地方去了？"

呆大说："勿是侬叫我到西天去吗？"随即从怀里拿出两支假发、四块金砖。小娘又问："八百斤重的老虾有哎？"

"有呀！侬啥时光要就啥时光到。"小娘忖，莫看他憨，做事倒蛮认真！心里交关欢喜，便答应嫁给呆大了。

到了成亲这日，呆大借来十四只大缸，七只一排放在屋前，把水挑满，拿出纸条烧落，只见水缸里游出两只老虾，像水桶介粗，虾头在第一只缸里，尾巴在第七只缸里，眼睛会动，尾巴会甩，一游动，水缸里的水溅起来有半天高。等花轿一进门，呆大就带新娘到缸边去看老虾，小娘看呆了，介大两只老虾咋会让他办来的，心里蛮高兴，更加喜欢呆大了。

再讲呆大成亲后，每日每夜陪着老婆，一样事情也勿做。有一日，老婆对呆大讲："侬事体勿做，靠大人过日子，总勿是办法！侬好出去做生意。"

呆大一听，勿愿意："出去做生意？侬勿在我身边吭没看见，叫我咋办？"

老婆交关聪明，马上描了张画像，交给呆大带在身边，忖老婆了，就拿出来看看，呆大吭没办法，只好出门做生意去了。

有一回，呆大又想老婆了，就拿出画像看起来。忽然，从天上刮来一阵大风，把老婆的画像吹走了，呆大寻来寻去寻勿着，只好垂头丧气地回屋里来。

这张画像落到一个官府差人手里，可也凑巧，这日夜，皇帝做了个梦，梦见一个交关好看的美女，他就派人四处找寻。官府差人把这张美女画像献给了皇帝，皇帝一看，哎呀！这正是梦里见到过的那个美女，他要那个献画像的差人查到美女，献上金殿。差人拿着画像到处查问，一查查到呆大屋里，到这时呆大才晓得自己闯了大祸，哭了。

老婆劝他："事体出了，哭也没用场。等我走了以后，侬去搭一座三丈三尺高的台，穿好蓑衣，爬上高台，看见鸟从天上飞过，你就说，'鸟呀，给我拔把羽毛吧！'等侬拔了一百只鸟的毛，缝件百鸟羽衣，侬穿上到京里来找我，我有办法。"呆大听了，勿哭了，就照老婆说的去做。

呆大老婆进宫后，当了爱妃，皇帝交关欢喜，可她每日哭丧着脸，总是勿高兴，皇帝想尽了办法，她就是勿笑。

这一日，皇帝带着一群宫女爱妃在城楼上饮酒作乐，突然，爱妃"扑哧"地笑了一声，皇帝稀奇煞了，从来勿笑，今朝咋会笑？他随着爱妃的眼光，朝城楼下面一看，只见有个人头戴百鸟羽帽，身穿百鸟羽衣。皇帝连忙差人把这人带上城楼，来人正是呆大，他做好百鸟羽衣后，就上京城找老婆来了。

老婆一见呆大，便哈哈大笑起来，皇帝忖，爱妃介喜欢百鸟羽衣，便脱下龙袍，要与呆大的百鸟羽衣调换。呆大穿上龙袍，再等皇帝披上百鸟羽衣后，便大声叫道："哪里来的小讨饭？一定是刺客，快给我拿下！"下面一些卫士只认衣衫勿认人，勿管三七二十一把皇帝绑了起来，呆大又喊："快把刺客推出去斩了！"手下人，一会儿就把皇帝的头斩落了，就这样呆大做了皇帝。后来，呆大和老婆一同治理国家，国泰民安，老百姓都交关高兴。

问大佛

讲述：陆全贵　六横镇台门农民
记录：孙敏

从前，有个种田后生，从小死了爹娘，只好到财主家里去做长工，他起早落夜地做，总是做勿出头。

有一天，他听说在一个很远的山坳里，有一尊大佛交关灵验，他就带着干粮，决心要去问问大佛，啥时候会出头。

那天，他路过财神殿，财神菩萨问他："后生，侬介急做啥去？"

后生说："我从小看牛做长工，还是介穷，去问大佛，啥时候会出头。"

财神说："请侬替我代问一声，我修了千年财神，为啥勿受食。"

后生满口答应，离开财神殿，赶路去了。

这天中午，来到一个龙潭边，碰着一条千年老龙，老龙问后生："看侬奔得满头大汗，到啥地方去？"

后生讲："我给财主做长工，一年做到头，还是介穷。我去问问大佛，几时会出头。"

老龙说："请你代我问问大佛，我修了千年，为啥勿能上天。"后生把老龙的话也记在心里，走了。

他继续向前赶路，一天来到一座山上，碰着一个斫柴老头，老头问他：

"侬介急做啥去？"

后生就把心事讲给老头听，老头听了，马上求他向大佛代问一句："我只生一个囡，如今已有十八岁了，一直勿会讲话，到底啥时候能开口叫我一声爹，求侬问大佛。"后生满口应承，又急匆匆走了。

后生翻山越岭，勿知走了多少日子，才见到了这尊大佛。后生跪在大佛面前，叩头参拜，自己的事勿问，先问财神的事情："大佛，修过千年财神，为啥勿受食？"

大佛讲："千年财神，因为元宝太多，如将元宝送掉一半，就能受食了。"

后生又问："大佛，修了千年老龙，为啥勿能上天？"

大佛讲："千年老龙，夜明珠竟修了两颗，一条真龙只能含一颗龙珠，如将一颗夜明珠送掉，就能上天。"

后生又问大佛："十八岁姑娘，为啥勿会开口讲话？"

大佛讲："十八岁姑娘，如果许婚出嫁，就能开口讲话。"

后生听了非常高兴，他忽然想到自己的事还没问大佛，正要开口，大佛讲："只许问三句，勿应第四桩。"

后生忖，我自己虽然没问，但为别人代问，也是做了一件好事，他高高兴兴回家。他先到老头家里，就向老头说："大佛说过，十八岁姑娘只要许婚出嫁，就能开口讲话。"

老头满脸笑容问后生："侬老婆有吗？"后生叹了一口气，一世做长工，苦也苦勿出头，咋有老婆呢。

老头就将囡许给他，要他马上拜堂成亲。

后生讲："等我将两个口信带到后再来。"拔脚奔到龙潭。

老龙一见后生就问："大佛咋话？"

后生讲："因为侬多修一颗夜明珠，所以勿能上天。"老龙一听，立即将另一颗夜明珠送给后生。

后生离开龙潭，来到财神殿，对财神说："大佛讲，因为侬元宝太多，如果送掉一半，就能受食了。"财神就将一半元宝送给后生，后生得了财宝，到斫柴老头家里去拜堂成亲了。

王小二

讲述：张阿态
记录：忻怡

有个小囝，名叫王小二，他从小憨厚老实。有一日，小二砍柴回来，在屎缸旁边拾到一个包袱，还给了珠宝客人，阿娘晓得了，骂他是笨贼佬，有财勿晓得发！

这日，小二上山去砍柴，走到半山，突然蹿出一只老虎，张开血盆大嘴向他扑过来，小二吓煞，拔脚就逃，逃得上气勿接下气，脚骨一软，跌倒在一块大石头旁边。这辰光，大石头下面爬出一只大乌龟，把小二压在脚下空档里，老虎一个虎跳打落来，打在乌龟背脊墩，拖拖拖勿动，咬咬咬勿进，没法子，牙齿咧咧走了。

小二从乌龟肚皮底下爬出来，看看这只大乌龟背脊墩的硬壳介大，觉得蛮有趣，用手摸摸乌龟的头说："乌龟，乌龟，要是呒没侬相救，我就要让老虎拖去吃了！"

乌龟讲话了："小二，侬把我抬到侬屋里去。"小二果然叫来几个囝把乌龟抬到屋里来了。

有一日，乌龟对小二讲："这里要发大水了，侬赶快去买只船来，把侬未过门的老婆也叫来，都跳到船里去。"小二去告诉阿娘，阿娘勿相信："乱话三千，这地方亘古千年勿发大水。"一回二回，小二讲多了，阿娘才答应买了只又小又破的船。

这个日子到了，乌龟对小二讲："夜里把我抬到船上去，你们都上船，迟了莫后悔。"小二叫阿娘上船，阿娘死活勿肯："介好天气，咋会发大水？我勿上船。"小二没法子，只好和老婆、乌龟上了船。

到了半夜，果然飘泼大雨落个勿停，只一歇工夫，大水漫了，小船浮了，随水汆去。汆来汆去，到处都是大水洋，田呀屋呀都被大水淹没了。小船汆了一日一夜，看见一只木桶漂过来，乌龟叫小二把木桶捞上来，撬开一看，原来是一桶没开眼的小蛇；第二日，又漂来一只木桶，捞上撬开一看，是窝蚂蚁；第三日，又捞上来一只木桶，是一窝蜜蜂；第四日，看见一个后生，在水里一边游，一边喊救命，小二要去救，乌龟叫他勿要救，小二勿听劝，还是把后生救上来了。小二见他像只落汤鸡，冻得骨骨抖，交关可怜，便脱落衣裳给他穿，拿出饭团给他吃。乌龟见小二这样，很不高兴，跳落船边，游走了。

再讲，这个救上船来的后生，吃饱穿暖，人也活络了，闲话也多了，看看小二老婆生得蛮好看，动了坏脑筋，有话没话，要找她搭腔。小二老婆忖忖自己老公介老实，看看这后生介活络，相貌又好，也生歪心了。

这一日，小船浵到一个地方靠了岸，小二对后生讲："后生，岸到了，侬好走了。"后生讲："小囝，是我救了侬，侬好走了！"

小二气煞了，便和后生争吵起来，可是争也争勿过后生，他一气之下，跑到县衙里告了一状。

县老爷开堂传审，见他们争争吵吵，侬讲侬有理，他讲他有理，便问小二老婆："侬讲，到底是啥人救了啥人？侬是啥人老婆？"唉，女人心变了，讲闲话也两样了，她一口咬定是后生救了小二，她是后生的老婆！这下可好，县官给小二定了个诬告罪，打入牢监。

小二坐在牢里，忖忖悔煞，勿该勿听乌龟的劝告。睏到半夜，一根蛇游到他的身边："恩公，县官有个囡，今夜我去咬她一口，她脚骨烂了，别人勿会医，侬去医，墙头上有三枝草，一医就好。"

没隔几天，王小二果然听说县官屋里小姐被蛇咬了一口，脚骨肿得像牛腿，请医生医勿好，县官老爷没法，只好贴出榜文：啥人医好小姐蛇伤，重金相谢，勿要金银者，许以终身。

王小二就去找禁子牢头，说他能治蛇伤，求牢头为他给县官老爷禀报一声。县官听说王小二会医蛇伤，便将他放了出来，小二拔来三枝草，小姐一枝草吃落，脚骨立时三刻勿疼了；二枝草吃落，肿消了一大半；三枝草吃落，百病消散，脚骨上疤也寻勿着。县官要金银相谢，小二勿要金银，要小姐终身相许。

县官心里勿肯，可榜文上写得清清爽爽勿好赖，便找师爷商量，师爷给他出了个主意："要是小二一夜工夫能把两斗拌拢的黑白芝麻分开，就答应把小姐嫁给他。"县官听了交关满意，马上差人把两斗黑白芝麻拿来拌拢，交给小二。小二一看，晓得县官老爷想赖婚，这又有啥办法！反正拣勿出，还是睏觉上算，到半夜里，一群蚂蚁爬来了："恩公，侬勿要担心，阿拉来帮侬分。"千万只蚂蚁背的背、拖的拖，一歇歇工夫，就把两斗黑白芝麻分开了。

师爷一计未成，第二计又来了："明朝天亮，皇帝要去烧香，路过这里，后面还跟着三十六正宫，七十二爱妃，要是侬认得出哪顶轿里坐着正宫娘娘，小姐就嫁给侬。"

小二忖忖又难煞了，到了半夜里，一只蜜蜂飞来了："恩公，勿要担心，明朝天亮，阿拉飞落在哪顶轿子上，哪顶轿子里就坐着正宫娘娘。"

第二日，皇帝果然路过此地，轿子一顶接一顶，排得像长龙，全是一模一样。小二正看得眼花缭乱，有几个蜜蜂在他面前"嗡嗡"地飞了一圈，就飞到一顶轿子上停落，小二一看，指着这顶轿子说："就是这顶。"想勿到奔得太匆忙，一勿小心，跌了一跤，叫了声："啊唷娘哎！"正宫娘娘正在轿里打瞌睡，听到外面有人叫"娘哎"，掀开窗帘一看，轿边跪着一个小囝，看上去生得蛮俊样，她心里蛮高兴，忙叫停轿，把小二扶起，收为继拜儿子。

县官见正宫娘娘收小二为继拜儿子，便将他招为女婿，又派人去将忘恩负义的后生和女人拘来，打入牢监。

人变鸡

讲述：陈小红　虾峙镇栅棚大双村居民
记录：忻怡

过去，有个姑娘叫阿秀，阿秀的爹娘老早死了，从小跟阿哥阿嫂过日子。阿哥待妹妹蛮好，每回从外头做生意回来，总要扯一块花布啊，买点胭脂花粉啊给阿妹。阿嫂呢？老公在屋里，对阿妹也蛮好，老公一出门，对阿秀勿是骂就是打，还常给阿秀饿饭，为啥？只因阿嫂好吃懒做，整天在外面赌钱，把老公挣来的钱输得精光，可她却扯乱话说给贼骨头偷去了。阿秀把这事告诉了阿哥，阿哥就来打老婆，从此，阿嫂对阿秀恨煞了。

有一回，阿秀上山去砍柴，半路碰到一只狗头熊，吓煞了，丢掉扁担、砍柴刀，就逃回屋里，阿嫂还要骂她："柴没砍来，东西丢掉，真是个白虎星！"骂好，又叫阿秀到河埠头去洗肉。这日天气交关冷，阿秀在山上受了惊吓，加上手指头也冻僵了，一个滑脱，肉掉进河里，阿嫂又打又骂，还把阿秀推进草屋关起来。

阿秀关进草屋，想想阿嫂对她介坏，又想想早死的阿娘，眼泪流落来，阿秀只盼阿哥快点回来，好放她出去，可一日二日，阿哥还是呒没回来。饿了，只好喝猪猡吃剩的泔水；困了，只好钻进乱草里睏在猪猡脚后头。日子一久，阿秀身上长出毛来，身子越缩越小，勿成人样了。

这日，阿哥终于回来了，一看阿妹勿在，就问老婆，老婆扯乱话，说阿秀上山砍柴没回来。到夜里辰光，草屋里发出"咯咯"的声音，阿哥打开草屋门，只见一只嘴巴尖尖、冠头红红、脚爪长长、全身披毛，像大鸟一样的东西立在草堆上。

阿嫂一见，连忙拿来菜刀要杀大鸟，大鸟"嘟"一下飞到草屋外，站在阿哥面前，"咯咯、咯咯"又叫了几声，阿哥听声音交关像阿妹，阿哥走拢去，见大鸟眼睛里流着泪水，在阿哥面前摆了几下头，就咯咯叫，飞上山里去了。这辰光阿哥才晓得这大鸟原来是阿妹变的，"妹妹呀！侬甭走呀！"阿哥边喊边追，在山上寻了三日三夜，终于把大鸟找回来了。阿哥从此生意勿去做了，每日用饭喂它，用棉被焐它，还想把阿妹变回来，可勿管咋样子，阿妹永远变勿回来了。阿哥忖，介好阿妹呒没了，交关伤心，日里夜里，哭得人也瘦落去了，瘦得只剩一根筋。勿晓得啥辰光，阿哥也变得和妹妹一样了。阿嫂呢，看看老公也变成一只大鸟，吓死了，跌在地上一个翻身变成了一根蚯蚓。

邻舍隔壁看看兄妹两只大鸟伤心相，就拘来养起来，后来，就成了现在的鸡。五更头雄鸡喔喔会啼，大家讲："这是阿哥在哭妹妹哩！"兄妹俩恨死阿嫂了，所以，鸡看见蚯蚓就要啄来，吃掉！

乌鸦

讲述：陆全贵
记录：孙敏

传说目莲僧是个孝子，他从小念佛修行，后来得道成仙。日莲僧的母亲见儿子脱凡上天，她也一心想登仙界，因此，她就早晚拜佛修身，积德行善。可她生得一副蛇蝎心肠，说是吃素念经，却是鸡鸭鱼肉囫囵吞，为人奸诈阴险，真是"口里念弥陀，心计实刻毒"。

后来，目莲僧的母亲死了，她呒没成仙上天，却被打入阴司地狱。

目莲僧得知母亲在地狱受苦，非常伤心。他便闯进地狱，到处寻找，一直寻到第七层，才找到了母亲，他二话没说，背起母亲，直奔天界。行到中途，母亲大叫口渴难熬，叫儿子找水解渴。

目莲僧说："如今在半空当中，咋有茶水呢？"她就赖落勿走了。这时，正巧过来一条青龙，龙背上汗水淋淋，目莲僧见母亲要喝水，他就在龙背上捛来一捧汗水，给母亲吃了，母亲问："这是啥水？咋有介好吃。"

目莲僧说："这勿是水，是龙汗。"

"啊！龙汗，怪勿得味道介好，这龙肉就更加好吃了，儿呀，侬去弄点龙肉给娘吃吃。"

目莲僧听了大惊，心里埋怨母亲，咋可讲出这种话来，他继续将母亲背起！刹那间，来到南天门外，将母亲放落，这时，他娘听到鸡叫声，母亲问道："儿呀，这是啥叫声啦？"

目莲僧说："这是天上金鸡叫。"

"金鸡叫声有介好听，这金鸡肉勿知有多少好吃呢。儿呀，侬快去捉来，娘要吃金鸡肉。"这句话被太白星君听到了，不觉心中大怒，撩起一记耳光，将她扇落天庭，她当即变成一只乌鸦，飞向了凡间。

后来，乌鸦见到地上的小鸡嘴馋想吃，可是呒没本领叼到小鸡，只得发出"啊"的叫声，人们听到乌鸦刺耳的叫声，总是吐唾沫避让，都说它是一种不祥之鸟。

树倒猢狲散

讲述：陈信俄
记录：忻怡

有份大户人家，老板黑心贪财，是个刻薄鬼，一毛勿拔的铁公鸡。平时有讨饭头上门，他非但勿给一碗饭、一口水，还要叫家人拳打脚踢赶走，说是讨饭头破了他家风水，冲了他的福气。有回，一个七十多岁的白胡子老头，耳聋背驼，头颈上裹条破毛巾，来老板屋门口讨饭，老板看见，叫来打手，把老头打了一顿，丢在大路旁边。

再说老板屋里有个长工，心交关善，看看老头介大年纪伤心相，就把老头背到一个破庙里。过了两日，长工再去破庙看看老头是勿是死了，防勿到老头坐在那里还活着。长工想，人情做到底，送佛上西天，便去担饭给老头吃。一日二日，一直担到七七四十九日，老头解落颈上那条破毛巾递给长工说："我吭没东西好谢，只有这条毛巾，给侬擦面，一擦面会嫩，运道也会好呵。"长工把它收下，一试，面孔皱纹没了，皮肤精光滴滑，红粉细白像大姑娘。

第二日，长工被老板看见了，怎么回事呀？！这长工怎会变得介面嫩啦！一定是吃了啥灵丹妙药，便来问长工。长工是老实人，一五一十把事情讲了，老板听完笑煞了，要是自己也有介一条毛巾，老婆还有十个好婆哩！连忙叫长工带路去破庙，把老头抬到自己屋里，给他吃过饭，换过衣，就讨毛巾，老头从袖口里摸出一条黄乎乎的毛巾给老板，然后闷声勿响又回破庙去了。

老头一走，老板急忙用毛巾擦脸，他的老婆晓得了，也要擦，全家人都抢着要擦，结果，大家轮流着擦，侬擦过给他，他擦过给我，一顿饭工夫，一家人全擦遍了。第二日天亮一爬起，老板面孔上生出黄毛，慢慢嘴巴凸出，眼睛凹进，鼻头朝天，哎哟哟，老板一家人统变成了猢狲！这群猢狲白天到树林里去，太阳落山回来，蹿到门前一株大树上过夜。

长工这一日又去破庙送饭，老头问他："这群猢狲现在何处？"

长工答："白天在树林里，夜里在门口大树上过夜。"

老头说："今夜侬去把屋门口这株大树砍倒，这群猢狲就回勿来了！"

长工马上取来斧头锯子把大树砍倒了。大树一倒，猢狲逃三奔四，飞五走六，都树林里去喽，再也吭没回来过。

喏，这故事就是树倒猢狲散的出处。

贪心勿足蛇吞象

讲述：徐阿力　虾岥船厂门岗
记录：忻怡　顾维男

有个光棍，在老板屋里做厨工。一日，看见厨房墙脚跟一条小蛇在吃碎饭，厨工看着怪可怜的，倒了一碗饭给小蛇吃，第二日，小蛇又来了，厨工又倒了一碗饭给小蛇吃，小蛇每日来，厨工每日倒一碗饭。日子一长，老板晓得了，就将厨工赶走了。临走这日，厨工对小蛇说："小蛇哎，为了给侬吃饭，老板将我赶走了，侬要跟我走，就游进这只篮子里去！"小蛇果真爬进篮里。

以后，厨工给小蛇取了个名字，叫阿份，每日带着它，有吃，二一添作五，分着吃；呒吃，统饿肚皮。一日一日，眼睛一眨，五年过去，小蛇变成碗口粗的大蛇。有一日，厨工把蛇放到河边，对蛇讲："阿份哎，我养侬介大了，侬好自己去谋生了，要是有事体，我到河边阿份、阿份叫三声，侬要快快来见我！"蛇点点头走了。

再讲当朝正宫娘娘犯了心痛病，看过顶好医生，吃过百样草药，统统呒用场，只好贴出皇榜，啥人医好娘娘毛病，赏赐金银，封官加爵。厨工看见皇榜，想起了阿份，他走到河边，"阿份、阿份、阿份"叫三声，只听哗啦啦河水翻起大浪，浮起一根一抱粗的大蛇。大蛇问："恩人，侬要我帮啥忙？"厨工讲："当朝正宫娘娘生心痛病，侬晓得有啥药好医？"大蛇张开嘴巴，叫厨工爬进去，割点蛇心，好医娘娘的病。

厨工大着胆子爬进蛇肚里，割了一点点蛇心，回到屋里煮一煮，带进皇宫给娘娘吃，娘娘一吃落，毛病就好了，皇帝交关高兴，封官赐金，厨工发财了。

一日，皇太后把厨工叫去，讲："我头发白了，也快脱光了，多难看，要是有药能让头发重新生出变成黑头发，我叫万岁封你做宰相。"厨工听了连连答应。

厨工又走到河边，"阿份、阿份、阿份"叫三声，阿份来了，厨工讲："当朝太后要我把其白头发医成黑头发，侬晓得咋医？"大蛇又张开大口叫厨工进去割心，厨工爬进去后，比上次割得大一点，这回蛇有点痛了，为了报恩也只好熬着。

厨工拿了蛇心，给太后吃，太后一吃，果然白发变黑发，又发出新发，人也年轻了，皇帝真笑煞，封厨工为宰相。厨工做了宰相，心忖，我有权有势，有金有银，要是能长命百岁，多好！

他又走到河边，"阿份、阿份、阿份"叫三声，阿份又来了，他讲："阿份，我每日头痛，气力呒没，侬送佛送西天，让我再割一次心。"大蛇有点为难了，但还是让他爬进肚里，这次他心狠了："我做了宰相，吃用勿愁，以后勿会再同蛇来往了，介好的蛇心，这回多割一点。"他狠命将蛇心割掉半边。大蛇痛得打滚，嘴巴一闭，沉入河底。宰相也在蛇肚里了。这就是"贪心勿足蛇吞象（相）"的来历。

公鸡除妖

讲述：俞彭根
记录：顾维男

有个种田后生，息工回家，看到一个大姑娘在路边哭，后生问："阿妹，侬为啥介伤心？"大姑娘讲："这位阿哥，我上无兄长，下无弟妹，爹娘已故，住在舅舅家里，舅舅要把我卖给一个财主当小老婆，我呒没办法，只好逃出来，现在呒处安身。"后生一听，交关同情，对大姑娘讲："侬甭难过，到我屋里去，同我阿姆住在一起，侬就算是我阿妹。"大姑娘交关高兴，点头答应了。

后生家里有只公鸡，又大又好看，后生和阿姆交关喜欢，已经养了十多年了。这日，大公鸡看见大姑娘走进院子，便翅膀拍拍，头颈伸出老长，扑向大姑娘就啄，姑娘惊慌得乱逃乱躲。后生连忙拦住公鸡，可是拦来拦去拦不住，公鸡看见姑娘总归要去啄，后生呒办法，只好把公鸡关起来。第二天，阿姆把公鸡放出喂食，公鸡一出笼，食也勿吃，一头闯进阿姆房里，看见姑娘就啄，后生气煞了，掌起一根捧头把公鸡打出家门。

这样，姑娘、后生和阿姆一家三口人过日子，倒也蛮好。可是，自从姑娘进门以后，阿姆的身体越来越勿好，屋里的鸡、鹅、鸭也会一只只死掉，后生也弄勿清爽是啥原因。

有一日，阿姆终于病倒了，她叫姑娘到地头去把后生叫回家，姑娘感到为难，自到后生家里来，一直呒没出过门，可阿姆病介重，只好答应去叫后生。姑娘走到半路，树丛里奔出后生家的那只大公鸡，竖起羽毛，张开翅膀，拦住姑娘的去路，姑娘一见公鸡，吓得脸孔失色，身体嗦嗦发抖，正想逃走，大公鸡"喔喔"一声叫，猛地扑上去，啄住姑娘。姑娘拼命扑打、躲闪，还是挣脱勿掉，只见那姑娘身子一晃，现了原形，原来是条蜈蚣精，蜈蚣被公鸡咬住喉咙，动弹不得，喷出一股毒气，就死掉了。大公鸡拉着这条死蜈蚣来到田头，向后生点点头，"喔喔"叫了两声也中毒死去了。后生这才晓得姑娘就是蜈蚣精，心里交关难过，他把大公鸡抱回家里，埋在家门口，阿姆的病也好了。

后来，在埋鸡的地方生出一枝花，样子很像鸡冠，大家就称它为鸡冠花。

狐妖

讲述：郭小高　六横镇台门中心村农民
记录：顾维男

　　六横有一个书生，为人憨厚老实。一天傍晚，他在路上碰见一个年轻女子，相貌生得交关好，女子问书生，到乌龟山还有多少路，书生讲，还有二十多里，女子一听哭了，书生问她为啥哭。女子含着眼泪讲："我家男人待我勿好，今天又打了我，我只好到亲戚屋里住几天，勿晓得天快暗了，还要走二十多里路，叫我咋办？"

　　书生看看那女子既喜欢又可怜，讲："大姐，侬要是勿嫌弃，到我书房搭张铺睏一夜怎么样？"女子点点头。书生把女子带到书房安顿好，自己就回房睏觉去了。勿知为啥，这夜书生睏来睏去睏勿着，脑子里老忖着这个女子，他就披衣起床，到书房去了。

　　书生走进书房，看见那女子还呒没睏，穿着一身薄薄的纱衫，里面映着一只红色小肚兜。女子看见书生，凤眼一弯，樱桃小嘴一笑，娇滴滴讲："先生，侬待我介好，叫我咋感谢侬！"她边说边拉书生到床上。这时，书生人也混沌了，就和女子睏了一夜。天快亮时，女子就匆匆上路了。从这天后，书生书读勿进，脑子里老是忖那女子。

　　有一日，书生出门看庙会，碰到一个老和尚，老和尚把书生全身都看了一遍，讲："先生，侬中邪了。快告诉我，近几天侬有没有碰到生人？不然，侬性命难保！"

　　书生心里一惊，把遇到女子的事讲了出来，老和尚双手合十，念了一句："阿弥陀佛！"说："侬碰到狐妖了，信不信由侬，只要到乌龟山北面山腰去看一看，侬就明白了！"

　　书生半信半疑，来到乌龟山北面的山腰，发现茅草丛中有个石洞，还听见洞里有狐狸的叫声，他就躲在大树后面偷看，只看见上次碰到过的那女子走到洞口，轻轻呼叫一声，洞里奔出一群小狐狸，也都兜着红肚兜，看见女子亲热煞，女子拿出一个血淋淋的人心给小狐狸吃。书生看见，魂灵也吓出，等女子和小狐狸钻进石洞，就拼命奔下山，去找老和尚。老和尚说："先生，这狐狸精已经吸取了侬的精神，过几天要来吃侬心肝，我给侬这把拂尘，拿去吊在门上就无事了。"书生谢了老和尚,把拂尘带回家里,吊在门口,可是,他每夜睏觉,还是提心吊胆。

一日夜里,书生正要睏觉,忽听门外发出怪叫声,书生从门缝看见拂尘一闪、一闪地发光,光一闪,就响起狐狸的怪叫声。书生吓得钻到被窝里刮刮抖抖,最后,只听"轰"一声响,门开了,狐狸闯进房来,把书生心肝肺全部掏空。

老和尚得知后,真气煞,拿着一只宝葫芦赶到乌龟山北面石洞前,大叫:"狐妖快出来!"只听洞里"嘿嘿"一声怪笑,狐狸从洞里走出来,一见老和尚就扑过来。老和尚一闪,拿出葫芦,狐妖看见葫芦,连忙磕头讨饶。老和尚要她交出心肝,狐妖从口里吐出心肝肺,老和尚一看这些东西还活着,交关高兴。狐妖趁和尚勿防,猛扑过来要抢葫芦,老和尚一闪身,咒语一念,洞里的狐妖和小狐狸统统被吸进葫芦里。

老和尚到书生家里,把心肝肺放回书生身上,咒语一念,书生又活转,老和尚对书生讲:"看人勿能看貌,要分清人妖呵!"书生连忙点头称是。

生 活 故 事

还是老老实实抲鱼好

讲述：张定康　东极镇青浜文化站干部
记录：管文祖

过去，青浜岛上有对兄弟，阿哥叫阿金，阿弟叫阿银，兄弟二人好吃懒做，抲鱼生活牢扣①，撮野货②性命也会豁出。

有年八月十六，一场台风过后，海上氽来交关多东西，有树，有屋料，还有桌凳、木箱。阿哥一看，眼睛红了，叫阿弟快把舢板船摇来，撮野货去。

这辰光，岛上有些人也想撮，便跟他们出了海。可是，到洋地里一看，海上漂着许多浮尸，有些死人用麻绳捆在树上，有些死人双手紧紧抱牢木箱。看到这种情景，有的摇着空船回来了，只撮死人勿撮财，把死尸带回岛葬好。只有阿金，见财就捞，勿管是箱子还是木头，统往舢板上装，阿弟说："阿哥，介小舢板，少装些好，宁可下趟再来装！"

阿金贪心，拼命捞，舢板船装得满满的，连插脚的地方也呒没，只好跪着摇橹。阿金摇大橹，阿银摇二橹，满心欢喜往回摇，勿料，船刚要拢埠的辰光，立时三刻刮来一阵大风。风猛浪大，舢板摇摇晃晃在风浪里跌上跌落，阿银心慌手软，一浪涌来，橹叶浮起，橹柱滑出，木橹被浪氽去了。两支橹只留下阿金一支大橹，顶风驶船，速度减慢。阿弟劝阿哥把东西掼些，船身

---

① 牢扣：舟山方言，即蹩脚的意思。
② 撮野货：指在海上拣漂来之物。

轻，摇起来省力，阿金勿肯，说他身强力壮，这点风浪勿用怕。

风越刮越猛，浪越来越大，小船无法靠拢埠头，反被风刮得越漂越远。突然，哗一浪罩来，把小舢板打翻，连人带物统统倒进海里，船底朝天！

阿银勿会游，跌落海里，接连喝了几口海水，呛得他晕头转向，好勿容易才被阿金拖上船背墩，吓也吓煞，冻也冻煞，骨骨抖抖，面孔煞白。他张开眼睛一看，海上浪叠浪，直朝舢板扑来，不觉心慌眼眩，脚底打滑，又被浪罩去了，阿金连忙跳海去救。阿银一次、二次落水，阿金一次、二次把他救上来，阿银吓得哭了："阿哥，看样子今朝性命要没嘞！"

阿金嘴硬："莫哭，有我在，侬勿会死！福人有福相，也许会碰到过路船，救阿拉一命！"果然，驶来一只福建打洋船，阿金一看，高兴极了，连忙立起身来向打洋船呼救！

福建打洋船看到海上漂着两个人，急忙把船驶拢来。阿金一高兴讲了："阿弟，天无绝人之路，阿拉有救了！"啥人晓得，船到浪也来，一浪涌来，阿金脚骨打滑，"扑通"翻身落海，一个大浪把他罩得无影无踪，再也呒没浮上水面，打洋船只救起一个阿银。

阿银回到青浜，再也勿敢去撮野货了，所以青浜有句老话：撮野货呒结煞，还是老老实实抲鱼好。

状元老爷和抲鱼阿毛

讲述：陈信俄
记录：忻怡

过去，鱼多船少，抲鱼船每次拢洋回来都是双满船 [①]。

有个告老还乡的状元老爷见抲鱼人抲来介多鱼，眼痒心动了！也打了一只船。这船打得漂漂亮亮像轿子，可是中看勿中用，加上船上的一班人全是吃勿起苦的白脚梗 [②]，平风息浪时开出去装装样，有点风浪就像沙蟹钻洞逃也来勿及。白脚梗船老大鱼抲勿来，却向状元老爷讲，鱼抲来几担几担，那么，这些鱼哪里来的呢？实底子讲，都是凭状元老爷的牌头强横霸占来的。抲鱼

---

① 双满船：两只船都装满了。
② 白脚梗：不会干粗活的读书人。

人肚量蛮大，每只船拿出几担鱼，就当自己少捕几担，可是白拿回数多了，心里有股气，当面勿敢顶，背后都在咒骂这班白吃白拿的白脚梗。

夏汛里有一日，拘鱼船拢洋来，生意交关好。状元老爷打起轿子，叫佣人挑了酒肉猪头来慰劳白脚梗。这事被拘鱼人晓得了，走拢在舱板墩商量，有人动脑筋说，趁状元老爷高兴，请他到阿拉船上来喝酒，到时候告白脚梗一状；也有人担心，这个状咋告？告准了还好，告勿准，这班白脚梗以后勿会放过阿拉。商量来商量去，一时拿勿定主意，这辰光有个二桨团说："尽管去请，请来了咋告，我有办法！"

状元老爷听说拘鱼人要请他落船喝酒，交关新鲜，交关高兴，想与百姓同乐，便一口答应了。这班白脚梗怕露马脚，船老大带着出网和多人①也跟来了。

拘鱼人都涌在舱板墩看热闹，见状元老爷来到一只大船的舱面墩坐落，先讲了几句客套话，接着起身给拘鱼人敬酒，状元老爷给拘鱼人敬酒，拘鱼人做梦也呒忖着过，一个个都交关尊敬，把酒喝了。哎！敬到二桨团的辰光，他把酒杯用手一遮说："状元老爷慢来。"状元老爷抬头一看，原来是个十几岁的小团郎，有趣煞了："哈哈哈哈，拘鱼人里还有阿毛。"他的意思是讲，拘鱼人里还有介小的孩子。从此，拘鱼人有了介绰号叫拘鱼阿毛。

再说，大家一看，这二桨团要闯祸咧，白脚梗船老大也呒五喝六叫起来。可状元老爷呒没发火，胡须捋捋，问小团为啥勿要敬酒，小团说："状元老爷，我给侬看样东西。"说着，搬过一只木面盆，面盆里游着一条小手指介粗的小鳗童，小团接着说："状元老爷，这根小鳗童侬用筷子夹得起，我给侬敬酒；挟勿起，侬要为我敬三杯酒。"

状元老爷忖，蛮有趣，介点点大一根小鳗童咋会夹勿起，拿起筷子就夹，可勿晓得鳗鱼身子滑溜溜，状元老爷夹起滑落，夹起滑落。二桨团拿起筷子轻轻一夹，就把小鳗童夹起来了。状元老爷看看这小团蛮活络，胆子也蛮大，真的给他一连敬了三杯酒。

二桨团三杯酒喝落，"扑通"一声跪在状元老爷面前，说："呒没三分武艺，难吃外洋带鱼丝，拘鱼人拘鱼勿容易，可也有些人鱼懒得拘，靠牌头强横霸占白白拿。"

状元老爷气煞了："还有这等无法无天的事，是啥人，侬讲出来，我替

---

① 出网、多人：同船老大一样，都是渔船上的职务称呼。

侬做主！"

二桨团说："勿敢。"

状元老爷晓得里面有奥妙，似问非问地说："莫勿是状元府这只船？"

白脚梗船老大一看勿好，也扑通一跪说："老爷，阿拉咋会干这号事，这址抲鱼人有意败坏侬老爷的名声。"

状元老爷转身问二桨团："小团有啥证据，从实说来！"

这辰光，围拢来看热闹的抲鱼人都为二桨团捏把冷汗，担心要吃生活。可二桨团勿慌勿忙地说："这交关省力，会抲鱼，就会了解潮水，请侬船老大说说看？"

白脚梗船老大张嘴结舌，一句话也讲勿出来。

二桨团把头一抬，背起"潮水歌"来了。他背完"潮水歌"，又拿出一片破网衣，要请白脚梗出网补补牢，这个出网连补网的竹梭也呒没捏过，咋会补网？只见他捏着竹梭，无从下手，弄得洋相百出。这时，二桨团又拎出一根鱼，来到白脚梗多人跟前，说："是种田人认得出韭菜大麦，是抲鱼人认得出章鱼乌贼，侬讲，这是啥鱼？"

白脚梗多人一看这条鱼黄乎乎，像黄鱼又勿像黄鱼，只好说："这是淡黄鱼。"话一出口，看闹热的抲鱼人哄一声笑了起来，人堆里有人叫："这是鲵鱼，勿是淡黄鱼！"

到这辰光，状元老爷一切都明白了，便打起大轿闷声勿响回去了，从此，他不再干抲鱼船了。

一字之差省祸孽

讲述：邹惠满　蚂蚁岛乡长沙塘村渔民
记录：叶焕然

有一日，一帮抲鱼人出海去抲鱼，走过剃头店门口，剃头师傅勿当心，把一面盆洗头水正好泼在船老大身上。

龌龊水泼在别人身上，弄勿好要出人命。抲鱼老大肚里忖，今朝刚要出门去抲鱼，泼了一身龌龊水，真触霉头，他越忖越气，板着面孔站在剃头店门口，要找剃头师傅评理。剃头师傅一见苗头勿对，马上赔笑走过去，想对老大讲，这面盆水是干净的清水，但是，话到喉咙头又咽了下去，为啥？抲鱼人喜欢吉利，"清水"两个字最犯忌，马上改口讲："老大，老大，这是好水，这风一定是好水！"抲鱼老大一听，这风是好水（这是好风水），出门彩头，就转怒为喜，满脸笑盈盈，反转头来还去谢谢剃头师傅。

"清水"改成"好水"，一字之差，省了一顿祸孽。

贪多反而少

讲述：邹惠满
记录：叶焕然

有一日，一帮抲鱼人要落船去抲鱼，走过一峧，看见一个看牛小囝骑在牛背上，抲鱼老大想讨个吉利彩头，就问看牛囝："看牛阿哥，阿拉这风出海赚头足勿足？"

看牛小囝一听抲鱼老大介大年纪叫他阿哥，心里蛮开心，就讲："老大阿伯，一网一百大洋。"老早讲，一网一百大洋，这网少说也有几百担，抲鱼老大听了交关高兴，又问了："看牛阿哥，抲十网有多少？"

看牛小囝吭没读过书，只晓得一百元是顶大数目了，这十个一百是多少勿会算了，他眼睛眨眨，回答说："十网十百大洋。"抲鱼老大听错了，把"十百大洋"听作"十八大洋"，心里忖忖懊恼煞，这勿是越抲越缺了！

信佛和不信佛

讲述：方春水
记录：管文祖

有两个农民，一个信佛，一个不信佛。

有一天，勿信佛的农民到田里来车水，要装好水车头，还缺块平正的石板，寻来寻去寻勿到。突然，他看见这里有个小宫，宫里有个木头菩萨，他忖，这木头菩萨生得方方正正，装水车头正合适，便把木头菩萨背来垫了车头。等水车好，他把水车背回家去，却把木头菩萨丢在田头忘记了。

正好，信佛的农民走过这里："啊呀，小宫里的菩萨竟会让某人背来装车头，真罪过！"他赶紧把菩萨挖出来，洗清爽，背回小宫供好。

第二天，小宫里的大菩萨回来一看，问小菩萨："我出门没几天，我这个木头扑尸①咋会介龌龊，是啥人弄的？"

小菩萨说："是某人车水，把侬背去装车头，烂泥弄得一塌糊涂。"

"是啥人背回来的？"

"亏得某人好心，帮侬洗清爽背回来！"

"噢，原来如此！"

小菩萨见大菩萨满脸勿高兴，灵机一动说："大菩萨，这几日侬出门，我管屋里，真饿煞了，啥地方去弄点猪羊吃吃！"

大菩萨说："好呀，去弄啥人？"

"某人介坏，把侬背去装车头，去找他，要他头痛发热，吃吃小苦，罚他猪羊！"

大菩萨听了，连连摇头说："找他，白白找，他敢把我扑尸背去装车头，肯定勿信佛，就是头痛发热，他也勿会来供侬！"

"那找啥人去？"

"我看还是去找某人，某人信佛，去找他，他会相信！"

"对，对，勿错！"

结果，那个信佛的农民，被小菩萨作弄得头痛发热，赶紧杀鸡、买猪头来供菩萨了。

勿相信菩萨的人，菩萨也勿会去诈他，敲诈他也吭没吃；相信菩萨的人，去敲诈他，才会来供菩萨，才有吃！

章状元与张天师

讲述：方春水
记录：管文祖

早先，宁波出了个章状元，他状元考出，处处拜客。一天，章状元来到张天师屋里拜客，两人坐落喝茶交谈，张天师忽然立起身来，朝天空深深一揖。章状元觉得奇怪，问道："啊呀，天师大人，侬我正好好谈心，侬忽儿起

① 扑尸：指人的躯壳。

身，这是为啥？"

张天师讲："噢，天上有关帝圣君路过！"

"啊，有关帝圣君路过，侬也晓得？"

"对，我晓得！不知状元老爷有何见教？"

"我有话想对关帝讲，不知天师可勿可以面见关帝？"

"可以，可以！我可焚香祝告，符一烧，就可以找关帝说话，侬有何事相告，只管对我说好了！"

于是，章状元讲了这样一桩事。

章状元出身贫苦，某年某月在私塾学堂读书，这所学堂正好在关帝殿旁边，百姓都说关帝交关灵，别的庙用猪羊供菩萨，这里用牛马供菩萨，烧香求佛的人非常多。

有一次，学堂里有个学生遗失一绽墨，是天都二妙堂香墨，这种墨穷书生是用勿起的，正因为章状元家里贫穷，这个学生一口咬定是他偷去。章状元急得发愿赌咒，说他吭没偷过，那学生死活勿信，结果两人一起来到关帝菩萨面前，"扑"地跪倒，章状元讲了："关帝菩萨，某人一块香墨被人偷去，侬菩萨总晓得，要是我偷，侬出下下之谶，如果我没偷过，侬出上上谶！"他拿起谶诗筒，"哧嗒、哧嗒"摇了起来，"骨碌嗒"摇出一枚下下谶。这还有啥闲话好讲！教书先生也相信菩萨，说章状元偷香墨，当众受罚，"哧嗒、哧嗒"手底心被打得青肿。结果这绽香墨寻着了，在字纸篓里，是老鼠拖去咬烂了，当时章状元交关委屈，想勿到，关帝菩萨也会欺侮穷人。

张天师听了，也感到勿平，连声说："好，我替侬去问关爷。"他当即焚香祷告，烧符，打个瞌冲，追上关帝。

关帝问张天师有啥事？张天师便把事情经过讲了一遍。

关帝听得木知木觉，问道："关帝殿在啥地方？"张天师一惊："咋话？介大一个庙，介大一个神像塑着，百姓用牛马供侬，侬咋会一点勿晓得？"

"我是勿晓得，我从来吭没去过！"关帝一忖，就差周仓去查一查。

周仓来到关帝殿一看，殿里有个河水鬼，爬在供桌上吃牛马，周仓大喝一声："大胆孽畜，侬敢借关爷名义在这里作威作福，戏弄百姓。侬为啥给章状元拨个下下谶啊？"

"周仓老爷，贵手抬高，章状元是文曲星君，他一来，我就吓煞了，看也勿敢看他一眼，只好乱抽一枚谶，啥人晓得是上还是下！"

周仓一听大怒："混账畜生！"手起刀落，把河水鬼头斩落，拿来交给张天师。张天师这才明白，原来关帝不在庙里，统是野鬼在作怪！

贪小的吃素老太婆

讲述：周国尚　六横镇岐头居民
记录：叶焕然

有一个老婆婆，长年吃素，吃得交关净，每日生姜下饭，连酱豆腐也勿吃一块。她心里忖：诚心诚意吃素修行，难道天上的神仙勿晓得，要是神仙晓得，为啥勿来看看我呢？她日思夜想，连睏觉做梦也在想。

仙人讲来就来。有一日，吕洞宾来了。他晓得老婆婆生姜已经吃完了，就变作一个卖生姜客人，到老婆婆门口叫卖："卖生姜喔卖生姜！"

老婆婆一听有人卖生姜，赶紧把卖生姜客人叫到屋里。吕洞宾问她要买多少，老婆婆讲买半斤，吕洞宾讲："老婆婆，侬要买生姜自己称好了。生姜四个铜钿一斤，侬买半斤，两个铜钿够了。"老婆婆一看卖生姜客人眼睛不好，便称了一斤，只付了两个铜钿。

吕洞宾把两个铜钿放在手底心掂了掂，肚里忖：侬讲自己诚心诚意吃素修行，没想到介贪小便宜，连半斤生姜也要贪过。他挑起担子来到门口，在门上写了几句话："日传仙人相，夜传仙人相，半斤生姜会称十六两，侬现世勿相信，问问隔壁张先生。"

吕桐宾挑起担子前脚刚走，老婆婆的儿子后脚就回来了，走到门口一看，啊！阿姆介贪小便宜，买半斤生姜会称来一斤。他一边往屋里走，一边嘴巴喊："阿姆，阿姆，侬这个人呒做了！日传仙人，夜传仙人，仙人来了，侬又把半斤生姜会称来一斤。"

老婆婆勿承认，讲："侬哗啦哗啦喉咙介响做啥，没介事体！"儿子见阿姆还要赖，拿过生姜一称，果然是一斤，一眼勿差，他讲："侬还想赖，门上写着，勿相信去问隔壁张先生。"

老婆婆一听，咋话，连隔壁张先生也晓得啦？她再也坐勿稳了，便奔到隔壁去找张先生。张先生是份大户人家，三代未分家，坐拢吃饭的人有四五桌。这辰光，张先生正好在吃昼饭，一看念佛婆婆来了，便客客气气请老婆婆坐拢来吃饭，老婆婆客套了一番，走拢饭桌一看，满桌小菜呒没一碗素菜，她正想开口讲话，忽听外面有人叫卖："卖酱豆腐喔卖酱豆腐！"张先生一听，便叫饭师傅到门口去买块酱豆腐来。

饭师傅一问，酱豆腐是三个铜钿一块，他忖：今天买小菜剩落三个铜钿，正好买一块酱豆腐。不料卖酱豆腐客人给他两块，饭师傅讲："三个铜钿买一块，侬咋给我两块？"

卖酱豆腐客人讲："买一块，加一块，这叫作半卖半送。"

饭师傅拿进屋里，张先生讲："三个铜钿买一块，侬咋好拿来两块？"

饭师傅讲："半卖半送，这是他送的！"

张先生讲："弄勿来的，小本生意，要亏本的！"随手摸出三个铜钿叫饭师傅送去。吃素老婆婆觉得张先生这种做法蛮好笑，便插嘴讲话了："一块酱豆腐是他自己送的，三个铜钿甭付了！"张先生一定要饭师傅把钱送去。

原来，卖酱豆腐客人又是吕洞宾变的，等饭师傅来找他，老早无影无踪了，不过他又在门上留了几句话："隔壁有个老婆婆，长年吃素念弥陀，歪心生好改勿了，永生永世难超度。"

阿弥陀佛

讲述：方春水
记录：管文祖

念佛老太婆每日来略念六字经，叫作"南无阿弥陀佛"，其讲念佛好当钿铜用，这是怎么回事呢？

过去有个后生，名叫阿弥，出生在南湖，这个人身强力壮，勤劳肯做，一个人日脚蛮好过，挣到钱，也肯接济人，啥人有难处，只要侬开口问他借，就会借给侬。"阿弥，我手头拮据，侬借两块我用用！""侬要多少，只管掏①去好了！"只要有，阿弥或多或少总会借给一些，勿会让侬空手回去；掏去后，也从勿问人去讨。

这样一来，啥人有难处，就会到阿弥家去借，去掏。后来出了名，来的人也多了，他来借，侬来掏，阿弥积蓄下来的一眼铜钿统让人掏光了。俗话讲："天有不测风云，人有旦夕祸福。"等到阿弥生了病，屋里呒没吃了，唉！他有的辰光，人家要借借，要掏掏，等到他有难处了，那些借他钱的人呒没

---

① 掏：舟山方言，拿的意思。

嘞！阿弥整日里睏着勿会劳动，又呒没铜钿医病，连病带饿，死了！

阿弥介好一个人，勿料还会有人骂他，咋骂？"阿弥这个人啊，该死！自己有了铜钿，一分二分也好，一角二角也好，有人来借来挖，统会答应，咋会有介多，就是金山银山也要搬空嘛！唉，等到生病了，啥人肯借侬？这勿是自该死！"

讲实话，多数人还是赞他，"唉！阿弥这样死了，本来还好到阿弥屋里去挖点，这遭呒没挖了！"所以，有些人铜钿呒用了，就想起阿弥来了，慢慢变成这样一句话："要铜钿用，问南湖阿弥挖。"多讲讲，成了"南无阿弥陀"。大家都说，阿弥心肠好，死后成佛了，便叫他南无阿弥陀佛了。

僧尼还俗

讲述：忻元寅　登步乡大岙村退休教师
记录：忻怡

两座小山，这边山上有个尼姑庵，那边山上有个和尚庙。庵里有个尼姑叫雪山，庙里有个和尚叫黄球，雪山枏黄球每日低头勿见抬头见，你看找，我看你，天长日久，眉来眼去，侬有情，我有意，两人心里老早有数，只是佛法森严，勿敢走拢相会。

有一日，黄球外出化缘，来到一个庙里借宿，庙小呒处睏，当家师父叫小和尚在大殿角落里搭张铺，让黄球过夜。碰巧雪山也出来化缘，这日天黑了，七摸八摸，也摸到这个小庙里来投宿。庙里的小和尚看看雪山头戴斗笠，脚踏草鞋，以为也是个和尚，心忖，今日咋会有介多和尚来借宿，也勿去通报当家和尚一声，便自作主张把雪山带到大殿上，用手指指角落里的那张铺，说："侬与黄球睏在一起算了。"他又对黄球说："侬一个人睏在大殿上冷冷清清，我叫雪山来给你做伴！"说完走了。

两人都吃了一惊，想讲明，又转念一忖，咋会介巧，莫非菩萨有意撮合！错过机会，以后永世也甭忖了。这时，黄球已脱衣睏好，便假装睏着了；雪山也装作勿晓得，就睏在黄球的脚后头。睏到半夜，黄球想探探雪山的心意，便自言自语说："今夜夫妻隔被单。"

雪山何尝勿想同黄球走拢讲句话！可总还有点羞羞答答，便随口接道："人眼好瞒佛眼难。"

黄球一听，有门了，连忙说："哪有通宵巡逻佛？！"

雪山一忖，倒也勿错，就大着胆子说："快请黄球上雪山。"

自从这次巧遇后，黄球和雪山下了决心，双双还俗，结成夫妻，过着男耕女织的生活，享尽人间天伦之乐。

清和桥

讲述：潘秋根　桃花镇茅山村农民
记录：叶焕然

有一日，内河船里乘着三个客人：一个和尚，一个教书先生，还有一个大姑娘。和尚年纪蛮轻，一双眼乌珠溜溜盯牢大姑娘；教书先生也勿正经，有讲呒讲，寻大姑娘搭腔，还想出个主意要同和尚、大姑娘对课打赌，啥人赌输啥人付船钿。和尚巴勿得同大姑娘寻开心，和尚讲："船里只有三个人，啥人勿讲也算输。"他勿管大姑娘愿意勿愿意，便开口先讲："新经念，弥陀盖，念佛修行人人爱，若有人勿爱，西天活佛何处来？"和尚一边讲，一边看着大姑娘，意思是：我这个西天活佛侬爱勿爱。大姑娘也看出这个贼和尚勿怀好意，但想到大家乘一条船，只当呒没看见。

教书先生一听和尚往自己脸上贴金，他就抢着讲："红字写，黑字盖，读书写字人人爱，若有人勿爱，文武百官哪里来？"

大姑娘坐在那里闷声勿响，教书先生趁机上去搭腔："姑娘侬勿讲，侬付船钿。"大姑娘肚里气鼓鼓，付几个船钿小事，这口气吞勿落去，讲就讲："阿拉女人少出门，呒见过世面，要是讲勿好，侬拉甭见笑。"和尚马上讨好地讲："勿要紧，只管讲。"

大姑娘讲："水粉妆，蜜糖盖，风流之事人人爱，若有人勿爱，教书、和尚何处来？"

船老大一听哈哈大笑："还是姑娘讲得好。"和尚和教书先生明明晓得大姑娘讨便宜，要想报复，呒没话柄，就在这辰光，航船正好摇到清和桥，教书先生一看肚里打算盘，和尚开头土里土气给自家贴金，反落得被大姑娘讨了便宜，这遭我要上真场了，看侬和尚还敢勿敢往自家脸上贴金，看侬大姑娘还有啥本事得罪我。他主意拿定，开口讲了："前头是清和桥。清和桥三个字，阿拉各自认定一个字来做文章。"

和尚一听马上叫好，他讲："教书先生好主意，阿拉三人还是老规矩，我先讲。有水也是清，无水也是青，去了清边水，加争便是静。静静修修修过桥，观音度我上莲台，肩背一只木鱼袋，同到西天见如来。"

教书先生接着讲："有口也是和，无口也是禾，去了和边口，加斗便是科。科科考试飞过桥，一场考中是秀才，肩背一只笔墨袋，连考三场做府台。"

和尚连连叫好，眼乌珠盯着大姑娘："看起来要这位大阿姐付船钿了！"

大姑娘睬也勿去睬他，开口就讲："有木也是桥，无木也是乔，去了桥边木，加女便是娇。娇娇滴滴人人爱，生出两个儿子来，老大西天见如来，老二考中做秀才。"

教书先生同和尚让她讲得闷声勿响，船老大本来想笑，但一忖勿对，这三个人都讲得蛮对，只怕呒人付船钿，他一边摇橹一边唱了起来："橹带长长，橹叶扁扁，我航船撑过多年，勿怕侬拉赖船钿。"

木匠对课

讲述：袁阿来　沈家门街道塘头村农民
记录：叶焕然

有一户人家，家里有一个儿子、一个囡。囡大要出嫁，儿子大了要读书，主人家请来一个教书先生教儿子读书，请来一个木匠师傅、一个裁缝师傅为阿囡做嫁妆。到了年底，教书先生、裁缝、木匠三人要回家里过年，主人家交关客气，办了一桌酒给三人送行。

教书先生走拢一看，认为自己是有文才的读书人，今朝主人办酒，请的是我教书先生，侬这种做粗活的木匠、裁缝是趁机揩油，他讲了："今朝主人请客，阿拉同桌坐拢蛮难得，还是先做诗对课后吃酒，做出有吃，做勿出吭没吃！"接着，他就摇头晃脑地念了起来：

> 宝盖下头官家客，
> 鸟字旁边鸡鹅鸭，
> 没有堂上官家客，
> 难吃满桌鸡鹅鸭。

裁缝一听交关勿高兴，小姐出嫁要做嫁衣，少勿了我裁缝，咋话是揩侬先生的油？所以他要讲讲明白：

> 女字旁边姑娘嫂，
> 衣字旁边裤裙袄，
> 呒我缝成裤裙袄，
> 难嫁小姐姑娘嫂。

木匠师傅肚里气鼓鼓，听裁缝讲完，他也勿客气念了四句：

> 木字旁边栏栅楼，
> 一撇带头先生牛，
> 呒我造起栏栅楼，
> 难关堂上先生牛。

教书先生让裁缝、木匠讲得闷声勿响。主人家一看，苗头勿对，赶紧给三人斟满酒，打了个圆场："青菜淡饭统是请，请侬先生、师傅自家人，呒没好菜莫见怪，一杯水酒来送行。"

癞头做女婿

讲述：胡全方　虾峙镇南岙村居民
记录：顾维男　叶焕然

有个癞头，靠斫柴为生。这癞头头癞人勿赖，脑筋好使，胆子大，有点小名气。

这日，天气交关闷热，癞头挑着一担柴，路过丞相府后门，坐落引风凉。突然楼上甩落一块西瓜皮，勿偏勿倚正好甩在癞头头上，癞头抬头一看，原来是丞相小姐甩落来的，他随手捡起西瓜皮，在上面刻了首诗："小姐送我红绿花，看我癞头像冤家；癞头如有出头日，抬侬小姐来当家。"刻好，把西瓜皮丢进楼窗。

小姐看见楼窗外飞进一块西瓜皮，捡来一看，气得脸孔绯红，冲着癞头骂了一顿出气。

再讲当今万岁做了一个梦，梦见走进一个花园，抬头看天，霎时满天星斗昏暗无光；走近假山，"轰隆"一声假山倒塌；心里一惊，退到荷花池边，满满的池水转眼干涸了；回头一看，满园花朵全凋谢了。万岁一觉睡醒，吓了一身冷汗，总觉得这梦是个不祥之兆。

天亮早朝，万岁忧心忡忡，要文武百官圆梦。百官听了，侬看看我，我看看侬，统统闷声勿响。万岁一看，肚里气鼓鼓，没料到全班文武全是草包，正想发作，只见一大臣出奏说："万岁，臣下才学浅薄，丞相出身状元，文才出众，定能圆好此梦！"万岁听听蛮有道理，便要丞相圆梦。

其实丞相老早在打肚里官司了，万岁做的梦分明是：星星暗，江山倒，池中水源尽，万物无生机。如果照直讲，就要遭到满门抄斩，现在，万岁一问，讲也勿好，勿讲也勿好，他心里一急，急出一句话来："这梦是个好梦。只因这梦深奥，让老臣想一想，三日后再上殿圆梦。"万岁忖，一时也逼勿出来，便点头答应了。

丞相退朝回府，坐在椅子上就像给霜打过一样，垂头垂脑，一句话也讲勿出来。小姐看看阿爹这副样子，问："阿爹，侬为啥介勿高兴，出了啥事情？"丞相把圆梦的事从头到脚讲一遍，小姐咕咕忖忖，突然想起癞头那首诗来，便给阿爹出了个主意，叫癞头来圆梦。丞相也早听说斫柴癞头有点小聪明，不妨叫他来试试，但又放勿落丞相的架子，怕触霉头。这样又拖了两天，到了第三天，丞相急得饭吃勿落，屎拉勿出，真呒法了，只好到后门等癞头。

这日，癞头挑着柴担走过相府后门，看见丞相站在门口笑脸相迎，还招招手，叫他进府，癞头放落柴担，跟着丞相走进客厅，喝过茶，丞相开口讲话了："癞头，我想请侬帮帮忙，圆个梦。"癞头忖，怪勿得今日对我癞头介客气，他脑筋一转，要圆啥梦先摸摸底，丞相只好从实相告，癞头一听，摆起架子来了，他说："这梦好圆，不过有个条件！"丞相讲："只要侬圆得出，莫说一条，十条也会答应！"癞头眯眯一笑讲："要我圆梦，侬请我喝老酒，小姐给我斟一杯酒，我圆一句梦。"丞相有火发勿出，心忖，要是圆勿出，再找侬算账，于是吩咐摆好酒宴，叫小姐下楼陪客，小姐勿愿意斟酒，可是父命难违，勉强给癞头斟满一杯。癞头看看小姐喝酒落肚，讲："万岁是紫微星，紫微星明，万星俱暗。"丞相一听，癞头文才勿错，连忙叫囡再斟一杯酒，小姐呒没办法，脸孔红红又斟了一杯。癞头一口喝尽，摇头晃脑说："假

山一崩，江山平稳。"丞相暗暗佩服，叫囡斟了第三杯酒。癞头得意扬扬喝
下第三杯酒，讲："荷池水干，龙身出现。"丞相连连称好，催他赶快往下讲，
这时癞头拿过酒壶说："我已连喝三杯，第四杯，请小姐代喝！"小姐本来
勿愿斟酒，就借机发作，一扭身上楼去了。丞相见癞头得意忘形，也勿高兴，
心忖，前三句已经讲出，只差一句就难我勿倒了，癞头勿肯讲也就算了。

这日早朝，万岁要丞相圆梦，丞相前三句讲得交关顺当，可是第四句讲
勿出来了，他忖了蛮长时间才讲："园中百花凋谢，万岁一花独放。"万岁一
听勿对，这后一句，勿如前面三句好，看起来，这圆梦人勿是丞相，就把脸
孔一板，讲："爱卿，这梦勿是侬圆的，快说，圆梦人是谁？"丞相听了，
魂灵吓出，"扑通"一声跪在地上："万岁，老臣该死，这圆梦人是，是，是
我的女婿。"他勿敢讲真话，只好说是自己的女婿了，万岁一听，讲："快去
叫侬女婿上朝，我要见见。"

丞相只好派人去把癞头接来，还特地给癞头打扮了一番，万岁一看，相
貌蛮好，心里交关高兴，讲："听说侬圆梦圆得蛮好，侬再讲一遍。"癞头做
梦也没忖到会给皇帝圆梦，他又高兴又得意，当场圆了梦，万岁听了，满口
称赞，特别是最后一句："园中百花谢，花谢结贵子。"为啥？正巧娘娘怀着
身孕，这不是正中万岁心意吗？癞头当即封官三品，赏银千两。

丞相见癞头封了官，只好假戏真做，招癞头做了真女婿。

小皮匠招亲

讲述：应三裕
记录：孙敏

一位宰相千金，才貌双全，虽然已到出嫁年纪，可是看勿中一个如意郎
君。她对阿爹讲要出榜招选才郎，在榜上写明课题，啥人对得上，就招为家
婿。榜文贴出，虽然有不少王孙公子前来应试，可是没有一个被选中。

有一个聪明机灵的小皮匠，鞋摊摆在一座寺院门口，生意虽然清淡，倒
可糊口度日。平时，寺内和尚凡是僧鞋要补洞打桩，全都替他们修补妥帖，
因此，和尚同小皮匠蛮讲得来。有一天，当家和尚问小皮匠："侬年纪已经
勿轻了，忖勿忖讨老婆？"

小皮匠说："老婆是忖讨，可惜我呒爹呒娘，呒屋呒田，啥人肯嫁我？"

当家和尚讲："现在有一位相府千金要嫁给侬做老婆。"小皮匠咋会相信？说和尚取笑他。老和尚把相府出榜招婿的事告诉小皮匠，还说上联的句子是："布长尺短短量长。"

小皮匠讲："我只晓得补鞋打桩，咋会作诗对课呢！"老和尚就教他下联："石重船轻轻装重，"并说，"如果碰到急难之时，侬就来请我和尚。"

小皮匠就大着胆子去揭了榜，走进相府，当面答出下联。相爷听了非常欢喜，他一边上楼告诉女儿，一边吩咐家人张灯结彩，当即拜堂成亲。在酒宴之上，相爷还要面试小皮匠的才学，随口念出一句上联："提羊毫笔，写白鹿字。"小皮匠一听，真是丈二和尚，摸勿着头脑，心忖：我从小到大没读过书，捞过笔，只有同鞋刀牛皮打交道，就顺口讲了一句："拿马蹄刀，切黄牛皮。"相爷听了哈哈大笑，称赞他果有文才。相爷夫人也出了一个题："金壶装美酒。"小皮匠忖：什么金壶银壶，我只有敲鞋桩的铁脚，便讲："铁脚搽桐油。"夫人听了，也满脸高兴。这辰光，宰相府中，里里外外上上下下的人都晓得这位新姑爷有满肚皮的才学，就连状元老爷也勿及他。

小皮匠喜酒吃好，由家人陪伴上楼到新房去会新娘子。他刚要抬脚上楼梯，突然蹿出几个丫头，拦住去路，要请新姑爷对课："如果对勿出，今夜甭忖上楼台。"一个丫头出了上联："关门落闩樱别。"小皮匠眉头一皱，心忖：我还是讲做鞋的生活，便对："穿针引线寨窂。"丫头个个佩服，领他上楼。

小皮匠交关高兴，心忖：这回可以去会小姐了。来到新房门口，刚刚要进新房，又被小姐的贴身丫头拦在门外，丫头讲："阿拉小姐要侬对课，如果对勿出，今晚勿许进房。"小皮匠只得硬着头皮请小姐出题，丫头讲："小姐金玉锁，要等啥人开？"小皮匠忖了老半天，对勿出来，只好对丫头讲实话："姑爷没办法，但等和尚来。"房里小姐听了，十分高兴，心忖：他对得既确切，又文雅，口口声声称赞："对得好，对得好！"马上出门迎接，夫妻双双进入洞房。

对诗招亲

讲述：胡瑞香　登步乡大岙村退休医生
记录：忻怡

过去有个小财主，生了对双胞胎女儿，大囡叫大娇，小囡叫小娇，两娇生得十分美貌聪明，欲想招个入赘女婿。姐妹俩要对诗择婿，可是，前来应对的才子，都勿合她们的心意。

这日下午，七个秀才一起来到小姐住处，管门人一见，就知道又是来对诗招亲的，急忙去禀报小姐。没过多少辰光，他拿着小姐的对联课题来了。大家拆开一看，上联是："一小娇，二大娇，三寸金莲四分翘，买来五、六、七色粉，打扮八、九、十分娇。"下面还注明，对课者须要倒对。秀才们这下子呆住了，你看我，我看你，平日里满肚的之乎者也到这里一个也用勿上，对勿出，个个唉声叹气回旅店去了。

其中有个年轻秀才，苦思苦想勿肯息，一路走一路想，快到旅店时，突然他想出来了，他马上转身往回跑去，到了小姐家门口，竟忘了叫管门人通报一声，便站在门前大声应对道："十、九月亮八分圆，七个秀才六个逃，五更四点鸡三唱，我与二娇一同眠！"姐妹俩在楼上听得明白，连连称赞对得好，马上派丫头请秀才上楼。

后来，这个秀才上京赴考得中，又娶了大娇、小娇两个老婆，真是官也来，运也来，路上拾得两个老婆来。

一封家信

讲述：周国尚
记录：叶焕然

早先，有个教书先生，家里交关穷。这年抬进老婆，更是背了一身债，邻舍隔壁统借遍了，田里生活他又勿会做，呒人请他教书，屋里就呒没安家粮，夫妻俩真愁煞。

有一日，屋里来了一个人，问教书先生："对江有户大人家，要请教书先生，侬肯去吗？"教书先生一听，真高兴煞，便满口答应了。临走时，老婆对他说："侬去教书，屋里柴米统统呒没了。侬一到老板屋里，先把安家粮带来。"

教书先生到了这份人家，老板待他交关客气，当日就摆了一桌酒，请先生坐上横头，叫儿子出来拜过先生。他肚里忖：我在这里喝酒吃肉，老婆还在屋里等着我要安家粮呢！本想开口问老板借钱，忖忖又怕失面子，咋好一到就借钱，等十日五日书教过了，再借也勿迟。

啥人晓得，老婆每日抬头盼，等等安家粮呒没带来，等等呒没带来，真等得急煞了。这日，正好有人要过江去，来问教书先生老婆："师母，今朝我要过江去，侬有信带哦？""有！"过去女人勿识字，这封信咋写？她忖来忖去，画了一张画，交给带信人。

信带到对江，先生把信拆开一看，是张画：老婆站在灶沿横头，眼泪汪汪；镬里滴滑，米一粒也呒没；一只米升放在灶横头上，倒头立着。先生心里明白，老婆屋里呒柴呒米在饿肚皮，她来催安家粮了，只好硬着头皮去向老板借。他刚想去借，老板正好进来，问："听说师母带信来了，写点啥？"先生忖这封信里呒没写一个字，是张画，咋讲好呢？索性把信递给老板，老板拿过来一看，喔！原来师母在屋里呒没安家粮了，铜钿也呒没用了。侬为啥勿早讲？老板交关同情，就给先生一百块洋钿，连明年上半年的工钿也预支给他了。

先生交关感激，他忖，这一百元带回去，屋里的安家粮有了，债也好还清了，赶快写封回信，让带信人明天带回去。这封信咋写，老婆勿识字，他也画了一张画：一株杨柳树，树上有八只巴哥，四只斑鸠，树下一只捣臼。

第二天，带信人心里忖，这教书先生真阔气，一次就带回去一百洋钿。这封信里写点啥？他走到半路，把信拆开一看，是张画，信里呒没提到一百块洋钿，他忖，我这几天手头紧，先调头五十块用用，过几日再还给她，反正信里呒没写清爽，就这样，带信人把五十块洋钿和一封信交给师母。

师母把信拆开一看，对带信人讲了："先生带回来一百元，咋会只有五十块？"

带信人讲："哪里写着一百块？"

师母讲："八只巴哥，是八八六十四；四只斑鸠，是四九三十六，加拢来勿是一百块是多少？"

带信人又问了："那这株杨柳树和一只捣臼是啥意思？"

师母讲："先生下半年勿回来了，要到明年春天，杨柳抽芽时才回来。这捣臼是阿拉夫妻生儿子的事，侬勿晓得！"

带信人听了，心里暗暗佩服，莫看师母勿识字，生活蛮好，只好把另外五十块拿出来还给了师母。

聪明小姐

讲述：缪忠根
记录：徐方恩　东港街道芦花文化站干部

从前有个财主，生了一个儿子和一个囡，囡取名阿秀，相貌交关好，人也交关乖；儿子阿聪贼狗烂笨，还很调皮，财主为儿子请过几位教书先生，都被他气走了，阿聪十五岁那年，财主又请来了一位年轻的先生。

端午节的前一天，先生对阿聪讲："明天是端午节，我给侬对个课，对得出明天给侬休息，对勿出还是给我读书。"讲完就拿起笔唰唰写了几个字，阿聪接过一看，写的是"鸡冠花"三字。阿聪坐了下来，忖团子忖粽子，脑筋动煞了，笔头啃脱，还是对勿出，先生等得急煞了，背着手走出书房。

阿聪一看先生不在，自己又对勿出，就偷偷地溜出书房，去问阿姐。阿姐看看阿聪，眼泪鼻涕，一副可怜相，便拿起笔写了"狗尾草"三字，阿聪一看，高兴煞，活蹦乱跳拿去给先生看。先生看了，先是头点点，后来一想，勿对，阿聪平时对课像瞎子摸象乱猜三起，这次咋对得介好，会勿会有人帮忙？于是先生袖子一挥，拿起戒方往书桌一拍，板着面孔对阿聪说："这个课肯定勿是侬对的，侬要给我讲明白，勿讲明白，要侬吃戒方。"阿聪只得从实讲出是阿姐对的。

先生一听是阿姐对的，就想起刚进府时，曾听别人讲过，府上有位交关漂亮的小姐，现在又亲眼看到小姐有介高才学，再忖忖自己二十好几了，还是光棍一条，想给小姐送送情，就笑眯眯地对阿聪说："我再写个对联，侬拿去叫阿姐对出下联，明天我准定给你休息。"

阿聪接过先生写的上联，奔到阿姐房里，阿秀小姐接过上联一看，写的是："六尺丝带三尺系腰三尺挂。"顿时脸红到头颈，心里想，这个穷教师忖老婆忖得发昏了，癞蛤蟆想吃天鹅肉，也勿看看自己的门面，他这样动情，我也给他寻寻开心，就提笔在上联下方写了："一床绫被半床遮体半床空。"

先生展开阿聪送回来的纸头一看，真欢喜得有痒没处搔，我无老婆，她无老公，这明明是在告诉我，要我做她的并铺人，但又一忖，府里屋多，院大人杂，还勿晓得这位传情的小姐住在哪幢楼上，叫我咋去和她相会呢？于是，先生又在纸上写了一句："山高林密，问樵夫如何下手？"随即又叫阿聪送去。阿秀小姐看了心头一急，这个油头，我只寻他开开心，他就当真的来了，现在弄得勿上勿下，勿下决心讲明白，事情弄大了叫我难做人，边想边写："水深流急，劝渔翁及早回头。"

再说先生在书房里踱着方步，晃着脑袋，为这美事心里热得像煨芋艿头，当看到阿聪跑进来，连忙伸手接过纸头，打开一看，火热的心顿时被泼了一瓢冷水，心里暗骂，这个骚货自己引人，却又触我烂霉头，他越忖越气，拿过纸头，提笔一挥，叫阿聪再送去。阿秀小姐接过一看，写的是："竹本无心，外面广生枝叶。"气煞人，明明是侬惹我，还说无心，难道我是水性杨花的女人，我要好好回敬侬，即提笔写上："藕虽有空，其中不染污泥。"

这真是：两个谁是惹祸精，解说同是系铃人。

货郎巧对下联

讲述：赵伟臣　沈家门街道西大社区退休职工
记录：赵学敏

很早以前，有个村里盖了座小庙，庙里供奉两尊泥菩萨：一尊是孔夫子，一尊是关夫子。小庙落成，村民请来私塾先生写对联，那先生一到，动手便写："孔夫子，关夫子，两位夫子。"上联写好，这下联怎么写，他咬住笔杆，落笔不了！

原来这先生是个不学无术的人，他刚写的上联是呒动过脑筋的一句大实话，但要找一句相对的下联那可难了。后来请教过许多文人墨客，都说难对，就这样，小庙门口只贴着半副对联。

不知过了多少年，一次庙会，来了个卖年画的小贩，他看到这半副对联很奇怪，当他问明情况后，便笑着说："这有何难，你们看看我手中的年画就可对了。"大家看他手中拿着年画正是红脸关云长，一手捋着胡须，一手捧着本《春秋》在看。

卖年画的说："下联不是有了吗？'著春秋，读春秋，一部春秋'。"

众人听了这句对仗工整的下联，齐声称好，都说全县的文人不及一个卖画的小贩。

包讨好舔屁股

讲述：周国尚
记录：叶焕然

有个行贩，贩来一担鸡进城去卖，挑到一爿米店门口，"啪嗒"鸡担绳子断脱，一只雄鸡跳出鸡箪，逃进了米店。

行贩赶紧放落担子，到米店去抲鸡，米店老板却说鸡是他家养的，不让抲。行贩要抲，老板不让抲，两人争来争去，索性去吃官司。

县官老爷开堂审问，来了个叫包讨好的南货店老板，作证说："这鸡是米店老板所养，阿拉看它从小养大。这个卖鸡客人想赖这只鸡，请大人明断。"

行贩连连叫屈，求老爷为他做主。

县官想了想，先问米店老板："侬给鸡吃啥？"

米店老板随口答道："小人用米喂鸡。"

县官又问行贩："侬的鸡吃啥？"

行贩说："我这鸡吃的是沙泥拌细糠。"

县官听了，叫差役当场把鸡杀了查验。大家一看，鸡肫里满满一包沙泥和糠。米店老板和包讨好自知理亏，扑通跪在地上，连说："小人该死！小人愿罚！"

官司审清，县官罚米店老店用加倍价钿买下雄鸡；罚包讨好回家拿来两斤黄糖，加水调成糖浆，搽在米店老板屁股上，要包讨好用舌头去舔。侬要讨好人，就叫侬舔屁股！

浅深难

讲述：周国尚
记录：叶焕然

有个教书先生带着一个学生到外面去，这日天气交关热，两人翻山越岭走得满头大汗，便坐在大树下乘凉歇脚。离他们不远的地方，有一份人家，先生感到口渴，叫学生去讨碗茶来喝喝。学生走进这人家屋里一看，只见一个老太婆坐着摇纱，学生讲："喂，老太婆，我先生要茶喝，有哎？"

老婆婆一听，满肚子勿高兴，对学生讲："我屋里茶是有的，可勿是随便啥人都好吃的，我有三句话给你猜，猜得出，给侬先生吃茶。"

学生讲："啥说话，侬讲。"

老婆婆讲："啥东西顶浅，啥东西顶深，啥东西顶难？"

学生猜勿出，只好回到先生跟前勿高兴地讲："这个老太婆介勿客气，讨碗茶喝，还要别人先猜三句话，猜出有喝，猜勿出呒喝！"

先生一听，晓得学生讲话得罪人了，便问："三句啥说话？""啥东西顶浅，啥东西顶深，啥东西顶难？"

先生心忖：顶浅，是阿拉读书人用的砚瓦顶浅，只有一滴滴水好倒；顶深，是海，比海深呒没了；这顶难，先生也猜勿出了。对学生讲："侬再去讨。侬对老婆婆讲，顶难先生也猜勿出，请老婆婆指教！侬记牢，勿好没规倒矩叫她老太婆，要称呼老婆婆。"

学生只好再去，这次他态度两样了："老婆婆，我先生也猜勿出，要请老婆婆指教！他嘴巴真渴煞了，讨杯茶吃吃。"

老婆婆讲："小团呀小团，早叫我老婆婆，我茶也早给侬吃了。"

老婆婆把茶递给他，又讲："顶浅是眼孔，侬眼孔浅勿浅？如果侬碰到大姑娘，侬就会阿妹嗳，阿妹嗳，叫得交关客气；顶深是嘴巴，吃落东西填勿满，呒没底；顶难是讲说话，如果侬早开口叫我老婆婆，茶早给侬了，侬讲开口讲话难勿难？"

学生回来对先生一讲，先生感叹地讲："是呀！世上讲话是顶难，讲重了也是一句，讲轻了也是一句。所以出门讲说话，要懂道理，讲礼貌！"

媳妇阿婆轮轮做

讲述：虞阿德　东极镇苗子湖渔民
记录：顾维男

有个老太婆生了两个儿子，儿子大了，老婆抬进，兄弟分家各自过，田地房产对半分，阿娘掰勿开，只好大儿子屋里吃一个月，小儿子屋里吃一个月，轮着吃。

大媳妇待阿婆蛮好，自己吃啥，给阿婆也吃啥。轮到小儿子屋里吃饭，小媳妇心肠坏，心忖，还是把阿婆药死，省得多花饭米。她就做了三只糯米团，里面放了毒药，对阿婆讲："阿姆哎，阿拉勿像大房屋里生活好，我这里有点糯米，做了几只团子，给侬尝尝新。"阿婆手里拿着团子，心里忖，小媳妇待我也蛮好。她刚刚要把团子送进嘴巴里，突然从隔壁传来一阵木鱼声，她勿吃了，心忖，隔壁孤老太婆一人蛮伤心，平日里也呒啥东西好吃，就送两只团子给她吃吃吧。

阿婆走到门口，有一讨饭头伸出一只手，向阿婆讨团子吃，阿婆看他蛮伤心，便递给他一只。

讨饭头看看阿婆手里还有一只，又讲了："老婆婆哎，我屋里还有个小人，都快饿死了，侬生生好心，把这只团子也给我吧。"阿婆把另一只团子也给了讨饭头。

讨饭头把两只团子袋里一放，走了。阿婆回到屋里拿起剩下来的一只团子想自己吃，又想送给隔壁孤老太婆吃，她正犹豫勿定，脚边跑来一只小狗，把她手里的团子叼走了。

正巧小媳妇进来看见了，她看看阿婆还活着，还把团子给狗吃，脸孔一黑："老太婆！侬吃白饭还勿算，还要带只狗来吃，我可养侬勿起！"阿婆一听这闲话，交关伤心。

大媳妇听见响声走过来，一问，原来是介事体，就对小媳妇讲："阿姆又勿是有意的，只是喜欢这只小狗，它也吃勿了多少东西，把狗养到我家里去好了。"

小媳妇见大媳妇来圆场，也勿好多讲，一转身走进厨房，看见灶头依旧放着三只糯米团，"咦！三只团子老太婆还呒没吃掉？"

小媳妇马上换张脸孔，堆着笑脸讲："阿姆，阿嫂，我这个人讲话直来直去，你们甭多心，来，来，来！来吃糯米团，"把三只糯米团塞到阿婆手里。阿婆自己吃一只，给大媳妇也吃了一只。吃后大媳妇叫起来："阿姆，侬白发变黑，人变后生了！"阿婆看看大媳妇也说："媳妇哎，侬相貌变得好看了！"

小媳妇一看，阿婆、阿嫂呒没毒死，一个变后生，一个变好看，好！侬拉会变，我也会变，就拿起剩下来的一只团子也吃了。一吃，小媳迫变成一个眼睛花、耳朵聋，又老又丑的老太婆。从此，轮到小媳妇尝尝做阿婆的滋味了。

四箱石子

讲述：应直裕
记录：孙敏

从前，有个财主，妻子早已亡故，四个儿子，媳妇都讨进，他忖忖自己年纪大了，无力经管这份家业，就把全部田地家产分给四个儿子。起先，儿子媳妇待阿爹倒蛮好，日子长久了，阿爹留下来的一点钱都用光了，再说阿爹年老多病，就对阿爹处处嫌憎，揉碗捣盏，辱鸡骂狗，弄得阿爹没人奉养。

有一天，财主在街上碰到以前他家里的账房先生。账房先生问："东家为啥弄得介副样子？"

财主含着眼泪把儿子媳妇咋勿养阿爹、咋嫌憎虐待统统讲出来。账房先生心里很不平，眼乌珠一转，忖出一条妙计，讲给东家听，财主听了，心里蛮高兴。

过了几天，京里来了一封信。儿子媳妇得知京里有信来，急忙赶来，一看，信里写着十天内有四箱银子从京里送来，儿子媳妇都觉得奇怪，问阿爹："这是啥银子？"

阿爹讲："以前，我在京城里有很多店铺字号的股份，这四箱银子是我的股金。"

儿子媳妇听了，真高兴，笑得嘴巴也合勿拢，儿子搬凳请阿爹坐，媳妇请公公喝茶，问长问短，交关亲热。

十天后，果然运来四只箱子，儿子媳妇连忙把四只箱子搬进，摆在堂前，要阿爹分银子。阿爹讲："慢慢来，要分银子，先请侬娘舅来。"

大媳妇拔脚就走，奔到娘舅屋里，把娘舅拖来，谁知娘舅心里早有底子，假装勿晓得，问："姐夫，侬大媳妇拖我来做啥？"

阿爹说："今朝京里运来四箱股东银子，咋分分，请侬娘舅做主。"

娘舅讲："好，我来讲几句。如今侬阿爹只有四箱银子了，倘若要分，今后对侬阿爹一定要孝敬侍奉，哪房儿媳再虐待阿爹，银子就没份。如果侬阿爹死了，要买棺材、做坟，好好办丧事，等出殡安葬完，再分银子，做勿到，就勿许分。眼前有我娘舅做主，侬拉咋话？"四个儿子和四房媳妇只好依从。

从此以后，阿爹勿愁吃、勿愁用，不是大媳妇请去喝酒吃饭，就是小媳妇送来点心，三日两头，儿子给阿爹送补药来，一年四季媳妇做来新衣裳，个个问冷问热，百依百顺，阿爹就享起清福来了。

过了几年，阿爹死了，各个兄弟替阿爹出殡安葬以后，急忙将娘舅请来，搬出四只箱子，听候娘舅吩咐，娘舅说："今朝由我娘舅做主，这四箱银子，每房分一箱。"娘舅话声没落，四对夫妻"呼"地奔拢，两人一箱搬着就走。

大媳妇急忙把箱子打开，满以为都是银子，殊勿知，是一箱石子，其余三房夫妻的箱里也同样全是石子，每箱石子上面都有一张纸条，写着四句话："我生儿子，勿及石子，如没石子，老子饿死。"四兄弟这才晓得上阿爹当了。

一缸金子

讲述：陆全贵
记录：孙敏

从前，在一个小村庄里，住着俩兄弟，勤劳节俭，和睦相处。有一天，俩兄弟吃过早饭，上山去开地，开着开着，老二掘着一块光溜溜的石板，他将石板撬起，突然射出一股金光，仔细一看，原来是锃亮的一缸金子，老二高兴得都要跳起来了，他眼珠一转，装作若无其事的样子，还是低头开地。过了一歇，老二说："阿哥，辰光勿早，我肚子饿了，阿拉还是回家吃昼饭去。"老大忖：阿弟平日做生活，都是听我安排，今朝他要早点回去吃昼饭，就依他一次，俩兄弟就下山了。

在吃昼饭时，阿弟提出要分家。老大感到奇怪，心里忖：早上蛮好在山里开地，咋会眼睛一眨要分家？他劝阿弟："阿弟，阿拉从小没爹没娘，留落来的家产也勿多，再说，阿拉都没成家，同在一起，也好有个照顾，我想，还是等阿拉成家后，再分家勿迟。"老二听勿进去，逼着要分家，老大被阿弟逼勿过，只好答应。老二马上请来娘舅，当面讲明，别的家产都勿要，只分这块新开的地，老大一呆，说："侬勿分屋，勿分田，光靠这块小山地，以后咋过日脚？"娘舅也勿同意这样分，老二说："今朝我一定要分家。以后我发财也好，讨饭也好，侬都甭管。"老大没法，就同意将新开的一块小山地分给阿弟。

老二急忙奔到地头，将石板撬起，低头一看，一缸金子竟变成一缸绿油油的清水。老二呆煞了，心里又气又悔，唉！为了一缸金子，害得我兄弟反脸分家，想勿到一缸金子会变成清水，如今虽然拿勿着金子，清水我也要喝侬一口。老二就扑在缸沿喝水，等一口水喝进，清水又变成金子，这块金子就鲠在喉咙头，顿时塞牢，老二扑在缸沿死了。

老大突然听到阿弟死在地头，心里虽然有气，总是自己阿弟，便"噔噔"奔到地头，看见一缸金子，老大心里明白了："怪勿得逼着要分家，殊勿知想要独吞一缸金子。侬这个人坏是坏透了，我气起来真想打侬一记后脑壳。"老大边说边在老二脑后装装手势，咋晓得手被吸了过去，重重地一记打在老二的后脑壳上，这辰光，老二鲠在喉咙头的这块金子被老大打了出来，老二喘了一口气，又活了。

老二看到阿哥站在面前，满脸羞愧，对老大说："阿哥，都怪我贪心，差点丧了性命！阿哥，金子统归侬。我勿要，金子我勿要！"边说边朝山下奔去。

光棍得贵子

讲述：陈定法
记录：顾维男

有一个光棍，在尼姑庵里做长工。庵里有个好看尼姑和香客偷情，生了一个儿子。尼姑生儿子，咋结煞？把小人弄死，罪过；养着，传出去难做人。尼姑忖来忖去呒法子，只好去求光棍帮忙，光棍良心蛮好，满口答应想办法，把小人抱给人家去养。

光棍连夜把小人抱出，走了三十多里路，走到城门口，这时，天刚蒙蒙亮，有爿豆腐店刚刚开门。光棍走了一夜，脚骨走酸，肚皮饿瘪，便走进豆腐店里歇一歇，买碗豆腐脑充充饥，豆腐店老板娘看见光棍手里抱着个小毛头问："客人，这是侬小人啊？"

光棍讲："是啊，我有六个小人，屋里穷，养勿活，想把小人抱掉。"

老板娘心忖：我刚刚死了老公，呒没小人，要是抱个小人养养也勿错，老来也有个依靠。忙抱过小毛头一看，相貌蛮好，心里交关欢喜，便问了光棍的姓名和住址，还给光棍五十元钱，把小人留下了。

几年过去，小人大了，生得交关聪明，读书也交关用功，老板娘待小囝也交关好，就是有桩事情，使小囝勿称心，小囝在学堂里读书，老是受学生囝的欺侮，统要骂他野种。

一日，小囝读书回来问老板娘："娘，我阿爹到底在啥地方？"阿娘起先讲死了，小囝勿相信，后来看看小囝介伤心，就把事情原原本本讲给小囝听，小囝也就勿哭了。

小囝十八岁这年，进京赴考，一考，考中头名状元，小囝中状元，就忖起亲阿爹来了。喜报要报二张，一张报到豆腐店，一张报到光棍屋里。当差先到光棍屋里来报喜，村里人一听，统统稀奇煞，光棍从来没抬过老婆，哪里来的儿子，奔拢来看热闹的人交关多。光棍心里有数，这个状元一定是十八年前尼姑的私生子，当时我在豆腐店讲了一句乱话，老板娘却当真了，但转念一忖，也好，自己年纪大了，还呒没小人，送上门来的状元儿子有啥勿好。

没过几日，旗锣开道，状元爷到！光棍连忙把状元接进屋里，认了儿子。光棍和状元儿子正在高高兴兴地讲话，突然门外冲进一个人，啥人？是尼姑。尼姑那年把亲生儿子交给光棍后，每日眼泪流流，交关想念，今日听人讲，有个十八岁的新科状元，来认光棍做阿爹。她忖来忖去，这个状元，一定是她十八年前的亲生儿子，她再勿顾面子了，便奔到光棍屋里来看儿子了。

光棍一看尼姑来了，心里一惊，要是尼姑勿管三七二十一，把老底讲穿，叫状元咋下台！灵机一动，把尼姑拖到后间，故意大声骂："我叫侬吃苦，侬吃勿起，宁愿削发做尼姑，逼得我只好把儿子抱掉，现在儿子考上状元了，侬又要来认我做亲夫。"脱落鞋假装要打尼姑，状元在前间一听，晓得尼姑是自己的亲娘，就推门进后间，劝阿爹勿要打阿娘，抱掉的事也勿怪阿爹，光棍这才息手。状元又劝阿娘甭再做尼姑了，和阿爹好好过日子。尼姑忖忖，讲出真情要触霉头，还是将错就错，要认儿子，还得先认这个光棍老公。光棍忖忖蛮高兴，一歇工夫，老婆儿子统有了。

人穷志勿穷

讲述：何如龙
记录：叶焕然

塘头这地方有一岙叫三份头，全岙人都姓翁，近亲结亲，亲上加亲，从来勿许外姓人住进岙里。

有一年，有份大户人家的看牛佬死了，要雇个看牛囝。正好有个宁波小团，十五六岁，生得结结实实，蛮墩样，到塘头山寻生活做。翁大户一看小团生得厚道，一问名字叫朱大元，蛮吉利，就雇他到屋里看牛。

朱大元为人老实，做生活交关勤快，天亮比别人爬起早，水缸挑满，才赶牛出门，晚上看牛回来，顺便斫担柴，吃过夜饭，勿是扫地就是劈柴，一有空还要学算盘写字。主人家交关欢喜，逢年过节，也叫他同桌吃饭。这份人家有个囡，年纪同朱大元相仿，她看看牛团呒爹呒娘，一个人在外做生活，平时抽空帮小团洗洗补补，勿当他外姓人。

朱大元在翁家大户屋里做了五六年，已经是二十多岁的后生了。翁大户也为朱大元日夜操心，把他辞掉，介好劳力，实在勿舍得；留他做落去，误人子弟。还是老太婆有心眼，她老早看出阿囡对小团交关好，便把囡叫到房里，探出口气，两夫妻暗地商量，要把囡许给朱大元。这事情一传出，自己儿子就反对，全呇姓翁的人，都骂这两夫妻是鬼迷心窍，把囡许给外姓人，族里要开祠堂。亏得他也是一份大户，平时也有一句说话份，脾气蛮倔，再加囡自家喜欢，别人也呒没闲话好讲，不过，绝对勿许外姓人住在三份头，要成亲，就得随朱大元搬出这个呇。

朱大元呒没一寸土地，呒没一间屋，也呒爹呒娘呒亲人，叫他搬到哪里去？可是这个囡交关硬气，她讲："我有一双手，随使到啥地方勿会饿煞！"她同朱大元商量，就选在附近的横山边搭一间草棚，自立门户。老班辈人讲这横山，在当时是个阴司坑，日里野狗成队，夜里阴鬼出没，大白天也呒人有胆到这里斫柴。朱大元认为这里后靠山，前靠海，有地有水，再好也呒没了，凭着自己后生胆子大，管其野狗、野鬼。朱大元怕拖累老婆，让她先在丈人屋里住，可这个囡也有见识，心肠硬，呒没一滴眼泪，跟老公住进阴司坑草棚。

朱大元夫妻俩有心计，日里开荒种地，夜里整理屋前屋后，碰着潮水好，老婆拿风灯，背鱼篓，跟大元到海边推掔，推来鱼虾吃勿完，就拿到市上去卖。呒没过几年工夫，朱大元盖起瓦房好几间，开出田地几十亩，家境越来越好。这样一来，有人夸他，说他人穷志勿穷，只要勤劳肯做，就会穷变富。朱家后代也交关争气，一个个都是做生活的好手。后来人们把朱大元怎样搬进阴司坑的事一代一代往下传，阴司坑就慢慢发达起来，人丁越来越旺，成了塘头山数得上的大户，阴司坑也叫朱家了。

一颗秧子谷

讲述：陆全贵
记录：孙敏

某日，一个财主为独生囡出嫁大办喜事，张灯结彩，宾客满堂，饮酒猜拳，非常热闹，眼看时辰已过，还勿见新娘上轿，众贺客感到奇怪。财主走到房里，只见阿囡坐在床上啼哭，财主总以为她舍勿得离开阿爹，安慰几句就会上轿的，可是，横讲竖劝，还是勿肯出房门。

财主讲："侬要的嫁妆，阿爹都给你办齐了，难道还勿够称心？"

囡边揩眼泪边说："件件嫁妆，我都称心满意，就是还缺一件。"

财主说："还缺一件啥东西，侬讲出来，阿爹马上去办。"

囡讲："讲出来恐怕阿爹侬勿到。"

财主讲："侬只管讲出来，阿爹一定依侬。"

囡马上揩干眼泪，笑嘻嘻讲："阿爹，侬再陪嫁我一粒秧子谷，在阿爹田里连种九年。这是阿爹给囡的陪嫁田，以后囡吃的、用的、穿的、戴的都是娘家嫁过去的，就勿会受气了！"

财主心忖：一粒秧子谷只有一株稻，无非是像豆腐干介大一块田。我家有良田三千亩，小小一粒秧子谷，不但种九年，就是种九十年，也没多少田，于是点头答应了，并且当即写落契约。阿囡拿到财主写好的契约，才高高兴兴地上轿到夫家去了。

等到插秧种田时节，囡就将一株稻秧种在阿爹的田里，一株稻秧抽出一棵稻穗。第二年，她把这棵稻穗全部做了种子，浸种插秧，统统种在阿爹的田里。就这样，每年收上来的稻谷都做了种子，收多少，种多少，稻谷做种子，种子变稻谷，一季翻一季，一年滚一年，勿到九年，娘家三千亩良田都变成囡的陪嫁田了。这辰光，阿爹才明白，阿囡要一粒秧子谷作嫁妆的奥妙了。

吕光刀吃白食

讲述：冯信华　普陀海运公司职工
记录：叶焕然

过去有个后生，名字叫吕光刀，专门吃白食，啥人家有红白喜事他都到场，勿送贺礼，勿投门帖，等侬桌凳摆好要吃饭的辰光，他就眼头活络，看哪张桌有空位子，坐落就吃。碰到这种场面，主人家不过加副碗筷，勿会计较。吕光刀也勿单单是吃红白喜事，只要打听到啥人家有亲戚走动，女婿上门，阿囡拜岁，小人满月，他都要死皮赖脸去吃白食。

这年正月，有户财主的生头女婿①要上门拜岁，吕光刀晓得了，他忖，正月里，我吕光刀吃白食也要拣拣人家，今朝要同侬生头女婿坐拢喝上几杯。这个财主也交关刁，挖空心思想避开吕光刀，勿让他坐拢吃白食，他想出一个巧妙的办法，叫佣人把酒菜挑到河埠头船上，女婿一到，财主就请女婿上船喝酒看雪景。女婿肚里忖，丈人到底是读过书的人，今朝接待我这个生头女婿也别出心裁，就跟丈人来到船上，财主叫船老大把船撑到河中央，摆开了酒席。

再讲，吕光刀走到财主屋里东张张，西张张，看看屋里冷清清，吭声吭响，勿像请客，一打听，才晓得财主屋里有几个佣人，一早挑着担子到河埠头去了。吕光刀忖忖，其中定有名堂，这个一毛勿拔的财主，想避开我，我偏要吃他的白食，吕光刀想到这里，便"噔噔"奔到河埠头，老远就看见财主同女婿坐在船里喝酒聊天。

这只船离开埠头足有两丈，跳勿过去，游怕冻煞，咋弄才能吃到这顿白食？吕光刀"哐哐"奔到屋里，背来一只金漆箱子，往河里一放，自己坐进箱里，顺水氽过去，快到船边，再把箱盖盖上。船老大看见一只金漆箱子氽过来，连忙告诉财主。财主见财眼开，心想，今朝运道好，财神菩萨显灵了，连忙叫人把箱子捞起来，扛进船舱。

财主心里蛮高兴，连忙上去把箱子打开，不料里面钻出一个吕光刀，财主真真气煞，生头女婿勿认得是啥人，只好假装客气，叫吕光刀坐落喝杯老

① 生头女婿：第一次到岳父家上门的新婚女婿。

酒热热身子。这句话正合吕光刀的心意，他一点也勿客气，端起酒杯就喝。财主连忙伸手压牢酒杯讲："慢着！侬想喝我老酒呒没介便当，要上桌，先要作诗对课。"吕光刀呒没喝过多少墨水，歪水倒也喝足了，就对财主讲："作诗对课也勿难，请主人起个头。"财主有气装作呒气，想了想，讲了："天落大雪糊糊涂涂，雪后天晴清清爽爽，日头一晒雪变水，容易容易，要让水再变雪，万难万难。"

生头女婿肚里忖，呑里人作诗对课土里土气，自己勿对怕失面子，只好照样对上几句："一砚墨水糊糊涂涂，写成字迹清清爽爽，白纸黑字一笔落，容易容易，要让字再变白，万难万难。"吕光刀听了嘿嘿一笑，连忖也呒没忖过，便随口对出来了："闷在箱里糊糊涂涂，坐在船上清清爽爽，一杯老酒喝落肚，容易容易，要让尿再变酒，万难万难。"生头女婿觉得后面两句又土又俗，忖忖又挑勿出毛病，只好请吕光刀入席喝酒。财主无话可讲，懊悔自己贪财，把这个无赖请上船，煞费苦心，还是让吕光刀吃了白食。

扒手和骗子

讲述：胡日益　六横镇台门卫东村农民
记录：顾维男

戏文场里，一个扒手看见有个人腰里吊着一贯铜钿，一动勿动坐着看戏文。扒手脑筋一动，装着呒介事的样子，走到那个看客旁边坐落。刚巧那个看客是个骗子，他看看坐拢来的人，穿在身上的袍子交关好，蛮值钱，也起了坏心。两个人眼睛在看戏文，心里却在打算盘。

一会，扒手慢慢伸手过去，呒声呒响把骗子腰里的这贯铜钿摘来了。东西一到手，扒手屁股抬抬想走。哎！一只袍子角被骗子压在屁股下面，想叫他屁股抬一抬？勿敢，自己做了手脚，怕人发觉；勿叫他，又脱勿了身。咋办？扒手脑筋一动，装作热煞的样子，慢慢脱下袍子，放在凳上，装作出去解手，走出戏文场。拿出那贯铜钿一看，大吃一惊，哪里是铜钿，原来是一贯和铜钿一样大小厚薄的铁圈圈，扒手连忙奔进戏文场，骗子和袍子统统呒影踪了。这时，扒手才晓得上当了。

机智人物故事

岳贤的故事

岳贤巧惩官差

讲述：江渭清　六横镇元山马跳头村泥水匠
记录：忻怡

过去，镇海大关的差人交关坏，勿管啥货物装过去，总要随心拿爽快，就是老鹰飞过也要拔根毛，捫鱼人的一船鱼，过了大关有半船鱼剩落算运道。有个叫岳贤的人，晓得这件事体后，一直在忖，用啥办法去弄弄这班灰孙子①。

这日，大关口外慢吞吞摇来一只小船，船舷离开水面只有几寸，舱里盖着草包，看样子货物装得交关多。关口的差人看见了，心想，勿是好吃的就是好用的，先查查再讲，一个差人问："喂！船里装的是啥东西？"

船上摇橹的人是个浓鼻头②，他一边摇一边回答："是啥？是一船屎啦！"

差人一听是一船货，以为发财机会到了，马上喊："摇拢来！摇拢来！"摇橹人呒办法，只好摇拢去。

小船还呒没靠岸，两个差人老早等勿及了，拔脚就向小船舱里跳落去，

---

① 灰孙子：舟山人骂坏人的口头语。
② 浓鼻头：指讲话不清的人。

想勿到"扑通！扑通！"两个差人都落进屎舱里去了，在屎舱里两只手乱抓乱挖，弄得浑身臭气冲天，翻腾了半天才从屎舱里爬上来。两个差人又气又恨，就要打摇橹人，摇橹人连忙讲："我是讲一船屎，一船屎，侬自家勿相信，定要我摇拢来，我就摇拢来了，是你自家跳落来，咋好怪我？"差人仔细一听，摇橹人讲的勿错，是一船屎，只因其是个浓鼻头，别人听来以为是一船"货"了。唉！差人吭没办法，自认晦气，让小船摇走了。

这个浓鼻头就是岳贤先生安排的！

打巴掌发财

讲述：江渭清
记录：忻怡

有一日，一个种田人在田头做生活，岳贤先生路过问其："做生活人，侬财要发哦？"

种田人一听好发财，说："财么要发也！"

岳贤先生讲："要发财侬现在生活勿要做了，穿好蓑衣，马上到庙里去看戏，殿台大人也在看戏，到辰光我会走过来，快去吧！"种田人听岳贤先生这样一讲，跳上田塍，穿好蓑衣，看戏去了。

过了一瞬，岳贤先生也到了看戏的地方，眼睛一瞟就找到了这个种田人，其走到种田人面前，二话勿讲，撩起巴掌就"啪啪啪"一连打了三记耳光，讲："种田四月半，捯鱼四月半，连大神也护洋，草挟人也管秧，侬生活勿做，倒来看戏，啥人叫侬来咯？"

种田人被打得昏头昏脑，摸着面孔说："殿台大人也在看戏，我也来了。"

岳贤先生一听连忙说："喔，殿台大人也在看戏，侬也好看啦！我打错了，向侬赔礼道歉。"旁边殿台大人看见了，问手下人："这是啥人？到这里吵吵闹闹。"

手下人说："这是岳贤先生。"

殿台大人一听这人是岳贤先生，忙叫手下人喊岳贤过来，岳贤先生走过去对殿台大人讲："想勿到殿台大人也在看戏呵，我今朝打了这种田人，要向其赔礼，给其一些银子。"

殿台大人心里清楚，晓得这是在讽刺自家农忙时节不该叫戏班子做戏，忙说："侬打对了，侬勿要赔，我来出银子赔礼好了。"就这样，种田人从殿台大人手里领到了一份银子，发了个小财。

铁锯锯铜桩

讲述：江渭清
记录：忻怡

小港要筑海塘了，筑海塘要打桩，别样的桩勿牢，要牢就要打铜桩。啥人晓得这个县官动了坏脑筋，叫人上山斫来松树，用树桩代替铜桩，这样，县官贪污了一大笔银子。

这事被岳贤先生得知了，他叫拢一班后生，要他们用铁锯去锯松树桩，锯来树桩归自己，还说："出了事由我担当。"后生一听，胆子大了，一个个都到海塘锯树桩去了。

县老爷得报，大发雷霆，立即将这班锯树桩人拘到县里，关进牢监。岳贤先生早就估计到会有这一天，他来找县老爷，一进门就问："大人，出了啥事体啦，拘了介多人？"

县官回答："这班刁民，真无法无天，竟敢用铁锯锯铜桩，被我拘来，定要重重治罪！"

岳贤先生装作高兴的样子："哎唷，铁锯能锯断铜桩，这事真新鲜！"他边说边往外走。县官一听，知道这话里有话，自己已露了马脚，要是让岳贤把他贪赃枉法的事捅出去，勿但乌纱帽保勿牢，还要吃官司咧！

第二日，县官马上差人拔去树桩，换上了铜桩，又把这班后生偷偷放了。为此，大家讲，小港后海塘介牢靠，全靠岳贤先生一句话。

一张字条断官司

讲述：刘财有　朱家尖街道樟州村渔民
记录：忻怡

有份大户人家的祖宗坟头上种着一株合抱大的龙柏，平常辰光，啥人也勿敢动一动。

这年，天大旱，庄稼快枯死了，种田人都想从河里、池塘里车水。车水要水车，水车上的龙骨片子一定要用硬木，最好是用柏树来做，这就难住了！介多人家，到啥地方去寻介多柏树？有几个胆子大的种田人动了个脑筋，叫拢一班人，半夜三更摸到那份人家的坟头，把柏树斫倒、锯开，做了水车龙骨片子。

再说这份大户人家得知后，勿肯歇，派家丁把带头的种田人抲去，关在屋里厢毒打，定要赔树，赔铜钿还勿要。种田人告到县衙里，县官老爷觉得这种案子交关难审，便差人来求教岳贤先生。

岳贤先车听罢问差人："侬老爷是单榜出身还是双榜出身？"

差人说："是双榜出身。侬问这个是何用意？"

岳贤先生说："侬老爷既是双榜出身，就一定能体察民情，懂得百姓的疾苦，我写张字条请侬交给县官大人。"

县官打开字条只见上面写着："滴雨未下天大荒，家家户户车水忙。黎民百姓不饿死，斫倒大树又何妨？！"

县官想想蛮有道理，当即差人唤龙柏的主人和斫树的农民上堂，判农民无罪，由县衙出铜钿赔偿斫倒的龙柏。

千株桃树一株不卖

讲述：刘德裕　六横镇双塘滚龙岙村理发师
记录：管文祖

有个寡妇，丈夫死后，身边只有个五六岁的儿子，屋里坐吃山空，好卖的卖，好当的当，还欠下勿少债，日子越过越难。

隔壁有个财主，看中寡妇屋里的一千株桃树，几次托人劝寡妇卖掉，起先寡妇勿肯，实在逼得急了，她就去找岳贤先生商量。岳贤先生给寡妇出了个主意，劝她把桃树卖了。

寡妇回转屋里，答应把桃树卖给财主，说是当面点清桃树数目。财主心里蛮高兴，便与寡妇一道数点桃树，正好是一千株，一株勿多，一株勿缺。就在这辰光，寡妇暗底下在儿子的屁股上用力扭了一把，小囝"哇"地大声哭了起来。

财主问："小囝哭啥？"寡妇边哄小囝，边说："他勿肯卖桃树，卖了，明年桃子呒没吃了！"

财主有点急了，寡妇说："少卖一株吧，也好留几只桃子哄哄小囝！"

财主忖，一千株少买一株算得了啥，就答应了。两人一起去找岳贤先生做中人，请岳贤先生写好文契，财主当场付了钱。

到了第二年，桃子熟了，财主带人到桃园里摘桃子，寡妇说桃树是她的，勿让摘，财主说桃树是他的，一定要摘。一个要摘，一个勿让摘，争来争去，他们又找岳贤先生去评理。岳贤先生拿出文契说："契约上写得清清爽爽，'千株桃树一株不卖'！"到这辰光，财主才晓得上当了！

🔲 附 记 🔲

　　岳贤，人称岳贤先生，相传为镇海小港人。传说中的岳贤先生足智多谋，精于辩驳，每遇世事不平，便挺身而出，拔刀相助，常使贪官污吏闻风丧胆，敬而畏之，而黎民百姓都视之为危难中的救星。

巧儿

讲述：沈万香　东极镇西极村渔民
记录：忻怡

　　王员外生了三个儿子，两个已成了家，可惜两个儿媳勿争气，只晓得吃穿戴，别样百事勿管。王员外想寻个乖点的儿媳当当家，听人家讲，东村肉店老板张老头的小囡，名叫巧儿，生得交关伶俐聪明。

　　这一日，王员外特意去肉店，假装斩肉，对张老头说："我买两斤皮里皮，两斤肉里肉。"张老头呆煞了，斩了一世的肉还没听见过皮里皮、肉里肉呀！借口溜进后房间问巧儿囡囡去了，巧儿说："爹呀，这有啥难哟，皮里皮是猪的耳朵皮，肉里肉是猪肚里的油呀！"张老头出来就给王员外斩了两斤猪耳朵，两斤猪板油。王员外晓得这是张老头小囡出的主意，这小娘果然名不虚传，回到屋里，就托人去保媒了，一说，张老头和巧儿也答应，好！定落来下半年过门。

　　巧儿要出嫁了，邻里乡亲听说肉店张老头的乖囡给王员外当了儿媳妇，走拢来看热闹。新娘子抬来了，吹吹打打，大红花轿交关气派，王员外屋里的厨工师傅也赶出来看新娘子。好了！等厨工走进厨房，只见一只猫在叼肉，厨工火冒头顶心，拿起菜刀斩落来！劈死一只猫，本来也咣没啥大事体，可这只猫偏偏是隔壁举人老爷的。王员外弄了个乖媳妇，举人老爷心里就勿爽快，一听猫被斩死，话柄有了，先派人传过话来："这只猫是金丝茶眼猫，银子值一万，咋弄？赔猫还是赔银子？"王员外托人传过话去，今日是大喜日子，三日后再作道理。

新娘子晓得了，问王员外："公公，这份人家同阿拉有来往哦？"

王员外说："有啊，去年六月借去一只水瓢没还，一支十五两三钱小秤借去赖脱，正月里一碗荠菜羹送过去，连碗也吞没。"

新娘子说："有来往就好，公公放心。"

三日后，举人老爷带几个打手果然来了，王员外吓煞了，连忙把巧儿叫出来。巧儿端过凳子，说："举人老爷，侬和阿拉屋里有来有往，客客气气，快坐，快坐！"

举人哼了一声："我堂堂举人，咋会同侬屋里有来往，快！赔猫还是赔银子？"

"举人老爷，侬莫讲得介硬！侬向我屋里借去一只瓢，一支秤，吃好一碗荠菜羹，连碗也勿还，有哦？"

举人老爷被问住了，忙说："这三样东西有啥稀奇，勿值三两银子。"

"哎呀，举人老爷哟，侬晓得阿拉这只瓢是啥东西做的？是月亮树上的果子剖成的，有九千九百九十代啦！这只瓢放到锅里舀一舀，一锅萝卜变锅肉，银子会值一万六！侬这只猫值一万，还要找我六千呀！"

举人老爷吃瘪了，眼睛盯着新娘子，闲话一句也讲勿出。

新娘子接上说："举人老爷侬眼勿相盯，还要赔支十五两三钱的小秤！"

举人忖忖占勿着便宜，还是走掉好，走到大门边，扭头看一眼，新娘子接上又说："举人老爷侬转身勿要看，吃落荠菜羹，碗也还勿起！"

从此，举人老爷勿敢找麻烦了。

阿乖娘计戏九先生

讲述：徐礼勇
记录：陈建新

阿乖娘人虽然穷却蛮有骨气，蛮有志气。因为阿乖的爹过世早，她为了阿乖有出头之日，就每日每时辛苦操劳，勤俭持家，积了一些铜钿送阿乖进小书房，拜九先生为师读书。九先生见阿乖十来岁年纪，生得清秀可爱，读书一点即通，倒也十分喜爱。

日子过得真快，从正月里上学已快到端午节，不知为什么近两个月来，阿乖时常关夜学①，阿乖娘以为阿乖在学堂里勿肯好好读书，就再三教育阿乖，要听九先生教诲，不要贪玩，加紧学习。可阿乖总是低声哭泣，泪流满面。

有一次隔壁大伯儿子小宝到阿乖家来玩，阿乖娘向小宝打听到阿乖关夜学的原因，才弄清事情的真相。原来九先生是一个十分势利而且嘴馋好喝酒的人，所以大家都叫他酒先生，一些富人子弟为讨好酒先生，不但过年过节要请酒先生到家里吃肉喝酒，就是平常也要送菜送酒。因为穷人自己糊口都困难，哪来铜钿打酒买肉请先生，所以酒先生对穷人子弟早已恨得牙痒痒，常常刁难打骂穷学生。听说阿乖爹死得早，阿乖娘骨气硬，就想在阿乖头上出出气，给穷人们一点颜色看看，放学了，还要关夜学，叫阿乖默写神童诗、背三字经。

阿乖娘决心要为穷乡亲们出口气。

刚好这天是端午节，阿乖娘心生一计，她把阿乖着实地打扮一下，穿戴整齐，在阿乖书包里塞进两只糯米粽子，对阿乖说，粽子给先生吃，叫先生今天中午到阿拉屋里过节喝老酒。听说要请先生，阿乖心里实在气闷，小嘴一嘟二寸高，阿乖娘说："你乖乖听话，娘自有道理。"

且说阿乖来到学堂里见酒先生刚刚搬起酒杯喝早酒，急忙向酒先生送上粽子说："我妈请先生到我屋里过节喝酒吃肉粽。"

酒先生一听，笑闭了一双醉眼，咧开了满口酒气的畚箕嘴，急忙放下杯筷，拉起阿乖小手就往阿乖家里跑。

阿乖娘送出儿子叫来左邻右舍叔伯姆，交代了锦囊妙计，刚把两只肉粽放到阿乖书桌的抽斗里，只见酒先生已经到了，阿乖娘带领众姐妹出门相迎，把酒先生引进阿乖书房坐定，又是点烟又是递茶。

阿乖娘说："以前慢待先生，今日我要好好补上。"捧得酒先生骨头好像糟鲳鱼一样，又松又脆。

只见阿乖娘套上袖套，系好布栏，轻脚快手，直奔厨房。酒先生在书房，只听得碗、盆、锅、铲叮叮当当响个不停，一会儿吱吱喳喳爆油声，估算鱼肉菜豆已经煮了十数盆，看看太阳已经升到头顶，晌午已过，阿乖娘还在厨房忙个不停。

① 关夜学：意指放学后被老师留下，学到很晚。

酒先生想起今日好口福,满口馋涎往外滴,却不知阿乖娘演的是空城计:镬烧热了,就用抹布在镬里擦一下,发出吱吱喳喳的爆油声……

这时酒先生肚子已经饿得咕咕叫,无意中打开阿乖书桌抽斗想找一本书看看,却发现两只粽子,于是一口两口,狼吞虎咽,把两只肉粽吃了个精光。正好被早已埋伏在窗口的阿乖看到,急忙告诉他妈。阿乖娘就拉着阿乖来到房中,假说是要拿几个铜钿叫阿乖去打老酒。阿乖娘拉开抽斗发现没了粽子,当即装着吓得脸色发黑,大骂阿乖是个馋佬鬼,连药老鼠的粽子都敢吃,如不快点去吃灶膛里的镬墨灰就要性命难保。

酒先生一听,魂灵吓出尿湿裤裆,不管左右前后,拔腿冲出阿乖家,直奔自家厨房,一头钻进灶膛。这时,阿乖娘见大功告成,招呼近邻远舍的穷姐妹,一齐拥到酒先生家厨房,从灶膛里拉出了满脸灰黑的像煨熟了的王八的酒先生,无不拍手称快。

自此以后,酒先生再也不敢欺负穷学生了。

中国民间故事丛书

浙江 舟山

普陀卷

笑話

笨家村的故事

买雨伞

讲述：周国尚
记录：叶焕然

有个老头，年纪七八十，身子骨还蛮硬朗。有一日，天落雨，饭吃落呒事做，坐在堂前歇息。有个过路人，撑着一顶雨伞，从门口走过，老头看见蛮新奇，这东西好躲雨，又轻便，活像庙里的黄罗伞。他想叫过路人打听打听，奔到门口，又勿好意思开口，自己都七八十岁的人了，连这种东西也呒没见过，怕见笑，这张老面皮剥勿落。

回到屋里，叫出孙子，要他进城买一顶，孙子问太公买啥，太公讲："上头一只顶，下面一根柄，像顶黄罗伞。"孙子问太公叫啥名堂，太公一听勿高兴："侬这个团，笨人多问，要眼头活络，才算乖。"

第二日，孙子进城买伞，从上街寻到下街，又从下街寻到上街，寻勿着，心想，回去又怕太公骂。正在这辰光，看见有个人在一爿店里买伞，他赶紧走进去，也买了一顶，便高高兴兴地回来了，走到半路，正好碰上落雷雨，孙子拿顶雨伞勿会撑，只好清淋。有个过路人，也没带伞，奔过来把伞撑开，两人打伞躲雨。等雷雨过去了，过路人对他笑笑走了。孙子心里奇怪，这东西像变戏法，落雨好撑开，好躲雨。本来想问他咋收，一忖到太公讲过，笨人多问，他怕做笨人，勿好多问，就撑着雨伞回转来了。

太公见孙子买回雨伞，真开心。孙子就对太公讲："太公，这东西像法宝，要用撑开，勿用收拢。"太公一听，就叫孙子收拢，孙子呒没学过，收勿拢，太公骂他介笨，孙子勿服："太公，笨人靠问，太公是个乖团，眼头活络，侬自个会收拢！"太公被孙子一激，气呼呼，顺手拿起斫柴刀，斩断雨伞顶，雨伞当即收拢了，太公得意地说："侬看，太公就是比侬聪明。"

卖小猪

讲述：周国尚
记录：叶焕然

有一日，娘叫儿子去卖小猪。四只小猪装两筐，挑到城里去卖，卖到落市，一筐两只小猪卖掉，还有一筐两只小猪呒卖掉，只好挑回家。前头空箩筐，后头有两只小猪，一头轻，一头重，越挑越吃力，当即搬来两块石头，装进前头空箩筐，两头一样重，挑起来交关舒意。

几十里路，挑得满头大汗，有个过路人看见了，说："小囝，侬力气呒地方使，来介挑石头？"小囝一听勿服气："侬咋介笨，挑担单头沉，扁担压煞人，介点道理也勿懂！我前头石头一装，两头一样重，这个办法好足了！"

锉牙齿

讲述：曾高阳
记录：忻怡

笨家村有个后生叫阿乖。有一日，阿乖在城里卖柴，看见城里人在吃芦稷①秆，回家后，他也拔了一捆芦稷秆，斩根剥叶，背到村东老槐树下，一边嚼着，一边叫："好吃呀，好吃！城里人都在吃哩！"

村里男女老少一听城里厢人也在吃，便你一根他一根咬起芦稷秆来。一尝，有些甜，味道还勿错呢。可一会儿工夫，有人牙齿扯落了，有人舌头割出血了。

这辰光，族长来了，对阿乖说："芦稷秆咋好吃，这是喂牛的料，阿乖一点也勿乖。"

阿乖勿服："我亲眼看见城里人在咬着吃！"

族长说："嗨，城里人吃的是甘蔗，又脆又甜，是用隆隆响的机器造出来的！"

阿乖还是勿服，一气之下又跑到城里，他看城里人吃的东西同芦稷秆确是一模一样，阿乖摸摸后脑门忖勿出了，只好垂头丧气地回家。走到城门边，抬头看见一个大姑娘在楼窗旁弯着腰，手里拿一把花花绿绿的锉刀往嘴巴里捅，拼命在牙齿上锉，锉着锉着，嘴边还有白泡流出来。阿乖看得呆了，这

———————————
① 芦稷：高粱。

是做啥呀？

哦！阿乖终于忖出来了，这是在锉牙齿，把牙齿锉得锋快锃亮，怪勿得城里人吃芦稷秆介容易，原来牙齿都是锉过了的呀！

照镜子

讲述：严梅　虾峙镇栅棚枫树岙渔民
记录：顾维男

笨家村里有一份抲鱼人，今年生意蛮好。老婆忖忖欢喜相，便对老公讲："老头哎，阿拉今年生意蛮好，手头也活络了，侬到城里去买点好东西回来。"

老公忖，勿错，是要去买几件好东西来。他从城里买回来交关多东西，老婆问老公买点啥东西。老公说："一块花布给侬做衣裳，过年时好穿，侬看看欢喜哦？"老婆看看，笑煞了，老公又说："还有一面镜子，给侬梳妆打扮用，侬来照照，有趣哦？"老婆接过镜子一照，就大哭大闹起来，老公弄得呒头呒绪。

老婆越哭越伤心，"噔噔"奔到娘家，向阿娘告状："阿姆哎，这咋弄啦，我家的老头，在外头偷老婆，今日还把野老婆带到家里来。"

丈姆娘一听，气呼呼地赶到女婿屋里，对着镜子一看："咋话啊，是介相貌一个女人，年纪和我一样大了。"火冒头顶，一巴掌刮过去，把镜子刮在地上，"砰"的一声镜子敲得粉粉碎。

囡和阿娘东看看，西看看，看来看去只有碎玻璃，呒没女人，也弄勿清咋事情，咯咯笑煞了。

吃肉

讲述：严梅
记录：顾维男

有份张大捕人家，一日，他老婆看见人家买来一块肉，问了："阿婶，这肉味道好哦？"

"肉的味道好足了！"

老婆回到家里，对老公讲："今年抲鱼生意蛮好，阿拉也去买块肉吃吃。"他屋里从来呒没吃过肉，今朝老婆叫他去买肉，心里交关开心，脚头蛮轻，一歇工夫肉店奔到了。

"老板哎，给我斩块肉。"

"喔唷！今朝老大也来斩肉，真难得，斩多少？"

"斩五斤。"

肉店老板讲："侬斩介多肉，准备咋吃啊？"

"哎！我从来呒没吃过肉，勿晓得咋吃？"

老板一听笑煞了，讲："咋吃法，我开张单子给侬，炒炒吃，煨煨吃，烤烤吃，煮煮吃，还有白切肉、红烧肉，随侬欢喜哪种吃法！"

大捕船老大交关感谢，把单子往口袋里一塞，拿着五斤肉，小调哼哼回家去。走到半路，屎急煞了，在路边寻着一只茅坑，把肉往地上一放，一头钻进茅坑屙屎去了。正巧一只饿煞狗走过来，看见茅坑旁边有块肉，就拼命吃起来。

一个过路人看见了，叫道："肉是啥人的，黄狗偷肉吃了！"

大捕船老大在茅坑里讲："呒没关系，肉咋吃的单子还在我口袋里，狗勿晓得咋吃法，勿会把肉吃好。"

等大捕船老大慢吞吞把屎屙好，走出茅坑一看，五斤肉老早给黄狗吃得精光。他眼睛青盯，只好自认倒霉！

扛旗杆

讲述：严梅
记录：顾维男

出庙会这日，有个后生，力气蛮大，大家叫他扛大旗，他也交关乐意，扛着一面大旗，走在出会队伍前头，风头出足。

傍晚，行会队伍到了笨家村。后生扛着大旗到一份人家屋里吃夜饭，勿料，这份人家的门呒没庙门、城门介高，旗杆扛勿进，放在屋外，怕人偷去。咋弄呢？后生咕咕忖忖：喔哟，办法有了，把门框拆掉。后生一讲，大家统讲办法勿错，就七手八脚把门框拆掉。后生扛过旗杆一试，还差一点点，这辰光，旁边看热闹的人统乖了，把门砖也敲掉，把屋檐也敲塌，这样，旗杆就顺顺当当地扛进屋里了。

吃酒时，大家夸这个后生乖足了。后生听了，交关谦虚地说："大家勿要客气，要我讲啊，阿拉笨家村里统是乖人。"

笨老婆

讲述：方春水
记录：管文祖

有个人从笨家村抬来个老婆。这个老婆交关笨，针线生活样样勿会做。有次问老公："阿拉这条棉被破了，咋补？"

老公一听，勿耐烦了："真笨，侬问隔壁二叔婆去。"

笨老婆奔到隔壁："二叔婆，阿拉有条棉被破了，咋补？"

"棉被破了，总有个洞眼，先把毛头剪掉，剪成滚圆一只洞眼，再用同样颜色的布贴上去，用线缝好，不就补好了！"

"洞眼要咋圆？"

"咋圆也勿晓得，真笨。后门有只井潭，井潭口滚圆，就像那个样子！"

"喔，我晓得了，晓得了！"笨老婆回到屋里，把棉被夹到井潭口上面放好，用四块石头把被角压牢，再拿来一把剪刀，照井潭口剪过来。本来是个小洞，这一剪，成了大洞了。

书呆大

讲述：方春水
记录：管文祖

早先，有个读书人，交关老实刻板，大家都叫他书呆大。

有一次，一个财主老板雇他到屋里教书，有约在先，要他兼顾一件事，在他睏觉的楼下，拴着一头牛，夜里要照顾着，防止被人偷去，要是让人偷去，一年工钿没拿！

事也凑巧，这日夜里，贼来偷牛。教书先生听见响动，把头伸出窗外看了看，勿紧勿慢像读书一样唱着："忽听门外滴扑之声，想必贼来偷牛，东翁快快起来，还可追也！"老板一听，觉得好笑，书呆大总归是书呆大，夜里睏觉还在读书，莫去听其，顾自困觉。

先生等等勿见老板出来，自己一人勿敢去追，便又唱了一遍。老板以为他讲梦话，没去理睬。

到了第二天，牛被贼偷去了，老板怪他："牛勿管牢，听到响动，为啥勿喊啊？"

先生讲："我喊过了，喊了好几遍，侬为啥勿出来！"

老板一听："啊！这是在喊？侬这个人勿紧勿慢，我儿子跟侬读书，人也呒做了，勿要侬教了！"

教书先生回到屋里，让老婆数落了一顿，他闷声勿响。老婆说屋里两缸粪满了，快去叫乡下人客来换粪。

他来到街上，看见乡下人挑着便桶走过来，双手打拱，嘴里念念有词："我家有粪两缸，口宽肚大，货真价实，若合意者，还可便宜也！"乡下人朝他看看，这人在唱啥东西，走了！他叫来叫去，呒人理他，只好回家。

老婆问他："换粪人碰到过哦？"

"碰到过了。"

"侬叫过哦？"

"叫过了。"

"侬咋叫？"他就在老婆面前学着样叫了一遍。

老婆一听："啊！侬唱勿像唱，讲勿像讲，乡下人咋听得懂！"老婆真气煞，拿起一把镬铲掼过去，他连忙逃到柱子后面躲好。镬铲"扑"一声戳在柱子上。

他一看讲了："啊，好险，好险！夫妻相争，小木行凶，亏得大木相挡，若无大木相挡，我命休也！"

老婆气得哭笑勿得，这种人还有啥用场！

再屙一次

讲述：忻元寅
记录：忻怡

有个县太爷是个铜钿老头，老鸦飞过也想拔根毛，无论啥案子，只要经过他手里，就要罚铜钿，罚来落自己腰包。

一回，有个种田人进城办事，走到县衙门墙角落头，肚皮坏了，想屙屎，看看旁边呒没茅坑，种田人野外屙惯了，就扒下裤子在墙角落蹲下来。

再说县官已有好几日呒没审案子了，也就是好几日没铜钿进账了，心里憋煞了，叫当差沿街去寻，即便寻到吵骂打架的，也拉来审堂。差人刚一出门，正好碰到种田人蹲在墙角落屙屎，这再好勿过咧，当即拉进大堂。

老爷老早在堂上等着，也勿问是啥案子，张口就问："本官先问侬有铜钿哦？"

种田人糊里糊涂回答："铜钿，有呵。"

"有铜钿，好！"案子几句话就问清了，县太爷判道："一人因在衙门外屙屎，罚铜钿五百，退堂！"

"咋？罚铜钿五百？啊呀大老爷哎，我这里只有邻舍叫我带来买寿面的一锭小元宝。"

"好，小元宝值一千铜钿，因找勿出零头，本官命侬再去屙一次，两次刚好罚一千铜钿，快去吧！退堂！"

差人上来，把种田人拖到墙角去了，种田人哭笑不得。

图吉利

讲述：章阿顺　普陀山养路工人
记录：林波　普陀山初一学生

从前有个老财迷，满脑子想发财。他三个儿子的名字也交关特别，老大叫发财，老二叫进宝，老三叫高升，说是为了图吉利。

这年正月初一，天还未亮，老财迷就醒了，他坐在被窝里，咕咕忖忖，今天是大年初一，头句话要讲好，图个开门吉利，于是，他大声喊着："发财，发财！"

这时，睏在楼上的三个儿子被他吵醒了，睁眼看看窗外，天还黑乎乎的。老大不耐烦地答道："还早，还早！"

老财迷一听，咋话？发财还早！真气煞，顿了顿，他又叫开了："进宝，进宝！"

老二听阿爹发脾气了，连忙奔到门口，说："出门了，出门了！"

老财迷一听，火气更大了。我说"进宝"，他偏要"出门"，这不是存心与我作对吗？气得他破口大骂。

老三听听阿爹火气介大，赶紧穿好衣服，正要下楼，老财迷又叫了："高升，高升！"

老三一听，大声回答："下来了，下来了！"

这下可真把老财迷气煞了，气得他口吐白沫，直挺挺地躺在床上，连话也说不出来了！

剃头

讲述：叶义和　桃花镇鹁鸪门村退休职工
记录：管文祖

过去，乡下剃头交关简单，一副剃头担，一条矮凳，坐下来就剃。

有一次阿哥到城里回来，对阿弟讲："阿弟，城里剃头交关舒意，人会睏倒剃！"

阿弟听了，也想去试试。他来到城里，奔上街，走下街，剃头店总算寻到了，他进门一看，啊唷，这爿剃头店是勿一样，玻璃镜子锃亮，油漆地板滴滑，阿弟看呆了。

这时，剃头师傅过来打招呼："小阿弟，侬要剃头？"

"对。"

"来，请坐！"

阿弟一听，咋话，要我坐，阿哥讲过，城里剃头是睏倒剃。他勿管三七二十一，骨碌躺倒在地上。

剃头师傅奇怪煞了，说："小阿弟，侬要剃头，咋会睏在地上？快起来，坐到椅子上来，我好帮侬剃头！"

阿弟眼睛一瞪："侬欺侮我乡下人是哦？我老早晓得了，城里剃头都是睏着剃的！"

图书在版编目（CIP）数据

中国民间故事丛书．浙江舟山．普陀卷 / 中国民间文艺家协会组织编写；
潘鲁生，邱运华总主编．—北京：知识产权出版社，2019.6
ISBN 978-7-5130-6256-5

Ⅰ.①中⋯　Ⅱ.①中⋯②潘⋯③邱⋯　Ⅲ.①民间故事—作品集—舟山市
Ⅳ.① I277.3

中国版本图书馆 CIP 数据核字（2019）第 091333 号

责任编辑：孙　昕　　　　　　　　　　　责任校对：王　岩
装帧设计：研美设计　　　　　　　　　　责任印制：刘译文

中国民间故事丛书·浙江舟山·普陀卷
中国民间文艺家协会　组织编写
总 主 编　潘鲁生　邱运华
本卷主编　忻　怡

出版发行：知识产权出版社有限责任公司　　网　　址：http://www.ipph.cn
社　　址：北京市海淀区气象路 50 号院　　邮　　箱：100081
责编电话：010-82000860 转 8111　　　　　责编邮箱：sunxinmlxq@126.com
发行电话：010-82000860 转 8101/8102　　发行传真：010-82000893/82005070/82000270
印　　刷：三河市国英印务有限公司　　　　经　　销：各大网上书店、新华书店及相关专业书店
开　　本：720mm×1000mm　1/16　　　　印　　张：21.25
版　　次：2019 年 6 月第 1 版　　　　　　印　　次：2019 年 6 月第 1 次印刷
字　　数：350 千字　　　　　　　　　　　定　　价：68.00 元
ISBN 978-7-5130-6256-5